Cuir + Dentelle

A.B. GAYLE

Cuir + Dentelle

A.B. GAYLE

Publié par
DREAMSPINNER PRESS

5032 Capital Circle SW, Suite 2, PMB# 279, Tallahassee, FL 32305-7886 USA
http://www.dreamspinnerpress.com/

Cuir + Dentelle
Copyright de l'édition française © 2016 Dreamspinner Press.
Titre original : Leather + Lace
© 2013 A.B. Gayle.
Première édition : mars 2013
Traduit de l'anglais par Catherine Delorme.

Illustration de la couverture :
© 2013 Anne Cain.
annecain.art@gmail.com.
Les éléments de la couverture ne sont utilisés qu'à des fins d'illustration et toute personne qui y est représentée est un modèle

Édition e-book en français : 978-1-63477-480-2
Édition imprimée en français : 978-1-63477-479-6
Première édition française : mars 2016
v 1.0

Édité aux Etats-Unis d'Amérique.

NOTE DE L'AUTEUR

LE SIGNE '+' utilisé dans le titre n'est pas là uniquement pour indiquer une opération mathématique. Il signifie surtout que le résultat final est plus que la somme des deux éléments. Les deux aspects se combinent pour donner naissance à quelque chose d'entièrement nouveau.

Alors que les personnages de ce livre présentent des caractères très différents, ils coexistent cependant dans le même espace-temps que le premier tome de la série *Rouge + Bleu*.

Les admirateurs de *Caught* auront également beaucoup de plaisir à découvrir que Nat et Danny font une apparition dans ce nouvel opus de la série *'Contraires qui s'attirent'*.

Remerciements

J'AI TOUJOURS été fascinée par le concept du BDSM, pas tant par la dynamique qui l'anime que par l'état d'esprit et les raisons qui conduisent les adeptes à s'y adonner. Les pratiques sexuelles non conventionnelles ont fait une entrée très remarquée dans la littérature grand public, permettant ainsi au genre d'atteindre un plus grand nombre de lecteurs, leur offrant des scènes de séduction et de désir intenses, au lieu de rester limité à un cercle restreint.

Cependant, à la faveur d'une conversation que j'ai eu avec un écrivain qui avait évolué dans ce genre de milieu et qui en était sorti profondément meurtri, tant psychologiquement que physiquement, je me suis rendue compte que ma vision des choses était quelque peu déformée et j'ai donc été amenée à la réviser.

Ses récits m'ont incitée à m'interroger sur l'envers du décor, quand les règles de sécurité, de bon sens et de consentement sont sciemment ignorées.

J'ai trouvé également le concept de drag queen fascinant. Nous comptons à Sydney quelques grands activistes travestis. Pour la plupart, ils tendent à verser dans la caricature la plus extrême, en arborant par exemple des poitrines opulentes ; d'autres, au contraire, font preuve d'un charme plus subtil, mais indéniable alors même que dans leur vie publique, ils ne présentent aucune caractéristique féminine.

Donc, fidèle à moi-même, j'ai commencé à m'interroger sur ce qui se passerait si ces deux comportements opposés se rencontraient : l'un qui, par conviction, bafouerait les règles et l'autre qui, au contraire, les respecterait scrupuleusement.

Des livres tels que *Mr Benson* de John Preston [1] et *Carried Away* de David Stein [2], qui chacun de leur côté expose le principe de se remettre complètement sous le contrôle d'un autre homme, ont nourri mes fantasmes

---

1 NdT : auteur américain né en 1945 et décédé du SIDA en 1994. Pionnier des mouvements de défense du droit des gays à Minneapolis.

2 NdT : né en 1948 aux États-Unis. Co-fondateur en 1980 du GMSMA (Gay Male S/M Activits, ou Les Activits des Adeptes du SM gay), l'une des plus importantes organisations gay de son époque. Inventeur du slogan 'sane, safe and consensual' : sûr, sain et consensuel.

de leurs expériences. Pour m'assurer d'avoir parfaitement appréhendé la réalité de telles situations, j'ai lu tous les livres que j'ai pu trouver sur la 'Old Guard' [3] et les rituels du BDSM. Certains ont été notamment écrits par Guy Baldwin [4], Joseph Bean [5], Don Bastian [6] ou Thom Magister [7]. Il existe également des sites Internet de grande qualité, comme Fetline, où les adeptes parlent sans tabous, et parfois avec une honnêteté plutôt brutale, de leurs expériences et de leurs vies. J'ai également pris contact avec David Stein qui a rectifié certaines de mes idées erronées.

Rush Derr quatrième du nom mérite des remerciements tous particuliers pour avoir accepté de partager avec moi l'expérience qu'il a acquise à la faveur de sa carrière de drag queen aux États-Unis et au Canada.

D'autres personnes m'ont par ailleurs énormément aidée, à commencer par les lecteurs et mes amis auteurs : Stevie Carroll, M.J. Sanchez et Mélanie Trushmore. Ils ont suivi la progression de mon travail grâce au projet d'écriture NaNoWriMo [8]. J'ai une mention toute spéciale à Mélanie pour ses retours fulgurants.

Une fois la première version achevée, mon duo de choc, Don Schecter et Kate, a pris le relais pour me guider à travers le dur processus de transformation d'une version brute en une version digne d'être publiée. Tous deux ont été aidés dans cette tâche par une nouvelle partenaire, Jess, critique littéraire qui non seulement a étudié le texte, mais y a apporté en plus un vernis supplémentaire.

Écrire à propos d'une scène dont vous n'êtes que spectateur n'est pas chose facile. J'ai à cet égard une immense dette envers Sacha Illyvitch [9],

---

3 NdT : *Old Guard* (Vieille Garde) : en 1972, Larry Townsend publie un *Leatherman's Handbook* (Manuel de l'homme en cuir), où il résume les idées d'une Communauté Cuir, qui sera appelée plus tard *The Old Guard*.

4 NdT : né en 1946 aux États-Unis, psychothérapeute, activiste et auteur de trois ouvrages importants traitant du BDSM.

5 NdT : né en 1947 aux États-Unis. Notamment auteur et journaliste et Président-directeur Général du 'Leather Archives & Museum'

6 NdT : membre éminent de la Communauté Cuir, auteur notamment d'un ouvrage intitulé *Chainmale 3SM* dans lequel il dépeint le trio qu'il forme avec ses deux amants adeptes du SM.

7 NdT : né en 1932, auteur de *The Slave Journal and Others Tales of The Old Guard.*

8 NdT : National Novel Writing Month, ou Mois National d'Ecriture de Roman, est un projet d'écriture créative dans lequel chaque participant tente d'écrire un roman de 50 000 mots – soit environ 175 pages – en un seul mois.

9 NdT : auteur américain de romans érotiques.

pour ses précieuses recommandations sur la façon d'écrire sur le BDSM, et envers Dusk Peterson [10], qui me fit bénéficier de ses nombreux conseils et inestimables explications quant à la nature réelle des relations unissant les Maîtres et leurs esclaves. J'ai appris grâce à eux qu'il n'existait pas une unique bonne façon de faire les choses. J'espère être parvenue à restituer aussi bien les meilleurs aspects induits par le BDSM et l'esclavage que d'avoir décrit ce qu'il advient quand le bien-être des personnes concernées n'est pas suffisamment pris en considération. D'après Jason et Christopher, tous deux esclaves dans leur vie réelle, mon objectif a été atteint.

J'aimerais également remercier pour leur aide précieuse mes amis écrivains, Barry Lowe, Eden Winters, Charles Edward, Kayla Jameth, ainsi que mes camarades de GoodReads, Vivian de la Cruz et Jo. Elles m'ont assuré, après avoir relevé certaines erreurs qui avaient échappé à la vigilance des autres, que le récit avait été transmis pour approbation et était prêt à être envoyé à Dreamspinner.

Je voudrais également remercier Elizabeth North, Ginnifer Eastwick et leur équipe d'éditeurs, représentée par Paul Richmond et Anne Cain.

Enfin, pour finir, mais sans pour autant mésestimer son importance, je me dois d'adresser mes remerciements à Stevie Nicks [11], qui m'a non seulement donné l'inspiration pour le titre de mon livre, mais aussi pour m'avoir offert un modèle d'artiste que n'importe quelle drag queen serait honorée d'interpréter. Ses chansons m'ont captivée tout comme elles ont fasciné mon héros.

---

10 NdT : auteur de romans de science-fiction et de fantasy ayant un cadre historique et de nouvelles homosexuelles, il fut récompensé par the Rainbow Awards.

11 NdT : Stevie Nicks, de son nom complet Stephanie Lynn Nicks. Chanteuse et auteure-compositrice américaine. Célèbre également pour son image spirituelle, sa voix distinctive et ses textes symboliques. Elle a rejoint le groupe Fleetwood Mac en décembre 1974 avec son compagnon d'alors, Lindsey Buckingham. En tant que membre de Fleetwood Mac, Stevie Nicks a été introduite au Rock and Roll Hall of Fame en 1998.

Comprendre la nature des vagues de fond vous aide à les gérer.

Les courants profonds sont puissants et peuvent facilement prendre au piège et entraîner dans leurs abîmes le nageur imprudent. Mais une fois la ligne des déferlantes passée, la vague de fond perd de sa puissance.

Si vous êtes un jour surpris par un phénomène de ce genre, ne paniquez pas et concentrez toute votre énergie à maintenir votre tête hors de l'eau.

Appelez à l'aide dès que possible.

Si personne ne répond, dès que vous vous sentez hors de danger, nagez en parallèle de la plage et sur le dos ; laissez-vous porter par le courant naturel de l'eau.

Et n'oubliez pas : nagez toujours à l'intérieur des zones surveillées par les sauveteurs et respectez les drapeaux.

I

STAND BACK [1]

— Tu vois, Marty, nous t'avions bien dit que Stevie Nicks serait là.

Stevie Tricks pour toi, chéri ! Comme si la véritable Stevie daignerait s'aventurer dans un endroit aussi ringard.

— Mais c'est un mec !

Elle est un mec, me dis-je intérieurement tout en me fichant royalement de la façon dont on m'appelait aussi longtemps que le mot 'gamin' ne faisait pas partie de l'équation. Je repoussai la distraction et reportai mon attention sur le sexe que j'étais en train de sucer. *La prochaine fois que Fred m'affirmera qu'il a besoin de mon aide pour une collecte de fonds, je ferai bien de lui réclamer davantage de détails.* Ce n'était pas la première fois que je regrettais ce manque de curiosité depuis le début de la soirée et, à en juger par le nombre de personnes qui continuaient à affluer, ce ne serait certainement pas la dernière.

Tout ça était la faute de Fred. Depuis que j'étais parti quelques années plus tôt pour l'Angleterre, je n'avais plus jamais été en contact avec aucun de mes compatriotes australiens, préférant garder ma localisation secrète afin d'éviter toute confrontation désagréable avec mon ex. Cependant, quand j'avais appris que Fred avait pris la direction de l'Hôtel Paradisio, je n'avais pu résister à l'envie de lui adresser un mail pour lui souhaiter bonne chance. Je savais qu'il allait en avoir besoin.

— Mince, mon vieux, ça fait un sacré bout de temps ! s'était-il exclamé. Qu'est-ce que tu fous à Londres ?

Je lui avais fait un bref compte-rendu des années passées, faisant l'impasse sur la thérapie et les nuits d'insomnie, pour insister sur le fait que je menais désormais une vie diurne parfaitement banale et que je passais mes loisirs à jouer les drag queens dans les boites de nuit locales.

---

1 NdT : Tous les titres des sections sont tirés de chansons chantées et/ou écrites par Stevie Nicks, en solo ou au sein du groupe Fleetwood Mac.

Quand j'informai Fred que je n'avais pas l'intention de subir un autre hiver londonien, il m'invita :

— Ramène tes fesses au pays. J'ai éventuellement de quoi occuper ta bouche à l'occasion de la soirée d'inauguration.

Il énuméra le nom des personnes qui seraient présentes, parmi lesquelles figuraient deux stars du porno sponsorisées par un magazine homo et Maître D., le tout nouveau lauréat d'un concours organisé dans le Midwest des États-Unis pour élire le meilleur Mr Cuir. Celui-ci offrirait à cette occasion une démonstration de flagellation.

La proposition de Fred m'offrait la parfaite occasion de remettre les pieds dans le milieu sans crainte d'être reconnu et de découvrir si Julius était toujours un fétichiste du cuir fanatique. Si tel était le cas, il ne voudrait pour rien au monde rater une démonstration d'un Maître du Cuir, et plus particulièrement si celui-ci venait des États-Unis. S'il n'était pas présent, cela pourrait signifier qu'il en avait fini avec toutes ces conneries de 'Moi le Maître et toi l'esclave' et, dans cette éventualité, il me serait alors possible d'aller à la maison pour y récupérer mes affaires.

Pour condition à ma participation, je fis promettre à Fred de ne rien dire à qui que ce soit, ce qu'il accepta. Deux jours plus tard, j'emballai mes affaires et sautai dans le premier avion à destination du pays et réservai une chambre à Darling Harbour. Je pris contact avec Fred peu de temps après mon arrivée, mais ne dévoilai pas mon adresse. Peut-être étais-je devenu paranoïaque, mais je n'étais pas sûr de pouvoir compter sur sa loyauté. Après tout, il avait connu Julius avant de me connaître.

— Super, mec. Viens au Paradisio : j'ai besoin d'une photo pour la brochure.

Fred fit presque une crise cardiaque quand je fis mon entrée dans le bar d'un pas décontracté, revêtu d'une réplique exacte de la robe que Stevie avait portée dans un de ses films. Il ne m'avait jamais vu en drag queen auparavant.

— Mais pourquoi Stevie Nicks ? voulut-il savoir.

Je lui répondis, avec un haussement d'épaules.

— À cause de ma mère, qui est une fan de Fleetwood Mac [2] et qui m'a prénommé d'après Stevie et L. Lindsey Buckingham [3].

---

2 NdT : Groupe de rock formé en 1967 à Londres et qui a connu son apogée commerciale à la fin des années 1970 dans un registre.

3 NdT : Auteur-compositeur-interprète et guitariste principalement connu en tant que membre du groupe Fleetwood Mac.

Le fait d'être plus petit que la moyenne m'aidait dans mon déguisement et, une fois la perruque bouclée posée sur mon crâne, j'entrais dans la peau de mon personnage. Qui aurait pu croire qu'un jour je serais reconnaissant pour ce joli visage qui m'avait pourtant bien souvent valu à l'école d'être enfermé dans les vestiaires par les autres élèves ?

Fred cessa de rire et me demanda si je pouvais interpréter certains de mes numéros au cours de la fête et participer à la partie de la soirée intitulée 'Des pipes pour le futur marié'. Je tentai bien de lui soutirer des informations sur Julius, mais dès que je mentionnai le nom de mon ex, Fred secoua la tête et balbutia quelque chose comme quoi ce n'était pas à lui de m'en parler. Il se contenta de m'informer que le Maître américain souhaitait s'entretenir avec moi après sa démonstration. Génial. Exactement ce dont j'avais besoin. Il n'en était pas question.

Le sexe dans ma bouche enfla, sursauta et se déchargea dans le préservatif que j'y avais posé quelques minutes plus tôt. *Parfait. Another one bites the dust* [4]

— Merci. C'était génial.

Je fis bouger prudemment ma mâchoire, histoire de faire disparaître mes crampes, et souris à l'homme qui venait de me féliciter. J'ignorai pourquoi il paraissait aussi surpris. S'il y avait bien une chose pour laquelle j'étais doué, c'était pour tailler des pipes. D'où l'invitation de Fred.

Je grognai tandis que la douleur familière se réinstallait dans mes rotules et me fit regretter de ne pas porter de genouillères. Un filet de sueur s'insinua sous ma perruque. Et merde. J'aillais devoir retoucher mon maquillage avant de commencer mon numéro. Je m'assis sur les talons et pris le temps d'appliquer une nouvelle couche de rouge à lèvres sur ma bouche et jetai un coup d'œil aux nouveaux arrivants.

Il devait s'agir des hétéros à propos desquels Fred m'avait mis en garde, à savoir les membres d'une équipe locale de rugby qui participaient à une soirée d'enterrement de vie de garçon.

Le futur marié était un jeune homme blond qui possédait encore cette innocence que ses camarades avaient perdue vers leur quinzième, voire leur dixième année. Si j'en jugeais par son expression stupéfaite, ses potes n'avaient fait que lui montrer la brochure et lui avaient caché mon nom de

---

4 NdT : Chanson du groupe Queen, extrait de leur huitième album 'The Game' sorti en single en 1980, qui peut se traduire par : 'encore un qui mord la poussière'.

scène de façon fort opportune. *Il était méchamment craquant*. Dommage qu'il soit hétéro.

Pour une fois, mes années d'entrainement comme esclave furent utiles. Je rassemblai les pans de ma robe de dentelle et me redressai d'un mouvement gracieux. Je dégageai mes poignets des longues manches de ma robe.

— Quel est ton nom, chéri ? Dis, tu n'as pas peur d'un petit mec comme moi, hein ?

La fatigue qui serrait ma gorge rendait ma voix aussi rauque que celle de la vraie Stevie.

Pauvre môme. Il n'arrivait pas à se détendre, et à le voir, on pourrait croire qu'on allait le contraindre à descendre Oxford Street aussi nu qu'au jour de sa naissance.

— C'est seulement une pipe, lui fit remarquer quelqu'un qui se tenait en arrière-plan.

— Allez Marty, tu n'es pas encore marié.

J'étudiai celui qui avait pris la parole en dernier. Le sale enfoiré. À croire que les mecs naissaient grands comme des montagnes de nos jours. Imaginez-vous plaqué au sol par l'un de ces mastodontes.

— Viens donc ici, beau Sourire, lui ordonnai-je en lui faisant signe de s'approcher d'un mouvement de doigt ganté de dentelle. Montre à Marty qu'il n'a aucune raison d'être effrayé.

Je me mis à battre de mes faux cils tellement fort que ce fut un miracle s'ils restèrent en place.

— Ouais, c'est ça ! À toi d'y aller en premier, Bob.

Marty ne fut pas le seul à encourager Bob, lequel ne paraissait pas outre mesure déconcerté par la suggestion. Intéressant. J'eus vaguement conscience d'un transfert d'argent, car j'étais focalisé sur la grosse et longue verge circoncise qui se dévoilait lentement. Oh ça, c'en est une belle !

Dommage que les sponsors de la soirée obligent le port de préservatifs parfumés. Ils sentaient super bon au premier abord et le parfum du chocolat ajoutait une touche décadente à l'acte, mais après un nombre de succions non négligeables, le goût avait fini par devenir écœurant et me donnait envie de vomir. Pour changer un peu, je choisis cette fois une capote parfumée à la banane. Juste ce qu'il fallait de symbolique phallique. À vrai dire, là, tout de suite, j'aurais pu tuer pour une vraie banane.

Quand je fus fin prêt, je croisai le regard du type.

— Baisse-toi un peu, lui murmurai-je tout en lui adressant un clin d'œil.

En effet, maintenant que j'étais agenouillé, son sexe était un poil un peu trop haut.

Bob finit par comprendre ce que je voulais et, écartant les jambes, il amena son aine au niveau de mon visage.

Alors, d'une voix audible par tous, j'annonçai :

— Touche.

Et, en me penchant, j'effleurai furtivement de mes lèvres son membre dressé.

Je me redressai et poursuivis :

— Temps mort.

Les spectateurs ne manquèrent pas de relever l'emploi des termes utilisés par un arbitre pour commander une mêlée. Le mot 'engagement' fut hurlé par les spectateurs tandis que j'avalais d'un seul coup le membre de Bob, brisant la tension qui alourdissait l'atmosphère.

Après ça, les choses s'enchaînèrent de façon chaotique. Je besognai les membres de l'équipe les uns après les autres sous les yeux attentifs du public qui tenait à vérifier que je faisais les choses dans les règles de l'art et n'arrêtait pas de demander si la balle était à nouveau mise en jeu. Des rires rauques s'élevaient dans tout le club et attiraient davantage de voyeurs. Marty, le futur marié, persistait à encourager ses potes à passer avant lui.

Bien vu, le môme. Si toi tu ne prends pas ton pied à l'idée de te faire sucer par un mec, il y a ici suffisamment de queues pour me tenir occupé.

J'étouffai un soupir et me remis à la tâche.

Le bruit que firent les bottes martelant le parquet et le silence de mort qui en résulta me stoppèrent à mi-chemin alors que j'éprouvais la sensation que quelqu'un se tenait derrière moi. L'odeur de la sueur, du sexe, des fluides corporels et des préservatifs parfumés s'estompèrent pour laisser place à l'odeur... *du cuir.*

Le gars auquel je taillais une pipe se raidit, mais il resta néanmoins immobile. La police des mœurs procédait-elle à une descente pour mettre un terme à notre petite orgie ? Non, cet instant rappelait les minutes qui précédaient la confrontation de deux équipes adverses sur un terrain de rugby ; cela s'appelait l'anticipation.

Tap, tap, tap.

Le bruit caractéristique d'une cravache avec laquelle on frappait impatiemment une botte. Je n'avais nul besoin de le voir pour le reconnaître ; j'avais entendu ce son suffisamment de fois. Les yeux bandés. Mes entrailles se contractèrent.

5

— Continue.

Je laissai échapper un soupir de soulagement en reconnaissant l'accent américain. Dieu merci, il ne s'agissait pas de mon ancien Maître.

Je fus surpris par la nausée qui m'envahit. J'avais pensé que je saurais gérer stoïquement les souvenirs de mon passé quand j'y serais confronté. Mais là, alors que je tombais pratiquement en morceaux en faisant une fellation à un parfait étranger, je ne pouvais que m'interroger sur la façon dont j'aurais réellement réagi si l'homme qui se tenait derrière moi avait été Julius. Puis, les mots me frappèrent de plein fouet.

Mais qu'est-ce qu'il croyait, ce sale con ? Je n'avais pas besoin de sa permission. Il s'était exprimé d'un ton dépourvu de toute chaleur et lourd d'un profond dédain.

Le mec que j'étais en train de sucer me saisit soudain par la tête.

Oups, j'avais peut-être un peu trop serré les mâchoires.

— Lâche-le.

Un bruit sec, produit vraisemblablement par un fouet tressé, et l'étreinte inopportune cessa. Fouets. Cuir. Règles. Non, j'avais mis un terme à toute cette merde, quitté Julius et repris le contrôle de ma vie.

L'odeur du cuir s'intensifia quand il posa sa main gantée sur mon épaule, sans exercer toutefois trop de pression pour ne pas blesser, mais suffisamment pour me rappeler sa présence et faire savoir aux autres qui tenait les rênes. Lui.

J'enfouis au plus profond de moi la réaction à laquelle j'avais été par le passé programmé à obéir sans même y penser et qui me poussait à adopter la position traditionnelle du soumis : coudes ramenés derrière le dos et tête baissée. J'agrippai au contraire le membre de mon partenaire d'un soir et, m'aidant de quelques mouvements masturbatoires, autrement dit en trichant un peu, je devais bien l'avouer, je parvins à le faire jouir.

Il me remercia et nous échangeâmes un sourire. Après son départ, je me rassis sur mes talons déployai ma jupe en dentelle autour de moi et tentai de me remettre dans la peau du personnage. Je pouvais voir du coin de l'œil les bottes noires de motard, si brillantes qu'elles semblaient implorer d'être léchées. Mais je ne faisais désormais plus ce genre de choses, n'est-ce pas ?

Mais il se prenait pour qui, cet enfoiré en cuir ?

Je contrôlais parfaitement la situation avant qu'il arrive. Je devais bien admettre que les rugbymen avaient parfois été un peu brutaux et m'avaient presque conduit au seuil du vomissement en s'enfonçant trop loin dans ma gorge. Mais ils s'en étaient excusés par la suite, expliquant qu'ils s'étaient laissé entraîner par l'intensité du moment. D'un autre côté, ils n'avaient pas affaire à un novice en matière d'apnée, bien loin de là. Donc, pourquoi se croyait-il autorisé à intervenir et à tout gâcher et à rappeler par la même occasion toutes les raisons pour lesquelles je haïssais les hommes qui s'habillaient de cuir ?

Le tour de Marty avait fini par arriver. Son regard faisait l'aller-retour entre mon visage et l'homme qui se tenait toujours derrière moi. Le pauvre Sourire ne semblait pas bouillir d'impatience de participer et, pour ma part, je ne voulais pas poursuivre sous le regard de cet abruti en cuir. Nul doute qu'il analyserait ma performance et y trouverait à redire.

Je posai mes doigts gantés dans la main que me tendit Marty et, avec son aide, me redressai gracieusement.

— Merci trésor.

Je m'approchai du futur marié et n'eus aucune difficulté à me glisser sous son bras. *Et dire qu'il faisait partie des plus petits !* Je lui serrai la main avant de me tourner vers mon indésirable protecteur.

À la façon dont il avait drainé toute l'attention à lui, je m'étais attendu à quelqu'un d'immense. Au lieu de quoi, ce bâtard prétentieux et moi étions plus ou moins de la même taille.

Je me détendis dans l'étreinte rassurante de Marty et renvoyai à l'étranger son regard inquisiteur. Ce devait être le fameux Maître D. J'avais sous les yeux le stéréotype du dominateur gay et il paraissait tout droit sorti d'un calendrier de Tom of Finland [5] : il arborait une moustache tombante, une veste de cuir qui mettait en valeur ses larges épaules, ainsi que des lanières en cuir souple en travers de hanches. Tous ses muscles étaient mis en évidence grâce aux vêtements qu'il portait. Mon regard descendit vers le bas et je constatai que j'avais eu raison : ses bottes brillaient tellement qu'elles auraient pu servir de miroir. *Quel était le pauvre bougre qui avait été obligé de les cirer ?*

Julius aurait donné son bras droit pour paraître aussi authentique que ce mec. En effet, l'homme en question ne faisait pas que porter du cuir ; il était l'incarnation du Cuir.

---

5 NdT : Tom of Finland, de son vrai nom Touko Laaksonen, est un dessinateur et peintre finlandais, né le 8 mai 1920 à Kaarina et mort le 7 novembre 1991 à Helsinki. Il a durablement influencé la culture gay par ses représentations fantasmatiques et fétichistes d'hommes.

J'eus envie de lui demander s'il n'avait pas un mouchoir à portée de main. Mon menton lui en aurait été infiniment reconnaissant. *Attention, Steve*, me sermonnais-je. *Rappelle-toi où une telle insolence risque de te conduire.*

J'eus une pensée reconnaissante pour mes chaussures à plate-forme et me redressai de tout mon mètre cinquante-deux. Le regard de l'homme ne flancha à aucun moment et notre échange visuel ressembla à une conversation silencieuse dont toutes les autres personnes auraient été exclues.

Le dédain que j'avais perçu dans sa voix trouvait son écho dans son regard et ses sourcils froncés renforçaient son message : *n'oublie pas qui est le Maître ici.*

Non. Plus jamais ça. Cet homme ne détenait aucun pouvoir sur moi et je devais cesser de penser d'une façon aussi soumise. J'étais son égal et s'il pensait pouvoir profiter de moi après son spectacle, comme Fred avait laissé entendre qu'il le souhaitait, il se fourrait le doigt dans l'œil.

II : SECTION 1.0
ROOMS ON FIRE

JE DEVAIS absolument foutre le camp. Rapidement. Je secouai les longues mèches bouclées de ma perruque d'un air aguicheur et souris gentiment à Marty.

— Tu sais, trésor, je trouve que tu as été très généreux en laissant tous tes copains te passer devant, mais je ne sais pas si je serai maintenant capable de te rendre justice. J'ai l'impression que mes lèvres ressemblent à des putains de balles de foot.

J'étais sur le point de suggérer que l'une des stars du porno prenne ma place quand le bras qui m'entourait se crispa. Le pauvre Sourire n'était décidément pas à l'aise. Si ses copains voulaient tant le voir baiser, pourquoi l'amener dans un bar homo ? Pourquoi ne pas lui faire passer la soirée dans un des clubs de striptease local, ce qui correspondait davantage au genre de fête retenue pour les enterrements de vie de garçon ? Et ce n'était pas ce genre d'établissements qui manquait dans le coin.

— Stevie a un autre trou que tu pourrais baiser.

Je n'identifiai pas lequel de ses soi-disant amis avait émis cette grossière suggestion, mais si j'en croyais les ricanements qui s'élevèrent, la plupart d'entre eux approuvaient l'idée.

Merde. Ils n'avaient pas l'intention de laisser tomber aussi facilement.

Le bras de Marty me comprima un peu plus. Aux yeux des autres, il pouvait donner l'illusion de m'étreindre sous le coup de l'excitation, mais je savais pour ma part que ce n'était pas le cas.

— Quelle bonne idée ! m'exclamai-je avec enthousiasme. Viens, allons dans une chambre à l'étage où tu pourras me faire toutes les cochonneries qui te passeront par la tête.

J'attrapai sa main dans l'intention de nous diriger vers la sortie. Soudain, je fus stoppé avant même d'avoir pu faire deux pas.

Le manche du fouet tressé effleura à peine mon ventre, mais ce fut suffisant pour faire naître en moi un frisson, comme si je venais d'être caressé par l'autre extrémité de l'instrument.

— Où vas-tu ? me demanda l'homme en cuir. Je dois te parler.

— Tu les as entendus comme moi, non ?

Sans lâcher la main de Marty, je désignai d'un mouvement du menton les camarades du jeune homme qui souriaient bêtement.

— Marty s'est vu promettre une séance privée avec moi et j'ai bien l'intention de le satisfaire. Comme je doute que nous soyons autorisés à baiser ici, nous allons trouver ailleurs un petit nid d'amour.

De ma main libre, je mis à caresser prudemment la joue rasée de l'homme en cuir et lui murmurai d'une voix séductrice :

— Tu veux te joindre à nous, mon chou ?

Il secoua la tête en signe de refus et me répondit :

— La soirée ne va pas tarder à commencer, d'ici une demi-heure, je pense.

— Une demi-heure ? Largement le temps !

Accompagné par les hurlements d'encouragements de ses coéquipiers, je tirai derrière moi ma victime et nous montâmes ensemble les deux volées de marches de l'étroit escalier. Une fois entrés dans la chambre, j'ôtai ma perruque et la déposai sur son support. L'air ahuri de Marty valait son pesant d'or.

— Qu'est-ce qui ne va pas ? lui demandai-je.

Je trempai une serviette dans l'eau froide et la passai contre mon crâne rasé. Ah, c'était beaucoup mieux comme ça ! J'avais oublié à quel point les étés de Sydney pouvaient être torrides.

— Tu savais bien que j'étais un mec.

Marty se racla la gorge tout en fixant le plancher, clairement embarrassé par le tour que prenaient les événements.

— Bien sûr. Mais le savoir et le voir sont deux choses très différentes.

— Ne te mets pas la rate au court-bouillon, trésor, dis-je en rigolant. Tu n'es pas obligé de faire quoi que ce soit.

En d'autres circonstances, j'aurais pu prendre son intense soulagement comme une insulte, mais les deux dernières heures passées à faire des fellations commençaient à se faire sentir et sa réaction m'était donc tout à fait égale.

— Pourquoi ne pas appeler ta fiancée et discuter avec elle pendant que je me rince la bouche ? lui suggérai-je tout en me versant un verre d'eau.

Je bus, me rinçai la gorge et recrachai.

– Tu veux que je téléphone à Sara ?

— Ta fiancée s'appelle Sara [6] ? Comme ma poétesse préférée ?

Je m'essuyai les lèvres et insistai :

— Ouais, appelle-la. J'aimerais bien lui parler.

Marty se jeta sur le lit et, après m'avoir observé pendant que je me démaquillais, il extirpa soigneusement son iPhone de sa poche et passa son appel. Une jeune femme décrocha aussitôt.

— Non, je vais bien, expliqua piteusement le jeune homme quand elle lui demanda s'il y avait un problème. Les gars m'ont emmené dans le Cross et je suis dans une chambre d'hôtel avec une imitation de Stevie Nicks et il, je veux dire elle, souhaite te parler.

Marty me tendit son téléphone avec l'air désespéré de quelqu'un qui souhaite que le sol s'ouvre sous ses pieds et l'engloutisse.

— Hé, mon cœur, dis-je d'une voix normale, mais qui n'était cependant pas très différente de celle de Stevie. Je voulais juste te rassurer. Marty est toujours aussi pur que la première neige.

— Bien, dit-elle d'une voix traînante accompagnée de petits rires de gorge. Marty m'a dit que tu imitais Stevie Nicks. Ma mère l'admirait énormément et c'est à cause d'elle que je m'appelle Sara.

Et en voilà une autre !

— Était ?

— Elle est morte quand j'avais dix ans.

— Oh, je suis désolé.

Sara dégageait une impression de calme et de confiance en soi. Marty avait bon goût en matière de femme.

— Tu devrais rencontrer ma sœur, Rhiannon [7].

Elle se mit à rire et nous discutâmes ensuite des conséquences induites par le fait d'être prénommé d'après une chanson. Puis, je me rappelai ce que son fiancé et moi étions censés faire.

— Sara, ce fut vraiment très agréable de parler avec toi, mais les copains de Marty pensent qu'il est en train de me sauter. Pourquoi les deux tourtereaux que vous êtes ne profiteriez pas du temps qu'il me faut pour finir

---

6 NdT : titre d'une chanson écrite en 1979 par Stevie Nicks.

7 NdT : titre d'une chanson de Stevie Nicks écrite en 1979.

de me préparer pour roucouler ? Rappelle-lui de faire les bruits appropriés de temps en temps. Je suis sûr qu'ils sont à l'affût.

Sur ce, je repassai le téléphone à Marty et me mis à crier :

— Non, non, elle est trop grosse !

J'entendis un rire étouffé derrière la porte.

Marty finit par comprendre enfin qu'il n'allait pas être obligé de me baiser. Un sourire coquin s'afficha sur son visage quand il cria à son tour :

— Ouais, c'est ça. Prends-la entière, salope !

J'étouffai un rire et me retournai vers le miroir. Faire des pipes avait été fatal à mon maquillage. Pendant que je réparais les dommages, Marty se lança dans une série de mouvements, bondissant sur le lit et le faisant cogner contre le mur. Pour ma part, je criai de temps en temps :

— Baise-moi, oui, baise-moi. Tu es bon !

L'un de nous au moins s'amusait. J'avais personnellement perdu un peu de mon enthousiasme après ma rencontre avec Monsieur Cuir, mais le spectacle devait se poursuivre, selon un principe foireux du genre 'je suis un pro et le spectacle doit continuer'.

Je vérifiai l'heure : il ne restait plus que dix minutes. Je devais presser l'allure. Dès que je fus prêt, je repris le téléphone pour prendre congé de Sara.

— Tous mes vœux de bonheur pour le mariage, trésor, et n'oublie pas d'apprendre à Marty les paroles de 'Sara' pour qu'il puisse te la chanter pendant votre nuit de noces.

Elle se mit à rire.

— Il chante comme une casserole. Mais j'y pense : pourquoi ne la chanterais-tu pas à sa place ?

— Quoi ? Tu veux une sérénade par personne interposée, comme le fait Steve Martin dans Roxanne ? Non, non ! Je suis sûr que Mary saura se débrouiller sans moi.

Elle se mit à rire de plus belle.

— Mais non. Je voulais dire à la réception. Maman adorerait l'idée de Stevie Nicks chantant à mon mariage.

— Sans doute, oui.

Elle devait plaisanter, non ? Soudain, une alarme retentit au rez-de-chaussée, signe pour moi qu'il était temps d'entrer en scène. Je rendis le téléphone à Marty, attrapai mes affaires et me dirigeai vers la porte, derrière laquelle quatre pompiers super balèzes m'attendaient. Avant que je puisse dire un mot, Jeff, leur chef, me jeta sur son épaule dans la pure tradition des sapeurs-pompiers. Pauvre abruti ! Je faillis en perdre ma perruque. Je frappai son dos de mes poings serrés et hurlai d'une façon que j'espérais très convaincante tandis que nous descendions l'escalier.

AU MOMENT où la chanson de Stevie sortait des enceintes, je me trouvai au centre de la scène, armé de mon tambourin et de mon micro que j'avais décoré d'une écharpe.

Nus à l'exception de leur cotte de pompier, la peau luisante sous le feu des projecteurs, Jeff et ses amis embrasaient l'atmosphère [8]. La foule se prit au jeu et se joignit à la danse.

Je mimai à la perfection Stevie, chantant en playback cette chanson que je connaissais par cœur, faisant tournoyer tout comme elle ma robe autour de moi en dansant. À la fin de ma prestation, j'acceptai avec élégance les applaudissements. Je remarquai alors une personne qui ne frappait pas dans ses mains.

Maître D.

Il avait finalement intégré le fait que nous étions en été et avait ôté sa veste et sa chemise, révélant une large poitrine sur laquelle se croisaient les traditionnels harnais de cuir. À la place des bracelets habituellement portés aux bras par les fétichistes, il arborait au biceps droit un tatouage représentant une double vrille de fils barbelés et à gauche une chaîne brisée. Il me regardait d'un regard noir comme si j'avais été une merde de chien toute fraîche dans laquelle il aurait marché. Hum… décidément pas un fan de Stevie Nicks, ou de Stevie Tricks en tout cas.

Le DJ lança la musique annonçant notre numéro suivant. Comme si tout ce qui allait suivre faisait partie du show, je descendis de la scène et m'avançai en chaloupant des hanches vers Maître D. Aussitôt près de lui, je passai un doigt ganté sous son harnais et, tirant dessus, l'incitait à me suivre. Il me résista une seconde avant de me céder et nous regagnâmes la scène ensemble.

Il se planta au milieu des pompiers qui se trémoussaient, apparemment décidé à incarner l'inertie d'un bloc de granit. Je virevoltai autour de lui, chantant le bonheur qu'on pouvait trouver dans l'attente et dans l'expectative. Dommage qu'il ne comprenne pas l'allusion et ne saisisse

---

8 NdT : 'Rooms on fire', titre d'une chanson de Stevie Nicks.

pas l'occasion pour se déshabiller comme les autres ; je trouvais pourtant leur numéro très entraînant.

J'avais conscience que je n'aurais certainement pas dû prendre autant de plaisir à l'emmerder, mais je ne pouvais pas m'en empêcher. J'avais sans doute sucé un préservatif de trop et un virus en avait profité pour se frayer un chemin dans mon cerveau, annihilant sur son passage toute peur et me rendant téméraire au point de défier un homme en cuir manifestement aussi puissant.

La foule devait penser qu'il ne s'agissait que d'un intermède plaisant, mais chaque fois je posais les yeux sur Fred, je le voyais lever les yeux au ciel et secouer la tête d'un air navré. Par contre, pas un muscle ne tressaillait sur le visage de Maître D.

Mais qu'est-ce qui n'allait pas chez ce mec ? Il n'a donc pas le moindre sens de l'humour ?

La chanson arriva à sa fin et je tournoyai si vite autour de lui que je dus m'appuyer sur son bras pour ne pas m'étaler de tout mon long. Son absence totale de réaction me donna l'impression d'avoir agrippé une statue. Mais je me trompais en le pensant totalement impassible : ses yeux lançaient des éclairs et m'adressaient la promesse silencieuse d'un châtiment inéluctable.

S'il s'était agi de Julius, j'aurais su exactement à quoi m'attendre : la brosse à cheveux. Je fermai les yeux sous l'afflux malvenu des souvenirs, mon cœur battant à un rythme frénétique.

Les hurlements de la foule me ramenèrent à l'instant présent. La tenue de Jeff et de ses partenaires se réduisait à présent à de simples suspensoirs fluorescents. Leur numéro achevé, ils s'alignèrent pour recevoir les applaudissements. Je respirai un grand coup et lâchai le bras de mon soutien statufié afin de pouvoir poser une main sur sa poitrine et glisser mes doigts entre le doux duvet qui la couvrait.

— Trésor, tu devrais faire don d'un peu de cette toison à ces pauvres danseurs. Qu'en pensez-vous, les gars ?

Mon commentaire fut accueilli par une salve de rugissements. Heureusement pour moi, une forte consommation d'alcool incitait le public à apprécier mes blagues pourtant à peine drôles. Il était évident que Maître D n'avait pour sa part pas bu une seule goutte de la soirée, sans doute dans la perspective de sa prestation à venir. Un muscle commença à se contracter sur sa mâchoire. Ouais, l'homme en cuir n'avait décidément pas l'habitude d'être la cible des moqueries.

— Allez, les amis, faites une ovation à Jeff et à sa bande de copains.

Les danseurs quittèrent la scène en se trémoussant à l'excès, acclamés par les hurlements déchaînés de leurs admirateurs de tous bords. La salle retentissait de leurs exclamations et de leurs questions dénuées de subtilité sur la longueur de la lance à incendie des pompiers-danseurs. Sans être complètement bondés, les lieux pouvaient être considérés comme bien remplis.

Plus tôt dans la journée, j'avais demandé à Fred ce qu'il attendait de moi. Il s'était contenté d'un haussement d'épaules désinvolte.

— Le truc habituel : distraire les clients.

Il n'avait aucune idée de la façon de monter des spectacles, mais dans l'éventualité où cette entreprise se solderait par un succès, il pensait avoir besoin d'un vivier d'artistes permanents sur lesquels il pourrait compter pour assurer l'animation des nuits de son club.

Noyé dans le public, ledit Fred regardait le spectacle d'un air plutôt inquiet et, pour le rassurer, je lui adressai un bref signe du genre 'je maîtrise la situation'. Puis, je me tournai vers la foule tout en roucoulant dans le micro :

— Merci de m'avoir invité dans votre belle ville. Je suis si excité d'être parmi vous !

J'ignorai les huées qui s'adressèrent à moi :

— On veut la vraie ! Amène-nous la vraie Stevie !

Si cette soirée s'était déroulée à l'étranger, j'aurais continué à coller au personnage que j'imitais, mais ici, en Australie, le public n'était pas aussi puriste. Il n'aspirait qu'à une seule chose : s'amuser. Et distraire les spectateurs, je savais le faire. Aussi, de ma voix la plus enjôleuse, je poursuivis :

— Quand Fred m'a invité à participer à cette fabuleuse soirée, il m'a assuré que seules des personnes importantes *viendraient* ce soir. Si ce n'est pas déjà fait, je suis sûr que vous aurez de très nombreuses occasions de vous rattraper.

Je fis une pause assez longue pour offrir à mes spectateurs l'occasion de saisir l'allusion et repris :

— Nous avons des tonnes de distractions en réserve pour vous ce soir.

À mon signal, le DJ envoya un roulement de tambour.

— Tout droit venu des États-Unis…

Un autre roulement de tambour.

— L'Hôtel Paradisio est fier de vous présenter une personne qui va vous fouetter les sangs jusqu'à vous faire grimper aux rideaux.

La personne en question inclina poliment la tête. Je fus surpris de constater une trace de nervosité en lui. S'il avait effectivement remporté le titre de Monsieur Cuir, il devait être habitué à se produire sur une scène.

Je respirai bruyamment dans le micro :

— Bienvenue en Australie, *Monsieur* D.

Je pris une mine confuse et portai une main gantée à mes lèvres.

— Oups ! *Maître* D, rectifiai-je avec un rire cristallin. Désolé, mais je suis un peu perdu. Après tout, tu as gagné le titre de *Monsieur* Cuir.

J'adressai à mon audience un clin d'œil complice.

— Dommage que tu ne portes pas ton écharpe, trésor.

Je profitai de cette déclaration pour caresser à nouveau sa poitrine duveteuse. Sous ma paume, son souffle se stabilisa et l'homme recouvra son calme antérieur. Je retirai ma main avec regret et laissai échapper un rire nerveux avant de m'adresser à nouveau à la foule :

— Comme vous le savez sans doute, je suis un grand connaisseur en matière de fringues.

Maintenant que je ne le touchais plus, je regagnai un peu de mon assurance. Tournant sur moi-même, je frimai dans ma robe rouge.

— J'adore ton cuir, chéri, mais combien de vaches t'a-t-il fallu tuer pour obtenir un tel ensemble ?

J'approchai le micro de sa bouche pour recueillir sa réponse, mais il se contenta de frapper sa botte avec son fouet. Oh, Seigneur, j'étais en train de le prendre à rebrousse-poil ! Ce genre d'homme aimait distribuer, mais n'appréciait pas outre mesure de se retrouver dans la position de la cible. J'avais déjà noté cette tendance chez Julius.

— Dis-moi, Maître D, puisque tu portes tout ce cuir, tu dois conduire une moto, non ?

— Oui.

Je n'avais jusqu'à alors jamais réalisé qu'il était possible de parler sans vraiment ouvrir la bouche, mais cet homme était en train de m'en faire une brillante démonstration. Au moins le son porté par les haut-parleurs ressemblait à une affirmation, même grommelée et émise de mauvaise grâce.

— Et c'est quelle sorte de moto ?

— Une Harley.

— Une Harley, répétai-je.

J'aurais dû m'en douter. Un vrai stéréotype.

— Fais bien attention. Par ici, la police a tendance à penser que tous ceux qui conduisent une Harley sont membres d'un gang de bikers hors-la-loi, trempant dans toutes sortes de trafics douteux. Mais je présume que tu suis le droit chemin.

L'un des spectateurs qui se tenait devant la scène murmura quelques mots. Je m'approchai de lui pour lui tendre le micro :

— Qu'est-ce que tu as à dire, mon chou ?

— Je dis que je doute qu'il y ait quoi que ce soit de droit [9] chez lui...

J'adoptai la pose classique de la stupéfaction, genre 'oh mon Dieu', main sur le cœur et bouche bée.

— Insinuerais-tu qu'il est gay ?

Je reportai mon attention sur l'homme en cuir.

— Et c'est vrai ?

Ses lèvres se retroussèrent, dévoilant des dents blanches tellement serrées que sa parodie de sourire ressemblait à s'y méprendre à de la rigidité cadavérique. Il marmonna un autre 'oui' presque inaudible.

Le DJ de Fred, un gars au nom imprononçable tant il comportait de voyelles et de consonnes, prononça à son tour quelques mots.

Je me dirigeai d'un pas nonchalant pour obtenir sa contribution à cette conversation ô combien intéressante. Dommage, car j'aurais bien aimé m'attarder davantage auprès de l'homme en cuir pour voir si je pouvais l'amener au point de rupture.

— On est dans un bar homo, Stevie.

— C'est une plaisanterie, hein ? l'interrogeai-je en feignant un air consterné et en promenant mon regard sur la salle. Pas étonnant alors qu'il y ait autant de beaux mecs.

Je m'éventai le visage et haletai doucement.

— Mais une minute... J'ai bien vu une équipe de rugby tout à l'heure ? Ils ne sont pas tous homos que je sache, même s'ils passent leur temps à se piquer leurs baballes les uns aux autres !

Un brouhaha s'éleva en provenance des joueurs en question et de la foule alentour.

— Hello, Marty, dis-je au futur jeune marié rougissant en lui envoyant un baiser du bout des doigts.

_____

9 NdT : L'adjectif 'droit' fait ici référence au mot anglais 'straight' qui signifie dans ce contexte 'hétérosexuel'.

Le DJ murmura à nouveau quelque chose et, cette fois-ci, je fis semblant d'avoir entendu.

— Ils sont venus pour me voir ? Comme c'est mignon !

Je battis des cils en les regardant.

— Eh bien, je peux dire avec certitude qu'ils sont effectivement... venus !

Le niveau sonore des rires augmenta.

— Maintenant, si vous êtes tous très gentils, je vais vous interpréter l'un de mes morceaux préférés de Stevie, 'La Belle et la Bête'. Êtes-vous de gentils garçons ?

Je posai cette dernière question en dirigeant le micro en l'air et ne fus pas surpris d'entendre un nombre conséquent de 'putain, oui' s'élever dans l'assistance.

— Mais comme il s'agit d'une ballade, il me faut quelqu'un à qui je puisse chanter une chanson d'amour.

Je choisissais d'ordinaire une personne parmi les moins séduisantes du public. J'arpentai la scène à plusieurs reprises, comme pour y chercher mon candidat idéal. Puis, je me frappai le front de la main.

— Suis-je bête ! J'ai la cible parfaite, *ici même*. Et tout ce qu'elle a à faire, c'est justement de ne rien faire.

Et je me dirigeai d'un pas ferme vers Maître D et lui caressai le visage.

Ses yeux croisèrent enfin les miens et je notai l'éclat dangereux qui les faisait luire. Mais ce n'était pas par hasard que j'avais un tigre tatoué dans le dos.

— Tu *peux* rester immobile, hein ? lui demandai-je tout en effleurant sa peau, qui frémit sensiblement à mon contact. Oh oh, je pense que je vais peut-être avoir besoin d'une barre de maintien !

Je fis un geste en direction de Fred. Celui-ci secoua la tête et écrivit quelques mots sur un bout de papier qu'il agita dans ma direction. Tout en allant récupérer le message, je me fis un devoir de présenter Fred et de souligner le travail extraordinaire qu'il accomplissait. Peut-être me donnerait-il un décompte des fonds déjà collectés pour je ne savais plus quelle bonne cause.

Je jetai un coup d'œil rapide au bout de papier et éclatai de rire.

Je fis semblant de manquer de souffle en déchiffrant le message :

— Ce papier dit...

18

Fred grogna ; il ne voulait pas que je lise à voix haute ce fichu truc, mais j'avais un compte à régler avec la montagne de problèmes que j'avais accumulés depuis des années.

— Ne chie pas sur Maître D.

Je revins au centre de la scène tout en secouant la tête.

— Bien sûr que je ne peux pas chier sur Maître D. On aurait besoin d'une salle de bain pour ça !

J'agitai le papier devant le visage toujours impassible de l'Américain et m'adressai à lui :

— Ta vue est probablement meilleure que la mienne. Qu'est-ce que ça dit ?

Il regarda attentivement le bout de papier et annonça :

— Ne fais pas chier Maître D.

Il fallait vraiment que je comprenne comment il s'arrangeait pour parler la bouche quasiment close. C'était décidément du grand art. Le public était mort de rire.

— Oh, chéri, c'est déjà trop tard, m'adressai-je à Fred en haussant exagérément les épaules.

Puis, je fis signe au DJ de lancer la musique. Le fait qu'il ne bougeât pas d'un pouce était à porter au crédit de l'homme en cuir. Son regard demeura rivé au mien tandis que je chantais à propos d'un amoureux insoumis qui aimait vivre dans le plaisir et la douleur. Les mots étaient tout à fait appropriés, car personne ne pourrait jamais dompter un homme tel que lui.

Au bout de compte, je lui attribuai une note de dix sur dix pour son stoïcisme, une qualité que je ne comprenais que trop bien. Rester impassible devant une personne qui vous compare à une bête avait dû être particulièrement humiliant. *Bienvenue dans mon monde, mon pote.* Dieu merci, nos chemins se sépareraient à la fin de cette soirée.

— Vous êtes trop gentils, remerciai-je le public quand les applaudissements moururent progressivement. C'est maintenant au tour de Maître D de montrer ce dont il est capable avec cette longue chose qui pendouille à sa ceinture.

Si j'en croyais les commentaires qui suivirent, seule une infime minorité du public n'était pas dotée d'un esprit mal placé.

— Allez tout le monde, tapez fort des mains pour l'encourager !

Un type qui se croyait malin lança :

— Et pourquoi ne pas plutôt lui mettre une main dans le cul ?

J'éclatai de rire et perçus le faible tressaillement qui agita la mâchoire de Maître D.

— Mais non, pas tout de suite. Il n'est pas suffisamment dilaté pour ça.

Je reculai et tendis le bras vers l'homme en cuir pour l'inviter à entrer dans la lumière des projecteurs.

— Allez trésor, il est grand temps de faire claquer ce fouet.

Sur cette répartie finale, je saluai une dernière fois et sortis. Des hommes en cuir montèrent sur la scène pour y dresser une croix de Saint-André, instrument que je connaissais intimement.

Je parvins tout juste à la chambre avant que le premier coup de fouet retentisse.

Courir aidait parfois.

III : Section 1.02
Two kinds of love

Une fois à l'intérieur de ma chambre, je fixai la photo posée sur la coiffeuse. Bon Dieu, Steve, qui de vous deux était la bête tout à l'heure sur cette scène ? Stevie Nicks était une belle personne, autant à l'intérieur qu'à l'extérieur. Si je voulais continuer à l'interpréter, je devais absolument changer de mentalité sous peine de devenir comme une de ces drag queens qui prenaient leur pied à se comporter comme des peaux de vache.

D'accord, l'homme en cuir avait fait remonter à la surface un tas de souvenirs désagréables, mais il n'était pas Julius. Il ne méritait pas d'être la cible de mes railleries. Le problème était que le simple fait de le toucher avait ravivé une petite étincelle que j'avais enfouie si profondément en moi que je l'avais crue morte. Mais je ne devais pas oublier qu'il était dangereux de taquiner un dragon uniquement pour découvrir s'il était capable de cracher du feu.

Je m'assis sur le lit et enfouis ma tête dans mes mains. Julius m'avait toujours reproché d'aimer flirter avec le danger, mais je devais bien admettre que mon comportement sur scène avait dépassé toutes les limites de la stupidité. Qu'avais-je cherché à prouver en traitant l'Américain de cette façon ? Peut-être devrais-je le rencontrer après le show pour lui présenter mes excuses et lui assurer que mon comportement faisait partie du spectacle ?

Le son d'un grognement angoissé parvint à traverser l'obstacle des murs et le claquement du fouet me donna à penser que l'homme en cuir utilisait à présent un autre instrument. Les deux premiers coups de fouet n'avaient sans doute constitué qu'un préliminaire à des plaisirs ultérieurs et une phase d'échauffement pour son partenaire avant que les choses sérieuses ne commencent vraiment. Nous étions sans aucun doute partis pour une longue session.

Un doux chuintement vint me donner raison. Je frissonnai. Ce son ne manquait jamais de me faire démarrer au quart de tour. Un tressaillement parcourut ma colonne vertébrale tandis que je me remémorais une douleur exquise. Putain de relations amour/haine. Je pouvais sentir le sang affluer dans la région sud de mon anatomie.

Un autre chuintement.

Merde. J'avais besoin d'une diversion.

Fred avait suggéré que je me mêle aux invités et, étant donné les circonstances, cette idée me paraissait plutôt bonne. Il me suffisait de rester sourd aux bruits et de soigneusement cadenasser mes souvenirs. Je pouvais avoir recours pour ça aux techniques de relaxation que m'avait enseignées ma thérapeute.

J'ôtai ma coûteuse robe de soirée et enfilai mon troisième ensemble de la soirée : une longue tunique noire et vaporeuse que j'avais achetée chez *Marks & Sparks*.

AU REZ-DE-CHAUSSÉE, l'équipe de rugby avait migré dans l'autre partie du bar, se joignant aux stars du porno qui avaient partagé ma prestation de tailleur de pipes pour l'enterrement de la vie de célibataire de Marty. Je passai de groupe en groupe, m'arrêtant de temps à autre pour échanger quelques mots rapides ou pour poser pour quelques photos.

Je m'étais attendu à ce que les joueurs disparaissent dès qu'ils seraient arrivés au terme de la blague qu'ils avaient concoctée pour Mary et pour laquelle j'avais été leur complice. Mais ils semblaient avoir décidé de s'attarder. Rob, boute-en-train notoire, focalisait autour de lui toute l'attention.

— Tu serais dans ton élément, disait-il en tapotant l'épaule d'un Marty profondément mal à l'aise.

Je m'interposai entre les deux hommes et demandai :

— Dans quel élément, chéri ?

— À tourner dans des pornos homos.

— Qui ? Marty ?

Je scrutai le jeune homme des pieds à la tête et lui fis un clin d'œil avant de remarquer :

— Oui, je veux bien croire qu'il deviendrait rapidement très populaire.

Je me tournai ensuite vers son persécuteur et fis glisser ma main sur son torse, la descendis vers ses abdominaux, puis attrapai et massai ses bijoux de famille l'espace de quelques secondes.

— Mais et toi, mon tout beau ? Tu sais que rien ne vaut un bel homme musclé bien bâti pour faire se pâmer tous les hommes et *toutes* les femmes.

Il frissonna sous ma caresse.

— Oh, mais Rob ne pourrait jamais faire un truc pareil ! s'exclama Mary scandalisé.

Je ne partageais pas cette certitude et le regard en coin que me lança Rob m'informa sans ambiguïté qu'il n'aurait pas hésité à me plaquer au sol si je n'avais pas été deux fois moins grand que lui ou une femme, ou du moins habillé comme tel.

Je lui adressai en retour une œillade sarcastique.

Marty me fit un grand sourire, son embarras déjà oublié.

— Tu sais, me félicita-t-il, j'ai vraiment adoré ton numéro. J'ai envoyé quelques photos à Sara et elle a regretté de ne pas pouvoir regarder la totalité du spectacle.

Il se leva de son siège et me proposa :

— Tu veux t'asseoir ?

Oh la vache ! Il était vraiment adorable. Je devinais aisément ce qui avait séduit Sara et son possessif coéquipier. Avec un sourire attendri, je lui répondis :

— Ne bouge pas, chéri. Je vais m'asseoir sur tes genoux.

L'un de ses compagnons se mêla à la conversation et suggéra :

— Tu ne veux pas le chauffer un peu en te trémoussant sur ses genoux, Stevie ?

Marty devint rouge écarlate et écarta sa jambe pour que je puis m'asseoir dessus. Quelques appareils photo cliquèrent, mais je ne m'en souciai pas. Un cliché de Marty avec Stevie Nicks sur ses genoux ne porterait pas atteinte à sa réputation, et c'était préférable que d'être pris sa queue au fond de ma gorge.

Les coups de fouet s'intensifièrent et les grognements devinrent plus bruyants.

— Comment peut-on vouloir se faire fouetter comme ça ?

Je n'identifiai pas l'auteur de la question, mais il était impossible d'ignorer le profond dégoût qui transpirait dans l'intonation.

Tandis que des mecs dépourvus de toute expérience se lançaient dans des explications diverses et variées, je retournai la question dans ma tête et me souvins avoir eu moi-même du mal à répondre à Rhiannon quand elle m'avait posé exactement la même question. Comment expliquer un tel besoin ? Comment trouver les mots pour décrire l'exquise agonie que l'on ressent quand toute pensée rationnelle est abolie et qu'il ne vous reste qu'une seule chose à laquelle vous raccrocher, une seule chose qui vous maintient lié à votre corps, une seule chose qui vous fait vous sentir *réel* ? Intensément et douloureusement réel. Tout ce qui existe alors en dehors de cet instant devient insignifiant, dérisoire et supportable. C'est là que réside le sens véritable du sadomasochisme. Le reste, comme le désir de complaire à son Maître, n'était à mes yeux qu'un immense ramassis de conneries !

Un calme soudain succéda aux grognements. La démonstration était-elle terminée ou l'homme en cuir faisait-il une pause le temps de changer d'instrument ?

Le gars qui était fouetté ne devait pas être un novice, mais probablement un ami de Maître D lui aussi fétichiste du cuir. Je me demandai comment il supporterait le martinet.

La simple vue de cet instrument avait suffi à me mettre les nerfs à fleur de peau. Soudain, comme pour répondre à mes pensées, un claquement retentit, aussitôt suivi par un long gémissement.

Tout le monde autour de moi eut un frisson.

Pas moi. Mais ma jambe eut un brusque sursaut d'anticipation et ma peau se recouvrit de chair de poule, comme si j'étais à la place de l'homme écartelé sur la croix. *À quel point le prochain coup sera-t-il douloureux ? Et où atterrira-t-il ? Serais-je capable de supporter la douleur ? Arriverais-je à transcender la souffrance pour la transformer en extase ?*

Quand le coup suivant fut délivré, le cri qui en résultat fut encore plus fort, encore plus pitoyable, avant de se muer en sanglots irrépressibles. Puis, le silence.

La petite voix malveillante de ma conscience s'étonna : *quoi, seulement deux coups* ? J'eus la nausée quelques secondes seulement après que cette question m'eut traversé l'esprit. *Arrête ça tout de suite, Steven Lindsey Stanhope. Tu ne vas pas t'engager à nouveau dans cette voie.*

— Enfin, c'est fini, murmura quelqu'un. Ma bière me reste sur l'estomac à cause de cette saloperie sado-maso.

— Oups ! s'exclama soudain Marty. Stevie, j'aurais dû t'offrir à boire.

Il fit un geste de la main en direction du barman.

— Qu'est-ce que tu veux boire ? Une bière ? Du vin ?

J'avais bu quelques gorgées d'eau dans ma loge, mais j'avais pris soin de ne pas trop boire. Rien n'était plus chiant que d'être obligé de se désaper entièrement pour aller pisser.

— Un verre de vin serait parfait.

Je pouvais me contenter de ça pendant un certain temps.

Les conversations et les rires s'amplifièrent tandis que la musique house se déversait dans le club grâce aux bons soins du DJ engagé par Fred. Les clients se dirigèrent en masse vers la piste de danse, mais personne dans notre groupe ne les imita. Peu de temps après, un certain nombre d'hommes intégralement vêtus de cuir firent leur entrée dans le bar.

FRED S'APPROCHA, un large sourire plaqué sur son visage anguleux. Je fus soulagé par l'absence de Maître D. De toute façon, si l'homme avait un tant soit peu de compassion, il resterait avec son partenaire pour soigner les blessures conséquentes de la flagellation, pour calmer sa douleur, bref, tout simplement pour prendre soin de lui.

— Merci d'être venu, mon pote, déclara Fred à Rob en l'étreignant rapidement.

Puis il passa derrière le bar. Ainsi, ces deux-là étaient amis. De plus en plus bizarre. Toujours assis sur les genoux de Marty, je me contentai de fixer le sol et d'écouter leurs plaisanteries.

L'attitude possessive de Rob envers Marty devint de plus en plus évidente au fil de la soirée, en tout cas de mon point de vue. Chaque fois que je croisais son regard, j'y décelai une pointe de jalousie. Il se trouvait qu'il serait le témoin de Marty lors de la cérémonie qui se déroulerait dans quelques semaines. L'avais-je rendu jaloux en disparaissant à l'étage avec le futur marié ? Ce n'était pas comme s'il s'était passé quoi que ce soit dans cette chambre de toute façon ! Quel gâchis ! Je soupirai et lissai le tissu de ma tunique sur mes hanches.

Un mouvement me fit à nouveau lever les yeux. Maître D.

Fred lui servit aussitôt une bière. Je fus surpris de relever une certaine lassitude sur le visage de l'homme en cuir quand il accepta le verre. Il sourit brièvement à mes compagnons et m'ignora royalement.

L'un des membres de l'équipe de rugby lui demanda :

— C'est pourquoi le 'D' de Maître D, mon pote ? Je ne vais pas t'appeler tout le temps Maître D.

Je tendis l'oreille dans l'attente de la réponse. J'avais passé en revue toutes les combinaisons possibles sans qu'aucune ne me satisfasse : Deryck, Demetrios (à cause de sa peau bistrée qui suggérait un lointain héritage méditerranéen), Damon, Dale et même Dagwood.

— Si ça t'embête de m'appeler Maître D, appelle-moi Donato ou Don.

Don le Dominateur. Comme c'était approprié !

Le brouhaha des conversations m'entraîna plus loin dans mes pensées. D'après ce que j'avais pu glaner par-ci, par-là, l'homme en cuir venait des environs de Chicago. Lors de la Seconde Guerre mondiale, sa grand-mère australienne avait épousé un militaire américain qu'elle avait rencontré alors que celui-ci passait une permission au Cross.

Maître D se trouvait en Australie pour rendre visite à sa grand-tante, une vieille fille qui vivait à Fairlight.

— Hé, Donato, c'est vraiment dommage que tu n'aies pas eu le temps de goûter aux spécialités locales, lança Rob en me regardant en coin. Ça n'aurait pas pris longtemps : Stevie est un vrai pro !

— C'est faux ! rétorquai-je tout en m'éventant le visage et en essayant de paraître décontracté alors que mon cœur battait à deux cents à l'heure. Dawson est bien meilleur que moi.

J'avais surnommé Dawson, l'une des stars du porno, Dawson le Dyson, car il était comme un putain d'aspirateur. Il enchaînait les pipes comme un travailleur à la chaîne : j'avale, je suce et le préservatif se remplit. Et au suivant.

— À quel point est-il rapide ? demanda l'Américain en jetant un coup d'œil interrogatif à Rob. Il a besoin de combien de temps ? Cinq minutes ? Dix ?

— Dix au grand maximum, affirma l'un des rugbymen.

Pour mémoire, celui-ci n'avait même pas tenu cette durée.

— Hé, j'ai une idée ! s'exclama Rob. Tu vas quand même goûter à nos spécialités locales finalement. Je te propose la chose suivante : un gars va te tailler une pipe et s'il ne parvient pas à te faire jouir dans un certain délai, alors tu devras le baiser.

L'homme en cuir ne prit même pas le temps de réfléchir et acquiesça :

— Ça marche pour moi.

Quelques spectateurs supplémentaires étaient venus grossir nos rangs, attirés par les rires et les exclamations provoqués par la situation.

— Mais on devrait allonger la durée pour rendre le pari plus équitable. Que diriez-vous d'une demi-heure ? suggéra Maître D.

Dawson semblait impatient de relever le défi, considérant sans doute que, quelle qu'en soit l'issue, il en sortirait de toute façon gagnant.

— Ça semble raisonnable, conclut Fred tout en se frottant les mains avec jubilation. Et pour rendre les choses encore plus intéressantes, et comme nous n'avons pas atteint l'objectif fixé pour la levée des fonds, que diriez-vous de miser sur le résultat pour combler le trou ?

— Pour combler un trou, je suis toujours partant ! s'enthousiasma une voix derrière moi.

— Bonne idée, renchérirent tout à la fois l'homme en cuir et les rugbymen.

Je grognai et secouai la tête avec consternation. Mais qu'est-ce qui clochait chez les Australiens ? Ils étaient capables de miser sur deux mouches rampant sur un mur !

— On parie sur le fait que Maître D arrivera à tenir trente minutes ? interrogea Rob d'une voix intriguée.

L'homme en question se contenta de sourire et de hausser les épaules nonchalamment.

— Oui, pourquoi pas ? Que tout le monde dépose sa mise. Si je peux résister à l'envie de jouir jusqu'à l'expiration du délai, tout le pot va dans la caisse. Par contre, si j'échoue, je paierai de ma poche la somme qui manque à Fred pour sa collecte de fonds.

— D'accord, je te suis, mon pote ! lui répondit Rob.

Il jeta un coup d'œil à ses amis afin de s'assurer qu'ils étaient eux aussi dans la course.

— Sors ton calepin des paris, Fred.

— Pauvres idiots, marmonnai-je. Vous pouvez tout aussi bien lui donner votre argent tout de suite.

— Tu penses pouvoir faire mieux, Stevie ? me demanda alors l'homme en cuir.

Il faisait partie de ces hommes qui parlaient calmement et possédaient une voix douce qui n'en attirait que plus l'attention.

Je m'agitai nerveusement sur les genoux de Marty, soudain mal à l'aise.

Le regard perçant de l'homme en cuir se fixa sur Marty, comme pour lui soutirer des informations à ce propos.

— Ouais, Stevie est vraiment génial, confessa le jeune homme.

J'eus envie de lui taper sur la tête. Les mecs qui jouaient au ballon toute la journée devaient bien être un peu stupides, mais quand même pas à ce point-là ! Comment Marty faisait-il pour ne pas se rendre compte qu'il était manipulé ? Je savais pour ma part exactement combien de temps un homme habitué à refouler son orgasme pouvait tenir quand il le décidait.

Avant que j'aie pu inviter Marty à garder ses commentaires pour lui, Rob intervint :

— Ça, ce n'est pas une mauvaise idée. Stevie peut le faire.

— Non, non, s'il te plaît. Je ne voudrais pas priver Dawson de ce plaisir, rétorquai-je.

Et, pour faire bonne mesure, je me mis à battre des cils et décochai un sourire aussi mielleux que possible.

— Mais nous avons une meilleure chance de gagner si c'est toi qui t'y colles, fit remarquer Rob.

Sa voix était lourde de sous-entendus malveillants et je sus d'instinct qu'il agissait de façon complètement délibérée.

Merde, il m'en veut parce que je suis trop amical avec Marty. Tu parles d'une putain de façon de se venger.

— On a besoin de quelqu'un qui soit des nôtres si on veut avoir une chance de gagner. Et après la façon dont tu l'as mis en boite sur la scène tout à l'heure, j'imagine que tu serais prêt à tout pour ne pas te faire baiser par Maître D.

Le sourire torve que m'adressa Rob en disait long sur ses véritables motivations. Il devait grimacer de la même manière sadique juste avant de plaquer violemment ses adversaires à terre. Merde, c'est qu'il était bon à ce jeu, ce con. Si bon que je le voulais bien dans mon équipe la prochaine fois. Pour l'heure, je devais accepter d'avoir été roulé par un enfoiré. Le problème était que je n'arrivais à déterminer dans quelle poupée vaudou, celle à l'effigie de Rob ou celle représentant l'homme en cuir, j'aurais le plus de plaisir à planter des aiguilles.

— On ne peut pas faire ça ici, intervint Fred. Si le Bureau des Licences nous surprend, on est fichu.

Je soupirai de soulagement. Il est vrai que j'avais été surpris de constater que le spectacle de ce soir se donnait si ouvertement. Apparemment, les annonces telles que 'test d'une nouvelle gamme de préservatifs spécifiquement dédiés à l'usage oral' ou encore 'campagne de prévention des infections' ou bien 'c'est pour la bonne cause' avaient comme par miracle rendu l'événement parfaitement licite, ou du moins légitime aux yeux de la Brigade des Mœurs.

— On va utiliser le cellier ; il y a assez de place.

Et merde ! Mille mercis, Fred. Tu te comportes vraiment comme un ami. Ouais, un ami qui avait tout à gagner : quoi qu'il arrive, l'argent finirait de toute façon dans ses poches. Je me tournai vers l'homme en cuir :

— On pourrait se passer du latex ? lui demandai-je.

La perspective d'avoir à sucer à nouveau un de ces putains de trucs pendant une demi-heure non-stop suffisait à me donner la nausée. Par ailleurs, le préservatif s'avèrerait davantage un handicap qu'une aide dans cette situation.

— D'accord.

Cet Américain ne souriait-il donc jamais ? À croire qu'il avait sucé un kilo de citrons verts.

— Mes derniers tests étaient négatifs, me rassura-t-il. Et les tiens ?

— Idem, concédai-je à contrecœur.

Depuis que j'avais quitté Julius, j'avais été maladivement maniaque.

Entouré de gars tous plus grands que moi, je me faisais l'effet d'un agneau mené à l'abattoir tandis que tous m'escortaient vers le sous-sol. Toute cette situation frisait l'absurde et pourtant, tous les événements de cette soirée semblaient reliés les uns aux autres par une étrange forme de logique. *Le destin cherchait-il à me punir pour ne pas avoir fait preuve de suffisamment de respect ?*

L'ENTREJAMBE DE Maître D se trouvait juste à la bonne hauteur lorsque je m'agenouillai à ses pieds. Toute la nuit, j'avais été comme fasciné par la bosse qui déformait le cuir souple de son pantalon. Je déglutis en le voyant défaire sa braguette pour en extraire une grosse et belle verge. Je levai les yeux et fus surpris par le regard bizarre avec lequel il me fixait. On aurait dit que nous nous étions déjà retrouvés dans cette situation. Mais tel n'était pourtant pas le cas, n'est-ce pas ? Je n'aurais jamais pu oublier quelqu'un comme lui. J'avalai de nouveau ma salive et tendis les mains, prêt à passer à l'action.

— Sans les mains, m'ordonna-t-il d'un ton péremptoire, avec cette intonation si caractéristique que je commençais à reconnaître.

Bordel. Son sexe restait à demi flaccide, alors que dans le cas contraire, je n'aurais eu aucun problème pour m'en emparer. Quel enfoiré ! Pourquoi avoir accepté le pari s'il ne voulait pas qu'un mec lui fasse une fellation ? Je tendis à nouveau les mains, mais il attrapa mes poignets d'une poigne de fer et les éloigna de ses flancs.

Je fus secoué d'un frisson en sentant l'étau de ses mains et, même si je j'avais voulu, je ne fus pas capable de camoufler ma réaction.

29

Il dut se rendre compte de quelque chose, une réaction qui lui plut, car sous mes yeux fascinés, son membre commença à gonfler doucement. Bien sûr ! Il avait besoin d'exercer un contrôle ; c'était un Maître et il devait de ce fait impérativement se trouver aux commandes.

Je fus brièvement saisi de panique, mais mon instinct de conservation vint à ma rescousse. D'un brusque mouvement, je me dégageai de son emprise et me rassis sur mes talons. Mes faux seins frémissaient sous l'effet d'une frustration grandissante.

— Tu n'as pas non plus le droit de me toucher, lui fis-je remarquer.

Un éclair d'irritation, ou était-ce de regret, crispa ses traits. Autour de nous, les murmures s'amplifièrent. Je rassemblai toute ma détermination et je lui enjoignis, le plus posément possible :

— Mets tes mains derrière ton dos. Et je ferai pareil.

Il m'avait fallu des années pour rassembler l'assurance nécessaire me permettant d'émettre à nouveau la moindre exigence.

L'homme en cuir exprima son accord d'un bref hochement de tête et adopta la pose classique d'un homme qui passe la revue. *Il est à l'aise. Indubitablement à l'aise.* Je serrai mes poignets derrière mon dos.

Fred s'approcha de nous.

— Prêts ?

— Prêts, répondîmes-nous en chœur.

Bien que ses mains fussent toujours derrière son dos, j'avais l'impression étrange de sentir l'une d'entre elles au sommet de mon crâne et l'autre sur mon épaule, aux endroits où elles s'étaient tenues peu de temps auparavant. Je ne pouvais pas voir son visage, non que j'eusse une envie particulière de découvrir l'expression réjouie que je savais d'avance y trouver. N'importe quel Maître doté de son expérience ne pouvait que posséder un contrôle de fer sur les réactions de son corps.

Le besoin de lui prouver qu'il avait eu tort de relever ce défi m'envahit. Au-delà du désir d'aider mes compatriotes et de remporter un point pour notre équipe, j'étais dévoré par la nécessité de prouver quelque chose.

Durant notre courte, mais intense confrontation, son membre était devenu encore plus gros et son énorme gland pointait d'une manière aguicheuse devant mes lèvres.

Je me penchai.

Un infime déplacement dans sa position et son sexe effleura à peine mes lèvres avant qu'il se recule et l'en éloigne.

— Il triche ! clamai-je d'une voix indignée.

Quelques voix s'élevèrent pour exprimer leur accord tandis que d'autres se mirent à huer. Je me penchai de nouveau et fus une fois encore dupé par son mouvement.

Je jetai un regard mauvais à Fred.

— Tu peux m'expliquer comment je suis supposé le faire jouir si je n'arrive pas à prendre ce putain de truc dans ma bouche ?

L'homme en cuir m'adressa un sourire mauvais et me dit d'une voix traînante :

— Tu es en train de perdre du temps.

Des rires et des ricanements en provenance de notre auditoire lui firent écho. Je pris une grande inspiration et tentai de me calmer. Une fois encore, il fit semblant de se mettre à ma portée.

Je persévérai, mais il contra à chaque fois chacun de mes efforts. La goutte de liquide pré-séminal qui perlait au bout de son gland et que je parvenais occasionnellement à sentir sur mes lèvres prouvait qu'il prenait un grand plaisir à la situation. Les rires de certains spectateurs devinrent progressivement plus cruels tandis que d'autres trahissaient l'angoisse. Soyons clairs : c'était leur argent qui était en jeu. La foule était peut-être en train de rire, mais mon bourreau n'en ressentait aucunement l'envie.

Comment allais-je me sortir de cette impasse ? J'avais eu, un peu plus tôt, l'étrange sensation que nous étions engagés lui et moi dans une conversation silencieuse, compréhensible seulement par nous deux. Et je me demandai brusquement si Fred avait parlé, s'il avait divulgué les secrets de mon passé.

Une phrase toute simple se frayait un chemin dans mon esprit, cherchant une issue, mais je serrai les mâchoires pour ne pas la laisser s'échapper. Une phrase qu'il voulait que je prononce. Des mots que je m'étais juré de ne plus jamais prononcer : *s'il vous plaît, Maître, puis-je avoir l'autorisation de vous sucer ?*

Un murmure descendit sur la foule. La main invisible se posa à nouveau sur mon épaule, suivie tout aussitôt par un doigt glissé sous mon menton. Aucune de ses mains n'avait cependant esquissé le moindre mouvement, pas plus que les miennes.

Je lui adressai un regard furieux et grommelai entre mes dents :

— Quand tu seras prêt à t'y mettre, connard, fais-le-moi savoir.

Puis, je me tournai vers Fred :

— Je pensais qu'on faisait un concours de pipes et pas une démonstration de ma capacité à attraper des pommes avec mes dents comme dans une putain de fête foraine !

Des ricanements, mais aussi des encouragements, firent écho à mon commentaire moqueur. Je ne me retournai pas avant que Fred ne mette le chronomètre à zéro et que l'homme en cuir lui ait signifié son accord.

Je levai brièvement les yeux et saisis une lueur de respect dans le regard baissé vers moi. J'humidifiai une dernière fois mes lèvres et, cette fois-ci, il fit glisser sa verge dans ma bouche d'un mouvement fluide.

IV : Section 1.03
Blue Denim

Ce qui suivit aurait très bien pu constituer un cours sur l'art de tailler une pipe. J'utilisai en effet toutes les armes à ma disposition. L'enthousiasme avait pris au départ le pas sur la compétence et un môme de quinze ans aurait très certainement été capable de mieux faire.

Après quelques minutes de vains efforts, je jetai un coup d'œil au bénéficiaire de toutes mes attentions et découvris que, sur son visage, le respect avait laissé place à l'amusement. Il trouvait sans doute tout ça très drôle, hein.

Je suçai instinctivement plus fort, l'avalant jusqu'à ce que son sexe atteigne le fond de ma gorge. Un haut-le-cœur me saisit immédiatement, mais je parvins à le contrôler. La salive coulait aux commissures de mes lèvres et j'ignorai sciemment les conséquences que cela devait avoir sur mon maquillage. Quelle que soit l'issue de ce pari stupide, Stevie Tricks n'avait de toute façon pas l'intention de s'attarder après.

Je remontai ma langue vers mon palais pour y presser sa verge, et je laissai ma langue faire tout le travail jusqu'à ce que le manque d'oxygène gomme les contours du monde autour de moi. J'eus l'impression d'être étreint par un épais nuage et je me mis à suffoquer. Je m'arrêtai alors pour aspirer une grande goulée d'air et relâchai ma pression sur son membre désormais durci. Fini de jouer, mon pote.

Je levai une nouvelle fois les yeux vers lui et fus accueilli par un regard méfiant, comme s'il n'était pas sûr de ce que j'étais en train de faire. Il avait décidément l'habitude de tout contrôler. Je pouvais imaginer ses mains sur ma tête, guidant mes mouvements et me maintenant ainsi aussi longtemps que bon lui semblerait, guidé uniquement par son bon vouloir et sans jamais prendre en considération ce que pouvaient être mes propres souhaits.

Je voulais qu'il jouisse. Aussi vite que possible.

Les spectateurs discutaient les uns avec les autres et leurs conversations me procuraient une distraction inopportune. J'avais une folle envie de leur hurler de la fermer et de foutre le camp. J'intensifiai mes succions sur son pénis dans l'espoir de cacher mon irritation et serrai plus fort mes bras noués derrière mon dos. Un gémissement frustré s'éleva.

— Silence !

Un seul mot, lancé avec toute l'autorité d'un sergent instructeur. Je fermai les yeux. À croire que le mec était un foutu télépathe.

Je changeai légèrement de position pour soulager la pression sur mes genoux. Mes épaules, en raison de la tension que j'exerçais sur elles pour les maintenir en arrière, commençaient à être très douloureuses. Je manquais de pratique. J'eus recours à toutes les techniques que j'avais apprises au cours des années pour éliminer toutes les sources extérieures de distraction et pouvoir me concentrer pleinement sur ma tâche. Heureusement que certaines personnes ne voyaient rien à redire au fait de se voir donner des ordres. Le niveau sonore s'atténua de façon notable. Ou alors ils s'étaient tous endormis, ou étaient partis s'amuser ailleurs. Le plafond vibrait des pas des danseurs et la musique filtrait jusqu'à nous.

Inconsciemment, je commençai à bouger en rythme avec la musique ; ma langue dansait en quelque sorte avec son sexe, pressant et relâchant en tempo.

Son silence ne m'aidait pas. Je n'avais jusqu'alors jamais compris à quel point les sons comptaient dans une séance de baise : grognements d'approbation, murmures d'encouragements. Mais jamais de mots doux. Le silence de l'homme en cuir faisait ressembler cette séance particulière à quelque chose de purement et désagréablement mécanique, et je n'étais pas étonné qu'il ne parvienne pas à jouir. Si nos positions avaient été inversées, je n'y serais probablement pas arrivé non plus. Quand il nous arrivait à Julius et moi de nous livrer à de rares exhibitions publiques, j'avais toujours considéré les voyeurs comme une gêne. Certains pourraient y voir une contradiction avec le plaisir que j'éprouvais à me produire sur scène habillé comme Stevie. Mais là se trouvait peut-être la réponse : devenir quelqu'un d'autre pour parvenir à me perdre.

Un rapide coup d'œil m'assura que j'avais désormais toute son attention et il me donna l'impression dérangeante de savoir exactement ce à quoi je pensais et d'avoir suivi sans aucun problème le fil de mes pensées. Son regard se fixa à l'endroit où mes lèvres s'étiraient autour de sa verge gonflée et me rappela que j'avais un objectif à atteindre. *Concentre-toi.*

Ouais. Il avait deviné que nous parlions le même langage et que je n'avais pas besoin d'instructions. *Qui lui en avait parlé ?*

Je me remis au travail après avoir pris une grande inspiration par le nez. Je chassai l'une après l'autre les perturbations qui affectaient ma concentration : la musique, le public, mon inconfort physique. Tout ce qui comptait désormais était le membre qui emplissait ma bouche.

Je répugnais à l'admettre, mais le mec avait vraiment un sexe magnifique : l'organe était admirablement proportionné, droit, sans trop de veines apparentes et avec juste ce qu'il fallait de poils à sa base. Certains gros pénis sont souvent peu attirants et mous alors que le sien, en dépit de sa taille, n'avait pas perdu une seule seconde sa rigidité. Une goutte de liquide séminal perlait du gland de temps à autre, nectar que je laissais s'attarder dans ma bouche avant de l'avaler.

Un murmure de satisfaction me parvint alors que je baignais ce bel organe dans ma bouche avec toute l'attention qu'il méritait. Je finis par occulter l'homme lui-même. Qu'était-il d'ailleurs ? Un enfoiré d'étranger. Nous n'avions pratiquement pas échangé une seule parole polie depuis notre première rencontre.

Le membre dans ma bouche n'avait rien à voir avec son propriétaire ; c'était comme s'il possédait une conscience propre, simple et presque innocente, qui restait étrangère, d'une part, au corps auquel il était attaché et à l'individu auquel il appartenait et, d'autre part, à celui qui lui prodiguait avec tant d'application et de conviction des soins oraux des plus lascifs. Puis, progressivement, le membre s'anima, abandonnant sa passivité première pour prendre forme et vie. Tout d'abord de façon imperceptible, puis de plus en plus notable, il me rejoignit dans la danse échevelée et moite du sexe, accompagnant de ses propres poussées les mouvements de ma langue. Impatient. Réactif. Avide. À ce moment précis, bien que Don représentât la quintessence de tout ce que je haïssais, je n'en tombais pas moins raide dingue de sa queue.

Un tressaillement fit trembler ses jambes, trop subtil pour être perçu par les spectateurs, mais impossible à manquer pour celui qui était désormais en complète harmonie avec lui. Je levai brièvement les yeux, mais, pour une fois, son regard n'était pas fixé sur moi, mais sur le plafond.

— Il est sur le point de jouir...

Cette remarque tomba au mauvais moment et lui donna l'occasion de réprimer son besoin aussi sûrement qu'un anneau pénien. Je ne manquai pas de noter la réaction de l'homme en cuir quand il baissa les yeux sur moi avant de regarder stoïquement devant lui. Que ressentait-il ? De la confusion ? De la colère ? Difficile à dire.

L'instant de grâce était passé. J'aurais pu tuer l'auteur de ce commentaire idiot. Une minute de plus et je le tenais. Je savais que j'aurais pu l'avoir.

De la morve me coulait du nez après avoir dû réprimer tant de nausées, et mes mâchoires me faisaient mal, pas seulement à cause de la tension que je leur imposais maintenant, mais aussi à cause de toutes les pipes que j'avais taillées auparavant. J'enfouis mon nez dans sa toison pubienne et laissai une fois de plus sa verge glisser tout au fond de ma gorge. Ce subterfuge me permit d'étouffer les gémissements que je sentais naître en moi.

Je profitai d'un bref répit pour reprendre ma respiration et tenter de recouvrer mon self-control. J'y parvins et, au bout de quelques secondes, ma frustration muselée, je me remis au travail. Mais la magie avait bel et bien disparu et je sentais cette absence comme si j'avais été amputé d'un doigt ou d'un orteil, ou de tout organe dont la possession vous paraît évidente et garantie et dont vous ne prenez vraiment conscience qu'au moment de sa disparition.

Mes mouvements devinrent plus saccadés et en vinrent à manquer cruellement de coordination. Nous étions désormais très loin de la danse sensuelle que l'homme en cuir et moi avions partagée. J'agissais sur pilote automatique et m'étais transformé en tailleur de pipes. La tension n'avait cependant pas déserté ses jambes et je mourais d'envie d'y poser les mains et de caresser ses muscles fermes de long en bas… mais ce serait tricher, n'est-ce pas ? J'avais beau avoir fait un certain nombre de choses méprisables au cours de mon existence, la tricherie ne faisait pas partie du nombre.

Je repris pied dans la réalité quand j'entendis Fred indiquer la fin du compte à rebours. Je m'affaissai sur mes talons, envahi par le sentiment amer de la défaite. Soudain, avant que je puisse réagir, des jets de sperme virent asperger mon visage, nous surprenant moi et celui qui les émettait.

— Espèce de fils de pute ! m'exclamai-je, indigné.

Il n'avait aucune raison de m'éjaculer ainsi sur la figure comme s'il se trouvait en plein tournage d'un film porno. Je fus submergé par une bouffée de rage pure et écartai brutalement sa main, ignorant ce geste qui pouvait fort bien être pris pour une excuse, et me redressai sur mes pieds en trébuchant. Mon visage était un mélange poisseux et ravagé de coulures de maquillage, de sueur, de sperme et, le pire de tout, de larmes. Puis, comme pour aggraver encore davantage les choses, je déchirai ma robe, dans un bruit qui me parut assourdissant, en me prenant les pieds dans l'ourlet.

Et que la féminité aille se faire foutre ! Je rassemblai les pans déchirés de ma robe dans mes poings serrés, montai en courant les deux volées de marches et claquai la porte de ma loge derrière moi. Animé d'une seule pensée, la fuite, je m'y enfermai à double tour.

En sécurité dans la salle de bain, j'étudiai mon reflet dans le miroir. Des larmes de frustration diluaient le liquide blanc et collant tandis que les deux se mêlaient sur mon visage. La rupture d'avec le seul homme que j'avais aimé n'avait donc pas suffi à me tenir à l'écart d'une telle dégradation. Tous les Maîtres ressentaient-ils le même besoin de rabaisser les autres juste pour prouver leur supériorité, ou ce Maître en particulier avait-il agi ainsi pour se venger de son humiliation publique ? C'était pratiquement un miracle qu'il ne m'ait pas aussi pissé dessus pendant qu'il y était ! Julius n'avait pas eu les mêmes scrupules quand il avait voulu me remettre à ma place.

Je jetai rageusement ma perruque dans la poubelle, nettoyai mon visage barbouillé et passai une serviette humide sur mon crâne trempé de sueur. D'ordinaire, me défaire du personnage de Stevie faisait partie intégrante de mon rituel au même titre que le fait de m'habiller comme elle. Mais je n'en avais à cet instant plus rien à faire. J'arrachai mes faux cils, y laissant un peu des miens par la même occasion. Le premier atterrit dans le lavabo et le second quelque part derrière la cuvette des toilettes. Dommage, mais je n'étais pas d'humeur à aller à leur recherche. Je remplaçai les boucles d'oreilles en strass par mes habituels piercings en métal. Je fixai les pierres étincelantes qui gisaient tristement sur la coiffeuse et pensai que Fred pouvait aussi bien les vendre si l'envie lui en prenait. Je ne voulais désormais plus les avoir sous les yeux.

Je déchirai un peu plus ma robe en la retirant, puis me débarrassai de toutes les couches de vêtements que je portais jusqu'à me retrouver complètement nu. Après avoir libéré mes testicules de leur confinement, je tirai doucement une seule fois sur mon sexe comme pour me faire pardonner de l'avoir écrasé pendant si longtemps. J'aurais tué père et mère pour une bonne douche chaude, mais je n'en avais vraiment pas le temps. En ce qui me concernait, la seconde partie du pari, à savoir me faire baiser par Maître D., était nulle et non avenue. Ce connard pouvait aller au diable s'il pensait qu'il pouvait en être autrement.

Malheureusement, il se pouvait aussi que l'homme en cuir ne partageât pas ma conclusion et, dans ce cas, quelles seraient mes chances de lui échapper ? Si j'avais du bol, ce bâtard était trop occupé à recevoir les félicitations de ses admirateurs et à s'assurer que toutes les mises avaient bien été récupérées.

J'attrapai mes vêtements de ville dans le placard et me glissai dans mon jean. Dès que j'eus bouclé ma ceinture, je fourrai dans ma poche arrière un simple tee-shirt au lieu de l'enfiler et chaussai une paire de R.M. Williams.

Je m'assurai de m'être débarrassé de tout ce qui pouvait me relier à Stevie Tricks et à ne rien laisser derrière moi qui appartienne à Steven Lindsey Stanhope. Puis, je déverrouillai la porte et me précipitai dehors.

Pour l'instant, tout allait bien. Un groupe de mecs était rassemblé en bas de l'escalier, mais quand j'y parvins, aucun d'eux ne m'accorda la moindre attention et je me glissai entre eux sans difficulté. Avec ma poitrine nue, tout portait à croire que je venais tout juste de quitter la piste de danse.

Putain, merci mon Dieu pour l'anonymat du jean !

V : Section 1.4
After the Glitter Fades

J'étais parti du principe que ce groupe d'hommes était sur le départ et que je pourrais me mêler à eux pour passer inaperçu. Je m'étais cependant trompé puisque je les vis s'éparpiller vers le bar. Merde ! Bon, j'avais peut-être encore une chance. Aucun des rugbymen ne traînait plus dans le coin et pas de Marty en vue non plus, le seul qui m'ait vu sans perruque et qui était capable de vendre la mèche. Enfin une bonne nouvelle. Peut-être qu'ils étaient tous partis après avoir perdu le parti et qu'ils s'étaient mis à la recherche de plus verts pâturages.

Je vérifiai la sortie. Merde et re-merde ! Un mur de mecs en cuir entravait ma longue marche vers la liberté. J'étudiai anxieusement leurs visages. Non. Toujours pas de Julius et personne d'autre non plus qui me connaisse.

Je fis deux pas avant de m'arrêter brusquement. Putain ! Perché sur un tabouret à l'extrémité du bar et bénéficiant d'une vue imprenable sur toute personne qui quitterait le club, se tenait le plus grand empêcheur de tourner en rond de ce côté de l'hémisphère. Fais chier ! Le fait qu'il soit dans son bon droit n'entrait pas pour moi en ligne de compte. Ce n'était pas comme si l'argent sortait directement de sa poche. Je lui avais quand même évité d'avoir à débourser un gros paquet d'oseille. Il devrait plutôt me remercier et non faire comme s'il faisait la queue pour pouvoir me baiser. Le baiser *lui* serait une bien meilleure alternative.

La grande question était de savoir s'il pouvait faire le lien entre un homme chauve et tatoué et la Reine Gitane qui l'avait tourné en ridicule. Non, je ne pouvais pas prendre un tel risque. Je tournai donc les talons et rentrai dans le club. Don le Dominateur finirait par se lasser et, s'il était en manque d'action, Dawson le Dyson lui offrirait sans nul doute ses services. Enfin, tout ça partait du principe que l'homme en cuir soit encore capable de la lever. Je grimaçai secrètement à cette pensée irrévérencieuse, mais me déculpabilisai en me disant que je n'avais pas à cesser de me conduire comme une pétasse simplement parce que j'avais abandonné ma défroque féminine.

Pour une fois, je fus reconnaissant pour ma petite taille, qui me permit de me mêler aux danseurs. Être entouré de presque géants me rendit plus facile la tâche de me fondre dans la foule. Tout en progressant au rythme de la musique, j'envoyai un texto à Fred pour lui expliquer que je devais partir pour régler une affaire urgente et que je viendrais récupérer mes affaires demain.

Ce que je ferais peut-être, ou pas. Le travestissement avait servi son propos et m'avait permis de revenir sur scène incognito. Julius n'était pas dans les parages ; je pouvais donc faire un saut à la maison et récupérer ma bécane. D'un autre côté, s'il n'était pas là, j'allais peut-être rencontrer des difficultés pour passer le portail de sécurité.

Soudain, un super beau Sourire me barra le chemin. Je crus une seconde que j'avais été démasqué, mais il m'adressa un sourire timide et, après m'avoir contourné, il traça du bout des doigts l'encre qui tatouait mes omoplates.

— Ouah ! C'est magnifique !

— Content que ça te plaise, répondis-je avec un sourire.

Je tournai la tête pour le regarder. Il était vraiment adorable.

Son doigt glissa le long de la colonne vertébrale du dragon ailé, puis descendit sur la mâchoire du tigre aux babines retroussées qui s'apprêtait à mordre la queue de la créature mythique.

— Ça a dû prendre des siècles pour parvenir à un tel résultat.

— C'est vrai.

J'avais repéré le dessin dans une exposition d'arts martiaux et avais adapté le thème de façon à ce que les deux animaux soient tout à la fois emmêlés et rugissant l'un après l'autre. : la force du tigre opposée à la soi-disant sagesse du dragon.

— As-tu toi aussi des tatouages ?

Il fallait un adepte pour en reconnaître un autre.

Il ouvrit sa chemise et la fit glisser de ses épaules de quelques centimètres seulement, juste de quoi dévoiler le bout des ailes d'un ange qui s'étalaient entre ses épaules.

— Je ne veux pas le montrer avant qu'il soit entièrement terminé, expliqua-t-il.

Il remit sa chemise et se pencha pour murmurer à mon oreille :

— Au fait, je m'appelle Gabriel, et je te trouve sacrément sexy.

40

L'archange Gabriel. Avec ses boucles blondes, il incarnait parfaitement le personnage et je me demandai s'il était aussi pur que son homonyme angélique. Si j'en croyais les vibrations qu'il émettait, tel n'était pas le cas. Il devait avoir une petite vingtaine d'années et la pâleur de sa peau témoignait d'une vie passée essentiellement à l'abri du soleil.

— Steve, lui annonçai-je en lui tendant la main en guise de salut.

Gabriel la contempla un moment, comme incertain de la conduite à tenir, puis se décida enfin à la saisir. J'étais resté à l'écart du monde de la nuit très longtemps et je n'étais pas prêt à brûler les étapes avec ce bel Australien qui semblait se moquer des règles comme de l'an quarante. Disait-on de nos jours 'tu es sexy' pour faire comprendre 'je veux te baiser' ?

Nous dansâmes côte à côte sur les sonorités de la musique techno à la cadence pratiquement hypnotique. Pour ma part, ayant été élevé par une fervente admiratrice de Fleetwood Mac, j'avais gardé un goût prononcé pour de belles paroles servies par une belle mélodie, et certainement pas pour cette interminable suite de *boum-boum* sans cohérence. Avec un peu de chance, j'arriverais à tenir bon jusqu'au moment de la fermeture et je pourrais alors tirer ma révérence.

Pendant que nous dansions, les doigts de Gabriel ne cessaient de caresser le dessin multicolore tatoué sur mon dos. À vrai dire, il semblait davantage fasciné par le dessin que par mon corps. Ce qui me convenait tout à fait, je devais bien l'avouer. Il n'était pas repoussant, loin de là, mais mes mâchoires endolories ne pouvaient en aucun cas supporter une autre pipe ce soir. Mauvais lieu, mauvais timing, mon pote. Dommage.

La foule qui nous cernait se pressa plus encore contre nous en réaction à un afflux soudain de danseurs qui venaient de rejoindre la piste de danse. Je jetai un regard alentour et j'eus la chair de poule en constatant l'apparition de quelques hommes en cuir.

Bien que je ne puisse le voir, j'étais prêt à parier ma chemise que mon fléau personnel faisait partie du nombre. Des têtes se tournèrent vers les nouveaux arrivants. Je gardai une expression neutre et vérifiai d'un air faussement nonchalant l'identité de ces derniers.

—Ah, le voilà !

Je m'arrêtai brusquement de danser en entendant l'exclamation de Gabriel et mon estomac se contracta douloureusement.

— Qui ça ? demandai-je d'un ton que j'espérai le plus décontracté possible, mais qui ne reflétait absolument pas mon état d'esprit.

— Le type qui a fait cette démonstration de sado-maso. Maître D.

Si j'en jugeais par l'émerveillement perceptible dans sa voix, mon nouvel ami ne trouvait rien à redire à ce qu'une seule personne tienne les rênes dans une relation. Je respirai un grand coup et répondis, tout en haussant les épaules :

— Et alors ?

— Tu n'as pas assisté à sa performance ? Il a été génial !

Je tournai mon corps vers la porte pour minimiser le risque d'être reconnu par quiconque.

— Non, désolé. Je ne suis arrivé que plus tard.

— C'est sans doute pourquoi je ne t'ai pas vu avant, fit remarquer Gabriel avec un autre de ses sourires timides.

Puis, son visage retrouva sa gravité.

— C'est dommage. Tu aurais aimé. Tu as au moins évité d'avoir à assister à ce numéro minable dont nous a gratifié l'imitation de pacotille de Stevie Nicks. C'est un miracle que Maître D. ne l'ait pas jeté. Personnellement, je n'aurais pas eu autant de patience.

Je reculai et scrutai l'expression sérieuse de mon compagnon. Il se foutait de moi ? Il ne savait donc pas à qui il s'adressait ? Non, bien sûr que non ! Toute son attention était concentrée sur mon tatouage et il ne pouvait pas savoir qu'il avait devant lui l'objet même de ses critiques. Je contractai mes muscles sous le coup de la nervosité et la queue du dragon ondula sur ma peau.

Ouf ! Le groupe d'hommes en cuir ne s'était pas trop avancé.

— Alors, comment était-il, ce Maître D. ?

— Effrayant. Le pauvre gars qu'il fouettait n'arrêtait pas de crier.

Je n'aurais pas qualifié les sons qu'il avait émis de cris, mais plutôt de grognements. Gabriel ne paraissait pas aussi choqué que ses mots le laissaient supposer. Intéressant.

— Es-tu un adepte de ce genre de choses ? l'interrogeai-je.

Il traîna des pieds et regarda fixement le sol.

— D'une certaine façon, oui.

Julius lui aurait ordonné de ne pas agir ainsi et de regarder dans les yeux la personne à laquelle il s'adressait.

Étrange comme, dans certaines circonstances, le fait de regarder le sol constituait une faute et, dans d'autres, celui de lever les yeux vous valait une réprimande. Je me fichais la plupart du temps quelles conséquences mes actions pouvaient bien avoir et quelle punition allait en découler. D'où ma relation très étroite avec la brosse à cheveux.

— Et qu'ai-je manqué d'autre ? Je n'ai pas réussi à quitter mon boulot avant vingt-et-une heures.

— Uniquement quelques danseurs et ce minable drag queen.

Gabriel me regarda droit dans les yeux en faisant cette déclaration et je me mis soudain à douter. Cependant, après quelques secondes de réflexion, j'en arrivai à la conclusion que, décidément, ce mec était on ne peut plus honnête. Il était aussi franc que l'or et ne nourrissait aucune arrière-pensée.

NOUS DANSÂMES encore un moment. Il m'était sympathique, mais je m'interrogeai sur ses motivations : pourquoi un tel intérêt pour un trentenaire et non pas pour une personne de son âge ? Peut-être l'attrait du tatouage…

Le contingent d'hommes en cuir reflua vers le bar peu de temps après, et la température sur la piste de danse redescendit à un niveau normal.

Je devrais filer maintenant, profitant des nombreux va-et-vient qui agitaient la foule entassée dans le club.

— Veux-tu partir ? m'enquis-je d'un ton que je voulais dépourvu d'impatience.

— Ouais, pourquoi pas ?

J'avançai dans le sillage des hommes en cuir et retins mon souffle jusqu'à ce que nous ayons atteint la double porte d'entrée et, après avoir salué le videur d'une brève inclination de tête, je poussai la porte. On dirait bien que, pour une fois dans ma vie, la chance me souriait. Je parvins je ne sais comment à échapper au regard d'aigle de Fred et utilisai le corps de Gabriel comme protection contre tout éventuel danger. Je regrettai cependant, d'une façon un peu perverse, de ne pas avoir revu l'homme en cuir. Je connaissais bien ce genre de type, dont l'une des qualités cardinales était la persévérance.

Une fois en sécurité à l'extérieur, je m'adressai à Gabriel :

— Et où allons-nous maintenant ?

Je n'avais pas très envie de poursuivre la soirée, mais partir après avoir utilisé le jeune homme uniquement comme couverture me semblait incorrect.

— Nous pourrions aller chez toi ? lui suggérai-je.

Son visage s'empourpra d'embarras.

— Heu… je vis toujours chez mes parents.

La vingtaine, homo, et tu vis toujours chez papa et maman ?

— Savent-ils que tu es gay ? lui demandai-je avant qu'une idée soudaine me traverse l'esprit. Attends un peu : tu sors de ton placard pour de bon ou c'est juste pour la nuit ?

— Les deux, en fait, rétorqua-t-il avec réticence.

Je lui adressai un sourire pour lui montrer que je ne faisais que me moquer un peu de lui et il cessa d'être sur ses gardes.

— Je ne peux pas amener d'hommes à la maison, précisa-t-il.

Je ne cessai de me dire qu'il y avait quelque chose de très spécial chez ce jeune homme, une espèce de subtil mélange de méfiance et de vulnérabilité. Son comportement suggérait une minute 'allons chez toi et occupe-toi de moi' et, l'instant d'après, il se conduisait comme un petit garçon de deux ans qui s'entêtait à vouloir faire les choses à sa manière.

Soudain, la porte du club s'ouvrit. Oups ! Nous aurions dû filer quand nous en avions l'occasion. Le groupe d'hommes en cuir qui émergea de la porte se dirigea vers une rangée de motos parquées non loin au coin de la rue.

Je me retournai et retins mon souffle, m'attendant à tout moment à sentir le poids d'une main gantée sur mon épaule. Fichue mauvaise conscience ! Mon intellect justifiait mon départ, mais une autre petite partie de moi voulait juste se soumettre. J'allais devoir redoubler d'efforts pour parvenir à me défaire de cette réaction viscérale et prendre pleinement conscience que je n'avais désormais plus de comptes à rendre à qui que ce soit.

— Et si on allait chez toi ? me suggéra Gabriel.

Non ! Il m'était extrêmement difficile de passer outre l'instinct qui me poussait à garder secret le lieu de ma résidence. Fred lui-même l'ignorait.

— Une autre fois peut-être, répondis-je à mon compagnon en guise d'excuse.

Le rugissement tonitruant du moteur des motos déchira la nuit. Enfin ! Je fermai les yeux et laissai ce son qui figurait dans le top dix de mes sons préférés rassurer mon esprit tourmenté.

Dès que le bruit se fut éteint, je tendis mon téléphone à Gabriel :

— Tiens, entre ton numéro dans mes contacts. Je t'appellerai.

— D'accord. Fais pareil avec mon téléphone.

Après avoir échangé nos coordonnées, Gabriel se pencha vers moi pour un rapide baiser. Mes lèvres me faisaient toujours un mal de chien, aussi ne répondis-je pas immédiatement. Mais il prit mon hésitation pour un rejet et se recula maladroitement.

— Je t'appellerai, lui promis-je.

— D'accord. Alors, à plus tard.

MERDE. CONTRAIREMENT à ce que j'avais cru, toutes les motos n'étaient pas parties : il en restait une. Je regardai avec une pointe de regret Gabriel s'éloigner et s'approcher du coin de la rue. Un homme, assis en travers d'une Harley à l'arrêt, l'interpella et ils échangèrent quelques mots avant de se séparer.

Bordel ! Je reconnaissais cette silhouette. Et maintenant, qu'allait-il se passer ?

Même si Gabriel révélait par hasard mon nom, qu'est-ce que cela prouverait ? Le jeune homme ignorait que Steven Stanhope et Stevie Tricks étaient en fait une seule et même personne. Cependant, si je prenais la fuite maintenant, j'apporterais à l'homme en cuir un indice pour le moins révélateur. Cet enfoiré pouvait me rattraper avec sa Harley avant même que j'aie atteint la prochaine rue. Par ailleurs, j'aurais l'air vraiment stupide de m'enfuir en courant.

Au sommet de la colline, le lampadaire qui éclairait l'entrée du métro souterrain brillait comme un phare et m'attirait par sa promesse de sécurité. Une centaine de mètres seulement m'en séparait, mais j'avais pourtant l'impression de me tenir à un kilomètre de là.

Maudit soit-il ! Un frisson me parcourut. Je n'aurais pas dû ressentir le froid après avoir tant transpiré sur la piste de danse. J'affectai une désinvolture que j'étais bien loin de ressentir et me dirigeai d'un pas nonchalant vers l'étroite allée tout en faisant semblant de lire un message sur mon téléphone portable. J'eus un bref instant l'espoir d'avoir échappé à son radar jusqu'à ce qu'il parle :

— Tu n'aurais pas dû t'enfuir, gamin.

Sa voix grave résonna dans le silence de la ruelle.

Ma confusion fut sincère. Je n'avais pas fui, enfin, pas vraiment. La distinction était subtile, mais néanmoins significative à mes yeux.

— Désolé. On se connaît, mon pote ?

Et tu m'appelles encore une fois 'gamin' et je te rentre dedans ! Une chose me paraissait bizarre, mais je m'efforçai l'ignorer et de restaurer le calme qui m'avait soudainement déserté.

— Toi et moi avons un compte à régler.

— Pardon ?

Un froid glacial m'envahit.

— Fred ne t'a pas dit que je voulais te parler ?

Encore un message subliminal pour dire 'je veux te baiser' ? Mais qu'est-ce qui clochait chez ce mec ? Et puis d'abord, comment m'avait-il reconnu ? Fred avait-il craché le morceau ?

— Je pense que tu t'emmêles les pinceaux, mon pote. On ne s'est jamais rencontrés.

J'évitai son regard inquisiteur et essayai de convaincre mon cœur d'arrêter de danser le jerk dans ma poitrine.

L'homme en cuir glissa de la selle de sa moto et me tendit la main.

Je la fixai tout comme Gabriel avait fixé la mienne quelques instants auparavant. Je préfèrerais encore saisir un morceau de fer chauffé à blanc.

— Donato Rossi.

Il roula le 'r', révélant par la même occasion de parfaites dents blanches quand il s'attarda sur la dernière syllabe.

— Et toi, tu es Steven Stanhope si je ne m'abuse.

J'avais été si fasciné par les expressions contradictoires qui avaient traversé son visage, par la dureté de son regard et la courbe sensuelle de sa bouche, que j'avais saisi sa main sans même m'en rendre compte. Je m'attendais à ce qu'il me broie les phalanges dans une poigne de fer, mais ses doigts se contentèrent de serrer les miens fermement. Du moins jusqu'à ce que je tente de me dégager. Il contra sans problème mes pauvres efforts et ma main resta là où il voulait qu'elle soit.

— Tu as été difficile à trouver, Steven Stanhope. Je pensais que tu prendrais au moins la peine d'honorer ton pari, mais j'aurais dû me douter que tu n'étais pas digne de confiance.

Honorer ? *Confiance* ? Merde. Que cherchait-il ? On aurait dit que j'avais transgressé le onzième commandement ! J'évitai son regard et fus sur le point de nier tout en bloc quand je surpris quelque chose qui me priva de toute faculté de penser de manière cohérente. Pas étonnant que j'éprouve un sentiment de déjà-vu ! Cette fichue moto me brûlait les rétines.

Même sans tenir compte des centaines d'heures que je devais avoir passées à polir chaque centimètre carré du chrome brillant de la machine, il n'y avait aucune chance que quelqu'un ait pu reproduire les modifications que Julius et moi avions apportées à sa Harley Ultra Classic Glide. Nous l'avions dépouillée de toutes ses pièces d'usine indésirables avant de customiser le chopper.

Quand tout le reste était parti en lambeaux, l'amour que nous portions tous les deux à cette machine nous avait maintenus unis et m'avait aidé à supporter toutes les autres merdes.

— Bordel, mais qu'est-ce que tu fous avec la bécane de Julius ?

Je retirai ma main d'un geste brusque et caressai la garniture de cuir dont la surface était ridée par de fines craquelures qui ne demandaient qu'à être soignées par une nouvelle application de Baume Dublin.

— Julius a toujours clamé qu'il préférerait plutôt mourir que de s'en séparer, affirmai-je en caressant une dernière fois la machine.

Elle était toujours aussi belle.

— Mais il est mort, me répondit l'Américain avec une étrange expression sur le visage. Je suis désolé ; je pensais que tu étais au courant.

VI : Section 1.05
Landslide

Les mots brutaux de l'homme en cuir me transpercèrent aussi vicieusement que l'aurait fait son fouet. J'étudiai désespérément son visage impassible à la recherche d'une indication que je m'étais mépris sur le sens de ses paroles.

— Tu ne viens pas juste de me dire que Julius était mort, hein ?

— Pourquoi te mentirais-je ?

Le monde bascula sur son axe avant de reprendre sa position d'origine.

— Merde !

Mes genoux flanchèrent et je tombai à terre, recroquevillé dans une position de défense, cherchant de la force quelque part, n'importe où. Le bitume me semblait un aussi bon endroit qu'un autre et au moins, il m'offrait une ancre dans une réalité qui s'acharnait à me fuir. Seul le sol sur lequel je m'étais affalé était concret et tout le reste semblait appartenir à un monde fantasmagorique et cauchemardesque.

Je renversai la tête en arrière et respirai à grands coups désespérés. Bien que j'aie ôté le collier que Julius m'avait passé autour du cou, j'avais encore l'impression de sentir ses doigts s'immiscer sous le cuir et tirer dessus pour m'étouffer. La sensation était si forte que je mis à suffoquer de plus belle.

— Non ! hurlai-je dans un rugissement furieux.

Comment Julius pouvait-il être mort ? Il n'avait pas été malade une seule fois durant tout le temps que nous avions vécu ensemble. Bordel ! Je voulais tellement que l'homme en cuir m'ait menti.

Une fenêtre s'ouvrit non loin de là et une femme se mit à crier :

— La ferme ! Il y a des gens qui veulent dormir ici !

Des menaces d'appeler la police suivirent avant que la fenêtre ne soit refermée violemment.

Il était étonnant de constater que chaque fois qu'une personne apprend la mort d'un être proche, elle a tendance à ne se rappeler que les bons moments, faisant l'impasse sur les mauvais. Le souvenir fugace d'une photo que j'avais prise alors que nous venions de travailler pour la première fois sur sa Harley traversa mon esprit. Il ne portait qu'un jean et sa veste en cuir, et ses yeux étaient protégés par une paire de Ray Ban aux verres teintés. Il les avait ôtées après que j'eus pris la photo et m'avait décoché l'un de ses merveilleux sourires à tomber à la renverse et qui étaient sa marque de fabrique.

Quel gâchis ! se lamentaient les filles quand elles apprenaient qu'il était homo. Et c'est vrai qu'il était magnifique : grand, élancé, fort, exsudant par tous les pores de sa peau une inébranlable confiance en soi et proclamant haut et fort qu'aucun doute ne venait jamais ébranler ses certitudes.

Je n'avais jamais compris ce qu'il me trouvait. Il se contentait peut-être de seulement baigner avec délectation dans la lumière de ma dévotion. Il adorait être le centre de toute mon attention et je l'idolâtrais. C'était aussi simple que ça.

JE N'AVAIS pas réalisé que j'étais en train de pleurer jusqu'à ce que quelque chose soit glissé dans ma main.

— Tu n'étais vraiment pas au courant, murmura-t-il.

J'effaçai d'un geste rageur les traces qui maculaient mon visage et fourrai le mouchoir dans ma poche. Mon regard aurait dû être fixé sur l'homme qui se tenait à côté de moi, mais je ne voyais personne d'autre que Julius.

Une multitude de questions se bousculaient dans ma tête, mais je ne parvins à en formuler que deux :

— Comment ? Quand ?

Dans le silence qui s'était installé après les plaintes de la femme, ma voix, rauque et âpre, se répercuta entre les immeubles.

L'homme se pencha et agrippa mes poignets pour me remettre debout.

— Viens. On ne peut pas parler ici. Je t'emmène à la maison.

À la maison ? Je réprimai un éclat de rire nerveux. *La maison est censée être là où se trouve le cœur, non ?* Le mien avait été réduit en pièces bien des années auparavant et c'était un organe qui, malheureusement, ne repoussait pas. C'était l'une des raisons pour lesquelles j'avais décidé de revenir en Australie : voir si je pouvais rassembler ces morceaux épars et redonner à mon cœur son intégrité perdue.

Je restai figé, aussi rigide qu'une statue, tandis que l'homme en cuir couvrait ma tête d'un casque et en serrait les attaches sous mon menton.

Je ne voulais aller nulle part avec lui, mais il me devait certaines réponses, dont la moindre d'entre elles était ce qu'il fichait avec la moto de Julius.

Il mit ensuite son propre casque et enfourcha sa bécane.

— Tu viens ?

Avec des gestes de zombie, je m'assis derrière lui et l'agrippai de toutes mes forces. Il redressa la moto d'un mouvement fluide et démarra.

Je n'étais pas en train d'exagérer : les zombies sont des morts qui gardent la capacité de se mouvoir, mais ils n'en restent pas moins morts, n'est-ce pas ? Je me sentais exactement comme ça.

Le vent fouettait ma peau, dispersant toutes les larmes qui coulaient encore sur mes joues. À travers le brouillard, je reconnus progressivement le paysage alors que nous traversions les rues du Cross pour nous engager sur le Eastern Distributor.

L'Américain maniait la Harley comme si elle lui avait toujours appartenu. Je serrai les cuisses autour de la machine et enfouis mon visage dans le cuir qui recouvrait son dos, respirant l'odeur familière. Mauvais angle, cependant, et mauvaise sensation. Julius faisait en effet au moins quinze centimètres de plus et était plus élancé, tel un vrai pur-sang. Cet homme-ci tenait davantage du bulldog et du bagarreur.

Combien de fois m'étais-je tenu ainsi ? Des centaines ? Des milliers ? Au début, nous avions l'habitude de rouler chacun sur notre propre moto, mais, au fur et à mesure que notre relation progressait, Julius avait préféré m'avoir derrière lui. *Là où j'étais en sécurité*, disait-il. J'avais regretté ma BMW, mais j'avais néanmoins accédé à sa demande. Cela voulait dire qu'il m'aimait, non ? Plus tard, je me demandai s'il n'avait pas tout simplement fait preuve de snobisme envers tout ce qui n'était pas une Harley.

Comme nous filions vers le sud, les lumières du tunnel pulsaient autour de nous comme un stroboscope. Lumière : Julius… Obscurité : décédé. Lumière : Julius… Obscurité : décédé. Lumière… Obscurité… Lumière…

Dans un effort pour réprimer mes larmes, je me concentrai sur l'écho du moteur rugissant de la moto, amplifié par la proximité des parois du tunnel. Chaque coup d'accélérateur envoyait le vrombissement du moteur s'insinuer plus profondément dans ma tête et, étrangement, calmait mes nerfs à vif en leur offrant un sentiment de familiarité qui m'éloignait tout doucement de la perte totale de contrôle.

Nous finîmes par sortir à l'air libre pour plonger dans une lumière différente : les puissants halogènes qui encadraient la route dispensaient une clarté interrompue, glauque, qui renvoyait le reste du monde dans les profondeurs de l'obscurité. Nous passâmes devant le terrain de golf, l'aéroport.

APRÈS AVOIR réservé mon vol à Londres, j'avais contacté ma famille pour lui dire que je revenais le temps de régler mes affaires.

Ma mère et ma sœur étaient bien évidemment impatientes de me revoir, bien qu'elles aient été les premières à l'origine à me conseiller de m'expatrier en Angleterre.

— Commence une nouvelle vie, aussi loin que possible de ce bâtard, m'avaient-elles recommandé.

Leur insistance à mettre la plus grande distance possible entre mon ex abusif et moi ne tenait pas uniquement à ma sécurité physique et émotionnelle ; dans leur esprit, un tel éloignement me soustrairait à la tentation de lui pardonner et de lui revenir.

— Je vais juste récupérer mes affaires, tourner la page une bonne fois pour toutes et reprendre le cours de ma vie, leur avais-je expliqué.

— Fais bien attention alors à te concentrer sur cet unique objectif, m'avait enjoint ma mère, qui ne me connaissait que trop bien.

À mon départ de Londres, la perspective de me retrouver dans une situation identique à celle que je vivais à cet instant précis, sur la moto de Julius, mes bras autour de lui, sur un pied d'égalité, avait vagabondé dans mon esprit, tel un rêve ou même un espoir. Aussi, les événements qui se déroulaient à présent constituaient-ils pour moi un pur cauchemar.

Rhiannon avait tout particulièrement insisté pour que je fasse preuve d'infiniment de prudence.

— Ce mec est toxique, avait-elle statué.

Si tel avait été le cas, j'avais été accro à son poison. Ce qui rendait d'autant plus étrange le fait qu'il soit mort en premier.

Je ravalai un sanglot. Comment pouvais-je haïr un homme une seconde et l'aimer la suivante ?

Je profitai d'un arrêt à un feu rouge pour tirer le mouchoir de ma poche et essuyer mon visage. Putain de larmes. J'avais cru il y avait des années de cela en avoir définitivement terminé avec elles. Je m'étais manifestement trompé. Je contemplai le morceau de tissu noir tout en le faisant tourner dans ma paume. J'y vis soudain un autre symbole merdique de tout ce que j'avais perdu, un exemple concret de toutes les choses spéciales et uniques qui avaient été irrémédiablement gâchées.

Je levai le mouchoir à mon nez et me mouchai.

Maître D. se tourna vers moi et me hurla :

— Remets tes mains en place, gamin.

La colère me submergea, éclipsant toutes les autres émotions et balayant tous mes souvenirs.

— J'ai un prénom, abruti ! Utilise-le.

Sa seule réponse fut de donner un coup d'accélérateur à sa moto et de faire rugir le moteur dans un vacarme à vous rendre sourd.

Enfoiré ! Comme je n'avais pas le choix, je rangeai le mouchoir dans ma poche gauche et attrapai la taille de l'emmerdeur en question, posai ma tête sur son dos et fermai les yeux. Ainsi installé, je pris soudain conscience de l'étrangeté de la situation : comment certaines choses semblaient douloureusement familières et d'autres totalement nouvelles. Par exemple, Julius ne se serait jamais soucié de porter un casque : abandonner sa casquette fétiche serait revenu à admettre que les règles édictées par les autres s'imposaient également à sa petite personne, ce qu'il n'aurait en aucun cas supporté. Il se fichait bien également que je porte le mien ou non. Nous avions eu affaire aux flics à plusieurs reprises, et après ? Ils se bornaient aux apparences et n'allaient pas au-delà de la moto et du cuir. À cause de mes cheveux longs, ils présumaient que j'étais sa copine et Julius s'amusait toujours comme un fou quand ils découvraient, au moment de dresser leur contravention, que j'étais en fait un mec. Nos amis aussi se moquaient souvent de mes cheveux et prétendaient que j'étais trop beau pour être vrai, vantant à grands gestes éloquents et obscènes ce qu'ils supposaient être mes autres qualités.

Quand nous étions à la maison et qu'il m'arrivait de me plaindre de ces moqueries, Julius répondait qu'ils étaient tout simplement jaloux et passait lentement ses doigts dans mes longs cheveux. Quand nous faisions l'amour, ce contact léger se chargeait d'impatience et Julius accompagnait ses coups de reins de commentaires consolateurs :

— Ne fais pas attention à eux, bébé. Nous sommes si bien ensemble.

C'était avant que le terme affectueux 'bébé' soit remplacé par 'gamin' et que notre relation se délite inexorablement tandis que Julius s'abîmait de plus en plus dans le fétichisme du cuir et le monde du BDSM.

Bon sang. Je pouvais faire face à la douleur physique sans aucun problème. En fait, j'adorais ça. C'était bien plus facile à supporter que ce cauchemar éveillé dans lequel je me débattais. Ce que j'étais en train de vivre était effroyablement pire.

— Tiens bon ; on est presque arrivé.

J'ouvris brusquement les yeux au son de cet accent américain peu familier et découvris que nous étions arrêtés à un autre feu rouge. L'homme s'était retourné et me fixait d'un regard intense. J'ignore ce qu'il vit sur mon visage, mais il se mit à jurer avant de redémarrer.

— Putain d'enfer !

L'enfer. Voilà qui décrivait parfaitement l'endroit où nous nous trouvions, moi en tout cas. Les lumières rouges des feux arrière des voitures venaient renforcer cette impression. Je me souvins que j'avais souhaité à cet homme, un peu plus tôt dans la soirée, d'aller rôtir en enfer. À croire que j'avais été pris au mot, mais qu'il avait décidé de m'emmener avec lui, au sens littéral du terme.

Il relança le moteur et nous emporta à travers la nuit. Le paysage familier de l'autoroute m'offrit une distraction bienvenue, du moins jusqu'à ce que les nuages obscurcissent la lune et déversent sur nous leurs trombes d'eau. Transpercé par les gouttes glacées, je frissonnai dans mes vêtements mouillés et regrettai de ne pas avoir mis mon blouson. Il ne ressemblait en rien à celui de mon conducteur ; le mien était en cuir souple parfaitement adapté pour les virées à moto.

Mon esprit s'embruma tandis que nous serpentions à travers le trafic routier, dépassant les camions les uns après les autres. Certains conducteurs vivaient comme des vampires, dormant le jour et roulant la nuit, dans ces moments où les gens normaux sont blottis bien au chaud au creux de leur lit. Des bourrasques de vent nous fouettaient le visage et le corps quand nous les dépassions, et nous étions parfois salués par des coups de klaxon furieux. *Ouais, c'est ça, mon pote. On t'a bien vu, mais n'oublie jamais qui est le maître de la route.*

Le trafic se raréfia et la nuit s'installa tel un manteau et nous enserra dans les plis de son étreinte. Vidé de toute pensée, mon corps gelé se mouvait instinctivement en harmonie avec celui de mon compagnon, dans une espèce de danse païenne dont le tempo était frappé par la moto et sur laquelle nous bougions en un accord parfait.

Je fus vaguement conscient que la porte du garage s'ouvrait et se refermait derrière nous. Son grincement me fit sortir de ma torpeur.

— Merde, gamin, mais tu es frigorifié !

Gamin. J'étais bien trop fatigué pour protester. Tous les os de mon corps me faisaient horriblement souffrir.

— Viens, m'ordonna-t-il.

Il plaça son bras autour de ma taille et m'aida à descendre de la moto et à gravir les marches de l'escalier.

Non ! Non, pas là !

Je tentai de résister dès l'instant où je compris où nous étions, mais mon cerveau refusa toute coopération au-delà de cette simple prise de conscience. Je parvins tout juste à atteindre la salle de bain avant que mes genoux ne cèdent sous moi.

L'homme en cuir devait avoir anticipé mon malaise, car il se débrouilla pour me diriger vers la cuvette fermée des toilettes. Le bruit de l'eau se mettant à couler me réveilla un peu, mais mon esprit persistait à pointer aux abonnés absents. Étais-je à nouveau coincé en enfer ? Qu'est-ce qu'on fichait dans la salle de bain ?

— Steven.

Je grimaçai au ton sec de sa voix et tressaillis, m'attendant à recevoir la gifle qui devait selon toute logique suivre, mais qui, de façon fort inattendue, ne vint pas.

— Gamin.

Juste le mot qu'il fallait pour me faire réagir. Je le fixai d'un regard noir, prêt à lui cracher à la figure.

— À moins que tu ne veuilles prendre une douche tout habillé, je te conseille de te déshabiller.

Il dut finalement m'aider à me débarrasser de mes vêtements, car mes doigts engourdis par le froid refusaient de fonctionner.

— Dépêche-toi. Ta température corporelle est beaucoup trop basse.

En dépit de l'urgence que véhiculaient ses mots, sa voix trahissait davantage d'inquiétude que d'impatience.

Il me laissa sous l'eau chaude pendant quelques minutes, frottant ses mains contre ma peau pour restaurer ma circulation sanguine.

Mes neurones étaient toujours déconnectés. Était-ce dû au froid ? Sans doute pas : ma réaction était plus probablement le résultat de mon refus de faire face à la réalité de la mort de Julius.

Le frottement de la serviette me donna le coup de fouet nécessaire pour sortir de mon hébétement.

QUAND NOUS atteignîmes la porte de la chambre, j'avais suffisamment recouvré mes esprits pour me rendre compte de la direction que nous prenions. J'étendis les bras jusqu'à les appuyer de part et d'autre du chambranle de la porte et me crispai. Pas question que je franchisse ce seuil : c'était la chambre de Julius.

— C'est quoi le problème, maintenant ? s'impatienta l'homme en cuir, complètement perdu.

Je n'avais aucune idée des circonstances qui permettaient à cet homme de conduire la moto de Julius ou de pénétrer dans la maison de Julius. Dans notre maison. Une maison dont lui comme moi étions partis.

— Je ne peux pas dormir ici.

Je détectai une lueur de pitié dans son regard avant de me détourner. Puis, je restai immobile, attendant la poussée dans mon dos qui me propulserait à l'intérieur.

Mais en vain.

Je frissonnai, les yeux rivés au sol. La douche avait en partie dissipé le froid, mais j'avais toujours l'impression d'avoir des blocs de glace à la place des os.

— Putain ! Je suis trop fatigué pour discuter. Viens avec moi, m'ordonna-t-il en agrippant mon bras et en tirant dans la direction opposée. Tu as de la chance : un des autres lits est fait.

Je trébuchai tout en suivant ce type qui me tapait sur les nerfs et me fichai de l'endroit vers lequel il m'entraînait du moment qu'il ne m'obligeait pas à dormir dans la chambre de Julius.

Nous parvînmes à l'autre chambre et il alluma une lampe de chevet et me poussa sur le lit. Je me recroquevillai sur le doux matelas et le regardai se déshabiller. Dès qu'il fut nu, il s'allongea à mes côtés et tira la couverture sur nous. Sa chaleur corporelle fut un bienfait incomparable. Je fermai les yeux tandis qu'il frottait de ses paumes calleuses chaque centimètre de mon corps endolori.

VII : SECTION 1.06
NIGHTBIRD

JE ME réveillai sur le dos, dans une pièce plongée dans l'obscurité. Un homme nu était allongé de tout son long face à moi et une de ses jambes était passée sur l'une des miennes.

Merde. Je passai en revue mes habituelles questions du lendemain : *où suis-je ? Comment y suis-je arrivé ? Et qui est cet homme* ? Je commençai par respirer à petits coups brefs et sentis une odeur de pin. Où avais-je déjà eu l'occasion de sentir cette eau de toilette ? Dans un club, oui, c'était bien dans un club. L'image de gros balèzes vêtus de cuir, assis au comptoir d'un bar, commença à se former dans ma tête. Ce bar n'était pas celui de mon hôtel. Une lumière rouge brillait par la porte entrebâillée de la chambre. Il y avait eu d'autres lumières au cours de la nuit dernière, pareilles à des flammèches transperçant l'obscurité. Je fermai les yeux et pris une nouvelle inspiration.

Je me dis qu'il était possible que certaines odeurs perdurent et se nichent en nos sens aussi sûrement que les lieux s'installent dans notre mémoire au niveau le plus profond, ce qui fait que nous reconnaissons instantanément, au premier coup d'œil, l'endroit où nous sommes. Pour ma part, je sus d'emblée, dès que j'eus suffisamment émergé du sommeil, que j'étais allongé dans l'une des chambres d'amis et que le halo rouge provenait des minuteurs des appareils électroménagers de la cuisine attenante.

Mon compagnon endormi marmonna quelque chose et se tourna davantage vers moi. Je pus voir sa moustache même dans cette obscurité. *Bordel* ! Maître D. Le mec qui clamait haut et fort les bienfaits de l'honneur.

Je tentai de sortir du lit, mais j'étais coincé par la jambe qu'il avait étendue en travers des miennes. C'était vraiment la dernière personne avec laquelle je souhaitais me retrouver au lit. Il avait tous les droits de me haïr. Après tout, je lui avais manqué de respect devant une assemblée de ses pairs. Au lieu de quoi, il m'avait tenu chaud et avait chassé les frissons de mon corps.

Je me détendis en constatant qu'il demeurait immobile et regardai, fasciné, les poils de sa moustache frémir à chacune de ses respirations. Un autre putain de Maître et, dans le cas présent, un putain de Maître entouré de mystères et d'énigmes. Le Maître qui, pour une raison inexpliquée, conduisait la moto de Julius.

Celui qui m'avait annoncé la mort de Julius. *Stop, arrête ça ! Pense à autre chose.*

J'avais l'habitude de m'éveiller dans le lit d'un étranger. Une bonne partie de baise me permettait en général de m'assurer si besoin était que mon monde ne se limitait plus aux contours de la silhouette de Julius.

J'avais été baisé par toutes sortes de mecs depuis que j'avais décidé de me libérer du collier que m'avait passé mon ex-amant. J'en avais aimé certains, d'autres pas. Une queue reste une queue, quelle qu'elle soit, hein ?

D'une certaine façon, si le type qui dormait à présent à mes côtés avait vraiment insisté pour me baiser en vertu de ce stupide pari, j'aurais probablement été d'accord, car cela m'aurait rassuré sur le fait que, moi, j'étais toujours vivant.

Cependant, en aucun cas cela n'aurait pu rester du sexe anonyme. En effet, bien que nous ne nous fussions jamais rencontrés auparavant, le mec m'avait, de façon inexplicable, reconnu et appelé par mon vrai nom. Que savait-il exactement de mes liens avec Julius ? Aurais-je sauté sur sa bécane si j'avais su où il comptait m'emmener ? Quand il avait dit '*à la maison*', j'avais présumé qu'il voulait dire *chez lui*.

Je devais absolument en apprendre davantage sur ce qui était arrivé à Julius, à l'homme que j'aimais. Aimais ? Non, plutôt que j'avais aimé. Pendant mon sommeil, je m'étais rappelé que je ne l'aimais plus désormais, que je n'étais plus supposé ressentir de tels sentiments pour lui. Durant ma thérapie, ma psychiatre m'avait encouragé à considérer cette relation avec objectivité et m'avait affirmé que je n'avais pas été réellement amoureux de Julius et qu'il s'était juste agi d'une passion intense, flamboyante, mais éphémère. Selon elle, Julius avait abusé de cette faiblesse et avait nourri son narcissisme en m'enchaînant dans une relation malsaine dont le principal fondement était l'inégalité.

Ouais, c'est ça.

Le poids qui immobilisait mon corps me faisait trop penser à des entraves pour mon propre confort. Je me tortillai pour essayer de déloger sa jambe.

—Arrête de gigoter, gamin.

Gamin ! Encore ce foutu mot. Je le poussai de toutes mes forces, mais j'aurais pu aussi bien m'efforcer de faire bouger un tank.

L'homme en cuir roula sur lui-même jusqu'à me recouvrir entièrement de son corps, enroulant sa jambe autour de la mienne dans la prise classique utilisée pour une immobilisation. Je devais être plus faible que je ne le pensais. Il n'était en effet pas si imposant que ça et j'aurais dû pouvoir le pousser de côté. En dépit d'un manque d'exercice, ma force naturellement vigoureuse me suffisait d'ordinaire quand le besoin se faisait sentir. Non que je m'autorise à me trouver trop souvent dans une situation de vulnérabilité.

— Pousse-toi, ordonnai-je en le poussant de nouveau.

L'homme qui me surplombait s'écarta légèrement, se tenant sur les coudes, mais les jambes toujours mêlées aux miennes.

— C'est tout ce que j'obtiens comme remerciement pour t'avoir sauvé la vie ? murmura-t-il d'une voix somnolente.

— Comment ça, sauver la vie ? Mais qu'est-ce qu'il ne faut pas entendre ! J'ai eu froid uniquement parce que tu as insisté pour me conduire ici. Et pourquoi ici, d'ailleurs ?

Il ne prit pas la peine de me répondre.

J'essayai une nouvelle fois de me libérer les jambes.

— Ce qui me fait penser à quelque chose : qu'est-ce que tu fous dans cette maison ? Qui t'a donné les clés ?

— Suis trop fatigué pour discuter maintenant. On parlera de tout ça dans la matinée, gamin.

— Va chier !

Je l'attrapai par les bras et poussai dessus aussi fort que possible pour le faire bouger.

– Je ne suis pas ton *gamin* ; je ne l'ai jamais été et je ne le serai jamais. J'en ai terminé avec toute cette merde.

— Les vieilles habitudes sont parfois très dures à perdre, chuchota-t-il en démêlant enfin nos jambes.

Croyait-il m'apprendre quelque chose ?

— Eh bien, essaie quand même, rétorquai-je.

Il poussa un profond soupir et se glissa hors du lit. La lueur rouge en provenance de la cuisine épousait les contours de son visage et lui conférait une apparence presque démoniaque.

– Où vas-tu ? demandai-je d'un ton dont j'espérais avoir caché la panique.

— Dans mon lit. Avec un peu de chance, j'arriverai à dormir encore un peu avant de devoir me lever.

J'eus envie de lui hurler 'ce n'est pas ton lit : c'est celui de de Julius !'. Comment pouvait-il agir comme s'il était le maître des lieux ? Cela n'avait aucun sens.

— Et si j'ai encore froid ?

L'homme en cuir traversa le corridor et revint quelques instants plus tard, portant quelque chose d'épais. Il étala l'édredon sur moi et se pencha pour le remonter jusqu'à mon menton.

— Allez dors, maintenant.

— Je n'ai pas droit à un bisou pour me souhaiter une bonne nuit ?

Étonnant comme, parfois, je me débrouillais pour cacher mon anxiété derrière mon sens de l'humour.

— Tu as de la chance que je ne te donne pas plutôt une fessée pour te souhaiter bonne nuit, gamin.

— Je ne suis pas…

— Oui, je sais, me coupa-t-il d'une voix qui semblait de plus en plus fatiguée. Rendors-toi, m'enjoignit-il d'un ton qui n'admettait cette fois-ci aucune désobéissance.

J'aurais probablement dû être soulagé qu'il veuille retourner dans son lit. Cependant, d'une façon assez perverse, le poids de son corps sur le mien ne m'avait pas autant paniqué que je l'aurais pensé. Quoi qu'il en soit, je ne voulais pas m'attarder davantage dans cette maison. Je me redressai péniblement sur mes coudes tout en m'efforçant de bloquer les mots de supplication qui me brûlaient les lèvres. *S'il te plaît, ne t'en va pas.* Combien de fois avais-je hurlé ces mots alors que le bruit des pas s'éloignait dans le couloir ? Probablement aussi souvent que Julius avait ri en m'expliquant que c'était le prix à payer pour m'être conduit comme un mauvais garçon, avant de me souhaiter bonne nuit et de conclure qu'il me verrait le lendemain matin.

Il avait rapidement découvert que les centaines de coups de brosse qu'il m'infligeait heurtaient peut-être ma sensibilité, mais qu'elles ne me punissaient pas autant qu'il le pensait nécessaire. Par contre, m'enchaîner à son lit grâce à son putain de collier et m'obliger à dormir par terre lui permettaient de me punir plus efficacement.

Après mon départ, quand il m'arrivait de ne pas pouvoir bénéficier de la chaleur d'un corps humain, je finissais par avoir recours à mon vieux pote, le somnifère.

JE RESTAI allongé un certain temps, tendant l'oreille dans l'espoir d'entendre quelque chose, n'importe quoi.

Le vent du soir devait provenir de l'ouest, sans quoi j'aurais perçu le roulement occasionnel d'un train passant au sommet de la colline. Dommage que mon voisin ne ronflât même pas. Même quand nous ne partagions pas le même lit, les légers ronflements émis par Julius m'apportaient toujours un certain réconfort, alors qu'ils me faisaient royalement chier quand nous couchions dans le même lit.

Maintenant, le calme régnait dans la maison. Beaucoup trop, bien trop de calme. Ce calme né de l'absence totale de sons, cette négation similaire à ces trous noirs qui avalaient véritablement toutes sources lumineuses dans l'espace, ce calme qui vous vrille les nerfs au lieu de vous apporter une certaine forme de sérénité et d'apaisement. Quand j'étais en Angleterre, ce n'était pas seulement par souci d'économie que je choisissais d'habiter dans des zones animées. Certaines personnes pensaient que j'étais fou de vouloir demeurer près des clubs où les clients s'attardaient bien après l'heure de la fermeture sans se rendre compte à quel point la nuit transportait leurs conversations avinées. La vérité était que j'avais un besoin vital d'animation, de bruits, de synonymes de vie.

C'était d'autant plus paradoxal, puisque Julius et moi avions justement choisi cette vieille maison d'hôte principalement en raison de son isolement, privilégiant avant tout l'intimité et la possibilité de faire tout ce que nous voulions sans avoir à nous inquiéter des plaintes de voisins éventuels. Quand ils avaient rénové la maison, les propriétaires de l'époque avaient décidé d'en faire une retraite spirituelle dédiée aux grandes préoccupations de ce monde. Je m'étais souvent demandé si l'esprit de l'ancien ashram avait été offensé par la transformation de ce lieu consacré au yoga et à ses *Hum*… hypnotiques en un lieu voué au BDSM et à ses *Ah*… languissants.

Je me tournai et enfouis ma tête dans l'oreiller. Dieu merci, l'homme en cuir ne m'avait pas conduit dans mon ancienne chambre. Julius l'avait-il laissée en l'état ? Certaines personnes gardaient intactes les chambres de leurs disparus comme un mémorial dressé à leurs mémoires. Ce qui n'était certainement pas ce qui était arrivé à ma chambre. Rhiannon avait essuyé son explosion de rage quand Julius avait eu le culot de venir me chercher. Ma mère avait dû finalement recourir à une ordonnance d'éloignement pour l'empêcher de la harceler davantage. *Prenez contact avec mon avocat*, constitua à partir de là sa seule réponse aux demandes exigeantes de Julius.

Je ne serais jamais parti sans l'insistance de Rhiannon. Elle avait seulement dix-sept ans quand elle avait fait toute seule le voyage depuis Melbourne, inquiète de ne pas avoir depuis longtemps de nouvelles de son grand frère. Sans son intervention, je n'aurais jamais rassemblé le courage nécessaire pour briser mes chaînes, au sens propre comme au sens figuré, et de partir. Quand enfin je m'étais décidé à franchir ce pas irrévocable et à ôter le collier de Julius, elle n'avait eu qu'un seul commentaire :

— Tu en auras mis du temps.

ÉTAIT-CE UN tour de mon imagination ou le ciel au-dehors s'éclaircissait-il ? Plus tôt l'aube viendrait, mieux ce serait. Je pourrai alors découvrir ce qui se passait, récupérer ma bécane et ficher le camp d'ici.

Le cri mélancolique d'un oiseau fractura le silence. Un coucou.

Je rigolai en mon for intérieur. Quelle drôle d'idée de ressentir du bonheur à entendre ce maudit oiseau ! Quand j'étais parvenu à ne briser aucune de ses règles absurdes et que j'étais autorisé à dormir dans son lit, je dormais d'un sommeil si profond que je n'avais jamais l'occasion d'entendre le chant des oiseaux. Mais, par contre, alors que j'étais confiné nuit après nuit dans ma propre chambre, été comme hiver et souvent très tôt, aux alentours de deux heures du matin, les appels incessants des oiseaux me réveillaient. Longtemps après, je demeurais hanté par un-je-ne-sais-quoi de très singulier qui marquait ces sons, un caractère bien spécifique qui résonnait comme une proclamation et un rappel que je n'étais capable de les entendre que parce que j'avais transgressé un ordre insensé.

Dormir me serait désormais impossible. Mais qui était donc cet homme ? Pourquoi se trouvait-il ici, dans cette maison ? *On parlera de tout ça dans la matinée* ! Comme si j'allais arriver à dormir avec toutes ces interrogations qui se bousculaient dans ma tête ! *On parlera de tout ça dans la matinée* ! Attitude typique d'un enfoiré de Maître. Il m'ordonnait de dormir et j'étais censé lui obéir et plonger dans les bras de Morphée comme par miracle.

Je m'enroulai dans le duvet. Avec un peu de chance, mon compagnon d'un soir serait réveillé. Je me dirigeai donc vers la chambre de Julius et, arrivé devant, frappai doucement sur la porte ouverte, sans pénétrer dans la pièce. Les nuages chargés de pluie s'étaient dissipés et permettaient à la lune de dispenser sa clarté. Plus petit que Julius, l'homme en cuir occupait moins de place dans le lit que mon ex, mais il parvenait néanmoins à donner l'impression qu'il possédait véritablement ce lieu.

Son visage resta plongé dans la pénombre quand il se tourna vers moi.

— Qu'est-ce qu'il y a ? m'interrogea-t-il d'une voix extrêmement irritée.

— Tu n'aurais pas des somnifères ?

— Non. Je n'ai pas confiance dans ces trucs.

Caractéristique. J'aurais dû m'en douter : les Maîtres n'ont pas d'insomnie, à propos de quoi que ce soit.

Merde. Moi, j'avais besoin de ces trucs.

— Tu es dépendant de ces médicaments, grommela-t-il en secouant la tête.

— Pas complètement. J'en ai uniquement besoin quand je réfléchis trop.

— Eh bien, arrête de réfléchir !

— Je ne peux pas.

Il ferma les yeux, manifestement très désireux de se rendormir. La couverture avait glissé et exposait sa poitrine nue. Ses poils poivre et sel luisaient dans le clair de lune et paraissaient différents sans le harnais de cuir. L'homme lui-même se montrait sous un jour plus abordable, moins menaçant.

— Que fais-tu quand tu n'arrives pas à dormir ? lui demandai-je calmement.

— Je me branle, murmura-t-il sans ouvrir les yeux.

— Pardon ?

— Tu m'as demandé ce que je faisais quand je n'arrivais pas à dormir et je t'ai répondu.

Décidément, je ne pouvais attendre aucune aide de sa part. Dépité, je retournai dans la chambre d'ami et me recouchai. Après quelques secondes de réflexion, je crachai dans ma main et commençai à caresser mon sexe. L'homme en cuir avait raison : j'arriverais sûrement à me détendre si je parvenais à jouir.

Les souvenirs de la nuit passée remontèrent à la surface tandis que les mouvements de ma main s'accéléraient : moi en train de sucer tous les membres de l'équipe de rugby ; puis moi, taillant une pipe à l'homme en cuir. Je me léchai les lèvres à ce rappel en particulier et évoquai l'onctuosité de son sperme et le plaisir qu'avait éprouvé ma langue à s'enrouler autour de son pénis. Puis, me revint son odeur musquée quand j'avais enfoui mon visage dans ses poils pubiens, la sensation de son long membre logé tout au fond de ma gorge ; cet instant précis où le fait de le sucer s'était imposé à moi comme la chose la plus naturelle du monde ; la perspective d'être baisé en paiement du pari que j'avais perdu. Ma main alla de plus en plus vite et je grognai. Je voulais jouir, mais quelque chose m'en empêchait. Soudain, l'image de Gabriel surgit. Que se serait-il passé si je l'avais emmené à mon hôtel au lieu de le laisser rentrer tout seul chez lui ? Pour commencer, je ne serais pas coincé dans cette maison.

Dans ce qui fut notre maison. Julius. Encore et toujours.

J'aurais dû me réjouir en apprenant sa mort. Je le lui avais suffisamment dit. Il se mettait alors à rire et caressait mon visage alors que je luttais comme un damné pour me libérer de mes liens. Je savais que, quelle que soit le degré de souffrance qu'il m'infligeait, il lui suffirait d'un seul effleurement, d'une seule promesse murmurée, d'une seule déclaration que je lui appartenais et n'appartenais qu'à lui seul, pour que tous mes griefs, toute ma rage, s'effacent comme par magie. Il me baisait alors comme jamais il ne l'avait fait, ni avant ni après.

Au début, j'avais adoré qu'il prenne soin de moi. Grâce à la fortune de ses parents, il avait expérimenté toutes les bonnes choses que pouvait offrir la vie, bien plus que je n'avais eu personnellement l'occasion de le faire, et il connaissait par conséquent les meilleurs endroits où se rendre, les choses les plus drôles à faire. Cependant, après un certain temps, son attention s'était muée en une prison aussi étouffante que les hauts murs qui entouraient la maison. Les barreaux se renforcèrent quand il édicta cette loi inepte grâce à laquelle il décidait quand et si je pouvais jouir.

Ma main s'arrêta à mi-course. *Julius ne m'avait pas donné la permission de jouir.*

— Julius ! hurlai-je, emporté par un intense sentiment de frustration.

Je criai son nom à en réveiller les morts, et lui en particulier, et espérai presque l'apparition de son esprit vengeur pour qu'il puisse me donner son accord.

Au lieu de quoi le seul esprit qui se manifesta fut celui d'un Américain furieux.

— Qu'est-ce qui ne tourne pas rond chez toi, gamin ?

Putain ! Ma verge était si dure qu'elle en était douloureuse.

— Julius ne m'a pas donné la permission de jouir.

Même à mes oreilles, mon gémissement d'excuse résonnait d'une façon pathétique.

Je m'attendis à une nouvelle explosion de colère. Il était évident que la chose la plus importante pour mon interlocuteur en ce moment était de pouvoir dormir et moi, perturbateur persistant, je ne cessais de l'interrompre dans cette quête. À ma grande surprise, il repoussa le duvet et dégagea mon sexe de ma main et la remplaça par la sienne. Sans me lâcher des yeux, il commença à me pomper.

— Si je te laisse jouir, tu promets de répondre à toutes mes questions demain matin ?

Je déglutis et grognai sous ses caresses. Il n'était pas gentil, mais j'avais pourtant besoin d'encore plus de pression.

— Aussi longtemps que toi, tu répondras aux miennes, rétorquai-je.

Il s'interrompit à mi-chemin. J'avais oublié : *les esclaves ne sont pas en position d'exiger quoi que ce soit.* Je retins mon souffle dans l'attente de sa réaction. Une part de moi ressentait toujours une trouille d'enfer à exprimer la moindre exigence, mais j'avais fait quatre années de thérapie dans le but de recouvrer la confiance nécessaire pour avoir le courage de réclamer ce dont j'avais envie.

— Je ne sais pas ce qui te trotte dans la tête, mais il faut que tu te détendes. Je ne vais pas te frapper.

Il fit glisser sa paume sur mon gland et utilisa mon liquide séminal comme lubrifiant ; ses caresses se firent plus douces, devinrent plus longues, plus précises.

Parfait. Je me recouchai et appréciai à sa juste valeur sa masturbation, manifestant mon plaisir par de petits gémissements. Le sexe constituait le meilleur moyen pour bloquer toute la merde qui encombrait mon esprit.

— Tu trayais les vaches dans une vie antérieure, ironisai-je tant la façon dont il pressait mon membre m'en donnait l'impression.

Ses caresses diminuèrent tandis qu'il éclatait de rire.

— Ravi de voir que tu commences à te sentir mieux, gamin.

— Je ne suis pas ton gamin.

Mais quand donc comprendrait-il le message ?

La technique qu'il utilisait pouvait bien être quelque peu machinale et dénuée de la moindre tendresse, mais elle n'en était pas pour autant moins efficace. S'était-il masturbé avant que je fasse irruption dans sa chambre ? Son affirmation un peu plut tôt, qu'il se branlait avant de dormir me laissait croire que personne ne partageait actuellement son lit. Je ne savais pas très bien pourquoi, mais la pensée qu'il se couchait seul et qu'il se masturbait pour lutter contre l'insomnie me rendait profondément triste.

Nos regards se croisèrent et, une nouvelle fois, ce fut comme s'il lisait mes pensées.

— Je fais ça uniquement parce que je veux aller dormir. Si je ne t'aide pas, tu reviendras encore m'emmerder.

Ses mouvements se précipitèrent et s'intensifièrent.

Je m'exclamai dans un sursaut :

— Je crois que ça vient maintenant.

Mon dos s'arqua et mes muscles se contractèrent tandis que des jets de fluides corporels laiteux se répandaient sur ma poitrine. Je restai agrippé aux draps durant tout le temps que durèrent mes spasmes. Je le contemplai tandis qu'il récupérait presque négligemment quelques gouttes de mon sperme du bout de l'index pour le porter à ses lèvres. Je gémis tout bas, bouleversé par la décadence de cette vision.

— Tu vas dormir maintenant ? me demanda-t-il avant de faire courir sa langue rose sur ses lèvres.

Les mots me firent pour une fois défaut et je me contentai d'un murmure d'assentiment.

— Et ne viens surtout pas réclamer un verre d'eau.

— Bien Papy.

Était-ce un léger pétillement que je crus saisir dans son regard quand il me borda à nouveau dans mon lit ? Avant que je ne me ridiculise en proférant une insanité du style 'je t'en prie, reste avec moi', il tourna les talons et quitta la chambre. Je regardai ses muscles fessiers se contracter. J'avais été tellement happé par ses mains sur mon sexe que je n'avais pas prêté attention au fait qu'il était nu et qu'il bandait. Hum... il n'avait toujours pas récolté ses gains. Devrais-je le lui rappeler dans la matinée ?

VIII : Section 1.07
Crash into me

Le bruit de vaisselle et de casseroles me tira de la somnolence dans laquelle j'avais fini par sombrer, réveil que j'accueillis avec soulagement. Je frottai ma poitrine pour y chasser les quelques gouttes de sperme qui avaient collé en séchant. Putain. C'était l'un des inconvénients que connaissaient tous les hommes qui ne recouraient pas à l'épilation. Je pris une douche rapide dans la salle de bain attenante à la chambre d'amis, me séchai et nouai une serviette autour de ma taille. Mes vêtements humides devaient encore se trouver dans l'autre salle de bain. Les horreurs de la nuit s'évanouissaient progressivement avec l'ascension du soleil dans le ciel. L'obscurité me ramenait beaucoup trop à ces situations où je m'étais senti aveuglé et impuissant.

Une odeur de bacon me parvint de la cuisine, suivie par le bruit des coquilles qui se brisaient et le frétillement des œufs quand ils atterrirent dans la poêle.

— J'aime les miens au plat, annonçai-je d'une voix forte.

Je souris en entendant le reniflement de dédain qui me répondit. D'accord, le mec n'était pas un complet abruti. Après tout, il m'avait aidé à m'endormir par deux fois au cours de la nuit. Un insomniaque patenté tel que moi ne pouvait que lui en être reconnaissant.

Un arôme essentiel manquait pourtant à ces odeurs matinales : celle du café.

Je m'attardai sur le seuil de la cuisine le temps de détailler l'homme uniquement vêtu d'un jean qui faisait bouger les morceaux de bacon dans la poêle à l'aide d'une spatule. *Merde*, c'était quoi son nom déjà ? Je ne parvenais pas à l'appeler autrement que l'homme en cuir.

Je me souvins soudain de sa façon de rouler les 'r' quand il s'était présenté la nuit dernière : Donato Rossi. Don le Dominateur.

66

— Salut, Beau Sourire, dis-je non sans ironie dans la mesure où je ne parvenais pas à imaginer personne moins souriante que lui, même en me forçant.

Pour moi, l'homme en cuir resterait à tout jamais lié aux ténèbres et aux horreurs auxquelles j'avais été confronté dernièrement. Mais c'était la façon d'être des Australiens : affubler les autres de surnom en complète opposition avec leur réelle personnalité : Rase-motte pour les personnes de grande taille, Blondie pour les roux et rousses, Blanche-Neige pour les bruns et les brunes.

Dingue, n'est-ce pas ?

Don sembla partager mon opinion, car il haussa les sourcils en signe de dérision avant de retourner à ses tâches culinaires. Il paraissait différent sans son attirail de cuir. En fait, il serait même plutôt pas mal avec une coupe de cheveux décente et sans cette moustache ridicule. Il ne présentait aucun signe d'embonpoint. Pour tout dire, j'appréciais à sa juste valeur la façon dont ses fesses emplissaient son jean serré : du muscle à l'état pur avec une bosse de chair appétissante sur le devant. J'en eus l'eau à la bouche, comme un chien répondant au réflexe de Pavlov.

— J'ai une petite chance d'avoir un café ? questionnai-je comme si j'étais chez lui et non chez moi.

Il haussa les épaules et répondit :

— Si tu parviens à faire fonctionner la machine à café, fais comme chez toi.

Je jetai un coup d'œil à la machine à expresso et ricanai :

— Je suppose que tu préfères le café filtre !

— La raison pour laquelle, vous autres Australiens, aimez tant ce truc mousseux me dépasse complètement.

Voilà qui ne m'étonnait pas ; les Anglais ne comprenaient pas non plus.

J'ouvris le réfrigérateur. Super, des grains de café ! Ils étaient probablement sans arôme depuis le temps, mais quelle importance ? Un examen rapide dans le placard ne révéla aucune nouvelle tasse. Cela confirma mes soupçons : le mec n'était pas là depuis très longtemps ou alors il ne faisait jamais les courses.

Je vérifiai la machine à expresso et grognai : quiconque l'avait utilisée en dernier ne s'était pas donné la peine de la nettoyer. À l'époque où je vivais avec Julius, cette tâche m'incombait. Je remis le paquet de café au réfrigérateur et me redressai.

— Ne la laisse pas tomber, gamin.

Concentré sur ma quête de café, j'avais par inadvertance laissé glisser ma serviette. Sans prendre le temps d'y réfléchir, j'appuyai ma poitrine contre la sienne et le plaquai contre le réfrigérateur.

Il leva les mains pour montrer sa surprise, l'une d'elles tenant toujours la spatule.

— C'est un miracle que tu ne te sois pas retrouvé roué de coups avec ta manie d'appeler tout le monde comme ça !

Et pour m'assurer que le message était bien passé, j'enfonçai mon doigt dans sa poitrine pour ponctuer chacun de mes mots.

— Quand te mettras-tu dans le crâne que je ne suis pas ton gamin ? Mon prénom est Steven. Tu peux m'appeler comme ça si je te fais chier et, si tu veux retenir mon attention, tu peux m'appeler Steven Lindsey Stanhope. Mais quelles que soient les circonstances, ne m'appelle plus jamais gamin, c'est clair ?

Nous nous dévisageâmes, dressés l'un contre l'autre, nos yeux pratiquement à la même hauteur. Bravo, Steven ! Oublie l'homme en cuir ; tu viens de marcher sur les pieds de l'homme à la spatule. J'eus quelques flashes où l'ustensile, alors brandi d'une main de fer par Julius, atterrissait sur mes fesses.

Don secoua doucement la tête comme si ma réaction le sidérait.

— C'est drôle que tu penses comme ça, car pour moi, le mot 'gamin' est un terme d'affection, me fit-il remarquer, une ombre de regret envahissant ses yeux. Toutes mes excuses. Je n'arrête pas d'oublier.

Il fut sur le point d'ajouter quelque chose, mais il se reprit et son regard se détourna. Quand il se posa à nouveau sur moi, un sourire timide avait remplacé sa brève tristesse antérieure.

— Lindsey ?

Il me repoussa d'un mouvement de bassin pour recouvrer un peu plus d'espace.

— Ouais, avec un e et Steven avec un 'v'. Ma mère était une très grande admiratrice de Fleetwood Mac.

— D'accord. Maintenant, recule avant qu'il me vienne des idées. Je ne suis pas sûr de savoir si ta queue m'envoie un SOS ou si tu as juste envie de pisser.

Surpris, je baissai les yeux sur mon érection et éclatai de rire. Avant que je puisse faire le moindre mouvement, il m'attrapa par les testicules et les serra si fort que mes yeux se révulsèrent.

— Mais fais bien attention la prochaine fois, Steven Lindsey Stanhope : quelques centimètres de plus sur la gauche et je me serais brûlé sur la cuisinière.

La main de Don me faisait tout à la fois du bien et du mal et diffusait une douleur intense dans mon ventre qui m'émoustillait et me faisait trembler de la tête aux pieds.

Il relâcha son étreinte et je reculai prudemment tout en massant mes testicules.

Avec un sourire en coin moqueur, il palpa mon membre et nota sa rigidité persistante.

— Tu ferais bien de prendre soin de ça toi-même. Je ne m'occupe des cas désespérés qu'au milieu de la nuit.

Je récupérai ma serviette par terre et me dirigeai vers la salle de bain. Mon jean et ma chemise gisaient toujours en une pile mouillée sur le carrelage.

Merde ! Peut-être que mes anciens vêtements se trouvaient toujours quelque part ? Je n'avais pu emporter que très peu de choses lors de mon départ. J'ouvris avec précaution la porte de mon ancienne chambre et éclatai de rire. Julius n'avait pas conservé cette pièce intacte en ma mémoire. L'espace était dorénavant occupé par un bureau. Rien de ce qui m'avait appartenu n'avait été gardé.

Tout en m'interrogeant sur le lieu où toutes mes affaires avaient pu migrer, je cherchai dans toutes les autres chambres. Nous avions à l'époque acheté la maison entièrement meublée, mais, même au temps de sa gloire, elle aurait difficilement pu passer pour un trois étoiles. L'une des chambres abritait désormais un vélo d'appartement tandis qu'une table de musculation usagée occupait tristement la chambre suivante. Une autre contenait un grand écran plat de télévision ainsi que des équipements stéréo empilés les uns sur les autres et manifestement déconnectés. Enfin, des cartons vraisemblablement pleins de livres étaient entassés dans la dernière des chambres. Les placards de la pièce dans laquelle j'avais dormi étaient vides et la maison dégageait une atmosphère d'abandon. Depuis combien de temps Julius était-il parti ?

Je revins vers la cuisine. Marcher nu ne me paraissait pas étrange, résultat d'une autre des nombreuses règles que m'avait imposée Julius. Au moins n'avais-je plus de chaîne autour des chevilles.

— Tu n'aurais pas des vêtements de rechange pour moi, par hasard ? Verts de préférence, pour aller avec la couleur de mes yeux.

69

Sans prendre la peine de se retourner, Don répliqua :

— Verts ? J'aurais plutôt dit noisette.

Bon sang ! Mais pourquoi fallait-il qu'il me surprenne en relevant des détails comme la couleur de mes yeux ? Je les fermai un instant et respirai un grand coup. Quand les battements de mon cœur eurent repris un rythme normal, j'ajoutai d'une voix acerbe :

— Verts ou noisette, quelle importance ? Et, au fait, tu peux virer la femme de ménage : mes vêtements ne sont toujours pas secs.

Don me fit face tout en agitant sa spatule.

— Ne me regarde pas comme ça ! Après avoir passé une bonne partie de la nuit à m'assurer que tu allais bien, une saloperie d'oiseau m'a empêché de dormir. Je ne me suis pas reposé suffisamment. Et puis d'abord, c'était quoi ce putain d'oiseau ?

Je me mis à rire.

— C'était un coucou. On les appelle aussi les annonciateurs du printemps. Ils ont l'habitude de pondre leurs œufs dans le nid des autres oiseaux.

Dieu merci, je n'étais donc pas le seul à trouver leurs piaillements horripilants.

Don marmonna quelque chose à propos d'un fusil et se retourna vers la cuisinière. Je ne le blâmai pas pour son manque d'intérêt à propos de la faune sauvage. Mais puisque nous parlions de squatter, je ne savais toujours pas ce que foutait ce barjo dans cette maison et quelles autres informations il pouvait bien détenir sur Julius. Une part de moi voulait absolument connaître la réponse à tous ces mystères, mais j'étais conscient que cette exigence m'empêcherait alors de me dérober moi-même aux questions pour lesquelles cet étrange homme en cuir attendait de son côté une réponse. Quoi qu'il en soit, je n'avais pas l'intention de m'engager dans une telle conversation sans porter le moindre habit. Je regagnai donc la salle de bain, y récupérai mes vêtements, ainsi que mon portefeuille et mon téléphone, puis je jetai mes vêtements dans le sèche-linge et le mis en route.

De retour dans la cuisine, je me frottai contre Don comme un chat :

— Humm... Et les vêtements ? À moins que tu préfères que je reste à poil ?

Il y avait quelque chose chez lui qui m'incitait à vouloir le pousser à bout, à voir si je pouvais lui faire perdre son calme, à découvrir ses limites. Sauf que vous savez quoi ? Il se contenta de rester là, impassible, sans s'interrompre dans ses tâches domestiques.

Quelques minutes plus tard, après avoir constaté que je bandais à nouveau, je cessai mon petit manège.

Don me lança un regard appuyé, mais ne donna pas l'impression d'être plus fâché que ça, bien au contraire d'ailleurs, si je devais en croire la bosse qui déformait le devant de son jean.

— Tiens, rends donc toi utile et surveille ça pour ne pas que ça brûle, m'ordonna-t-il en glissant des tranches de pain dans le toaster.

Puis, il se dirigea vers sa chambre. J'attrapai un plateau au-dessus du placard, y disposai le petit-déjeuner et ajoutai le pain une fois qu'il fut grillé.

— Tiens, attrape ça, me dit-il à son retour.

Et il me lança une paire de boxers arborant le drapeau australien.

— Présent de ma grand-tante Mildred.

Bizarre comme cadeau. Un cadeau qu'il n'avait de toute évidence jamais porté.

— Merci.

J'enfilai le sous-vêtement et y glissai ma verge toujours tendue vers le haut. Cette putain de chose refusait obstinément de redescendre !

— Et moi qui espérais que tu me prêterais un de ces pantalons en cuir comme celui que tu portais la nuit dernière !

J'avais autrefois aimé porter du cuir, même si je ne me souvenais plus pourquoi, mais désormais, l'idée même du fétichisme du cuir me donnait envie de vomir.

— Même pas dans tes rêves, gam…

Je ne pus m'empêcher de sourire au spectacle de son expression exaspérée et me demandai s'il était possible d'attraper une indigestion à force d'avaler trop souvent la dernière syllabe du mot 'gamin'. Il avait de toute évidence l'habitude d'appeler ainsi celui qui partageait sa vie. Je me demandai où pouvait bien se trouver ce malheureux.

J'attrapai le plateau et suivis Don dehors.

Putain. Le jardin était dans un état lamentable et ne présentait un attrait que pour les amateurs de trèfles, de pissenlits et de ronces. Julius insistait toujours afin que je m'occupe de la pelouse, mais j'avoue que, durant les heures qu'il passait à son travail, j'avais été très tenté d'appeler un jardinier pour qu'il le fasse à ma place. Malheureusement, le portail fermé et sécurisé rendait la chose impossible à réaliser.

Je déposai mon fardeau sur la table de jardin en fonte et vis avec une stupéfaction teintée d'horreur Don s'asseoir sur le siège préféré de Julius.

L'avait-il choisi d'une façon purement instinctive ou le siège cachait-il une étiquette du style 'siège de choix exclusivement réservé au Maître' ? Je fixai l'autre fauteuil et déglutis péniblement. Et maintenant ? Je fus submergé par un formidable besoin de m'agenouiller à ses pieds. Quand je disais que certaines habitudes étaient difficiles à rompre…

— Assieds-toi, ton petit-déjeuner va refroidir, m'enjoignit Don en me désignant le siège vacant d'un mouvement de tête.

Puis, il se mit à manger comme si de rien n'était, mais j'eus le temps de surprendre le regard furtif qu'il me lança alors que je prenais place à cette table où, par le passé, je n'avais jamais été autorisé à m'installer, du moins pas tant qu'un enfoiré de Maître traînait dans les parages.

Quand quelques secondes s'écoulèrent sans que la terre ne m'engloutisse, je commençai à me détendre et me mis à manger. Après ma rupture avec Julius, j'avais eu besoin d'un certain temps pour me remettre à utiliser des couverts. Maintenant, assis à cette table, j'attendais presque que Monsieur Cuir m'ordonne de manger ceci ou de ne pas toucher à cela.

Au début, j'avais trouvé sexy, voire carrément décadent, le fait d'être nourri par quelqu'un d'autre, du moins jusqu'à ce que ce rituel devienne de plus en plus agaçant. Julius ne me laissait jamais assez de temps pour mâcher correctement et il éclatait de rire quand je ne pouvais pas m'empêcher de tout recracher. Je m'étais souvent demandé par la suite s'il le faisait sciemment. À chacun de mes reproches, il se contentait d'essuyer ma bouche de toute trace de nourriture et il ne fallait pas longtemps pour que nous finissions par baiser comme des malades.

Merde. Maintenant, j'avais les yeux embués et la vue brouillée.

— Qu'est-il arrivé à Julius ? demandai-je brusquement tout en secouant la tête pour disperser mes larmes.

Au fil du temps, j'étais devenu un véritable expert et exécutais ce geste à la perfection. Bien obligé quand on passait beaucoup de temps les mains attachées. Je frottai mes poignets à ce souvenir. Pour dissiper mon malaise, je choisis un toast, le plongeai dans le jaune liquide de mon œuf et le portai à ma bouche. Puis, je remarquai que Don me regardait fixement.

— Quoi ? Tu as bien dit que tu répondrais à mes questions dans la matinée ?

— Tu ne sais vraiment rien ?

— Non. À toi de me le dire.

Son regard dériva vers le couteau qu'il tenait dans sa main. Il le tournait et le retournait comme s'il voulait le lancer sur quelque chose ou sur quelqu'un. Sur qui ? Sur moi ?

— Par où commencer ? soupira-t-il.

Il fit une pause et leva les yeux sur moi.

— Julius s'est tué dans un accident de moto.

— Quoi ? Un accident de moto ? Comment ? Mais c'est du grand n'importe quoi ! J'ai bien regardé sa Harley hier et elle n'a pas la moindre éraflure !

— Il conduisait *ma* moto.

— Ici ? En Australie ?

— Non, aux États-Unis, répondit-il en agitant fébrilement son couteau vers l'océan.

— Ah ! Quand s'est-il rendu là-bas ?

— Environ deux ans après ton départ. Après que tu as brisé ta promesse et fuis à toutes jambes, gamin, m'informa-t-il en me fusillant d'un regard lourd de mépris.

J'agrippai le bord de la table et commençai à me redresser, la fourchette fermement serrée dans ma main.

— N'y pense même pas, me menaça-t-il.

Il me fixa du regard jusqu'à ce que je laisse tomber le couvert sur la table. Il poussa alors un profond soupir.

— Laisse-moi te raconter toute l'histoire, tu veux bien ? Ce n'est pas un moment particulièrement facile pour moi non plus, tu sais.

Pas facile pour lui ? Je lui rendis son regard, essayant de comprendre les raisons de son irritation. Des rides que je n'avais pas remarquées auparavant avaient pris naissance sur son front. Que représentait Julius pour lui ? Manifestement plus qu'un ami. Quoi d'autre alors ? Un amant ? J'avais du mal à les imaginer ensemble, mais, après tout, qui pouvait résister à Julius ? L'enfoiré possédait un charme presque irrésistible et j'avais été une de ses victimes.

Je lui indiquai d'un hochement de tête qu'il pouvait poursuivre et me remis à manger. Ce n'était pas le bon moment pour le complimenter sur ses qualités de cuisinier.

— Il m'a dit qu'il était venu aux États-Unis pour en apprendre le plus possible des 'Maîtres'.

Rien qu'à la façon dont il le prononça, je perçus la majuscule et les guillemets dont il souligna le mot 'maître'.

73

Pour l'homme en cuir, une telle démarche paraissait de toute évidence légitime. Je n'étais pour ma part pas surpris d'apprendre que Julius s'était lancé dans cette recherche. Il avait dévoré tout ce qu'il avait pu trouver sur la 'Vieille Garde' et il désirait plus que tout recréer ce style de vie particulier et suivre son protocole à la lettre.

— Nous nous sommes rencontrés peu de temps après son arrivée aux États-Unis et sommes devenus amis quand nous avons découvert que nous possédions tous les deux une Ultra Classic. Il envisageait de s'en acheter une autre et de l'expédier ici, en Australie.

— Hé, attends un peu ! m'exclamai-je en agitant ma fourchette pour attirer son attention. Je me rappelle que c'était en effet un projet qui lui tenait à cœur, mais il n'en a jamais eu les moyens. Alors, comment aurait-il pu se payer une seconde bécane et un billet pour les États-Unis ? Il n'avait absolument aucune économie.

Le manque d'argent avait d'ailleurs souvent été un sujet de discorde entre nous.

— Sa grand-mère est décédée et il a hérité d'une partie de ses biens immobiliers.

— Oh, d'accord.

Ses parents étaient très riches et j'avais toujours supposé que ce devait être le cas de toute sa famille.

— Continue.

Je sentais que Don me cachait quelque chose et son regard fuyant ne faisait que renforcer ma suspicion. J'allais devoir lui tirer les vers du nez !

— Quand est-il mort ?

— Le 4 juillet.

Quoi ? Mais ça faisait déjà quatre mois !

— Dans quelles circonstances ?

Don s'était perdu dans la contemplation de son assiette, mais je savais qu'il ne la voyait pas vraiment.

— Allez, donne-moi des détails. Il pleuvait ? Il y avait des gravillons sur la route ?

Ses yeux croisèrent brièvement les miens avant de revenir se poser de nouveau sur les restes de son petit-déjeuner. Il respira profondément avant de reprendre :

— La moto a glissé sur une flaque d'huile et a été poussée sur le côté par une voiture tout-terrain. Son passager a été éjecté sans subir de dommages, mais malheureusement, Julius et sa moto ont été percutés de plein fouet par un camion qui venait d'en face. Julius a été tué sur le coup. Décapité.

Don s'exprimait d'une voix funèbre et atone. Je n'avais pas manqué de noter qu'il avait prononcé le mot 'décapité' d'un ton presque désinvolte, comme s'il s'agissait d'un détail mineur.

Je repoussai ma chaise et me levai en vacillant. Tant pis pour le petit-déjeuner, qui termina sa vie éphémère en une éclaboussure multicolore sur la pelouse verte.

Don n'avait pas bougé. Il serrait son couteau comme si sa vie en dépendait et ses jointures, blanchies par l'effort, contrastaient sur sa peau tannée. Je tombai plutôt que me rassis, atterrissant si violemment sur mon siège qu'il me brûla les fesses à travers le fin satin de mon caleçon. J'avais eu parfois envie d'étrangler Julius, mais jamais je ne lui aurais souhaité de connaître une pareille fin.

L'homme en cuir me fixait de son regard vide. Soudain, une partie de ses propos me frappa : 'son passager avait été éjecté sans subir de dommages'.

— Qui était avec lui ?

— Alex.

Alex ? Mais qui c'était, Alex ?

— Que lui est-il arrivé ?

— Il a reçu de violents coups à la tête.

Il fit une longue pause avant de reprendre :

— Et il est mort lui aussi.

Une larme perla au coin de ses yeux.

— Qui était-ce ? Un parent ?

Don examina brièvement le couteau qu'il persistait à faire tourner dans sa main et, brusquement, d'un mouvement particulièrement fluide, le lança en visant un arbre. La pointe du couteau se ficha parfaitement en plein milieu du tronc. La garde oscilla pendant quelques secondes avant que le couteau tombe au sol.

— Alexander était mon esclave. Mon *gamin*.

Sur cette abrupte déclaration, l'homme en cuir se leva, rassembla les assiettes vides et disparut dans la maison d'une démarche saccadée, comme secoué intérieurement par un vent violent.

IX : SECTION 1.8
TALK TO ME

ET MERDE ! Le goût de bile dans ma bouche faisait écho à la nausée que je ressentais. Mon image préférée de Julius traversa ma mémoire : Julius assis sur sa moto, sa mâchoire carrée et ses traits parfaits, l'ensemble formant un véritable appel pour l'objectif de tout photographe amateur de beauté et de perfection. La pensée de cette tête magnifique séparée de ses larges épaules fit contracter mon ventre en un spasme douloureux. Peu importait ce qui avait mal tourné entre nous, Julius ne méritait pas une telle fin.

Je récupérai le couteau et rejoignis Don dans la cuisine. Je me postai sur le seuil de la pièce et étudiai son profil tandis qu'il nettoyait avec soin les assiettes du petit-déjeuner. Son visage avait repris son masque d'impassibilité, preuve qu'il avait recouvré son self contrôle.

— Toi aussi tu as perdu quelqu'un. Je suis désolé, lui dis-je d'une voix douce tout en m'approchant pour laisser tomber le couteau dans l'évier.

Il m'adressa un hochement de tête et retourna à sa tâche.

Comment était-il, cet Alex ? Probablement le parfait petit esclave, ne désirant rien d'autre que de faire plaisir à son Maître. Je sentis à nouveau la bile envahir ma bouche. Je pris le chemin de la salle de bain. Je trouvai dans le placard une bouteille presque pleine d'un produit pour les bains de bouche. J'en pris une gorgée, la fis tourner dans ma bouche et la recrachai. À défaut d'une brosse à dents, c'était toujours mieux que rien.

Bloquant les détails les plus atroces, mon esprit revint au soir précédent et à l'étrangeté qui l'avait accompagnée. J'allai vers la chambre de Julius, m'arrêtai sur le seuil et jetai un regard à l'intérieur.

L'Américain avait éparpillé quelques-unes de ses affaires par-ci, par-là : ses bottes gisaient sous le lit et sa casquette était soigneusement posée sur la table de chevet.

Bien que je fusse conscient que Julius ne franchirait plus jamais cette porte, je ne parvins pas à m'aventurer plus avant dans la pièce. Je me dirigeai donc vers le garage pour y dénicher ma moto. Plus tôt je découvrirai si elle était en état de rouler pour me permettre de m'éloigner d'un autre mec bizarroïde qui considérait comme normal le fait de faire porter un collier à un autre être humain, et mieux ce serait.

Je trouvai l'interrupteur en haut des marches et l'actionnai. La lumière inonda la pièce. Je n'avais pas eu le temps de voir à quoi ressemblait le garage lors de mon arrivée la nuit dernière. Je compris soudain pourquoi la maison paraissait si vide : le garage ressemblait à un dépôt-vente. Des tables et des chaises, mais aussi des sommiers, de vieilles penderies et leurs portes à lamelles, étaient soigneusement entassés contre le mur. Des couvertures avaient été déposées sur certains objets, mais d'autres étaient parfaitement visibles, notamment les deux anciennes Harley que nous avions achetées avec l'intention de les restaurer et de les vendre. L'absence de roues et d'autres pièces ici et là me laissaient penser que Julius avait commencé le travail de dépeçage et avait dû se débarrasser des pièces une à une sur eBay. Aucune de ces motos ne reverrait jamais la route, pas plus que Julius.

Je fermai les yeux et respirai un grand coup. Quand je les ouvris à nouveau, je remarquai que la porte de derrière était complètement obstruée par tout ce bazar. Compte tenu des mauvais souvenirs qui se tapissaient derrière cette porte, je considérais cela comme une bonne chose.

Aucun signe de ma moto. Double merde ! Il devait l'avoir vendue.

Un voile de rage obscurcissait ma vue alors que je montais l'escalier. Comment Julius avait-il osé vendre ce qui faisait ma joie et ma fierté ? Rien ne clochait avec ma BMW. Le monde ne commençait pas et ne finissait pas avec ces putains de Harley !

En haut de l'escalier, deux jeux de clés et un vieux portefeuille gisaient sur la petite table. Si j'en croyais le bruit occasionnel des assiettes, Don s'affairait toujours à la cuisine. Il ne pouvait donc pas m'apercevoir de là-bas.

J'ouvris rapidement le portefeuille et fus rassuré en constatant que son permis de conduire confirmait son identité : Donato Maximilian Rossi, résidant à Chicago, âgé de 35 ans. Six ans de plus que moi.

Je retins mon souffle quand je tombai sur la photo d'un jeune homme souriant de toutes ses dents. Ce dernier ne devait avoir que quelques années de plus que Gabriel, mais les deux hommes partageaient de façon troublante le même air d'innocence, le même angélisme. La chevelure blond-blanc caressait le haut du collier en cuir qui encerclait son cou.

Les mots de Rhiannon résonnèrent dans ma tête :

— Pourquoi portes-tu un putain de collier ? Tu n'es pas un chien !

Colliers. Soumission.

Il fallait vraiment que je foute le camp avant de me retrouver pris au piège. Les clés de la Harley m'attiraient comme le chant d'une sirène. La Harley était plus lourde que ma BMW, mais je l'avais déjà conduite avant et je savais que je pouvais le refaire si le besoin s'en faisait sentir.

— Nous sommes restés ensemble pendant dix ans.

Mes doigts engourdis laissèrent tomber le portefeuille quand j'entendis sa voix grave.

Don se tenait sur le seuil de la cuisine, les bras croisés sur sa large poitrine et le dos rigide. Aucune trace d'humour ne venait atténuer l'éclat de ses yeux.

J'essuyai mes mains sur mon caleçon. Non, sur *son* caleçon.

— Je ne comprends pas très bien. Qu'est-ce que ton esclave pouvait bien faire avec Julius ?

Comme j'étais très embarrassé d'avoir été surpris en train de fouiller dans ses affaires personnelles, j'avais répondu d'un ton plus acerbe que je ne l'avais voulu. Mais cette question me turlupinait depuis un bon moment en fait. Julius ne me perdait jamais de vue, sauf quand il allait travailler. Il avait le sentiment que je lui appartenais et c'est la raison pour laquelle il avait mis si longtemps à accepter mon départ.

— Julius habitait avec nous.

Je crus une seconde que l'homme en cuir allait ajouter quelque chose, mais il se contenta de reprendre possession de son portefeuille et, après avoir regardé un instant la photo, il le remit dans sa poche. Il n'avait pas pris la peine de vérifier l'argent et le fait qu'il ne me prenne pas pour un voleur constituait une maigre consolation à mes yeux. J'étais juste un esclave qui avait ôté son collier sans la permission de son Maître ce qui, à bien des égards, devait représenter pour lui une transgression bien pire que le vol.

Je l'effleurai en passant devant lui pour me diriger vers la buanderie. J'avais besoin de mes vêtements, tout de suite. Je me sentais trop exposé dans le fin tissu du caleçon, bien trop vulnérable.

Je sortis ma chemise et mon jean du sécheur et attrapai mon portefeuille et mon téléphone. Tout en m'habillant, je vérifiai les éventuels messages. J'en avais deux : le premier émanait de Gabriel, qui suggérait que nous nous retrouvions pour le déjeuner et qui précisait qu'il pouvait venir me chercher en voiture en cas de besoin ; le second venait de Sara et de Marty, et ils me confirmaient leur invitation à leur mariage prévu à la fin du mois. Ainsi, la future jeune mariée était sérieuse : elle voulait vraiment que j'interprète 'Sara' en l'honneur de sa mère à la réception. Elle avait contacté Fred pour obtenir mon numéro. Elle me suggérait même d'amener un ami.

Il semblait bien que ma carrière de drag queen allait connaître encore de beaux jours. Le problème était que mon costume et mon maquillage se trouvaient toujours au Paradisio. Une minute… Gabriel avait une voiture ! Je pourrais peut-être profiter de son véhicule pour aller chercher mes affaires aujourd'hui même…

Je me rendis dans la cuisine, m'assis sur un tabouret et commençai à lui écrire un texto pour lui communiquer le lieu où je me trouvais et lui proposai de venir m'y chercher. Don regardait de nouveau par la fenêtre. *Perdu dans la contemplation du paysage ou se repassant le film de la tragédie qui avait bouleversé sa vie* ? Pour ma part, j'avais au moins eu quatre années pour 'oublier' Julius et, croyez-moi, les deux premières n'avaient pas été faciles. À vrai dire, j'avais nourri un espoir fugace et insensé que nous puissions nous remettre ensemble alors même qu'une petite voix intérieure n'avait eu de cesse de me répéter à quel point ce serait une mauvaise idée. Je soupirai. Il était impossible de remonter le cours du temps.

Maintenant que je connaissais les circonstances entourant la mort de Julius, je n'avais plus aucune raison de m'attarder. Je ne pouvais vraiment pas demeurer dans cette maison, quand bien même je serais payé pour ça ! Je la mettrais en vente dès que possible. Entretemps, Don pourrait en profiter le temps qu'il voudrait.

— Écoute, je suis désolé à propos de ton gam… à propos de la mort de ton ami, balbutiai-je, incapable de prononcer ce terme que je jugeais dégradant. Et merci d'avoir pris la peine de m'expliquer la situation.

Je me demandai s'il avait ramené les restes de Julius à ses parents. Ceux-ci avaient dû avoir le cœur brisé ; ils étaient convaincus que leur fils était le soleil autour duquel la Terre tournait.

Je pressai la touche 'envoi' pour faire partir mon message et m'adressai à nouveau à Don :

— Je vais débarrasser le plancher maintenant, Beau Sourire. Un ami va venir me chercher.

Je levai les yeux vers lui et le surpris qui me fixait en fronçant les sourcils.

— Tu t'en vas ?

— Ouais. Je retourne en ville ; il n'y a plus rien qui me retienne ici.

Il parut abasourdi par ma déclaration.

— Donc, tu ne vois aucune objection à vendre la maison ?

Il était télépathe ou quoi ? J'admirai un instant la vue qu'offrait l'Océan Pacifique. Durant les week-ends, j'avais adoré regarder le vol des deltaplanes qui, après qu'ils se soient jetés de la falaise pour décoller, glissaient dans les courants aériens tels des mouettes. Que disait l'annonce de l'agent immobilier déjà ? 'À une heure de route de Sydney, entourée par le bush, la propriété possède une vue qu'on pourrait qualifier de belle à en mourir'.

En ce qui me concernait, la vue n'était pas destinée à provoquer la mort, mais bien au contraire à donner envie de vivre. Le plus étrange était que même dans les pires moments, et Dieu sait qu'il y en avait eu de vraiment très mauvais, je n'avais jamais été tenté de me jeter dans le vide, animé par le désir fou de voir jusqu'où il me serait possible de voler sans ailes. Je poussai de nouveau un soupir, pensant qu'à une certaine époque, la simple perspective de quitter cet endroit m'aurait dévasté. Mais tel n'était plus le cas désormais. Trop de mauvais souvenirs me poussaient au contraire à m'enfuir.

— Non. Plus tôt elle sera mise en vente et mieux ce sera.

— Très bien.

Mon regard tomba sur le jardin envahi par les mauvaises herbes.

— Dommage que le jardin soit dans un tel état, fis-je remarquer.

Je me mis machinalement, mû par la force de l'habitude, à nettoyer la machine à café. Beurk. Elle était toute crasseuse : le réservoir d'eau n'avait pas été vidé depuis le départ de Julius et le récipient à café était dégoutant.

— En fait, il se peut qu'il y ait encore quelque chose à toi ici.

Sans s'expliquer davantage sur le sens de ses paroles, Don disparut dans l'escalier. Qu'est-ce qu'il fichait encore ? Je venais juste d'apprendre la mort de Julius et ce type, pratiquement un étranger, m'encourageait à vendre la maison. Pourquoi ? Comme si j'avais besoin de son approbation ! Attitude typique d'un Maître et d'un maniaque du contrôle.

Dès que la machine fut propre, je versai dans le bac quelques grains de café que j'avais pris dans le réfrigérateur et je savourai le délicieux arôme qu'ils répandirent dans toute la cuisine.

Don revint quelques instants plus tard, une grosse valise à la main.

— Ces vêtements sont trop petits pour avoir appartenu à Julius. Ce sont les tiens ? s'enquit-il en laissant tomber le lourd bagage au sol.

J'ouvris la fermeture éclair et découvris tous les vêtements que je n'avais pas pu mettre dans mon sac à dos le jour de ma fuite : quelques costumes, un manteau d'hiver et, miracle, pliés au fond, mes bottes de moto. Maintenant, si je pouvais récupérer ma bécane, je pourrais aller où bon me semblerait.

— Où les as-tu trouvés ?

— Au fond du garage. J'étais en train de trier divers trucs avant de mettre la maison en vente.

Hein ?

— Répète un peu ça ? Mais qui t'a donné le droit de vendre la maison ? *Ma* maison ?

— Tu n'as pas eu les lettres de l'avocat de Julius ? Nous avions le même et j'ai supposé qu'il connaissait le meilleur moyen de te contacter.

Merde ! Ils devraient coller sur les enveloppes des étiquettes avec la mention : 's'il vous plaît, lisez ceci, car il ne s'agit pas d'une énième relance de votre ex se plaignant que vous êtes en retard dans le paiement de votre prêt immobilier'. J'avais fait de mon mieux pour respecter mes échéances, mais, avec l'augmentation des tarifs des vols longue distance pour l'étranger et le coût de ma thérapie, j'avais eu beaucoup de mal, surtout au début, à trouver l'argent nécessaire.

— Hum, je ne pense pas avoir vu quoi que ce soit à ce sujet.

Julius avait dû finir par comprendre que je n'allais finalement pas lui revenir la queue entre les jambes et avait donc transmis les relances à son avocat qui, à son tour, les avait transmis au mien, Irving Schofield. Une note personnelle accompagnait parfois les documents que Julius m'envoyait, insistant sur le fait que je lui manquais et combien il souhaitait que je rentre à la maison, me promettant que les choses seraient différentes cette fois-ci. J'étais toujours tenté de lire ses courriers, mais je savais que si je cédais à cette impulsion, je finirais par craquer. Alors, dès que j'ouvrais la première enveloppe et voyais la seconde, cachetée et portant la marque de l'avocat de Julius, je les fourrais dans la poubelle, comptant sur Irving pour porter à ma connaissance toute information importante.

— Quand tu as pris contact avec Fred, nous avons supposé que tu avais accepté de revenir après avoir reçu la lettre de l'avocat.

— En fait, non.

Je n'allais certainement pas admettre que j'étais de retour parce que j'avais été assez fou pour envisager de me remettre avec Julius.

— Et puis d'abord, pourquoi te mêles-tu de mes affaires ? De quel droit veux-tu vendre ma maison ? Elle ne t'appartient pas.

Don s'assit sur l'un des tabourets de la cuisine et évita mon regard pendant une seconde. Quand il leva les yeux, son visage était tout empourpré.

— Heu… en fait, elle m'appartient… en partie. Ou, plus exactement, j'en possèderai cinquante pour cent quand tous les papiers seront en ordre.

Don attrapa le couteau qu'il avait planté dans un arbre quelques instants plus tôt et joua avec encore et encore. Je reportai les yeux sur son visage et notai qu'il ne prêtait aucune attention à ce qu'il faisait ; au lieu de quoi il m'étudiait comme si j'étais une étrange espèce d'insecte qu'il n'avait encore jamais eu l'occasion de contempler auparavant. Compte tenu du nombre d'espèces inconnues que les scientifiques ne cessaient d'y découvrir, on pouvait dire que l'Australie lui en offrait un éventail très abondant.

Putain ! Ses gestes m'avaient distrait, mais à présent, son commentaire me frappait de plein fouet.

— Comment ça, tu en possèdes la moitié ?

Il avait toujours été convenu que la maison me reviendrait dans l'éventualité de la mort de Julius.

— Il faut vraiment que tu parles à ton avocat, et le plus tôt possible, me répondit Don.

Puis, il m'indiqua la machine à café qui laissait échapper des bruits de bon augure.

— Je prendrais bien un café maintenant. Noir, s'il te plaît.

Je lui tendis sa tasse et me préparai un café au lait. J'agissais comme si j'étais sur pilote automatique tant mon cerveau était focalisé sur les conséquences de son étonnante révélation.

— Je ne saisis toujours pas comment tu peux posséder la moitié de cette maison que Julius et moi avons achetée ensemble.

Don huma son café avant de préciser :

— Si tu t'étais donné la peine de lire les petits caractères de ton contrat immobilier, tu te serais rendu compte que votre acquisition consistait en une propriété commune [10] et non en une propriété conjointe, ce qui est très différent.

— Je sais, mais nous n'avons pas eu le choix à l'époque. La banque insistait pour traiter le dossier de cette manière.

---

10 NdT : Dans cette forme de propriété, les propriétaires sont liés soit par un contrat (p. ex. contrat de mariage), soit en vertu de la loi (en règle générale une communauté d'héritiers), et ce indépendamment de la somme investie par chaque propriétaire. La propriété commune ne permet pas aux partenaires de disposer librement de leur part, contrairement à la propriété conjointe.

Selon le conseiller qui s'était chargé de la mise en place du prêt, nous devions procéder ainsi dans la mesure où Julius et moi n'étions pas mariés. Les partenaires du même sexe étaient encore relativement rares à ce moment-là.

— Peut-être, mais cela implique que lorsqu'un des partenaires meurt, la propriété ne revient pas automatiquement au survivant, comme c'est le cas dans la propriété conjointe. Cela dépend des clauses du testament.

— D'accord, mais quand nous avons signé le contrat, chacun de nos testaments respectifs a été établi en faveur de l'autre.

Oh merde ! J'aurais dû m'en douter ! Mais pourquoi fallait-il qu'il s'agisse de cet Américain ?

Don avait fini son café et je lui versai une autre tasse sans lui demander son avis.

— Julius a modifié son testament, c'est ça ?

Don fixa sa tasse comme s'il espérait y trouver la réponse. Quand il comprit que tel ne serait pas le cas, il me fixa. Il avait retrouvé son air impassible, mais l'espace d'une seconde, je perçus une émotion bien éloignée de son flegme habituel. Était-ce de la *pitié* ? Merde ! C'était bien la dernière chose que je désirais susciter !

— Oui. La modification a été faite quelques mois avant sa mort, dit-il enfin, une ombre s'étendant sur son visage. Je crois qu'il faut vraiment que tu aies une conversation avec ton avocat dès que possible.

— Vous étiez amants ?

Il rougit légèrement et haussa les épaules.

— Non.

— Bien, mais si vous ne couchiez pas ensemble, pourquoi modifier son testament en ta faveur ? Il te devait de l'argent ?

Don se raidit et tout dans son attitude donnait à penser qu'il était en train de lutter pour sa vie et non pas d'être assis dans une cuisine à siroter du café et à répondre à mes questions. J'étais prêt à parier ma chemise qu'il avait plutôt l'habitude d'être celui qui arrachait les vers du nez de son esclave. Je pouvais presque le voir en train de pousser Alex à tout lui dire de la façon dont il avait vécu leur dernière mise en scène, à explorer chaque facette, à sonder chaque faiblesse révélée. N'était-ce pas ainsi que tous les Maîtres fonctionnaient ? Décidément, il n'avait pas l'habitude d'être le harcelé. Une goutte de sueur perla sur l'un de ses sourcils.

— Julius n'a pas modifié son testament en ma faveur ; il l'a fait pour Alex.

— Alex ? Ton esclave ? Ça n'a aucun sens ! À moins que… À moins que…

La compréhension me submergea comme une lame de fond. Bien sûr ! Quel imbécile j'étais ! Julius s'était rendu tout seul aux États-Unis, mais connaissant son charme, il n'avait pas dû le rester bien longtemps. Aux dires de ma thérapeute, Julius était un virtuose de la manipulation qui aimait rassembler les gens autour de lui, puis critiquait ceux qu'il n'appréciait pas afin de masquer ses propres insuffisances. Nul doute qu'il ait trouvé en Alex le petit soumis idéal, parfaitement entraîné à s'en remettre aux autres. Julius avait dû considérer qu'il était plus pratique de s'approprier un esclave déjà expérimenté, ce qui lui évitait d'avoir à consacrer le temps nécessaire à la formation d'un nouveau soumis.

Comme Don s'abîmait à nouveau dans la contemplation de sa tasse vide, son visage présenta cette expression dénuée d'émotions qu'arboraient tous ceux qui se rappelaient les jours passés et les amours perdues. Il paraissait totalement ravagé par la perte qu'il avait subie.

— Il t'a pris Alex, constatai-je d'une voix posée.

Seul le tic qui agita sa mâchoire m'indiqua qu'il m'avait entendu. Après quelques secondes, il hocha la tête d'un mouvement imperceptible.

C'était du Julius tout craché ! Prendre ce dont il avait envie sans se soucier des conséquences. Je soupirai et arrivai à la conclusion qu'Alex devait avoir été exactement son type d'homme. Ils avaient tous les deux la même chevelure blondie par le soleil. Julius avait une fois insisté pour que je m'éclaircisse les cheveux avec du peroxyde tant il aimait l'idée d'une similarité en toute chose. Cela n'avait cependant pas marché, et il avait été furieux quand j'avais décidé de tout couper pour éliminer le résultat de cette pitoyable tentative.

— Ça n'explique toujours pas comment tu peux posséder la moitié de la maison.

Don poussa à son tour un soupir, qui fit frémir sa moustache.

— Si, en fait, ça explique tout. Malgré la gravité de ses blessures, Alex a survécu pendant quelques jours. Quand il a repris connaissance, il m'a révélé que Julius et lui vivaient depuis plusieurs semaines une relation de Maître et d'esclave. Julius lui avait promis de prendre soin de lui et, pour le prouver, il avait changé son testament.

Don regarda à nouveau sa tasse vide, manifestement troublé par le souvenir de cette révélation. Sa voix d'adoucit quand il reprit :

— Je ne suis pas sûr de savoir pourquoi mon gamin s'est accroché à la vie pendant si longtemps, mais je crois qu'il voulait réparer ses torts, me demander pardon.

Des larmes brillèrent dans ses yeux et je crus un moment qu'il allait perdre le contrôle, mais il parvint néanmoins à réprimer ses émotions.

— J'ai essayé de l'empêcher de parler, car chaque respiration le faisait atrocement souffrir, mais il semblait vouloir se confesser, en avoir besoin par-dessus tout.

On aurait pu croire que Don ressentait lui aussi le besoin de se confesser. Partager des informations paraissait une expérience inédite pour lui. Pas étonnant qu'il soit si tendu ; dévasté serait un adjectif plus adéquat.

— Tu as pu au moins lui parler avant qu'il meure.

— Je suppose qu'on peut voir les choses comme ça.

S'il avait été du genre câlin, je l'aurais pris dans mes bras, mais je savais qu'il ne recherchait pas ma sympathie. Il se pouvait même qu'il me blâme d'une certaine manière. En effet, si j'étais resté avec Julius, rien de tout cela ne serait arrivé. Je ne le perturbai pas tandis qu'il se resservait du café, dont il avala une gorgée. Quand j'estimai qu'il avait eu suffisamment de temps pour se reprendre, je poursuivis mes questions :

— Je comprends qu'Alex ait hérité de la part de Julius puisqu'il a survécu à l'accident, mais comment t'es-tu retrouvé impliqué ? Alex n'a pas modifié son testament en faveur de Julius ?

Il eut la bonne grâce de paraître embarrassé en me répondant :

— Je pense qu'ils n'ont pas trouvé un tel changement nécessaire. Alex ne travaillait pas et il m'avait légué tous ses biens donc, dans les faits, il ne possédait plus rien.

Je ne fis aucun commentaire, mais il dut lire la désapprobation sur mon visage, car il se dépêcha d'ajouter :

— Si quoi que ce soit m'était arrivé, mon testament le mettait à l'abri, même s'il pouvait être contesté. Ma famille nous acceptait, mais comment prévoir la réaction de vos proches après votre mort ? Quand l'Illinois a voté la loi sur l'Union Civile, j'ai pensé que si nous pouvions rendre notre union légale, il serait complètement à l'abri après mon décès.

Il reprit son souffle et acheva dans un murmure :

— La possibilité qu'il puisse mourir avant moi ne m'avait jamais effleuré l'esprit.

Don paraissait toujours aussi embarrassé par le sujet. Il venait juste d'admettre qu'Alex et lui étaient virtuellement mariés ; l'infidélité de son amant prenait soudain une tout autre dimension. Je secouai la tête, envahi par le dégoût. Foutu Julius !

Je restai silencieux un moment, buvant mon café à petites gorgées et tâchant de digérer toutes ces révélations.

— Et maintenant, qu'est-ce qu'on fait ?

Don fit une grimace.

— Comme aucun de nous ne veut vivre ici, je crois qu'il faut que nous rendions la maison présentable pour que, le temps venu, nous puissions avoir toutes les chances de la vendre à un prix acceptable.

C'était sans doute la raison pour laquelle la maison donnait cette impression de vide ; Don avait vidé les pièces pour qu'elles puissent être remises en état.

— Pas de problème de mon côté. Mais si nous devons nous lancer dans des travaux de rénovation, je veux qu'on fasse les choses correctement et qu'on ne se contente pas d'un simple coup de pinceau fait à la va-vite. Je veux lessiver les murs et les plafonds, boucher les trous et pouvoir ainsi travailler sur des surfaces propres.

Don ne bougea pas pendant quelques minutes. Puis, il laissa échapper un rire bref, presque pour lui-même.

— Quoi ? demandai-je.

— Je m'étais imaginé que tu préfèrerais la solution la plus facile.

Il secoua la tête en souriant et reprit :

— Je ne me débrouille pas trop mal avec des outils, si tu as besoin d'un coup de main pour des travaux importants.

L'étincelle qui dansait dans ses yeux laissait supposer que je pouvais prendre son commentaire de la façon qu'il me plaisait et ce fut à mon tour d'être intrigué.

Je n'étais pas sûr de savoir quoi faire de cet Américain. Son antagonisme initial s'était atténué, mais alors que nous discutions sur ce qui avait besoin d'être fait, il continua à rester sur la défensive, comme s'il s'attendait à ce que j'explose à tout moment. Jusqu'à présent, j'avais réussi à tenir mes émotions sous contrôle. Je compris que, malheureusement, quelle que soit mon envie de prendre la route aussi vite que possible, j'étais piégé ici pour un moment encore. De son côté, Don souhaitait probablement rentrer aux États-Unis dans les plus brefs délais. En attendant, il avait besoin qu'on lui remonte le moral. Je me souvins alors de l'invitation de Sara, à laquelle je devais toujours répondre. Rien de tel qu'un mariage australien pour le tirer de ses pensées moroses.

— Marty et sa fiancée, Sara, m'ont demandé d'interpréter Stevie Tricks à leur mariage. Ils m'ont dit d'amener un ami. Tu veux venir ?

Don ne déborda pas d'enthousiasme au premier abord, mais après que je lui eus dit ce qui s'était exactement passé dans la chambre d'hôtel la nuit dernière et la raison pour laquelle Marty et moi étions désormais amis, il accepta la suggestion, bien qu'avec une certaine réticence.

Je contactai alors Sara pour la remercier et accepter son invitation et elle promit de m'envoyer rapidement tous les détails.

— Envoie-les à l'hôtel Paradisio, lui suggérai-je. Le mariage est dans quelques semaines et je ne sais absolument pas où je me trouverai à ce moment-là. Et, Sara, il serait sans doute mieux que je n'assiste pas à la cérémonie elle-même : je ne voudrais pas attirer toute l'attention sur moi au détriment de la radieuse mariée !

Elle éclata de rire.

— Bien vu !

X : Section 1.09
Reconsider Me

La sonnette résonna soudain dans la maison et une voix désincarnée filtra par l'interphone :

— Steve ? C'est Gabriel. Je suis au bon endroit ?

— Oui mon pote.

Je vérifiai l'heure à ma montre : dix heures du matin. Il avait dû se mettre en route tout de suite après notre conversation téléphonique. Une bienfaisante chaleur m'envahit à la pensée que je n'avais pas perdu tout mon charme.

— Gabriel ? s'enquit Don tout en me lançant un regard inquisiteur.

— Le mec avec lequel j'étais la nuit dernière.

Le mec qu'il m'avait vraisemblablement vu embrasser ou plus exactement le mec qui m'avait embrassé. De l'endroit où Don se tenait, les deux actions avaient facilement pu être prises l'une pour l'autre. J'appuyai sur l'interphone pour laisser entrer mon invité.

Don actionna la télécommande de la porte du garage quand nous parvînmes en bas de l'escalier. La porte se releva lentement pour révéler une Corolla bleu-marine. Pendant que nous patientions, Don se dirigea vers la seconde entrée du double garage.

— Je viens de me rappeler qu'il doit y avoir un problème avec cette porte, déclara-t-il en faisant courir une de ses mains sur la surface métallique. Elle ne s'ouvre pas.

Je me mis à rire. Enfin, presque. Le son que je produisis tint davantage du reniflement que du rire. Je vérifiai que Gabriel avait bien trouvé son chemin et traversai la pièce pour rejoindre Don. Je fis à mon tour glisser ma main sur le métal déformé et pus sentir la douleur affluer de nouveau.

— Qu'est-ce qui a causé ça ? demanda-t-il calmement.

Sans rien dire, je serrai le poing et en frappai la porte. Le bruit sourd raviva tout un tas de souvenirs. Beaucoup trop.

— C'est toi ?

— Ouais.

Je frissonnai au souvenir de l'explosion de rage qui avait secoué Julius quand il était descendu en entendant le vacarme et découvert que la porte de son accès au garage ne s'ouvrirait désormais plus. Ce jour-là, il s'était violemment emporté contre moi sous prétexte que ses bottes ne brillaient pas suffisamment. Il avait donc décidé de me punir, m'avait-il froidement annoncé, en montant se relaxer pendant que je m'efforcerai de mener à bien cette putain de tâche.

Pour être sûr que je resterai bien enfermé, il avait pris avec lui les télécommandes et retiré les cordes pour que je ne sois pas en mesure d'actionner les portes manuellement. Peu de temps après, 'Bat out of Hell' [11] rugissait dans les enceintes de la chaîne Hifi.

La maison se caractérisait par le fait que l'entrée principale se faisait par le garage. Le verrou sur la porte en haut de l'escalier ajoutait un niveau de sécurité supplémentaire ; cette porte était en effet facile à ouvrir si vous en possédiez la clé, mais dans le cas contraire, cette issue était imprenable. Ainsi, en s'emparant des télécommandes, Julius s'était assuré que je ne puisse absolument pas m'échapper. Sous le couvert des sonorités tonitruantes de la chanson de Meat Loaf, j'avais passé ma frustration sur la porte du garage et, avec chaque coup de poing, les propos de Rhi me martelaient le cerveau :

— Tu dois te tirer de là ! Cette maison n'est rien d'autre qu'une prison.

C'est à ce moment-là que l'idée de m'évader de cet endroit qui était devenu mon enfer personnel avait germé dans mon esprit.

Il s'avéra cependant que la douleur de mes jointures écorchées n'était rien comparée à ce qui m'attendait par la suite. Mon dos portait encore les cicatrices causées par les coups de fouet vicieux assénés par Julius. Le premier sang versé marqua le point de non-retour. Après la punition, Julius m'enferma dans ma chambre avec l'ordre de méditer sur ma mauvaise conduite, puis m'abandonna pour aller faire une virée en moto. Je fis comme il me l'avait ordonné : je réfléchis. Mais la conclusion à laquelle je parvins au terme de cette introspection fut bien différente de celle qu'il espérait.

Pendant que les souvenirs remontaient à la surface, je ne cessai de caresser mon poing serré avec mon autre main. Don s'en empara et écarta

---

11 NdT : Chanson de Meat Loaf, groupe américain de hard rock

mes doigts crispés afin de les examiner. Plus aucune trace ne subsistait du mauvais traitement que je leur avais infligé. Hormis les marques sur mon dos, la plus grande partie des dommages se trouvait à l'intérieur et il m'avait fallu des années de thérapie pour parvenir à les réparer dans une moindre mesure.

— Aucun de vous deux n'a donc jamais entendu les mots 'sans danger, sain et consensuel' ?

— Sain ? lui hurlai-je presque au visage en arrachant violemment ma main de son étreinte. Comment peut-on seulement considérer comme saine une personne qui se soumet volontairement à cette sorte d'abus ?

Je répétais ces mots qui avaient fini par s'imprimer en moi à force d'entendre ma famille me les seriner à longueur de temps après que j'eus quitté Julius. Ma psychiatre partageait leur avis.

— Rien de tout ça ne serait arrivé sans cette saloperie de BDSM.

— Toutes les relations entre les Maîtres et leur esclave ne ressemblent pas à ça.

Don parut sur le point d'ajouter quelque chose, mais le claquement fort opportun d'une portière de voiture mit fin à notre conversation.

— Hé, il y a quelqu'un ?

La tête de Gabriel apparut dans la porte ouverte. Il sourit dès qu'il me vit, puis son expression se modifia quand il se rendit compte de l'identité de la personne avec laquelle je me trouvais.

— Maître… D ?

Manifestement subjugué, son regard navigua entre moi et celui qui l'avait tant impressionné durant sa démonstration de sadomasochisme.

— Comment… Je pensais que… Tu avais dit… balbutia-t-il en rougissant.

Pauvre gosse. Il n'y comprenait plus rien. Mais je devais bien avouer que c'était une sensation que je partageais pleinement. Je haussai les épaules et lui répondis :

— Je sais. Il s'est passé tout un tas de choses depuis notre rencontre la nuit dernière.

Sa rougeur s'accentua quand il prit conscience de la situation.

— C'est une longue histoire, petit, déclarai-je en lui tapotant légèrement le dos. Je sais que vous vous êtes en quelque sorte déjà brièvement rencontrés au Paradisio, mais je crois qu'il est temps de faire des présentations officielles. Donato Rossi, voici Gabriel Ferguson. Gabriel, je te présente Donato.

— Ravi de vous rencontrer, Monsieur.

Gabriel s'essuya la main sur son jean et la tendit à celui qui venait manifestement de se transformer en statue. Je jubilai intérieurement. Si j'en croyais l'expression éblouie du jeune homme, son admiration pour Monsieur Cuir n'avait pas diminué d'un iota depuis la veille.

Quant à l'Américain, il paraissait tout autant affecté. Il n'avait peut-être pas eu l'occasion de bien voir Gabriel durant leur bref intermède dans cette allée obscure. Mais maintenant, à la lumière du jour, il était plus à même de distinguer les traits du jeune homme et prenait conscience d'une ressemblance que j'avais pour ma part immédiatement relevée en voyant la photo d'Alex. À croire que le défunt était revenu d'entre les morts et avait profité de son voyage dans l'au-delà pour revêtir une apparence qui, à mon humble avis, surpassait la précédente. Ils finirent enfin par se serrer la main et le visage de Don s'illumina d'un chaleureux sourire.

— Comptes-tu revenir après, Steve ?

Pour toute personne étrangère au contexte, cette question pouvait paraître anodine, mais je savais qu'il n'en était rien.

Il crut bon de préciser :

— Parce que j'aurais bien besoin d'un coup de main.

— Oui, je reviendrai. J'ai juste quelques affaires à régler en ville. Si Gabriel n'y voit pas d'inconvénient, j'aimerais bien passer à Darling Harbour pour libérer ma chambre d'hôtel et ensuite, il faudrait que j'aille récupérer mes affaires au Paradisio.

Je me disais qu'avec un peu de chance, Gabriel serait tellement ravi d'avoir revu son idole qu'il ne me tiendrait pas rigueur d'être ce drag queen pour lequel il avait manifesté tant de mépris hier.

— C'est sans problème, affirma le jeune homme en hochant la tête avec enthousiasme.

Je grimpai l'escalier en courant pour enfiler mes bottes et ma ceinture. Quand je revins, Gabriel contemplait obstinément le sol du garage, le rouge de ses joues s'intensifiant sous le regard scrutateur de Don. Il était clair que ce ne serait certainement pas lui qui s'attirerait des ennuis en se moquant de l'homme en cuir.

— À plus tard, Beau Sourire.

Je sautai dans la voiture sans demander mon reste et pris un grand plaisir à faire claquer la portière derrière moi.

Puis, je m'aperçus que Gabriel ne m'avait pas suivi.

DON SOURIAIT en réponse à quelques propos du jeune homme, puis il hocha la tête et retourna à l'intérieur de la maison.

Merde !

Gabriel se dirigea alors vers sa voiture, et donc vers moi, l'excitation le disputant à la confusion sur les traits réguliers de son visage.

— Euh… puisque nous allons à Darling Harbour, vois-tu un inconvénient à ce que Maître D vienne avec nous ? Il n'a pas encore eu l'occasion de visiter l'aquarium.

De toute évidence, je ne parvins pas à maîtriser ma totale stupéfaction, car le jeune homme, aussitôt sur la défensive, s'empressa d'expliquer :

— Quoi ? Après tout, c'est un visiteur qui vient de loin et je veux juste me montrer accueillant. Et il m'a dit qu'il avait de toute façon l'intention de se rendre en ville et qu'il apprécierait qu'on le dépose.

Il rougissait de plus belle et enchaîna, tournant vers moi des yeux suppliants :

— Comme il a des trucs à faire après le déjeuner, on pourrait après passer un peu de temps ensemble, toi et moi.

Aquarium ? Déjeuner ? Qu'était-il arrivé à notre repas pris en toute intimité, prélude d'une bonne partie de baise à mon hôtel ? L'arrivée de Don m'empêcha de lâcher le moindre commentaire lapidaire.

Mais je n'avais quand même pas tout perdu : j'étais assis à l'avant !

TANDIS QUE nous roulions, je tentai de me détendre, mais mon cerveau ne l'entendait pas de cette oreille et continuait à tourner à cent à l'heure. Qu'allais-je bien pouvoir faire maintenant ? Don avait raison sur une chose : je devais impérativement prendre rendez-vous dès demain avec mon avocat, Irving Schofield. Ensuite je pourrai me pencher sur la question à cent mille dollars : quand pourrais-je partir ? Une fois les rénovations achevées et la maison fermée, Don et moi pourrions reprendre le cours de nos vies respectives, chacun de notre côté.

L'agent immobilier ne rencontrerait aucune difficulté pour vendre une propriété vide. Bien sûr, la pièce en bas allait poser un souci. Un très gros souci même.

Avec l'aide de Don, la restauration de la maison n'allait pas prendre des lustres. L'animosité qui avait régné entre nous au début s'était en partie

92

dissipée, sans que je parvienne néanmoins à pointer du doigt l'instant précis de ce changement. Sans doute que le fait de partager du café et la douleur causée par l'accident et par la mort de nos ex y avaient en partie contribué. Je ne pouvais cependant pas manquer de remarquer que, d'une certaine manière, Don restait toujours sur ses gardes. À croire que l'homme n'avait absolument pas l'habitude d'avoir un ami.

Je le surprenais de temps en temps en train de m'épier. Ressentait-il les mêmes ondes que moi ? Par certains côtés, il incarnait l'exact opposé de Julius, mais malgré tout, quelque chose chez lui persistait à me titiller. Le problème était que, comme tout bon Dominant qui se respecte, il exsudait par tous les pores de sa peau le Danger avec un grand D.

Alors que nous atteignions la F6, je ramenai mon attention à la conversation que les deux hommes menaient. Gabriel s'était en partie apaisé, mais la façon avec laquelle il racontait toute sa vie à Don me fit l'impression qu'il postulait à un emploi. Pour ce que j'en compris, il suivait des cours d'informatique à Wollongong University et se rendait fréquemment dans le sud.

— Quelle coïncidence que vous viviez tout près de l'autoroute ! s'exclama-t-il soudain.

Je scrutai Don dans le rétroviseur tandis qu'il répondait machinalement que ce n'était le cas que depuis fort peu de temps.

Don ne faisait rien pour encourager le babillage du jeune homme et se contentait du strict minimum pour ne pas être soupçonné d'impolitesse. Je me doutais qu'il devait être accoutumé à susciter de telles réactions chez les jeunes hommes.

Selon mes informations, Gabriel appartenait à la classe moyenne de Sydney et avait bénéficié d'une éducation catholique. Ses deux parents exerçaient un excellent métier et s'enorgueillissaient de leur tolérance et de leur esprit ouvert, à défaut d'être fiers de leur fils.

Don essaya bien à une ou deux reprises de me soutirer ce genre de renseignements, mais je n'étais pas né de la dernière pluie et je me débrouillai pour lui apporter juste ce qu'il fallait pour détourner son attention. Gabriel me facilita la tâche en monopolisant la conversation et en la ramenant systématiquement à lui. Personnellement, je considérais que moins Don en saurait sur moi et mieux je m'en porterais. Malheureusement, Don ne tomba pas complètement dans le panneau, trop habitué à traquer les non-dits et à forcer les confidences, en tout bon Maître qu'il était. Donc, à chaque occasion qui lui était offerte, il s'arrangeait pour me mettre sur la sellette. Après avoir appris que Gabriel appartenait à une fratrie de cinq enfants, ce qui lui épargnait toute pression parentale éventuelle quant à la nécessité de perpétuer le patronyme, Don s'empressa de me demander :

— Et qu'en est-il de ta famille, Steve ?

Je lui répondis avec un ricanement sarcastique :

— Vu que mon père est parti quand j'avais deux ans, ma mère se fiche bien de savoir si le nom de cet enfoiré va survivre ou pas.

Pour le coup, ma répartie leur cloua le bec à tous les deux. Je ne pris pas la peine de les informer que ma mère avait fini par rencontrer un type très chouette appelé Tom avec lequel elle avait eu Rhiannon, et qu'ils avaient vécu heureux jusqu'à ce que Tom succombe à un mélanome malin quelques années plus tard.

Cette fin tragique m'avait amené à la conclusion que ni elle ni moi n'avions beaucoup de chance avec les hommes.

L'AQUARIUM AVAIT beaucoup changé depuis ma dernière visite. Certaines des cuves étaient désormais entourées de structures moulées destinées à donner l'impression aux visiteurs qu'ils regardaient à travers la mangrove ou dans les profondeurs d'un vaisseau englouti. Des lumières colorées diffusaient leurs réseaux d'ombres sur le sol et renforçaient l'illusion d'évoluer dans les profondeurs marines.

Je croisai les bras sur ma poitrine et m'adossai contre l'une des vitrines pour observer Gabriel essayer de se faire plus petit dans l'espoir de se mettre à la hauteur de l'homme en cuir, notablement moins grand. Il montrait à l'Américain les choses susceptibles de l'intéresser. J'eus une monstrueuse envie de lui crier : *mais redresse-toi, Bon Dieu ! Le pouvoir ne réside pas dans la taille ; c'est un état d'esprit.*

— Regardez, Monsieur, ce poisson ressemble à un Maître, fit remarquer le jeune homme. Il donne l'impression de porter un fouet et de considérer les poissons plus petits comme ses esclaves.

C'était assez bien observé, en effet. Les labres [12] nettoyeurs noirs et blancs se précipitaient vers un scalaire [13] jaune et noir. Je supposais que toute personne obsédée par le sadomasochisme serait tentée de voir dans

---

12 NdT : Poisson côtier peuplant les herbiers et les fonds rocheux couverts d'algues.

13 NdT : Poisson d'aquarium (cichlidé), au corps comprimé, originaire d'Amérique.

les deux longs filaments formés par ses nageoires pelviennes atrophiées les lanières d'un pseudo martinet.

Gabriel porta sur Don un long regard en coin, mais le Dominateur bien humain affichait une expression tellement impassible que j'en vins à me demander s'il prêtait seulement attention aux paroles qui lui étaient adressées. Je souhaitais pour ma part, que le gosse lui fiche la paix et le laisse profiter à sa guise de cette visite. Mais il était décidément écrit que rien ne se passerait selon mes vœux puisque Gabriel, souriant timidement à Don, fit remarquer d'une voix émerveillée :

— Les belles choses méritent d'être traitées avec déférence.

— Hé, lançai-je avant d'avoir à céder à l'envie irrépressible de vomir devant un tel étalage de soumission, laisse tomber cette idée stupide selon laquelle tu aurais besoin qu'un autre poisson prenne soin de toi : Moi, je préfèrerais encore être un dipneuste [14].

D'après l'étiquette, Gorbachev (l'aquarium avait donné un nom à ce poisson âgé de vingt ans) était peut-être loin d'être le plus joli poisson du monde, mais il savait en revanche s'adapter à toutes sortes d'environnements et pouvait respirer à la fois dans l'air et dans l'eau.

Don émit un grognement qui ne l'engageait à rien et se déplaça, peu impressionné par Gabriel et ses tentatives de flatterie cousues de fil blanc ou par moi et mes répliques lourdes de cynisme.

— Puisqu'on parle d'adaptation…

Ces mots m'étaient adressés. Don me fit signe de le rejoindre pour regarder quelque chose. Un énorme poisson bleu le fixait de ses yeux perçants. D'une façon extrêmement bizarre et qui n'aurait pas dû être possible, tout dans le poisson s'apparentait à une posture de soumission. Ç'en était perturbant. Don désigna le commentaire qui accompagnait l'habitacle :

— Cette étiquette explique que s'il n'y a pas de mâle dans les environs, le napoléon [15] est capable de changer de sexe, mais uniquement pour passer de femelle à mâle. Tout ton contraire, toi qui passes de mâle à femelle.

---

14 NdT : Poisson actuel ou fossile, osseux, ayant à la fois des branchies et un poumon et apte à vivre, notamment, dans les mares temporaires et les lagunes.

15 NdT : Le napoléon ou labre géant (Cheilinus undulatus) est une espèce de poisson osseux marin. Le napoléon est soumis à une métamorphose sexuelle qui est définie comme étant de l'hermaphrodisme successif de type protogyne.

Les lèvres charnues du poisson donnaient l'impression qu'il avait prodigué autant de pipes que moi la nuit dernière. Je jetai un regard circonspect en direction de Gabriel en me souvenant de son commentaire peu flatteur à propos des drag queens, mais il n'avait apparemment rien entendu des paroles de Don. Ce dernier ricana et se dirigea vers la sortie, Gabriel dans son sillage. Je ne pus m'empêcher d'admirer le cul de Don tandis que les deux hommes s'éloignaient et me rappelai les sensations que m'avait procurées sa verge logée au fond de ma gorge. Le gros poisson bleu agita paresseusement sa nageoire et remonta vers le haut de la cuve. Pour un peu, j'aurais pu croire qu'il me signifiait que plus rien ne le retenait dans les parages maintenant que le mec le plus intéressant était parti. Putain, même les poissons s'inclinaient et s'abandonnaient sur le passage de l'homme en cuir. Je ne m'attardai pas moi non plus et courus rejoindre mes compagnons.

Je parvins heureusement à avoir le dernier mot en ce qui concernait le restaurant. Gabriel souhaitait déjeuner chez Macca's tandis que je préférais aller chez Brewhouse. Les propriétaires avaient changé depuis ma dernière visite et je voulais découvrir si leur bière était aussi bonne qu'avant.

Gabriel grimaça en entendant le mot 'bière', mais Don abandonna sa façade d'homme de pierre et s'anima. Il s'avéra que nous partagions une passion commune pour les échoppes spécialisées dans la bière ambrée. Comme il avait été désigné comme chauffeur, Gabriel n'était pas autorisé à boire, ce dont il parut plutôt se réjouir. Il se contenta d'avaler des verres de soda les uns après les autres.

Quand le serveur arriva pour prendre notre commande, je lui demandai avec une expression pince-sans-rire s'il avait du scalaire pané. Pris au dépourvu, le pauvre gars partit chercher la réponse auprès de son patron et revint quelques instants plus tard, navré de ne pouvoir satisfaire ma demande.

Sous la table, Don me décocha un coup de pied dans le tibia.

La température avoisinait les trente degrés et notre premier verre passa presque inaperçu. Cependant, après que Don et moi eûmes goûté à quelques-unes de leurs plus fameuses bières et englouti un plateau de fruits de mer chacun, nous atteignîmes un état de relaxation particulièrement agréable. Il fallait bien reconnaître que le contraire aurait été très surprenant. La terrasse, la bonne chère et la bière opéraient chacune leurs magies respectives. Pour une fois, le coin des yeux de Don se plissait sous l'effet des sourires tandis que nous débattions pour savoir quel pays fabriquait le meilleur breuvage.

Gabriel tripotait son téléphone et prenait des photos quand il s'ennuyait. C'est ainsi qu'il parvint comme par miracle à prendre un cliché fantastique : Don avec sa moustache recouverte d'une mousse épaisse après qu'il ait bu une Fat Jack's Slout.

Il éclata de rire quand je lui offris de le nettoyer. Je me penchai pour me rapprocher un peu de lui et levai mon verre en guise de salutation. Gabriel immortalisa ce moment également. Cette photo-là valait aussi son pesant d'or et je m'assurai que Gabriel nous envoie ces deux photos, à Don et à moi.

J'avais cessé d'être irrité par les manœuvres de Gabriel qui cherchait à attirer l'attention de son idole, Don ne se morfondait plus à propos d'Alex et je n'avais pas pensé une seule fois à Julius depuis plus d'une heure.

Le changement de décor avait peut-être eu une bonne influence sur mon humeur : quitter le lieu où j'avais appris tant de mauvaises nouvelles m'avait permis de prendre une certaine distance. Et il était évident que la vue de tous ces touristes qui se baladaient sur le front de mer en savourant une crème glacée, les bras chargés de souvenirs, paraissait tellement normale que le simple concept d'hommes portant des colliers et suppliant pour être battus ne pouvait qu'apparaître aussi exotique que l'étrange poisson que nous avions admiré un peu plus tôt à l'aquarium.

Malheureusement, cette atmosphère détendue ne résista pas à l'impétuosité de Gabriel, qui assaillit Don d'une multitude de questions sur la façon dont les choses se pratiquaient aux États-Unis. Il cita notamment un article quelconque qu'il avait lu à propos d'un groupe appelé 'Les Gardiens de l'Ancien Temps'.

— Ne prends pas au pied de la lettre tout ce que tu peux lire sur Internet, gamin. Et reste loin de toutes ces idioties.

— Mais, Monsieur, ne devrions-nous pas suivre les enseignements de la Vieille Garde ?

— Je respecte leurs us et coutumes, répondit Don. Mais la plupart des homos n'ont jamais entendu parler d'eux ou alors ils s'en fichent complètement. Le changement est inévitable, et à l'ère d'Internet, il survient vite, très vite.

Don n'exprimait aucune amertume en dressant ce constat ; il faisait tout simplement preuve de réalisme.

À voir les étoiles qui brillaient dans ses yeux, Gabriel, tout comme Julius avant lui, était captivé par l'aura de romantisme dégagée par une époque révolue. En ce moment, j'avoue que j'aurais bien aimé que certaines de ces règles tombées en désuétude s'appliquent encore, comme celle consistant à demander la permission avant de parler. Gabriel me tapait sur les nerfs à un point incroyable. Bon, il était vrai que Don pouvait tout à fait imposer cette restriction au jeune bavard si celui-ci en arrivait à lui hérisser le poil. Peut-être pourrais-je faire une subtile allusion à cette règle ?

Les choses s'aggravèrent alors que le serveur nous apportait nos plats. Don eut à peine le temps d'avaler une bouchée que Gabriel voulut savoir s'il avait actuellement un esclave. Je devinai que le jeune homme se renseignait sur une possible ouverture.

Don continua à éluder la question.

Il eut droit à toute ma sympathie. Cela devait faire des années que les candidats se bousculaient à sa porte. Et seule la légère tension au coin de sa bouche trahit sa gêne quand Gabriel lui dit :

— Mais, Monsieur, quelqu'un comme vous a besoin d'être servi avec fidélité. N'importe quel soumis verrait comme un honneur et un privilège...

— Il se fait tard, je dois partir, coupa Don en regardant ostensiblement sa montre.

Puis, il s'essuya la bouche et se leva. Ses lèvres pincées avaient pris une nuance blanchâtre.

Je hochai la tête comme si son départ avait été prévu depuis longtemps :

— Ouais, va donc faire tes courses. Je m'occupe de la note.

Ses mains tremblaient quand il remit la chaise en place.

— Merci... euh... Gabriel et Steve. On se verra un peu plus tard au Paradisio.

Il m'adressa un sourire ironique mêlé de gratitude et partit avant que Gabriel puisse réagir.

Le jeune homme observa l'Américain qui se dirigeait vers la sortie, puis se tourna vers moi :

— Qu'est-ce que j'ai dit ? Où est le problème ? demanda-t-il d'une voix chargée d'angoisse.

Don avait bien caché son tourment intérieur, mais son départ précipité nécessitait une explication. Sans trop entrer dans les détails, je révélai à Gabriel que le dernier esclave du Maître du Cuir était mort récemment et que le sujet restait encore trop douloureux pour qu'il soit en mesure d'en parler.

— Oh, le pauvre homme !

Ouais, moi aussi, j'étais désolé pour Don. Moi qui avais pris la décision de m'enfuir, il m'avait pourtant fallu des mois et des mois avant de pouvoir supporter le contact d'un autre homme. Pour Don, cela devait être pire. D'après lui, Julius et Alex avaient entamé une liaison à son insu, et l'avoir découvert dans les circonstances qu'il avait décrites avait dû être un choc immense.

Gabriel fit mine de se lever.

— Qu'est-ce que je dois faire ? Lui courir après pour lui présenter mes excuses ?

Je le retins.

— Non, c'est vraiment la dernière chose à faire. Respecte simplement son espace personnel.

Si la chose était possible, Don était devenu encore plus extraordinaire aux yeux du jeune homme et était monté d'un cran supplémentaire dans son estime. Pour Gabriel, que Don ait perdu son amant ne faisait qu'ajouter à son aura.

— Je ne savais pas, dit-il en gémissant presque.

— Ne t'inquiète pas ; il comprendra.

— J'ai toujours rêvé d'être un esclave et je pensais qu'il pourrait me donner des conseils. Tous les Doms avec lesquels j'ai parlé n'étaient pas intéressés par moi sous prétexte que je manquais d'expérience. Mais comment puis-je acquérir de l'expérience si personne ne me donne ma chance ?

— Écoute, mon pote, je sais que tout ça donne l'impression d'être très glamour, mais crois-moi, c'est bien la dernière chose à souhaiter.

— Comment peux-tu le savoir ?

J'attrapai mon couteau et tentai de reproduire le mouvement exécuté par Don ce matin.

— Laisse tomber.

— Tu as ?... Tu es ?... Il a ?...

Les yeux de Gabriel s'agrandissaient comme des soucoupes tandis qu'il me détaillait comme s'il avait devant les yeux le représentant d'une race extraterrestre.

— Tu veux savoir si Don m'a baisé la nuit dernière, c'est ça ? Eh bien, la réponse est non.

Dans mon esprit, il y avait une différence entre se masturber et baiser. Donc, techniquement, je ne faisais qu'énoncer la vérité.

— Mais tu as dit que tu ne le connaissais pas.

Le gosse était persévérant, il fallait lui reconnaître cette qualité.

— C'est le cas. Il se trouve juste que nous avons eu... une connaissance en commun.

— Oh !

Je devinai sa curiosité, mais dommage pour lui, il n'entendrait pas de ma bouche la tragique histoire d'Alex et de Julius. Pas aujourd'hui, en tout cas.

— Je vais rester chez lui quelque temps.

C'était une façon comme une autre d'expliquer notre étrange relation et c'était tout ce que Gabriel avait besoin de savoir pour l'instant.

— Désolé. Je suppose que ce ne sont pas mes affaires.

— Ce n'est rien. Je présume que la situation doit te paraître un peu confuse après ce que je t'ai dit la nuit dernière.

Confuse ? Ben voyons... Comme j'avais moi-même du mal à appréhender ladite situation, je ne pouvais le blâmer de se sentir un peu perdu.

— Au fait, le déjeuner est pour moi, une façon de te remercier pour ton aide. Allez viens, on va chercher mes affaires.

Gabriel demeura silencieux pendant la traversée de Pyrmont Bridge et c'est dans le calme que nous appréciâmes la chaleur du soleil printanier. Cet aspect de Sydney m'avait manqué ; rien, dans le reste du monde, n'était comparable à cette merveilleuse association d'un climat très agréable et de somptueux paysages. Sans compter que les gens n'étaient pas mal non plus. Je subissais peut-être les effets secondaires de la bière, ou des rayons du soleil qui se reflétaient sur la mer. Quoi qu'il en soit, je chassai de mon esprit toutes les merdes qui m'avaient mis à cran depuis mon retour en Australie et je ressentis alors pleinement une singulière sensation. Toute la journée, je m'étais senti différent sans pouvoir en trouver l'origine. Maintenant, je comprenais. Le profond sentiment d'angoisse qui m'avait habité jusqu'alors, et qui naissait surtout de ma peur de perdre ma liberté, m'avait déserté.

XI : Section 1.10
For what it's worth

Tant pis pour l'après-midi consacré au sexe et au repos post-coïtal. La seule préoccupation de Gabriel était de tenter de me soutirer des informations à propos de Don et de découvrir si j'avais été à un moment ou à un autre un adepte du cuir. Je parvins à éviter ses questions en faisant le pitre. Et comme il n'y avait aucune urgence à libérer la chambre d'hôtel, nous jouâmes les touristes, visitâmes le Musée de la Marine et nous affrontâmes au paintball.

Gabriel paraissait si jeune, si immature. Après avoir finalement payé ma chambre et chargé toutes mes affaires dans le coffre de sa voiture, je cédai à la curiosité et lui demandai de but en blanc :

— Mais quel âge as-tu ?

— Vingt-trois ans.

J'avais seulement dix-neuf ans quand j'avais rencontré Julius. J'étais naïf, impressionnable et confiant. J'avais eu du mal à comprendre comment un mec beau comme un dieu pouvait s'intéresser à moi. Nous étions ensemble depuis plusieurs années quand Julius avait voulu épicer notre vie sexuelle, volonté qui se manifesta inévitablement par les vidéos pornos et les magazines étrangers. Au début, j'avais été un participant enthousiaste et actif. Comment refuser de rendre nos ébats plus torrides qu'ils ne l'étaient déjà ? Malheureusement, à l'instar de tous les plats très relevés, nous avions fini par nous habituer au goût et avions eu besoin d'augmenter la dose pour éprouver à nouveau des sensations. Avant même de nous en rendre compte, nous avions plongé dans le BDSM, avec sa panoplie de martinets, de fouets, de baillons et tout le bataclan. Comme j'avais l'âme d'un acteur, je jouai mon rôle avec un *gai* abandon, que Julius considérait comme acquis tant il jouissait du pouvoir qu'il exerçait sur moi alors que, de mon côté, le principal intérêt de la chose résidait dans nos époustouflantes parties de jambes en l'air. Nous y trouvions donc chacun notre compte. Ce fut du moins le cas jusqu'à ce qu'il me passe un collier autour du cou et décide de faire de moi son esclave vingt-quatre heures sur vingt-quatre et sept jours sur sept.

— Ne précipite pas les choses, conseillai-je à Gabriel. Tu n'es encore qu'un môme.

Une brève lueur de colère fit étinceler ses yeux.

— C'est ce que tout le monde n'arrête pas de me dire ! Et j'ai peur que Maître D pense exactement la même chose. Tu pourrais peut-être lui parler ? Il t'écoutera, toi.

Ouais, c'est ça. Il n'avait décidément pas la moindre idée de l'étoffe dans laquelle étaient faits les hommes qui adoraient exercer du contrôle sur autrui.

— Qu'est-ce qui te fait penser que je puisse avoir une influence quelconque sur lui ? Je ne le connais que depuis quelques heures.

— J'ai l'impression qu'il respecte ton opinion, me répondit Gabriel.

Il n'élabora pas davantage et garda les yeux fixés sur la route. J'avais déjà eu l'occasion de rencontrer des hommes comme lui : tout en apparente gentillesse, calme et sensibilité, mais agité à l'intérieur par des remous de rébellion insoupçonnée des autres.

— Écoute, je suis désolé. Je t'aiderais si je le pouvais, mais comme je viens de te le dire, je le connais à peine.

— Tu n'as pas besoin de dire grand-chose. Explique-lui simplement que je suis très mûr pour mon âge.

Ah oui ? Et c'est celui qui n'avait pas arrêté de glousser comme une fille pendant nos parties de paintball qui affirmait une telle chose ? Celui qui se cachait derrière les décors et qui attendait que je passe à sa portée pour me tirer dessus ? Tous mes instincts se révoltèrent.

— Mais es-tu certain de vouloir t'engager ? Tu sais, ce n'est pas une façon de vivre facile et en plus, je ne suis même pas sûr qu'elle soit très saine. Tu vas devoir céder beaucoup de pouvoir à un autre et tu dois être convaincu que cette personne sait vraiment ce qu'elle fait.

— Maître D sait ce qu'il fait.

Si je devais en croire la lueur qui brillait dans les yeux de l'aspirant à la soumission, Don avait passé haut la main tous les tests, et sans même avoir posé ne serait-ce qu'un doigt sur lui. Ne parlons même pas des coups de fouet. Si Gabriel avait le moindre goût pour la douleur, il en deviendrait un véritable accro avant même de savoir ce qui lui arrivait.

— Comment peux-tu affirmer une telle chose ? Tu viens juste de le rencontrer !

— Je le devine à la façon dont il a géré la séance la nuit dernière. Il savait ce qu'il faisait, c'était évident.

— Et comment peux-tu le savoir, puisque tu ne l'as jamais fait auparavant ?

— J'ai déjà vu des films à ce sujet au cinéma.

Je reniflai avec dédain.

— Il est impossible de nier que le contact d'un objet et les réactions physiques qu'il cause soient bien réelles. Mais pour le reste ? Les insultes, par exemple ? Le Maître et son esclave ne font rien d'autre que jouer un rôle !

— Non, je ne suis pas d'accord : ça ne se résume pas qu'à ça. Tous les Maîtres ne sont pas pareils. Certains d'entre eux, les meilleurs, font attention à leur soumis et ont à cœur de faire ressortir le meilleur chez lui.

— Ouais, cela revient juste à dire que certains acteurs sont meilleurs que d'autres. Écoute, petit, c'est une route dangereuse sur laquelle tu veux t'engager. Et je parle en connaissance de cause.

Je porte même des cicatrices pour le prouver.

— Je le savais !

Et merde. J'aurais dû fermer ma gueule. Discuter avec ce genre de mec constituait une perte de temps : une fois qu'ils avaient une idée en tête, impossible de leur faire entendre raison.

Gabriel tourna au feu suivant, un sourire triomphant sur le visage.

— Je me suis douté que tu avais fait partie du milieu dès les premières minutes de notre rencontre.

Putain. Et dire que je n'avais même pas porté le moindre bout de cuir la nuit dernière.

— Et comment en es-tu arrivé à cette conclusion ? À cause du tatouage ?

— Non. À cause de ton attitude. Les mecs qui sont dans le BDSM dégagent toujours une certaine confiance en soi.

Tu m'en diras tant !

— Tu veux plutôt dire que j'ai du culot ?

— Peut-être, oui, répondit-il avec un haussement d'épaules. Quoi que ce soit, j'aimerais l'avoir.

D'un point de vue strictement extérieur, je pouvais en effet donner cette impression d'assurance, mais à l'intérieur, c'était une tout autre paire de manches. Gabriel semblait penser que tout était simple, blanc ou

103

noir, mais il n'avait pas la moindre idée des dures réalités du monde qu'il convoitait.

— Il n'est pas seulement question de supporter ou d'infliger de la douleur.

— Je ne suis pas complètement stupide. Je sais bien qu'il s'agit de domination et de soumission. De servitude.

— Eh bien, si tu veux vraiment 'servir', dégote-toi un job chez Subway, rétorquai-je d'une voix cassante avant de me tourner vers la fenêtre.

Son silence glacial m'indiqua que j'avais fini par l'énerver. Bien. Avec un peu de chance, il allait cesser de me harceler.

Nous ne prononçâmes plus une parole jusqu'à notre arrivée au Paradisio. À la lueur du jour, le bâtiment paraissait encore plus miteux que dans l'obscurité. Des rafales de vent s'engouffraient dans l'étroite allée, soulevant dans les airs des brochures éparses avant de les rabattre sur le béton craquelé. J'en saisis une au vol : c'était une pub pour la soirée d'hier. Je fixai la photo de Stevie Tricks et me souvins des raisons de ma venue. L'obsession de Gabriel pour le cuir me l'avait momentanément fait perdre de vue.

Je serrai les poings et envoyai le papier dans la poubelle la plus proche. Pourquoi ne parvenais-je pas à me débarrasser de mon passé pourri aussi facilement ? Peu importaient mes actions ou mes efforts, les souvenirs ne cessaient de se faufiler derrière mes défenses et de menacer ma toute nouvelle liberté. Je devais absolument bloquer ce flux inopportun. J'étais désormais un être libre, un nomade que rien ni personne ne retenait. Plus tôt je me dégoterai un moyen de locomotion, mieux ce serait. Dommage pour ma bécane. Bon, cela signifiait que le moment était sans doute venu d'acheter une voiture. Dépendre des autres constituait un sacré frein à ma soif de liberté. Voilà encore une tâche à ajouter à ma liste de choses à faire. Vivement demain que je m'y mette !

Quand nous fûmes garés devant le Paradisio, je m'adressai à mon jeune conducteur :

— Je ne serai pas long ; il faut juste que je récupère mes affaires. Tiens, paie-toi un verre en m'attendant, lui suggérai-je en essayant de lui glisser quelques billets dans la main.

Il les refusa, leva les mains en l'air et parut mortellement blessé par mon geste.

Bien joué, Steve, pensai-je en montant l'escalier. *Quelle merveilleuse bonne façon de te faire des amis et d'influencer les gens.* Nom d'un chien !

104

Je n'avais qu'une hâte : mettre la main sur mes affaires, rentrer à la maison et prendre congé. Gabriel n'avait absolument pas besoin de se trouver plonger d'une façon ou d'une autre dans l'enfer du BDSM.

Quelqu'un avait nettoyé ma chambre. Mon costume de Stevie Tricks pendait dans sa housse de protection ; tout mon maquillage était rangé dans son coffret et le reste de mes accessoires avait retrouvé leur place dans la valise. Même les boucles d'oreille en strass étaient soigneusement emballées dans un morceau de tissu.

Je jetai les vêtements sur mon épaule, calai la boite contenant ma perruque sous mon bras et attrapai la poignée de ma petite valise à roulettes. J'eus soudain la dérangeante impression d'être une putain d'hôtesse de l'air. Ce fut un miracle que je parvienne à descendre l'escalier sans me rompre le cou. J'avais bien remarqué la veille au soir, alors que Jeff me trimbalait sur son épaule comme un vulgaire sac de patates, à quel point la cage d'escalier était étroite. Arrivé sur le palier, à l'endroit où l'escalier se scindait en deux, ma tête heurta le mur. Ces vieilles bâtisses étaient de véritables pièges. Mon crâne se prit quelques secondes pour une caisse enregistreuse et résonna d'un 'cling' alors que j'ajoutais quelques centaines de billets à la facture des travaux de remise en état que le pauvre Fred allait devoir payer.

Il n'y avait aucun moyen que je parvienne à déménager tout ce bazar sans encombre.

En bas de l'escalier, Fred était en train de discuter avec quelqu'un. Je pris ma plus belle intonation de Stevie Tricks et appelai :

— Hé, trésor, tu pourrais me donner un coup de main avec mes affaires avant que je laisse tout tomber ?

Surprise, surprise ! Au lieu de voir apparaître la stature imposante de Fred, ce fut une mince silhouette vêtue d'un coûteux costume de couleur chocolat qui se dirigea vers moi. Quand il parvint à ma hauteur, Don dégagea le porte-manteau de mes doigts inertes et s'éloigna sans prononcer un mot. Je clignai des yeux à plusieurs reprises et me rappelai finalement de refermer la bouche. Bon sang, le mec était tout simplement à tomber à la renverse vêtu ainsi. Toute la gêne qui l'avait rendu distant pendant le déjeuner s'était évanouie et sa démarche arrogante faisait son glorieux retour. Si Gabriel avait eu besoin d'une illustration du terme 'avoir confiance en soi', la vision de Don l'aurait mis sur le cul.

— Hé, attends, lui criai-je en me mettant à courir derrière lui, ma valise à roulettes rebondissant sur chacune des marches que je descendais.

J'avais été tellement vite que je heurtai son bras quand il stoppa brutalement à mi-chemin et me fit face. Les mains occupées, je ne parvins pas à éviter la collision et il absorba le choc avec un léger sursaut avant de reprendre son équilibre. Il tendit sa main libre et me retint jusqu'à ce qu'il soit sûr que je ne risquais plus de tomber.

Il dégageait une chaleur intense et son parfum, si spécifique, monta à mes narines. Délicieux.

— Nouveau costume ?

Ses yeux bruns pétillèrent. Je pouvais désormais les voir tout à mon aise, proches comme nous l'étions à cet instant. Jusqu'à présent, j'avais tout fait pour éviter de croiser son regard afin de ne pas tomber sous son charme.

— Tu aimes ? s'enquit-il d'une voix qui me fit penser à du beurre fondu, image parfaite de l'or en fusion.

Ma bouche s'assécha tandis que son souffle effleurait mon visage. Compte tenu de ma petite taille, je n'avais pas l'habitude de me retrouver aussi près de qui que ce soit. En Angleterre, j'étais sorti avec un tas de types, mais la majorité d'entre eux avaient été plus grands que moi. Mine de rien, quelques centimètres de plus ou de moins faisaient une sacrée différence quand on se retrouvait allongé ou sur les genoux.

J'avalai ma salive avec difficulté. Oh que oui, une partie de moi aimait. Don drapa mes vêtements sur l'une de ses épaules ; la main qui tenait le porte-manteau était à hauteur d'épaule et accentuait la largeur de son torse tout en mettant sa taille en valeur.

Je laissai mon regard vagabonder sur les parties les plus intéressantes.

— Euh… joli… euh… jolie coupe.

Il se mit à rire.

— Eh bien, tu m'as invité à un mariage et je n'avais rien à me mettre pour l'occasion.

— Ça doit coûter une fortune, un costard pareil.

J'avais envie de le dépouiller de son costume et de le baiser sur place. Heureusement qu'il ne pouvait pas lire dans les pensées ! Il ne pouvait pas, hein ?

— Un abruti avait commandé ce costume, mais il n'est jamais venu le chercher. Le tailleur était tellement content de s'en débarrasser qu'il me l'a laissé pour une bouchée de pain. En plus, il m'a précisé qu'il n'avait pas beaucoup de clients de ma taille et de ma corpulence.

Je me mordis la langue pour éviter de le complimenter sur ces deux aspects bien précis de sa personne. Son ego était bien suffisamment développé comme ça. Je levai les yeux et découvris qu'il me regardait en souriant, manifestement amusé par quelque chose qui m'échappait. Ah, c'était sans doute parce qu'il ne m'avait encore jamais vu à court de répartie. Je déglutis à nouveau.

— Le Hog's Harley Owners Group [16] va résilier ton adhésion si tu es surpris à conduire une Harley en costard.

— C'est la raison pour laquelle je suis venu avec Gabriel et toi, expliqua-t-il avec un grand sourire.

Puis, il se remit à descendre l'escalier.

Je saisis à nouveau la poignée de ma valise en faisant attention cette fois-ci à ne pas me cogner partout.

— Tu sais, tu n'avais pas à acheter quoi que ce soit pour le mariage.

Arrivé en bas des marches, Don fit une pause.

— J'ai aussi rendez-vous avec le directeur de la banque la semaine prochaine. Il fallait que je sois présentable.

— Pourquoi as-tu besoin d'aller à la banque ?

Les mots m'échappèrent avant j'aie pu les retenir, mais il ne s'offusqua pas de ma curiosité.

— Maintenant que tu es de retour, je peux le rassurer sur le fait que la maison sera vendue plus tôt que prévu. Avec un peu de chance, la banque m'accordera un nouveau crédit pour financer la rénovation de l'hôtel en attendant que la vente soit effective.

Ma gorge se serra à ces mots. Je jetai un coup d'œil vers l'endroit où j'avais précédemment aperçu Fred et le découvris en compagnie de Gabriel, discutant d'un cocktail qu'il était en train de préparer.

— Un hôtel ? Quel hôtel ? Je croyais que Fred avait acheté cet endroit ? Est-ce que Fred et toi... ? commençai-je, m'inquiétant en même temps de la possibilité d'avoir perdu quelques neurones à cause des événements.

— Non, affirma Don en posant une main sur mon épaule. Fred est mon directeur.

Une légère rougeur envahit son visage.

— L'hôtel est l'une des nombreuses raisons pour lesquelles je dois remercier Julius.

— Et merde !

---

16 NdT : Le Club des propriétaires de Harley

Je n'avais pas eu l'intention de parler tout haut, mais l'exclamation était partie toute seule. Je m'assis sur les marches et serrai la boite contenant ma perruque contre ma poitrine. Le monde cessa graduellement de tourner et les paroles de Don se frayèrent un chemin dans mon esprit embrumé.

— Julius était venu aux États-Unis pour visiter nos bars homos et nos clubs fétichistes afin d'observer leur mode de fonctionnement. Son but était également de recueillir des informations sur les goûts de ceux qui fréquentaient ce genre d'établissements. Il nous a expliqué qu'il avait trouvé à Sydney l'endroit parfait pour y ouvrir un club, un ancien hôtel délabré situé dans le Cross et qu'il pensait acquérir avec l'argent qu'il venait d'hériter de sa grand-mère.

Cela me paraissait plausible. L'une des plus grandes ambitions de Julius avait été de visiter le DC Eagle [17] et d'être invité un jour à l'Inferno.

Il me fallut un moment supplémentaire pour appréhender la situation dans son ensemble.

— Tu veux dire que tu possèdes ce club et la moitié de ma maison sans avoir rien eu à débourser ? J'ai toujours quinze ans de crédit à rembourser !

— Hé ! s'exclama Don, outré par mon accusation implicite. J'ai mis tout ce que je possédais pour pouvoir payer la moitié de cet endroit. Julius ne pouvait pas débourser la totalité de la somme, alors il m'a proposé une association à parts égales.

— Mais pourquoi venir ici ? Sydney est sacrément loin des États-Unis.

— Mais c'est justement là tout l'intérêt. Alex pensait lui aussi que c'était une très bonne idée et il n'arrêtait pas de me répéter à quel point il en avait marre du froid.

Don plaça son pied sur la marche où je me tenais assis et se pencha vers moi de façon à ce que personne d'autre ne puisse l'entendre.

— Bien sûr, à ce moment-là, je ne savais pas qu'ils s'envoyaient en l'air derrière mon dos, et en ce qui me concernait, ce qu'Alex voulait, je le lui donnais.

Don se détourna, comme embarrassé d'admettre qu'il avait pu nourrir des sentiments aussi forts envers son esclave.

— D'accord. Je conçois que Julius ait été capable de convaincre Alex, mais toi, pourquoi être venu ici ?

---

17 NdT : Célèbre bar gay situé à Washington DC.

— Pratiquement pour la même raison. L'activité de mon entreprise de paysagiste connaît traditionnellement un ralentissement durant l'hiver et la situation économique n'arrange pas les choses. Alors, quand mon principal concurrent m'a proposé de racheter mon entreprise, j'ai sauté sur l'occasion.

Je pouvais facilement imaginer Don remuer ciel et terre pour atteindre son but, mais la paperasse était notoirement connue pour se mettre en travers des projets d'expansion.

— Comment t'es-tu débrouillé pour tout organiser en si peu de temps ?

— Une connaissance qu'Alex avait au service de l'immigration a accepté de nous aider. Il était prévu qu'Alex et Julius fassent une dernière virée avec la Harley avant de la préparer pour le transport.

Et ils avaient été tués. Je complétai dans ma tête les mots que Don ne pouvait se résoudre à prononcer.

Je contemplai le décor vieillot qui nous entourait ainsi que la moquette usée. Dire de cet endroit qu'il était délabré était bien en dessous de la réalité. Cet hôtel avait tout d'un gouffre destiné à engloutir toutes ses économies.

— Donc, tu es l'heureux propriétaire de ce dépotoir, conclus-je en désignant d'un geste de la main notre environnement.

Don répondit par un bref hochement de tête.

— J'ai de l'argent de côté, mais pas suffisamment pour les affaires courantes ou pour assurer les travaux de rénovation. Les choses iront mieux quand nous aurons obtenu l'homologation, mais au train où vont les choses, il faudra encore attendre un certain temps avant que tout soit réglé.

Son regard s'égara sur le côté et je compris à quel point sa situation financière le préoccupait.

— Voilà pourquoi j'ai besoin de vendre la maison le plus rapidement possible.

Ma maison. Tout s'expliquait en effet.

Vous parlez d'un sacré conflit d'intérêts. Et cela m'éclairait sur les raisons pour lesquelles Fred était resté évasif quand je lui avais parlé de Julius. Il avait présumé que j'étais au courant de son décès et s'était probablement demandé pourquoi je n'y faisais aucune allusion.

— Tu as toujours su qui j'étais, hein ?

Il ne chercha pas à nier.

— Et pourquoi était-il si important que je sois présent la nuit dernière ?

Je me demandais jusqu'à quel point j'avais été piégé. Fred avait-il truqué l'issue du pari, en trichant sur la durée réelle de la fellation que j'avais faite à Don ?

— En théorie, je pourrais tout à fait vendre purement et simplement la maison. Mais dans les faits, il est peu probable que je parvienne à trouver un acquéreur uniquement intéressé par la moitié de la propriété. Je voulais obtenir ton accord pour une vente dans sa globalité.

Retour à la case départ. Si j'avais lu le contenu de ces enveloppes qui avaient fini à la poubelle, aurais-je agi différemment ? Impossible de répondre. Cependant, une chose était sûre : je ne serais certainement pas revenu en Australie.

XII : Section 1.11
Sorcerer

Gabriel et Fred s'approchèrent. Le regard de ce dernier ne cessait de naviguer entre Don et moi, sans doute pour tenter de savoir ce qui se passait. Bonne chance, mon pote. Je ne voyais pas comment il parviendrait à y voir clair alors que je nageais en pleine confusion. J'avais l'impression déroutante de me trouver sur un tapis roulant et qu'il m'emportait dans la mauvaise direction, et très vite. J'aurais dû trouver que l'impatience de Don à vendre la maison était une bonne chose, non ?

— Qu'est-ce que c'est ? interrogea Gabriel en désignant le porte-manteau drapé sur l'épaule de Don et la boite, dont la forme évoquait sans équivoque un chapeau, que je tenais entre mes mains.

Puis, il aperçut la robe rouge. Ses joues prirent la couleur du tissu.

— Tu es le drag queen de la nuit dernière ?

Que pouvais-je dire ? Si j'avais porté ma perruque, j'aurais fait une révérence, mais je pariais que Gabriel n'aurait pas apprécié le geste.

— Tu aurais du mal à croire à quel point Steve peut paraître adorable et innocent quand il s'en donne la peine, révéla Don d'une voix traînante qui brisa le silence embarrassé qui avait suivi la question de Gabriel.

— Mais ça ne te met pas en colère qu'il t'ait ridiculisé sur scène ?

Le jeune homme se tenait les mains sur les hanches, le corps raidi par l'indignation.

— Tout ça était une mise en scène, garçon. Il en faut beaucoup plus pour me déstabiliser.

Don avait délibérément formulé sa réponse de façon à laisser entendre qu'il avait été le seul à jouer. Mais je savais qu'il n'en était rien et qu'il avait véritablement éprouvé de la colère sur cette scène. Restait à savoir si cette irritation avait pour origine Stevie Tricks, l'acteur, ou Steven Stanhope, l'esclave indigne.

Gabriel et moi poursuivîmes notre duel silencieux pendant quelques secondes encore quand, finalement, Don lâcha un grognement et se dirigea vers la sortie.

— Bon, vous venez tous les deux ? Il faut que nous allions au supermarché pour acheter de quoi manger. Et, si tu es d'accord Gabriel, nous pourrions profiter de ta voiture pour acheter aussi de quoi peindre. Je ne peux pas prendre grand-chose sur ma moto.

Il adressa un sourire au jeune homme, qui le suivit avec l'empressement d'un petit chiot obéissant.

Avant de partir, je tendis à Fred quelques billets et lui demandai de les remettre à la personne qui avait pris soin de mes affaires. À un moment ou un autre, mais le plus tôt serait le mieux, il faudrait que j'aie une petite conversation avec mon vieil *ami*. Une petite conversation extrêmement sérieuse. La première chose que je ferai serait de lui faire un second trou pour ne pas m'avoir averti de la situation. Ensuite, j'étais impatient de connaître son point de vue sur ladite situation. Je ne pensais pas que Don m'avait menti, mais il serait intéressant de savoir ce que Fred pensait de son patron.

Je n'étais toujours pas sûr de savoir quoi faire de cet Américain. Mon corps manifestait sans ambiguïté un intérêt certain, même si mon esprit s'obstinait à prétendre le contraire. Mais ça aussi, c'était en train de changer. Contrairement à Julius, Don ne faisait rien pour masquer ses blessures ou ses sentiments. Mais peut-être les percevais-je tout simplement parce qu'il était plus facile à déchiffrer pour moi que Julius ne l'avait été.

Je fus sans surprise relégué sur le siège arrière. Don m'avait peut-être pardonné mon numéro sur scène, mais Gabriel était loin de faire preuve de la même indulgence. Il lâcha quelques jurons bien sentis tandis qu'il accrochait dans la voiture la housse contenant mes vêtements.

J'ignorai ses piques pour me concentrer sur un problème qui me taraudait : j'avais été tout prêt la nuit dernière à mettre un terme à ma carrière de drag queen, mais maintenant, j'éprouvais des réticences à cette perspective. Après tout, Stevie Tricks ne se prenait pas la tête avec des maisons, des prêts ou des engagements. Ni avec le passé, d'ailleurs.

Gabriel balbutia des excuses embrouillées à Don pour l'avoir mis mal à l'aise au cours du déjeuner, puis il reprit ses efforts pour capter son entière attention. Il insista sur le fait qu'il ne cherchait pas à devenir *son* esclave, mais plutôt à recueillir des conseils sur la meilleure façon d'attirer à lui un Maître.

112

— Que recherchent-ils ? demanda-t-il. Simplement du respect ? De l'obéissance ?

— Tout ça, plus le désir d'apprendre.

Je regardai par la fenêtre, cherchant un moyen de m'abstraire de cette conversation. *Tu as trouvé le meilleur moyen de gâcher ma bonne humeur, Gabriel !* Je tendis cependant l'oreille quand mon prénom fut prononcé.

— Steve pense que je suis trop jeune.

— C'est la vérité, affirmai-je avec force.

Puis, j'ajoutai à l'attention de Don :

— Gabriel doit d'abord apprendre à tenir debout tout seul avant de se mettre à genoux devant qui que ce soit.

Don se retourna sur son siège pour me regarder.

— Et tu ne crois pas que la personne à laquelle il se soumettra sera à même de l'aider à trouver son équilibre ?

— D'après ce que j'ai pu constater, Gabriel a les pieds suffisamment grands pour garder son équilibre tout seul. Il doit juste apprendre à s'en servir correctement.

Le jeune homme en question poussa un soupir d'exaspération.

— Tu ne m'aides pas beaucoup là, Steve.

— Je n'ai jamais dit que j'allais t'aider. Je pense même que tu commets une grossière erreur.

Gabriel fut sur le point de me répondre quand Don lui posa une main sur le genou et lui fit comprendre d'un bref signe de tête de se taire.

— Pourquoi ça ? me demanda-t-il.

Pourquoi ? *Mais parce qu'il risque de se retrouver dans la même merde que celle dans laquelle j'ai pataugé !*

— Parce qu'il a besoin de se forger sa propre opinion, d'apprendre à réfléchir par lui-même. Il n'y a qu'aux enfants qu'on ordonne la façon dont ils doivent se comporter.

— Intéressant. Continue.

— Mais, Mons…

Don le coupa en pleine lancée :

— Arrête de nous interrompre, Gabriel. Je veux entendre ce que Steve a à dire.

Je me mordis l'intérieur de la joue. Si j'avais été seul avec Don, je lui aurais dit de dégager et d'arrêter de me bousculer, mais là, pour le bien-être de Gabriel, je devais m'accrocher.

113

— Dès qu'ils te passent un collier autour du cou, c'est comme si ton cerveau devenait indésirable et ne devait plus servir à rien. Chaque fois que tu émets une suggestion ou une opinion différente de la leur, tu es réduit au silence. Même au lit, tu n'auras pas le droit de prendre la moindre initiative. As-tu la moindre idée à quel point cette privation peut être frustrante ?

— Mais certaines personnes aiment être dominées au lit, objecta Gabriel.

Il semblait avoir du mal à se concentrer tout à la fois sur la conversation et sur sa conduite. Il donna un bref coup d'œil à son passager et sa contribution au débat fut récompensée par une petite tape affectueuse sur la jambe.

L'image du chiot me parut toujours aussi appropriée. Je soupirai :

— Oui, c'est vrai. J'admets que ça peut être terriblement excitant, mais je trouve que ce serait parfois agréable d'être celui qui tient les rênes.

— Avoir le contrôle semble décidément très important pour toi.

Les mots de Don ne faisaient que souligner une évidence.

— Essaie donc de le perdre ne serait-ce qu'une fois et dis-moi ensuite comment *tu* te sens, lui lançai-je au visage.

La voix de Gabriel brisa le silence gênant qui s'installa ensuite.

— Mais justement, certains soumis ont besoin de céder le contrôle parce que le reste du temps, ils doivent faire face à d'énormes responsabilités. N'est-ce pas ainsi que les choses se passent ? Le directeur d'une entreprise qui a besoin de se soumettre au Maître pour compenser le fait qu'il se dépense par ailleurs sans compter pour les autres ?

— Tu as raison, concédai-je tout en essayant de ne pas donner l'impression de me réjouir. Et tu peux me dire où tu te situes dans ce schéma ? Tu es un étudiant qui vit encore chez ses parents. Tu n'as nul besoin de céder le contrôle, mais tu dois au contraire l'acquérir. C'est toi-même qui viens de le dire.

— Mais d'après ce que j'ai entendu, tu abandonnes les rênes et tu te soumets de ton plein gré parce que tu le dois ; parce que rien d'autre ne peut t'apporter ne serait-ce qu'un semblant de satisfaction et d'assouvissement.

Cette fois, Gabriel ne semblait plus aussi sûr de lui. J'arrivais peut-être enfin à quelque chose.

— Et après, que se passe-t-il d'après toi ? Tu n'en sais rien, hein ? Laisse-moi t'éclairer. Après, c'est là que les problèmes commencent. Parce qu'après une telle expérience, tout te paraît fade. C'est une addiction aussi néfaste que l'héroïne ou que tous les trucs de ce genre. Une fois que tu as goûté au cuir et que tu as commencé à succomber à l'attrait de l'esclavage, tu deviens prêt à accepter n'importe quoi de la part de ton Maître, à obéir à n'importe lequel de ses ordres, rien que pour avoir la possibilité de revivre ce pic d'adrénaline.

Ma mère avait été tout particulièrement critique à ce propos.

— Tu dois savoir que le BDSM, le fétichisme du cuir et l'esclavage ne font pas bon ménage, précisa Don d'un ton posé.

Peut-être bien. Mais c'était cette combinaison si rare qui avait suscité l'intérêt de Julius, à cause d'une scène particulièrement torride qu'il avait eu l'occasion de lire un jour.

— OK. Cependant, d'après moi, l'esclavage devrait être interdit par la loi, déclarai-je d'un ton péremptoire. Oh, mais j'y pense ! C'est déjà interdit par la loi. Et depuis longtemps en plus !

Rhiannon avait été ravie d'insister sur ce point à l'époque.

Gabriel m'ignora et s'adressa à Don, comme s'il répondait aux questions d'un examinateur :

— J'ai lu quelque part que c'était le don de soi, le désir d'appartenir complètement à quelqu'un qui importaient.

— Un tas de conneries ! m'exclamai-je tandis que Don adressait un sourire radieux au jeune homme. Nom de Dieu, tu es une personne, pas un animal ! Personne ne peut te posséder. Tu viens au monde tout seul et tu le quittes de la même manière.

— C'est une vision très triste de la vie, constata Gabriel.

Il échangea avec son passager un sourire lourd de sens, comme s'ils partageaient un secret qui n'appartenait qu'à eux.

J'écumai intérieurement de rage. Don n'avait peut-être pas été impressionné par la flatterie éhontée dont il avait été l'objet à l'aquarium, mais il appréciait de toute évidence l'intérêt que le jeune homme portait sur un sujet si cher à son cœur.

— Au moins, je suis sûr de n'être trahi par personne.

— Je suis persuadé que ce genre de relation fonctionne avec la bonne personne, s'obstina Gabriel en souriant et en coulant un regard timide sur le côté en quête d'une approbation.

Je fixai sans le voir le paysage qui défilait derrière la vitre et luttai contre la nausée qui montait inexorablement. Comment lutter contre une telle exaltation ?

Un mouvement furtif me fit tourner les yeux vers l'avant.

Don faisait face à la route.

— Attention ! hurla-t-il.

L'inattention de Gabriel avait failli provoquer un accident alors qu'un véhicule venait de lui griller la priorité.

— Désolé, Monsieur.

— Laisse tomber le sujet pour l'instant et concentre-toi sur la route.

— Nous pourrons en reparler plus tard, n'est-ce pas ?

Même moi, j'aurais été incapable d'ignorer la prière qui faisait briller les yeux que le jeune homme posait sur l'Américain.

— Le sujet est loin d'être clos, gamin, tu peux en être sûr.

Don tapota à nouveau la jambe de Gabriel alors qu'il lui adressait ces paroles rassurantes, mais il me regardait, moi.

Et putain de merde !

— Bon, où se trouve votre équivalent du Home Dépôt ?

QUAND NOUS quittâmes le magasin Burning, Don transportait suffisamment de peinture pour refaire tout l'intérieur de la maison. De la belle peinture blanc cassé, soporifique à souhait. Je chargeai dans le coffre les autres fournitures dont nous aurions besoin : de l'enduit, des éponges, de la toile émeri, de la lessive, des pinceaux et des rouleaux. La petite voiture de Gabriel gémit sous tout ce poids.

— Je propose que nous mangions un morceau avant de rentrer.

L'instinct qui poussait Don à prendre systématiquement les commandes m'amusait parfois. À d'autres occasions, c'était tout le contraire. Dans le cas présent, comme il y avait pas mal de restaurants dans les environs, je considérai qu'il s'agissait plutôt d'une bonne chose. Enfin, tel fut le cas jusqu'à ce que Gabriel ramène sur le tapis son sujet de prédilection : le monde du fétichisme du cuir.

— Steve prétend qu'il faut avoir confiance en une personne avant de se soumettre à elle, lança-t-il dès que nous fûmes attablés dans le restaurant sur lequel nous avions fini par nous mettre d'accord tous les trois.

Don m'adressa par-dessus la table l'un de ses regards intenses et je réfrénai à grand peine l'impulsion de lui tirer la langue.

Gabriel poursuivit, inconscient de l'échange muet qui nous avait unis Don et moi.

— Bonne remarque, gamin.

Le sourire satisfait de Gabriel rendit le steak que je mangeais aussi peu savoureux que du cuir. Quelle ironie ! Je regardai d'un air soupçonneux le reste de mon assiette en me demandant si, par hasard, le chef ne m'avait pas en effet servi de la semelle.

— Je parie que tu ne tiendrais même pas une semaine.

Les mots sortirent et, immédiatement, je souhaitai plus que tout pouvoir les ravaler. Merde ! Bon, comme je venais de mettre un pied dans le plat, autant ne pas laisser l'autre en dehors.

— Il y a une énorme différence entre se soumettre lors d'une mise en scène et être un esclave vingt-quatre heures sur vingt-quatre. Très peu de personnes sont capables d'un tel engagement. C'est sacrément difficile de tenir la distance.

— C'est un point qui doit être négocié au tout début de la relation, objecta Gabriel. J'ai bien étudié la question.

— Et depuis quand le BDSM est-il devenu une matière optionnelle à l'université ?

— Ça ne l'est pas, mais le net fournit tout un tas d'informations.

— Ouais, et bien évite les romans d'amour. Ils ne savent pas de quoi ils parlent.

— Comme si j'étais du genre à lire ce genre de livres, s'insurgea Gabriel, offusqué par ma remarque. Je ne lis que des ouvrages sérieux.

C'est ça, oui ! Julius aussi ne lisait que des bouquins sérieux. Dès qu'il trouvait quelque chose de nouveau, il me harcelait afin que j'accepte d'aller encore plus loin. *Mettons la barre un peu plus haute*, avait-il coutume de dire. Comme si l'évolution naturelle de la relation unissant le Maître et son esclave impliquait obligatoirement de repousser ses limites toujours plus loin. Et le Maître trouvait judicieux d'ajouter quelques poids lors des entrainements à la salle de gym ou d'augmenter la durée de la flagellation. Ma psychiatre appartenait à la vieille école et considérait le BDSM comme un désordre psychiatrique ; elle ne s'intéressait donc pas du tout aux aspects psychologiques qui se tapissaient derrière les différentes réalités de ce monde. Ce ne fut qu'après l'arrêt de ma thérapie et mes propres recherches que je compris que la capacité à se soumettre avait tout à voir avec la psychologie de l'individu.

— Ça reste de la théorie. Tu ne peux pas savoir ce que tu es capable de supporter avant de l'avoir essayé.

— Précisément.

Pas étonnant que je n'aie jamais pu intégrer l'équipe des controverses lors de mes études. Gabriel adressa à son expert *en* BDSM un regard ravi. Sauf que Don ne le regardait pas ; j'étais à nouveau dans sa ligne de mire. Je devrais peut-être lui offrir un microscope pour Noël. Je lui rendis son regard aussi calmement que possible alors que mon cœur battait la chamade contre mes côtes. Fixer un Maître de cette manière me paraissait étrange. Ce ne fut que lorsque je rompis le contact visuel pour jouer avec le contenu de mon assiette qu'il daigna répondre au jeune homme.

— Gabriel, pourquoi ne viendrais-tu pas t'installer avec nous quelque temps ?

— Pile ce dont nous avons besoin : un esclave pour nous aider dans nos travaux de peinture !

— Non, Gabriel a raison : il a besoin d'apprendre ce qu'est exactement le BDSM et ce qu'implique la soumission par des personnes qui font ou ont fait partie de ce monde.

Cause toujours. Personnellement, je savais déjà que la première leçon que je lui enseignerais tiendrait en un seul mot : prudence.

— Vous êtes sérieux ? J'ai encore des examens à passer la semaine prochaine, mais je serai complètement libre à partir de vendredi.

L'annonce ingénue de Gabriel fut accueillie par un silence étonné.

— Pourquoi n'as-tu pas mentionné ces examens plus tôt, gamin ? s'étonna Don. Ne devrais-tu pas être en train d'étudier chez toi ?

— C'est seulement de l'informati… commença Gabriel avant de s'interrompre en rougissant quand il nota l'expression estampillée 'ne discute pas avec moi' affichée par Don.

Il n'acheva donc pas sa phrase et se contenta d'un :

— Oui, Monsieur.

SI J'AVAIS encore nourri le moindre doute sur la propension de Don à donner des ordres, notre arrêt au supermarché balaya mes éventuelles incertitudes. Tandis que nous circulions tous les trois dans les allées du magasin, il me fit penser à un général se préparant à la bataille, écartant toute objection et ignorant royalement les conseils de ses subordonnés. D'accord, le mot 'bataille' était sans doute un peu exagéré ; disons alors qu'il se préparait à des escarmouches. La proposition de Gabriel de faire un stock de sodas en prévision de son séjour fut réduite à néant par un unique 'non' très énergique.

La moue que fit le jeune homme était plutôt mignonne. Je m'attendais à entendre Don proférer d'une seconde à l'autre les mots haïs : *s'il te plaît, fais-le pour moi, gamin.*

118

— Tu vois ce que c'est, murmurai-je à l'oreille du jeune homme en profitant d'un moment d'inattention du Maître du Cuir. Accepter qu'on te retire la possibilité de choisir est facile quand tu penses que c'est la meilleure chose à faire ; par contre, cela devient incroyablement difficile quand des sujets essentiels sont en jeu, par exemple ce que tu aimes boire.

Je ne compris pas pourquoi il me fit un bras d'honneur. Après tout, je ne faisais qu'énoncer la vérité.

Don essaya une seule fois sur moi son attitude paternaliste, insinuant qu'il n'était pas nécessaire d'acheter un pot de glace aux cookies. Un bref 'va te faire foutre' lui fit revoir sa position. J'y gagnai un autre de ses longs regards pénétrants.

Hormis la frustration que l'Américain éprouvait à ne trouver aucun de ses plats favoris, il se comporta plutôt bien. J'ajoutai bien évidemment à notre caddy des produits typiquement locaux tels que le Vegemite [18]. Avec un peu de chance, je pourrais l'amener un matin à tartiner son toast de ce magma infâme avant que Gabriel se débrouille pour gâcher toute ma joie.

Les courses achevées, nous rentrâmes et, une fois nos achats déposés dans la cuisine, Gabriel adopta la traditionnelle posture du soumis : mains derrière le dos et tête baissée.

— Ce sera tout, Monsieur ?

— Oui. Merci beaucoup. On se verra au Paradisio vendredi matin. D'ici là, je veux que tu te concentres sur tes études.

— Oui, Monsieur.

Quand Gabriel eut quitté les lieux et que la porte du portail se fut refermée derrière lui, je ne pus m'empêcher de m'exclamer :

— Alléluia ! Je crois bien que j'aurais gerbé si j'avais dû entendre une seule fois de plus un 'oui Monsieur, non Monsieur'.

Don me fixa avec confusion.

— Je croyais que Gabriel et toi étiez amis.

— On s'est rencontré hier pour la première fois, Beau Sourire. Mais j'ai une bonne nouvelle pour toi : il a déjà un *papa* et n'a pas besoin d'en avoir un second.

Sur ce, je quittai la pièce pour aller ranger les courses. Merde ! Pendant que nous buvions nos bières et partagions un moment de

---

18 NdT : L'équivalent australien du Nutella

119

détente, j'en étais presque venu à apprécier l'homme. Quel dommage qu'il soit en cuir.

— Tout ira bien pour Gabriel.

Je sursautai et lâchai le paquet de farine que j'étais en train de transvaser dans le pot réservé à cet effet.

— Je l'espère. De toute façon, rien de ce que je pourrais dire ne changera quoi que ce soit, pas vrai ?

— Pas dans ce cas, non. Il est plus solide que ne le laisse penser son apparente fragilité.

Le sac de farine rebondit sur le bord du pot et un nuage blanc se répandit dans l'air.

— Et comment peux-tu en être si sûr, alors que tu n'as passé que quelques heures en sa compagnie ? Sais-tu seulement de quoi Gabriel a réellement besoin ? Vous êtes bien tous les mêmes ! Vous croyez toujours tout savoir. Il a besoin de voyager, de voir le monde afin d'acquérir l'assurance et la maturité qui font encore défaut, et non pas d'avoir à satisfaire toutes tes mesquines petites exigences !

— Julius t'en a fait vraiment baver, hein ?

Ma main se mit à trembler si violemment que je laissai tomber le sac de farine, dont le contenu s'éparpilla dans toute la pièce. La colère fit enfler ma voix :

— Laisse-le en dehors de ça ! Ma réaction serait la même quel que soit le Maître concerné.

J'agrippai le bord du plan de travail et m'efforçai de me contrôler.

— Gabriel est le mec typique issu de la classe moyenne et c'est un gosse surprotégé. Il ne va probablement nulle part sans la permission de papa et de maman. Il a besoin de sortir de son environnement et d'apprendre à se tenir tout seul sur ses deux jambes avant que toute liberté lui soit enlevée.

— Et si je te disais que 'te soumettre te rendrait libre' ?

— Je te conseillerai de choisir une autre carte dans la boutique des Bisnounours ! Il te faudrait un vol de colombes avec des branches de fleurs d'oranger dans le bec pour accompagner une déclaration aussi pompeuse.

J'avais à peine fini ma tirade que Don me poussait sur le côté et se mettait à nettoyer le chantier que j'avais créé. Mes mains étaient recouvertes de farine.

Un souvenir refit brusquement surface : Julius fou furieux parce que j'avais laissé tomber par terre un sac de sucre. Rien n'était jamais accidentel pour lui : il insinuait toujours que j'avais agi délibérément juste pour l'ennuyer. Mes mains recommencèrent à trembler. Je me précipitai dans la salle de bain et contemplai dans le miroir mon reflet brouillé par mes larmes. Ma thérapeute avait passé un temps infini à me faire revivre des incidents identiques pour m'apprendre à les remettre en perspective. Elle n'avait peut-être jamais compris les bizarreries de ma relation avec Julius, mais elle m'avait incontestablement aidé à recouvrer ma dignité et à m'apporter le fragile espoir que je n'étais pas complètement foutu.

Je devais cesser de juger tout le monde à l'aune de Julius. En dépit de notre dispute, Don ne s'était pas emporté contre moi. Il avait juste fait ce qui devait l'être.

Le temps que je reprenne mes esprits et que je me rafraichisse le visage, toutes les courses avaient été rangées et la porte de sa chambre était close.

XIII : SECTION 1.12
I CAN'T WAIT

JE NE pus obtenir un rendez-vous avec mon avocat que le vendredi après-midi. Jusque-là, je n'avais plus qu'à faire confiance à Don à propos du testament.

— Par où veux-tu commencer ?

La question de Don me prit par surprise. Je me tenais debout dans l'entrée du living-room, perdu dans les méandres de mes pensées. Les précédents propriétaires avaient utilisé l'espèce de solarium orientée au nord comme salle d'exercice de yoga. Julius et moi avions pensé qu'au lieu d'y faire le chien et de saluer le soleil, cette pièce serait bien plus adaptée pour servir d'écrin à nos vieux fouets et martinets. Malgré moi, je devais bien admettre que le bondage et la discipline m'avaient en effet aidé à atteindre des sommets. Au moins pour un temps.

Je respirai un grand coup et me tournai pour faire face à l'homme en cuir. La nuit dernière, après le départ de Gabriel, nous avions chacun regagné notre chambre. Le matin avait débuté sous le signe d'une trêve fragile, uniquement possible en raison du fait que nous partagions désormais un objectif commun : réparer la maison de façon à la vendre au meilleur prix qui soit.

— Commençons par nous débarrasser de tout ce bazar, murmurai-je.

Don acquiesça d'un hochement de la tête et se dirigea ensuite d'un pas nonchalant vers le mur le plus éloigné et retira le fouet long de presque deux mètres qui y était accroché. Il eut un rictus tandis que ses doigts couraient le long de l'objet, relevant sans doute la façon dont le cuir usé se courbait aux extrémités.

— Bazar est un mot adéquat. Tu as déjà utilisé ça ?

Je ricanai. Incapable de faire claquer ce putain de truc, Julius avait abandonné, dégoûté, et avait rejeté la faute sur le plafond, à son avis beaucoup trop bas pour offrir l'espace nécessaire pour le déploiement optimal des lanières. Je n'avais rien arrangé en lui suggérant de l'essayer à l'extérieur.

— Fiche-moi la paix ! Nous l'avons acheté pour notre toute première partie coquine.

Julius avait également encadré les accessoires que nous avions utilisés pour cette soirée spéciale : la cage à pénis, les manchettes cloutées et le collier. D'autres jouets, que nous n'avions jamais utilisés ou dont nous nous étions fatigués, étaient éparpillés un peu partout dans la pièce.

Don jeta le fouet dans un carton, qui accueillit bientôt d'autres rappels de mon passé tumultueux.

Un étrange sentiment de calme m'envahit tandis qu'il scellait le carton et, par la même occasion, y enfermait de façon symbolique, mais définitive mes souvenirs. Quand il eut fini, Don s'assit sur les talons et leva les yeux sur moi, le regard plein de confusion.

— Julius avait mentionné le fait qu'il avait besoin de mon aide pour son donjon, mais j'avais imaginé quelque chose d'un peu plus élaboré.

S'il te plaît, ne prononce plus le mot qui commence par un 'd'. Je frissonnai. Il valait bien mieux ne pas réveiller ce monstre endormi.

— Hé oui, mais maintenant, je suis celui qui a besoin de ton aide, Beau Sourire. Attrape l'autre bout du canapé.

Ce fichu truc pesait une tonne ! Cela nous prit une éternité pour manœuvrer le canapé trois places hors de la pièce et de le descendre dans l'étroit escalier.

Après avoir vidé la pièce de tous ses meubles, nous entreposâmes l'équipement de musculation dans le bureau de Don.

— Si nous peignons le bureau en dernier, dit-il en tapotant doucement la selle du vélo une fois qu'il fut installé, je pourrai faire de l'exercice tout en travaillant.

Il jeta un coup d'œil à la fenêtre et ajouta :

— J'aurai au moins une belle vue si je m'ennuie, ou plus exactement *quand* je m'ennuierai.

Il m'adressa un sourire désabusé.

Devrais-je l'avertir qu'on devenait facilement fou à force de contempler encore et encore cet océan ? Je caressai des doigts les légers trous qui marquaient le chambranle de la fenêtre et m'interrogeai sur le temps qu'il avait fallu à Julius pour le réparer après mon départ. La vitre s'était assez facilement brisée, mais en retirer les éclats tranchants pour ne pas me blesser en passant au travers m'avait par contre demandé plus d'efforts. Pour m'en débarrasser, j'avais utilisé les chaînes que Julius utilisait d'ordinaire pour m'entraver au lit : quelques coups bien dirigés avaient fait leur office. Je me demandais encore aujourd'hui la raison pour laquelle il ne les avait pas attachées au lit ce soir-là. Il avait sans doute pensé que j'étais trop endolori pour bouger. Heureusement qu'il n'y avait pas de voisins suffisamment proches, sinon ils auraient pu m'entendre hurler. Mes cris avaient été chargés de rage, de frustration et de douleur alors que les chaînes pesaient sur mes membres et tiraillaient les traces fraîches des coups de fouet couvrant mon dos. Les larmes que je versai cette nuit-là n'étaient pas dues uniquement à la souffrance ; elles étaient aussi le symptôme de mon infini regret de ne pouvoir être l'esclave dont Julius rêvait.

Et tout ça parce que je n'avais pas ciré correctement ses bottes !

La voix posée de Don me ramena à la réalité.

— Sens-toi libre d'utiliser la moto quand bon te semble.

Libre. Je me détournai des vestiges d'une nuit que je m'efforçais toujours d'effacer de ma mémoire et me dirigeai vers la porte.

— Merci, mais non, Beau Sourire. Je conduis uniquement les motos qui mènent quelque part.

Et ma moto n'était visible nulle part.

— Mettons-nous au boulot. Plus tôt nous descendrons tous ces trucs, plus tôt nous pourrons commencer à peindre, déclarai-je d'une voix sèche.

Et plus tôt je pourrai me tirer d'ici.

Don haussa les épaules et me suivit dans la pièce où étaient stockées les vitrines. Chacun de nous en prit autant qu'il pouvait en porter et alla les déposer dans le garage.

J'étais sur le point de descendre l'escalier, une vitrine serrée sous chaque bras, quand je me figeai pour observer la silhouette trapue de Don qui m'avait précédé. J'avais l'impression de l'avoir toujours connu. Alors que ça ne faisait que… combien de temps déjà ? Deux jours… Je n'avais pas l'impression que l'homme en cuir fut plus heureux que moi de la façon dont les choses avaient évolué. Il appartenait à cette catégorie de personnes dotées d'un solide pragmatisme, capables de discerner les actions à entreprendre et qui agissaient en conséquence, tout en tirant le meilleur parti de chaque situation.

Son calme me tapait sur les nerfs, mais étrangement, il m'empêchait également de céder à la panique alors que je me retrouvais là où je m'étais juré de ne plus jamais retourner.

Mais qu'aurait-il fait si je n'étais pas revenu en Australie ? Il aurait probablement squatté la maison en attendant que les problèmes juridiques soient réglés. Et qui s'en serait plaint ? Les parents de Julius habitaient à Melbourne et n'auraient jamais su qu'il vivait dans la maison de leur fils. Dans notre maison.

Don leva les sourcils, surpris, quand il revint et me trouva immobile, lui bloquant le passage.

— Quelque chose ne va pas ? me demanda-t-il en souriant.

Ses dents très blanches contrastaient sur le brun de sa moustache.

Je n'avais jamais embrassé un mec avec une moustache et je me demandai quel effet cela ferait. Doux ? Piquant ? Mon sexe sursauta et commença à grossir dans mon jean devenu soudain trop étroit. Nous nous tenions face à face, si proches que son souffle caressait ma peau. Je léchai ma lèvre d'un coup de langue. Pourquoi fallait-il que Don soit un fétichiste du cuir ? Dans un autre lieu et à une autre époque, j'aurais certainement craqué pour lui.

Il haussa à nouveau un sourcil et je fus tenté de tâter son entrejambe afin de vérifier si mon désir était partagé. Et dans le cas contraire ? Merde, ce serait vraiment embarrassant ! Je gardai les yeux levés et m'écartai pour lui laisser le passage.

Il monta la marche qui nous séparait et, tendant la main, il s'empara de mon érection douloureuse. Je serrai davantage les vitrines coincées sous mes bras pour éviter qu'elles tombent. Mon souffle se fit saccadé et je me mis à respirer par petits coups saccadés alors qu'il frottait mon sexe.

Il se rapprocha encore plus et son haleine chaude s'engouffra dans mon oreille :

— C'est vraiment dommage que tu portes tes propres vêtements maintenant. Ça me manque de ne plus te voir dans mon caleçon. Est-ce que tu bandes toujours autant ?

— Seulement pour toi, Beau Sourire.

Il se mit à rire et pressa une dernière fois mon sexe avant de s'en aller.

J'appelai au secours mon moi sarcastique, mais il resta sourd à mes appels.

Mes genoux se mirent à trembler et je trébuchai. Je laissai tomber les vitrines et m'ajustai dans mon jean. Quel enfoiré ! Alors que j'avais le plus grand mal à garder mon calme, lui donnait au contraire l'impression de ne pas être affecté le moins du monde.

Je jetai un regard autour de moi et me forçai à me ressaisir, appelant à l'aide n'importe quoi susceptible de me rappeler les dangers auxquels m'exposerait le fait de succomber à la tentation.

Les marques sur la porte du garage firent l'affaire.

J'étais parvenu à me ressaisir quand Don fit à nouveau son entrée, les bras chargés. Je remontai à mon tour l'escalier tout en prenant garde de ne pas croiser son regard.

Il laissa échapper de façon ostensible un soupir alors que je le frôlai en passant, mais il ne fit aucun commentaire.

Lorsque nous eûmes fini de déblayer la pièce de tous ses meubles et autres objets variés, le garage était rempli à en faire exploser les murs.

— Avez-vous des magasins Goodwill [19] dans les environs ? me demanda Don tout en ménageant un espace pour le dernier chargement.

Je ricanai :

— Les Salvos et Vinnies [20] feraient la fine bouche devant ce tas de vieilleries. La plupart de ces objets se trouvaient déjà là quand nous avons acquis la maison. Mais on peut louer une benne à ordures si tu veux.

Don survola du regard le garage encombré.

— Je vais d'abord plutôt voir si Fred ne connaîtrait pas quelqu'un qui possède un camion.

Il disparut à l'étage pendant que je finissais de ranger la dernière boite remplie de magazines pornos. Il réapparut quelques instants plus tard, un grand sourire aux lèvres.

— J'ai de bonnes et de mauvaises nouvelles. Deux des videurs qui louent une maison pas très loin de la nôtre disposent d'un camion. Ils garderont tout ce qui pourra leur être utile et jetteront le reste.

— Et les mauvaises nouvelles ?

— Le gars qui était supposé tenir le bar cet après-midi a démissionné sans le moindre préavis. J'ai dit à Fred que je reviendrai pour lui donner un coup de main. Tu crois que tu pourras te débrouiller tout seul ?

Il me transperça de son regard acéré.

---

19 NdT : L'équivalent d'Emmaüs

20 NdT : L'équivalent de l'Armée du Salut

Quoi ? Tout seul ? Ici ? Encore ? J'éclatai presque de rire, mais je me contins, persuadé que me laisser aller serait une très mauvaise idée. J'avais déjà beaucoup de mal à maintenir en place le couvercle qui stoppait l'hystérie menaçant de me submerger.

— Ça ira pourvu que tu me laisses les télécommandes pour que je puisse sortir en cas de besoin.

Don fronça les sourcils, manifestement perplexe.

— Ce n'est pas ce que je voulais dire. J'avais promis de donner un coup de main pour les peintures. Je n'aime pas l'idée de te laisser en plan.

Oh !

— Tu peux y aller. Ça ira, ne t'inquiète pas.

Il avait au moins eu la courtoise de vérifier.

La chose la plus étrange était que j'étais convaincu que tout irait bien. La vie me semblait désormais plus facile et plus simple. C'était comme regarder le monde à travers un télescope au lieu d'un kaléidoscope qui déformait l'image et ne laissait voir que des formes et des contours fracturés.

J'avais un seul but : retaper la maison de façon à pouvoir partir.

À CHAQUE passage de l'éponge imbibée de lessive, les murs s'éclaircissaient et la maison dégageait une atmosphère de propre et de clarté. Puis, à mesure que je recouvrais le beige terne par la peinture blanche, les pièces donnaient l'impression de vibrer d'une nouvelle énergie.

Je travaillai comme un malade durant les quelques jours qui suivirent.

Don m'accusa d'être shooté par les vapeurs de peinture. Peut-être était-ce le cas, mais tandis que je lessivais et peignais en écoutant de la musique et fredonnant les chansons de Stevie Nicks, je me sentais heureux comme je ne l'avais plus été depuis un sacré bout de temps.

Don remplissait sa part de travail et s'excusait toujours quand il partait pour le Paradisio, où un nouveau barman n'avait toujours pas été trouvé. Chaque nuit, avant son départ, il me conseillait de lever le pied.

— Je sais que tu es impatient de partir, mais ce n'est pas une raison suffisante pour t'épuiser à la tâche. Gabriel pourra nous donner un coup de main quand il arrivera la semaine prochaine.

Cette remarque ne fit que me pousser à travailler encore plus dur. Il s'agissait de *ma* maison, ou du moins d'une moitié de ma maison. Au fur et à mesure que les jours passaient, la crainte d'être abandonné s'évanouit.

Aussi longtemps que je n'étais pas prisonnier, je n'avais aucune raison d'avoir peur.

LORSQUE MERCREDI arriva, nous avions réussi à terminer le living-room, l'entrée et la première des chambres. Depuis l'épisode de l'escalier, Don gardait ses mains pour lui, mais cela ne m'avait pas empêché d'être excité à la vue de son torse dénudé et de ses jeans moulants qui ne laissaient rien à l'imagination.

Afin de dissimuler la réaction de mon corps quand il était dans les parages, je décidai de porter un suspensoir serré sous mon bleu de travail. Le vêtement arborait désormais des éclaboussures de peinture qui formaient un joli contraste avec la graisse qui maculait le tissu. Beurk ! Comme le temps s'était maintenu au beau fixe et que l'été pointait le bout de son nez, la température avait grimpé. Par conséquent, j'avais transpiré comme un bœuf. Certains mecs se donnaient beaucoup de mal pour dégager une forte odeur corporelle, mais je ne trouvais personnellement à ça rien de sexy. Alors, ma tâche du jour achevée, j'étais pressé de me débarrasser de mes vêtements et je cherchai un coup d'œil autour de moi à la recherche de quelque chose de propre. Rien. Nada.

Je me déshabillai entièrement et fis un tas de mes vêtements. Au bruit que faisait le vélo, j'en déduisis que Don était toujours dans son bureau. Serrant contre ma poitrine mon paquet nauséabond, j'ouvris la porte et y passai la tête.

— Je vais faire tourner une machine. Tu as des trucs à laver ?

Don leva les yeux de la tâche quelconque qui l'occupait.

— Merci. Il y a un paquet de fringues dans ma chambre.

Sa chambre. La chambre de Julius. Autrefois, cela avait été *notre* chambre. Mais lorsque nous avions été entraînés dans le tourbillon du BDSM, Julius avait décidé d'introduire unilatéralement toutes sortes de contraintes.

J'avais bien protesté au départ, mais il m'avait convaincu que le respect de telles restrictions constituait une preuve de mon amour et de mon empressement à obéir. Cela m'avait paru un maigre prix à payer, car il percevait mon désir non seulement pour la douleur, mais aussi pour le frisson sexuel qui allait de pair. Il jouait avec mes besoins comme un virtuose, me manipulait pour me convaincre qu'il était la seule personne au monde capable de m'apporter une telle plénitude et que ma soumission en était la contrepartie nécessaire. La façon dont il exposait ses arguments m'avait au début paru pernicieuse mais, au bout de quelque temps, cette anormalité finit par s'estomper et cette merde de domination balaya tout sur son passage.

Immobile sur le seuil de la porte, je savais à un niveau rationnel que ces règles étaient révolues, mais je n'arrivais pourtant pas à pénétrer dans cette pièce. Je me mordis la lèvre et contemplai les gouttes de sueur qui perlaient sur le torse de Don. Quelle serait sa réaction si je lui proposais de les lécher ? Et pendant que j'y étais, je pourrais titiller ses tétons. Ces derniers avaient tout l'air de supplier qu'on leur accorde un peu d'attention. Je grognai sous l'effet de la frustration. Mais cela ne fut cependant pas suffisant pour m'inciter à franchir ce seuil.

— Euh… Pourrais-tu me les apporter ? J'ai les bras chargés.

Je reculai tandis que Don se levait en marmonnant pour aller récupérer ses vêtements sales. Mais au lieu de les laisser tomber sur les miens et d'ensuite retourner dans son bureau, il se rendit directement dans la buanderie et laissa tomber ses fringues dans la machine à laver.

Merde ! Si je suivais son exemple, il se rendrait immédiatement compte que j'avais encore une érection. Du coup, me défaire de mon tas de vêtements ne semblait pas une bonne idée.

— Je peux m'occuper de la lessive, lui assurai-je. Tu dois avoir des tonnes de boulot.

Comme d'habitude, son bureau était couvert de documents.

— Ne t'inquiète pas pour ça. J'ai besoin de faire une pause de toute façon. Je n'avais jamais réalisé jusqu'à présent à quel point la direction d'un hôtel impliquait de comptabilité.

Je rigolai tout en serrant mon linge sale contre moi. *Pense aux impôts, à Julia Gilliard* [21] *… à n'importe quoi d'autre.*

— Je peux faire quelque chose pour t'aider ?

En dépit de mon aisance avec les chiffres, Julius avait toujours refusé que je m'occupe de quoi que soit en rapport avec l'argent. Il était le Maître, celui qui contrôlait tout.

Don sourit.

---

21 NdT : Julia Eileen Gillard, née le 29 septembre 1961 à Barry au Royaume-Uni, est une femme politique australienne, première femme Première ministre d'Australie.

— Non, merci. Je me sens déjà suffisamment mal de te laisser faire tout seul les travaux de peinture. Tu veux bien trier les vêtements avant de les mettre dans le lave-linge ?

Et il commença à prendre la pile de mes mains, mais stoppa dès qu'il s'aperçut que j'étais nu. Il s'approcha de moi, tendit la main derrière mon dos et me caressa les fesses.

Mince. Mes mains étaient piégées entre nos deux corps. Je me mis à gigoter, insatisfait par ce simple contact. Le sourire qu'il m'offrit fut diabolique.

— Timide, Steve ? Je t'avais pourtant pris pour quelqu'un qui aimait exhiber son corps.

Il resserra sa prise.

— Détends-toi. Je ne baise jamais avec des soumis récalcitrants.

— Je ne suis pas un enfoiré de soumis, grognai-je entre mes dents serrées.

— Je remarque que tu n'as pas nié l'adjectif 'récalcitrant', souligna-t-il en riant. Mais c'est une honte de cacher un cul aussi adorable.

Il continua à me caresser les fesses d'une main et posa la seconde sur mon bas-ventre. Il fit glisser la peau fine de mon sexe gonflé d'avant en arrière. Ma verge grossit de façon presque incroyable et ma peau parut rétrécir sous l'effet de ses caresses. Un souffle chaud chatouilla mon oreille quand il susurra :

— Tu parais un peu désespéré. Quand as-tu joui pour la dernière fois ?

Je fermai les yeux et gémis sous l'assaut combiné de ses deux mains. L'une des raisons pour lesquelles je m'étais forcé à peindre chaque nuit après qu'il soit parti se coucher était que je cherchais à être suffisamment épuisé pour m'endormir comme une masse. La masturbation ne fonctionnait toujours pas, car il m'était impossible de passer outre les règles qui avaient régi mon séjour dans cette maison.

Don s'appuya davantage contre moi.

Si je l'avais vraiment souhaité, j'aurais pu l'arrêter et me libérer. En temps ordinaire, toute tentative destinée à restreindre ma liberté me faisait fuir à toutes jambes. Mais la banalité de l'environnement et le confort procuré par mes vêtements serrés contre ma poitrine me retenaient de céder à la panique. Je gémis quand son doigt glissa sur mon anus. Comment serait le sexe avec Don ? L'homme laissait filtrer une dominance certaine, mais rien d'exagéré, rien de comparable à l'attitude de certains hommes en cuir qui se croient obligés d'imiter les nazis bottés. Quand nous nous étions rapprochés l'un de l'autre dans l'escalier, j'avais eu une folle envie de me laisser aller contre lui, puis de le pousser et de le sentir me résister. J'étais curieux de voir jusqu'où je pouvais aller. Je finis par céder à ce besoin et m'appuyai contre lui.

Pas un de ses muscles ne bougea. Putain. Maintenant, je ne sentais plus son doigt inquisiteur. Je me cambrai en arrière. Un étrange son étranglé sortit de sa gorge pendant que la main qu'il avait laissée sur mon sexe continuait ses va- et-vient. Le grognement se transforma en mots :

— C'est ça. Allez, laisse-toi aller. Jouis pour moi.

Je frissonnai et tremblai sous l'afflux des sensations qui s'accumulait dans mon membre. Elles s'intensifièrent et culminèrent en un paroxysme presque douloureux qui me fit exploser en jets liquides qui vinrent s'écraser sur les vêtements. Dépourvu de toute énergie, je laissai tomber ma tête sur l'épaule de Don tout en cherchant désespérément à reprendre mon souffle. Il me tint jusqu'à ce que les derniers tremblements s'estompent.

— Voilà un bon gamin.

XIV : Section 1.13
Enchanted

GAMIN !

Un frisson d'un genre tout différent me secoua de la tête aux pieds. Je me raidis et jetai un regard mauvais à Don.

Il se mit à rire et me tapa sur les fesses avant de se diriger vers la salle de bain.

Je ne suis pas ton gamin, ni ton esclave, et je ne suis pas non plus dressé pour obéir à tes moindres désirs.

Je jetai rageusement mes vêtements au-dessus des siens dans la machine à laver. Tant pis si les couleurs déteignaient ; cela lui servirait de leçon. Dès que j'eus les mains libres, j'en profitai pour claquer bruyamment la porte derrière lui. Une housse de protection jaune accrochée sur la patère attira mon attention et refroidit ma colère.

Vu de devant, le tablier ressemblait à une robe à gros carreaux jaunes et blancs, cintrée à la ceinture par un nœud et garnie à l'ourlet par un liséré de dentelle. Elle n'avait pas du tout de dos, ce qui faisait que mon cul était facilement accessible. C'était tout ce qui importait à Julius quand je la portais. Cela dit, quand il était d'humeur joueuse, il se débrouillait pour faire des tas de choses très intéressantes avec la ceinture.

QUAND JE pénétrai dans la cuisine un peu plus tard, Don s'y trouvait déjà, étalant du Vegemite et de la crème sur un bagel. Il agissait comme si le fait que je l'avais presque aspergé de mon sperme quelques minutes auparavant ne revêtait aucune importance. Au contraire, c'était à croire qu'il s'en réjouissait et en redemandait. Ce type s'avérait imperméable à toutes les manigances que j'imaginais pour l'emmerder. Sa peau et celle d'un rhinocéros devaient être faites de la même matière. Quand il m'aperçut, il leva un sourcil interrogateur.

— Je vois que la Déesse du Foyer daigne faire une apparition.

— Remercie ta bonne étoile que ce ne soit pas la Déesse de la Chasse, répliquai-je. Elle t'aurait botté les fesses.

Don faillit s'étouffer tant il riait. Quand il retrouva son sérieux, ce fut pour me dire :

— Bon, d'accord. Chère Déesse, peu m'importe celle que vous êtes, votre compassion et votre générosité vous conduiraient-elle à me faire un café ? Je commence à ressentir les effets négatifs du manque.

— Il serait temps que tu apprennes à le faire tout seul, Beau Sourire. Je ne suis pas ton esclave.

Toute trace d'amusement disparut de son regard. Je me serais battu pour lui avoir ainsi rappelé Alex. Moi et ma grande gueule !

Don m'observa en silence tandis que je faisais le café et en versais deux tasses que je déposai entre nous. Son irritation perdurait quand il sortit à l'extérieur avec sa propre tasse et se plongea dans la contemplation de deux planeurs qui venaient de prendre leur envol à partir du poste d'observation situé sur la falaise.

— As-tu déjà essayé ? me demanda-t-il lorsque j'arrivai à sa hauteur.

— Non, jamais. Et toi ?

Il répondit négativement d'un mouvement de tête.

— Ça semble dangereux.

— Conduire une moto aussi, lui fis-je remarquer.

— Hum… je suppose que tu n'as pas tort.

Il but une gorgée de son café et regarda autour de lui.

— Il faut vraiment que nous fassions quelque chose pour ce jardin, avant que le chiendent et les pissenlits n'envahissent tout.

Un jardin basique, composé pour l'essentiel d'une rangée de bambous, courait le long du bord de la falaise et du côté nord de la propriété. Éparpillés tout autour du terrain, des arbustes décharnés en manque d'une bonne coupe se dressaient d'une façon lugubre et anarchique.

Je poussai un profond soupir. Prendre soin du jardin avait été l'une des tâches qui m'incombaient. Julius détestait avoir les ongles maculés de terre ; le lubrifiant des motos lui paraissait amplement suffisant comme tribut aux travaux manuels.

— On s'en fiche ; les futurs propriétaires s'en chargeront.

— Peut-être. Mais, d'un point de vue strictement commercial, la remise en état du jardin est tout aussi importante que celle de la maison. C'est dommage que nous ne disposions d'aucun outil de jardinage.

— Tu es conscient que ça demande bien plus qu'un coup de tondeuse, Beau Sourire ? Il faudrait carrément faire intervenir une équipe de paysagistes.

— Mais ça tombe très bien, vu que c'est exactement ce que je faisais pour vivre, mon chou.

Ah oui, c'est vrai. Don avait évoqué l'entreprise qu'il avait créée et dirigée aux États-Unis.

— Je me disais bien que toi et Jamie Durie [22] aviez des choses en commun ! Tu as aussi fait partie des Chippendales ?

En guise de réponse, Don me gratifia d'un sévère coup sur les fesses.

— Aïe !

Mais c'était bien meilleur qu'un coup de brosse, pensai-je en frottant la partie maltraitée de mon anatomie. Si je me basais sur la soudaine tendance de Don à l'espièglerie, je pourrais être porté à croire que c'était lui qui venait tout juste de jouir, et pas moi. Ou peut-être était-ce le signe qu'il devenait plus habile à déchiffrer mes émotions et qu'il prenait son pied à me manipuler ?

— Il n'y avait pas une tondeuse dans le garage ? questionnai-je.

— Pas à ma connaissance.

— Alors, c'est qu'elle doit être dans l'abri de jardin, affirmai-je tout en haussant les épaules.

— Quel abri de jardin ? s'exclama Don en regardant autour de lui d'un air stupéfait. Mais je n'ai vu aucun abri de jardin.

— Eh bien, ce n'était pas vraiment son utilisation d'origine. L'agent immobilier nous avait dit qu'il s'agissait d'une salle de méditation.

— Et où est-il, ce foutu abri de jardin ?

Don posa sa tasse à café sur la table et les mains sur ses hanches et scruta les environs comme s'il pouvait invoquer l'abri en question et le forcer à se matérialiser comme le Tardis de *Doctor Who* [23].

22 NdT : Jamie Durie est un horticulteur et paysagiste australien de renommée international, producteur et animateur d'émissions de télévision. Ancien mannequin, il a fait partie dans les années 90 d'un groupe australien similaire aux célèbre Chippendales.

23 NdT : *Doctor Who* (trad. litt. : 'Docteur Qui') est une série télévisée britannique de science-fiction. Elle raconte les aventures du Docteur qui voyage à travers l'espace et le temps à bord d'un vaisseau spatial, le TARDIS (Time And Relative Dimension In Space, traduit aussi en français par Temps À Relativité Dimensionnelle Inter Spatiale).

Je souris intérieurement. La propriété recélait son lot de mystères, et celui-ci avait l'avantage d'appartenir à la catégorie de ceux dont je pouvais me rappeler avec plaisir.

— Tu as tes clés sur toi ? lui demandai-je.

Il alla les récupérer d'un pas rapide tandis que je me dirigeais vers la rangée de bambous. À cette extrémité de la propriété, le terrain descendait en pente douce pour finir de façon abrupte dans une rigole érodée par l'eau. La partie la plus éloignée appartenait au parc national. Les seules créatures vivantes que j'y avais jamais vues étaient des daims et ils ne pouvaient pas s'échapper grâce à la clôture haute de près de deux mètres et surmontée de fils barbelés qui délimitait les frontières du parc. Il n'y avait aucun moyen d'entrer ou de sortir par ce côté, tout spécialement si vous étiez étreint par la peur du retour imminent d'un Maître fou furieux. Il en allait autrement quand on se tournait vers la falaise.

Vue de loin, la ligne de bambous paraissait compacte. Ce n'était que lorsqu'on en était très proche qu'il était possible d'apercevoir l'étroit sentier qui la traversait.

— Quelle idée d'aller foutre un jardin par ici ! jura Don tandis qu'il butait sur les racines qui s'insinuaient entre les dalles.

Quand nous émergeâmes derrière la ligne de bambous, il contempla avec étonnement le cours d'eau qui s'écoulait.

— Mais pourquoi vouloir cacher une vue pareille ? C'est superbe !

J'étudiai l'endroit avec une fascination morbide pour voir s'il avait subi les outrages du temps. Julius avait-il fini par découvrir mon chemin vers la liberté ?

Don jeta un coup d'œil à la cascade qui dévalait la pente en contrebas.

— Ouah, cette chute d'eau doit bien faire dans les deux cents mètres !

— Probablement plus.

La plante grimpante avec ses racines plantées dans la roche le long de la falaise était toujours là. Ma bouée de sauvetage. Mon passeport vers la liberté.

— Ça va ? Tu es tout pâle.

Merde, rien n'échappait donc à ce mec ?

— Ce n'est rien : j'ai juste le vertige.

Si j'avais de la chance, il avalerait ce bobard sans plus poser de questions. De toute façon, jamais il ne me croirait si je lui donnais la vraie raison de mon malaise. Voir cette chute d'eau à la lumière du jour me conduisait à me demander par quel miracle j'avais rassemblé suffisamment de courage pour y jeter mon sac à dos et le suivre immédiatement après. Le rugissement du moteur de la Harley qui s'approchait et écorchait le silence de la nuit m'avait procuré toute la motivation dont j'avais besoin.

— As-tu les clés de Julius ?

— Oui, mais pourquoi en as-tu besoin ?

Il s'interrompit brutalement en voyant le mur dressé dans le flanc de la falaise.

— Hein ? C'est bien une porte que je vois ?

— Ouais.

Quelqu'un avait peint le madrier de façon à ce qu'il se confonde avec son environnement naturel.

— De près, la porte est immanquable, mais de loin, elle se fond dans le paysage, précisai-je.

Je saisis le cadenas pour y insérer la clé. Le verrou paraissait un peu rouillé et il me fallut plusieurs essais avant de parvenir à l'ouvrir et de pouvoir le retirer.

L'expression d'ahurissement grandit sur le visage de Don. Il me suivit quand je pénétrai à l'intérieur. Mince, s'il pensait que son premier aperçu pouvait être qualifié de merveilleux, qu'allait-il penser du… ? Stop. Il était préférable de lui cacher l'autre merveille cachée, offerte par cet endroit.

— Officiellement, ce lieu n'existe pas, car il a été construit par les précédents propriétaires sans permis.

Encore un exemple de leur aversion avérée pour la moindre règle. Pour sécuriser l'endroit, les hippies avaient bâti un premier mur destiné à abriter la porte et un second, fait de fenêtres à petits carreaux, qui faisait face à la mer.

— Oh super ! La tondeuse est là ! s'exclama Don.

Il disparut sur le petit chemin avec l'engin. Il se passa peu de temps avant qu'il revienne. Il se mit alors à examiner la structure de l'abri.

La pièce n'était pas très grande, à peine six mètres sur trois. La hauteur du plafond variait selon les endroits à cause de l'érosion de la roche causée par le vent. Les précédents propriétaires n'étaient pas les premiers à utiliser cette formation naturelle comme abri. Des taches brunâtres maculant le mur suggéraient que des feux avaient été allumés là par des aborigènes. Ils avaient dû se sentir en sécurité en dépit du fait que les deux côtés de l'abri étaient exposés aux éléments naturels. Désormais, grâce aux travaux effectués, il était protégé de l'eau.

— Cette pièce est extraordinaire ! Je ne vois pas pourquoi Julius se contentait de l'utiliser comme entrepôt.

Je comprenais l'enthousiasme de Don. Moi aussi j'avais su voir la beauté de cet endroit, alors que Julius avait juste critiqué l'absence de plafond, de plancher et de murs. D'après lui, l'humanité avait évolué et seuls les sauvages vivaient encore dans des cavernes.

— Tu sais que nous allons devoir restaurer la roche pour lui rendre son aspect naturel avant que nous puissions envisager de mettre la maison en vente, lui fis-je remarquer.

Je retirai le réservoir d'essence de la tondeuse et le secouai. Vide.

Don s'affairait à tirer un vieux futon à l'extérieur. Il le laissa tomber et le matelas se désintégra presque lorsqu'il frappa le sol.

— Et peux-tu me dire pour quelle raison nous devrions détruire cette pièce ?

— Tout simplement parce que le conseil municipal ne nous a pas délivré de permis de construire, et nous n'avons pas eu de permis de construire, car aucune demande n'a été faite dans la mesure où l'abri ne figurait pas sur les plans d'origine. C'est une des raisons pour lesquelles nous avons pu obtenir la propriété pour une bouchée de pain.

Une des raisons… mais pas la seule. Et l'une de ces raisons expliquait pourquoi je devais partir d'ici le plus tôt possible.

— Bon, je ne peux pas passer ma journée ici, Beau Sourire. J'ai des murs à repeindre. De vrais murs.

— OK. Je te rejoins dès que possible. La grande majorité de ce fourbi est inutile, constata-t-il en donnant un coup de pied au taille-haie et au coupe-bordure. Je vais ajouter ça à la liste des choses que les garçons auront à récupérer demain.

Et il commença à trier tout le fourbi, comme il venait si bien de qualifier l'accumulation d'objets divers et variés. Je l'abandonnai pour retourner à mes travaux de peinture.

J'AVAIS FINI le plafond de la deuxième chambre et j'en attaquais les murs quand Don fit son retour. La maison avait été construite dans les années soixante-dix et elle était destinée à devenir un bed and breakfast. Maintenant, elle pouvait se vanter de posséder cinq chambres et trois salles de bain. Parfait pour une famille nombreuse.

137

Paradoxalement, je commençai à penser qu'aussi longtemps que je détiendrais une part dans quelque chose de tangible, quelque chose de solide, le temps que j'avais passé dans cette maison ne serait pas complètement perdu. Vendre impliquait l'obligation de tout recommencer à zéro. Mais au moins, maintenant, j'avais le choix entre plusieurs options. C'était bien plus que je n'en avais eu à une certaine époque.

Seul avec moi-même tandis que Julius vaquait à ses minables obligations professionnelles, qui se résumaient à travailler dans une compagnie d'assurances, j'avais découvert la beauté que recélaient les bons de souscription, les actions et autres placements financiers, et je m'étais découvert un réel talent en tant qu'opérateur de jour [24] sur les marchés boursiers. C'était une autre façon de parier sur une tendance, de tester mes limites et de mesurer le niveau de pression que j'étais capable de supporter.

Et si jouer en bourse ne suffisait pas, je pourrais toujours reprendre mon ancien boulot dans la banque. Quand Julius et moi avions signé le contrat de Maître/Esclave lors du quatrième anniversaire de notre rencontre, il avait insisté pour que je démissionne, affirmant qu'il lui incombait de payer les factures.

En fin de compte, j'avais eu beaucoup de chance d'avoir réussi à mettre de l'argent de côté, car quand je parvins à m'enfuir deux ans plus tard, Julius avait menacé de contester la répartition à parts égales que nous avions mise en place, sous prétexte que c'était lui qui payait ma part de l'emprunt. Bien évidemment, tout ce que j'avais à faire pour éviter qu'il en arrive à une telle extrémité était de revenir vers lui et d'implorer son pardon. Il avait donc été plus que surpris, et pas de la bonne manière, quand le montant demandé lui était arrivé par courrier peu de temps après. Sans doute présuma-t-il que ma famille m'avait aidé, ce qui était entièrement faux : je n'avais jamais sollicité ma famille pour cela et je ne le ferais jamais.

En parlant de ma famille, il était grand temps que j'aille voir ma mère et ma sœur. J'allais programmer cette visite pour les prochains jours et j'irai voir ensuite mon avocat pour entendre ce qu'il avait à m'apprendre.

Gabriel pouvait bien se charger de peindre le bureau de Don et la chambre de Julius. Pour ma part, je ne m'en sentais pas capable.

---

24 NdT : Le *day trading* est la pratique consistant à acheter et à vendre des produits financiers pendant une même séance boursière avec l'espoir que tout au long de la journée le prix continuera à s'élever ou à diminuer.

XV : Section 1.14
Bella Donna

Cette nuit-là, je m'endormis avant que Don revienne de l'hôtel. J'entendis à son arrivée le vrombissement familier de la Harley et ce bruit résonna comme une alarme dans ma tête. Ce son si spécifique me ramenait à l'époque où je partageais la vie de Julius, quand mon Maître rentrait à la maison et quand, après une longue journée de travail, il s'attendait à ce que toutes ses exigences soient satisfaites.

Revenu à la réalité, je me mis sur le ventre et enfouis ma tête dans mon oreiller. L'homme qui rentrait ce soir n'était pas mon Maître ; les pas dans l'escalier résonnaient différemment. L'homme qui rentrait ce soir ne claquait pas les portes en se foutant de savoir s'il me réveillait ou pas. De toute façon, je n'étais pas autorisé à dormir quand lui ne dormait pas. Mon travail était de veiller à ses besoins, quels qu'ils soient.

Le léger craquement du parquet et le bruit de l'eau qui coulait retentirent dans la maison. Puis, plus rien, juste le silence.

Je me masturbai dans l'espoir que l'orgasme m'apporterait le sommeil, mais chaque fois que je m'approchais du point de rupture, ma main se figeait, comme prise par la glace, et l'habituelle culpabilité me paralysait. Merde. Si ne pouvais même plus me soulager tout seul, peut-être que tailler une pipe à Don ferait l'affaire ?

Je sortis du lit et enroulai le couvre-lit autour de mes épaules pour aller vérifier s'il était éveillé. Sur le seuil de sa porte, je m'arrêtai, me demandant s'il allait me flanquer à la porte si je pénétrais dans sa chambre.

Le mouvement régulier de sa poitrine, qui se gonflait et se relâchait à chacune de ses respirations me fournit la réponse. Il ne montra aucune réaction à ma présence. Mais qui pouvait savoir avec lui ? Tel qu'il était couché, il me fit penser à l'un de ces grands félins qui aimaient prétendre qu'ils étaient assoupis et qui, au moment où vous vous y attendiez le moins, ouvraient leurs yeux et vous fixaient de leur regard insondable.

Peut-être que je pouvais m'allonger à ses côtés et prendre soin de lui le matin venu ?

Il s'étira légèrement et se retourna. Parfait. Maintenant qu'il me tournait le dos, je pouvais me faufiler dans le lit sans danger. J'avais déjà agi de cette façon avec Julius, peu de temps après qu'il eut édicté ses règles absurdes. Il avait été fou de rage à son réveil.

Une centaine de coups de brosse plus tard, j'avais compris la leçon.

À partir de ce moment-là, quand je recommençais à le faire chier ou s'il considérait que je n'avais pas été assez obéissant, il m'enchaînait à mon lit. S'il n'était que légèrement contrarié, j'avais l'autorisation de dormir sur le sol et c'était uniquement quand j'étais dans ses bonnes grâces que j'étais autorisé à partager son lit.

D'accord. Don ne m'avait pas invité et d'ailleurs, même s'il l'avait fait, il y aurait eu peu de chance que je réponde favorablement.

Comme retourner dans mon lit aurait été admettre ma défaite, je m'allongeai donc sur le parquet et m'y couchai, roulé en boule, juste là, devant la porte de sa chambre. Me trouver juste proche d'une autre personne m'aida à trouver le sommeil.

Le bruit du moteur de la Harley me réveilla.

Le soleil brillait au-dehors. Merde. Don avait dû se lever de bonne heure pour retourner au Paradisio. Il m'avait dit qu'il voulait permettre à Fred de prendre un jour de repos. Je me sentis tout gêné : qu'avait-il pensé quand il avait presque dû me marcher dessus en sortant de sa chambre et en se trouvant confronté à un nouvel exemple de mon comportement erratique ?

Je m'étirai pour tenter de soulager les courbatures de mon dos. Je n'avais plus dormi par terre depuis que j'étais parti. Si j'avais su dans quel foutu bouquin Julius avait trouvé une idée pareille, j'aurais brûlé tous les exemplaires de cette saloperie.

Don avait laissé un mot dans la cuisine : 'Ne t'en fais pas à propos du dîner ; j'achèterai quelque chose sur le chemin du retour. Je devrais rentrer vers dix-neuf heures. Demande à Samu et à Buka de m'attendre'.

Pour un Maître, il n'appartenait pas à la catégorie des impitoyables adeptes du principe 'laissons l'esclave dans la parfaite ignorance'. Il me traitait presque comme son égal. Décidément, cet homme ne cessait de me surprendre.

J'AVAIS PRATIQUEMENT terminé de peindre la troisième chambre quand j'entendis un klaxon signalant l'arrivée du camion. J'enveloppai le rouleau dans du plastique et descendis pour ouvrir le portail.

Deux Polynésiens me sourirent timidement en entrant dans la maison.

Je gloussai. Voici donc les deux 'garçons' de l'hôtel. Ils avoisinaient les deux mètres et étaient si baraqués que les rugbymen que j'avais rencontrés au club paraissaient tout freluquet en comparaison.

— Allez, entrez, leur dis-je en leur montrant le bric-à-brac entassé dans le garage.

Les meubles que nous avions retirés des pièces à l'étage avaient été rejoints par des barbecues rouillés et par tous les outils de jardinage superflus qui avaient encombré dans l'ancienne chambre de méditation.

— Laissez juste la tondeuse et tout ce qui se rapporte aux motos, ainsi que les livres qui sont rangés ici, leur précisai-je en leur désignant l'endroit où les ouvrages étaient stockés.

Je les abandonnai à leur travail et je retournai quant à moi à mes travaux de peinture. Cependant, les 'garçons' n'arrêtaient pas de m'interrompre pour me poser des tas de questions et s'assurer qu'ils n'emportaient que ce qu'ils devaient réellement prendre. Par conséquent, je n'avais toujours pas fini quand j'entendis le moteur de la moto.

Don se montra quelques instants plus tard, évitant soigneusement les murs humides quand il pénétra dans la pièce.

— Tu rentres de bonne heure, lui fis-je remarquer en frottant mon nez qui me démangeait sur son épaule. J'espère que tu as commandé assez à manger pour six. Ces types sont gigantesques.

— Ouais, mais ne te laisse pas impressionner par leur taille. Ils ne feraient pas de mal à une mouche.

— À moins que la mouche en question ne les morde en premier.

Don éclata de rire.

— Tu as sans doute raison.

Il se promena dans la chambre comme pour inspecter mon œuvre.

— Tu as fait du bon travail.

— Merci. Il ne me reste plus que les fenêtres à faire. Elles prennent toujours plus de temps que prévu.

Don retira une enveloppe froissée de la poche de son blouson et me la tendit.

— Tiens, c'est arrivé au courrier aujourd'hui.

Je déposai le pinceau que je tenais toujours à la main et ouvris l'enveloppe. Je découvris à l'intérieur deux invitations et tous les détails concernant le mariage de Marty et de Sara. La cérémonie était prévue à dix-sept heures et la réception ne commencerait qu'après les séances de photos officielles. Sara souhaitait que je chante 'Sara' après le repas et les discours, probablement aux alentours de vingt-et-une heures. Un plan d'accès du lieu choisi pour la soirée était joint et il était précisé que des chambres étaient mises à la disposition des invités. En fait, une chambre avait d'ores et déjà été réservée pour moi. Quelle adorable Mademoiselle Efficacité. Marty était décidément un homme chanceux et je ne doutais pas qu'il serait entre de bonnes mains.

— Merci. Pourrais-tu mettre ça en lieu sûr ?

Don prit l'enveloppe.

— Viens avec moi et allons manger.

— Pas encore. Je ne peux pas m'arrêter maintenant, alors que j'ai presque fini.

— D'accord, mais ne tarde pas trop, sinon il ne te restera plus rien à manger.

L'odeur du curry qui flotta un peu plus tard dans l'air m'incita à mettre les bouchées doubles.

Quand je les rejoignis, la table était recouverte d'un assortiment de boites en plastique. La moitié de leur contenu avait disparu et, à en croire leurs expressions satisfaites, les hommes appréciaient leur repas.

— Les gardes forestiers du parc estiment qu'il y en a quatre cents à l'heure actuelle, expliquait l'un de nos invités avant d'enfourner une cuillérée de riz dans sa bouche.

Je n'arrivais toujours pas à déterminer lequel était Bamu et lequel était Buka.

— Quatre cents quoi ? demandai-je en m'emparant d'une chaise pour m'attabler avec eux.

— Des daims.

Tandis que je me concentrais sur ma nourriture, les deux hommes décrivirent comment des locaux avaient remis en cause le principe de l'abattage annuel. Puis, ils se lancèrent dans la description du dernier incendie qui avait ravagé une grande partie du parc il y avait onze ans, laissant après son passage des zones entières complètement dénudées et recouvertes des cendres de troncs d'arbres calcinés.

— On ne se rend compte de rien en voyant le parc à présent, remarqua Don.

La végétation reprenait le dessus si les racines étaient viables. Tout comme les êtres humains.

Je repris du curry pour accompagner mon pain nan et mon repas achevé, descendis au garage pour vérifier que les Polynésiens n'avaient rien oublié. Je réalisai immédiatement que leur idée de ce qui méritait d'être conservé différait grandement de la mienne. Néanmoins, maintenant que les containers avaient disparu, je me rendais compte qu'ils avaient caché une pile d'objets encore non identifiés protégés par une bâche. Pour être mesure de savoir de quoi il s'agissait, je devais d'abord parvenir à les atteindre en déblayant tout ce qui se trouvait sur mon passage.

Des sons sourds provinrent de l'étage, suivis par des éclats de rire et des bruits de pas signifiant que Don et ses deux compagnons s'étaient engagés dans l'escalier.

— Qu'est-ce qu'il y a dessous ? demandai-je en pointant du doigt la masse mystérieuse tapie dans le coin.

— D'autres motos. Tu nous as bien dit de laisser sur place tout ce qui se rapportait aux motos.

Et si ma BMW se trouvait là ? Je me mis à dégager le chemin, dynamisé par l'espoir.

Les deux Polynésiens finirent par partir et Don me demanda si j'avais besoin d'aide.

— Non, ça ira. Merci.

— Bien. De toute façon, ce doit être à moi de faire la vaisselle.

— Hé, ce soir ne compte pas puisque tout ce que tu as à faire, c'est de jeter les boites à la poubelle !

— Je sais, rétorqua-t-il avec un grand sourire malicieux.

Puis, il se dirigea vers l'escalier et, quelques secondes plus tard, la chaîne stéréo de son bureau diffusait un air de musique classique, sans doute en harmonie avec son humeur. Je me demandais comment s'était passé son rendez-vous avec la banque. Non que j'aurais osé lui poser la question : ses affaires ne me regardaient pas. Mais j'avais remarqué qu'il n'avait pas beaucoup souri au cours de la soirée. Avait-il des problèmes d'argent ? Ou pleurait-il toujours son amant disparu ?

J'écoutai les accords mélancoliques de la musique pendant un moment, taraudé par le désir de le rejoindre et de découvrir si la forme étrange que j'avais notée dans son pantalon était bien ce à quoi je pensais.

Cela aurait pu être un guidon de vélo, mais ce n'était pas la bonne forme. Une nouvelle mélodie succéda à la précédente, plus rythmée cette fois. Il n'avait manifestement pas besoin de mes encouragements. Je dégageai les lourds cartons de livres et les ustensiles de jardinage. Dans ma hâte, je me fis mal aux tibias en poussant de côté de vieilles carcasses de Harley. Quand je réussis enfin à atteindre la bâche, mes mains tremblaient.

Là, à côté du side-car, gisait ma Cruiser R 1200 C.

Je faillis éclater en sanglots. Ce qui avait fait ma fierté et ma joie ressemblait à un chiot abandonné à la fourrière, à cette différence près qu'au lieu d'une fourrure terne, j'avais sous les yeux un chrome recouvert de ce qui paraissait être de la poussière et aussi, peut-être, de la peinture et de l'huile.

La moto n'avait de toute évidence pas servi depuis mon départ quatre ans plus tôt. Je n'obtins qu'un gargouillis quand je la secouai de gauche à droite pour vérifier s'il restait du carburant. Merde. Le réservoir devait être envahi par la rouille. J'allais devoir le nettoyer avant de pouvoir le remplir.

La batterie était aussi morte qu'un dodo, mais quelle importance ?

Je m'accroupis et m'abîmai dans la contemplation de mon bien le plus précieux. Peu importait l'état dans lequel se trouvait la BMW, elle demeurait mienne et représentait mon ticket pour la liberté, même si toute perspective de m'enfuir à court terme de la maison avait disparu devant la découverte du réservoir vide. Il allait me falloir des jours pour la rendre en état de rouler à nouveau.

Je fis rouler la bécane au milieu du garage. Comme pour compliquer davantage les choses, les pneus étaient dégonflés et s'aplatissaient sous le poids de l'engin. J'allais devoir m'en procurer des nouveaux.

Tous les espoirs que j'avais nourris étaient réduits en cendre, à l'image de la carcasse qu'était devenue ma splendide machine. Putain, dire que je n'allais même pas avoir assez de temps libre pour travailler dessus. Face à ce constat amer, je me retins de hurler et me mis plutôt en devoir de tout ranger en piles bien nettes.

XVI : Section 1.15
Dreams

— Il est temps d'aller dormir.

Et ce n'était pas une suggestion, mais un ordre.

Don se tenait en bas de l'escalier et me regardait. Depuis combien de temps était-il là ?

Je nettoyai la poussière et la crasse de mes mains et m'étirai pour détendre mon dos endolori.

— Quelle heure est-il ?

— Minuit.

Nous avions fini de dîner autour de vingt-et-une heures : pas étonnant que je me sente épuisé. Je hochai la tête avec lassitude et suivis Don vers les marches. Arrivé en haut, alors que je m'apprêtais à prendre le chemin de ma chambre, il s'empara de mon bras et m'orienta dans la direction opposée et me poussa dans la salle de bain principale. Je m'affalai sur le siège des toilettes.

— C'est marrant, mais là, tout de suite, j'ai un sentiment de déjà-vu. Cette scène m'est étrangement familière.

Don se détourna pour me laisser seul.

— Quoi ? Tu ne vas me déshabiller cette fois-ci ? Me savonner le dos sous la douche et ensuite m'essuyer soigneusement tout le corps avec une serviette toute moelleuse ?

— Si tu étais mon *gamin*, je l'aurais certainement fait, mais tu n'arrêtes pas de me rappeler que tu ne l'es pas.

Don paraissait aussi fatigué que moi. Pendant l'espace d'une seconde, ma verge se dressa à la pensée de partager une douche avec lui avant de décider elle aussi qu'il était grand temps de prendre du repos.

J'entrai donc seul dans la douche et fis couler l'eau sur mes épaules pour soulager mes courbatures.

— C'est bon maintenant, tu peux sortir.

Don attendait sur le seuil de la porte en tenant une serviette.

Je me mis à bâiller à m'en décrocher la mâchoire et coupai l'eau. Il m'observa en silence pendant que je m'essuyais.

— Tu apprécies le spectacle ? lui demandai-je en lui adressant mon sourire le plus sexy.

Il répliqua d'un ton posé :

— Je m'assure simplement que tu ne vas pas t'évanouir et te cogner la tête sur le lavabo.

D'accord. Mais la bosse qui déformait son jean suggérait un motif moins charitable.

Nous refîmes le même chemin que la nuit dernière. Je rechignai à la porte de sa chambre, mais sans pour autant bloquer le passage.

— C'est juste une chambre et un lit, Steve, me fit doucement remarquer Don.

Il m'effleura au passage en pénétrant dans sa chambre. Puis, il se mit à se déshabiller.

Je restai immobile sur le pas de la porte, admirant sa mince silhouette. Ses vêtements cachaient à merveille ses lignes les plus belles, son cul bien ferme et ses muscles longs et proportionnés. Sa verge circoncise, à demi érigée, se balançait d'une façon provocante alors qu'il se déplaçait très naturellement dans la pièce en rangeant proprement ses vêtements. Julius aurait tout laissé par terre en me laissant le soin de ranger derrière lui.

Les gestes de Don avaient une précision presque clinique tandis qu'il rabattait les couvertures et se couchait, veillant à laisser assez d'espace à côté de lui pour que je puisse m'y allonger.

Une vague de fatigue me submergea et me vida de toute énergie. Une petite partie de moi s'interrogeait sur les raisons de ma présence dans ces lieux, mais l'épuisement la réduisit au silence. J'allai timidement rejoindre Don sous les draps et m'étendis sur le dos, étudiant les dessins familiers qui se mouvaient sur le plafond. La lune n'était pas pleine, mais elle diffusait assez de clarté pour faire naître des ombres. Mon corps pouvait bien être fatigué, mais mon esprit racontait une tout autre histoire.

Je me trouvais dans la pièce même où j'avais été si terrifié la nuit dernière. Je n'étais pas seulement *dans* la chambre de Julius ; j'étais aussi dans son lit. Et cela en dépit du fait que je m'étais juré de ne plus jamais m'y retrouver.

Merde. Don était vraiment doué. Sans rien trahir de ses intentions, il était parvenu à me pousser au-delà de mes propres limites. Il avait perçu ma peur et l'avait remise en perspective. C'était simplement un lit ; l'endroit où l'on dormait ou dans lequel on faisait l'amour. Rien de plus et rien de moins. Et si parfois des choses horribles s'y déroulaient, le lit n'en était pas responsable. La faute en incombait uniquement à l'auteur. Même la chambre n'était qu'un spectateur innocent.

Il avait réussi sans en faire une histoire ou sans me défier verbalement d'aucune façon. J'étais fatigué ; il y avait de la place dans ce lit. Fin de la discussion.

L'expression qui s'était peinte sur son visage quand il m'avait ordonné de cesser de travailler aurait dû me hérisser. Mais son injonction avait été ferme et simple, le ton de sa voix persuasif. Je me rendais compte maintenant qu'il avait guetté le moment où j'étais le plus vulnérable, bien trop fatigué pour être mesure de réfléchir à mes actions ou à mes paroles, et il avait exercé sur moi exactement ce qu'il fallait de domination : pas trop pour ne pas éveiller mes soupçons sur ses motivations, mais exactement ce qu'il fallait pour atteindre son objectif. Puis, il m'avait conduit ici comme s'il m'avait tenu au bout d'une putain de laisse.

Waouh ! J'avais été roulé dans la farine par un vrai pro.

Mais avait-il seulement voulu que je partage son lit ? À chacune de nos rencontres, je devais lui rappeler son amant perdu, arraché par l'homme que moi j'aimais. Avais aimé. Mais n'aimais plus désormais. Je venais de me rendre compte qu'apprendre que Julius avait détourné Alex m'avait aidé à enterrer quelque restant d'amour qui aurait pu survivre. Jusque-là, je lui avais toujours trouvé des excuses, refusant de voir l'enfoiré qui se cachait sous la surface de cette somptueuse apparence.

Que Julius m'ait blessé était une chose. Faire du mal à Don était par contre inexcusable. Ce dernier n'avait pas mérité d'être piégé dans la toile d'araignée tissée par Julius. Don n'avait laissé filtrer que d'infimes émotions, mais si j'en croyais sa réaction aux commentaires faits par Gabriel, la trahison d'Alex avait profondément marqué son Maître.

Je me rendis compte que le corps étendu à mes côtés était crispé par la tension. Je savais d'amère expérience que les souvenirs profitaient souvent du manque de sommeil pour revenir nous hanter avec acharnement.

Don reposait sur son flanc, face à la fenêtre, la courbe de son dos terriblement proche. Je fis courir le bout d'un de mes doigts le long de sa colonne vertébrale et pus sentir le renflement de chacune de ses vertèbres.

Il frissonna.

D'un mouvement vif, je repoussai la légère couverture et me dressai sur l'un de mes coudes. Ah, maintenant, je pouvais voir son visage. Bien que ses paupières soient presque closes, je discernai le blanc de ses yeux qui contrastait de façon étonnante et superbe avec les iris sombres.

Je sombrai dans leur profondeur, attiré par la faim qui y brûlait. Aucun commentaire exaspéré, aucune suggestion que je retourne de mon côté du lit et que j'essaie de dormir. Aucune trace de l'impatience dont il avait fait preuve le premier soir. Et, plus important encore, aucune protestation quand je l'amenais à se mettre sur le dos pour que je puisse m'agenouiller au-dessus de lui. À quoi pouvait-il penser, étendu ainsi ? Quels souvenirs ressassait-il ?

Les paroles d'une chanson de Stevie à propos des rêves me vinrent spontanément à l'esprit : des rêves qui racontaient une solitude qui rendait fou. Je les lui chantai.

La respiration de Don se bloqua alors que je prononçais le mot 'perte' et une unique larme perla au coin de son œil. S'était-il seulement autorisé à pleurer avant, à ressentir de la peine ?

Je connaissais tout ce qu'il y avait à savoir sur le fait d'avoir possédé quelque chose et de l'avoir perdue. Est-ce que ce serait me comporter comme un dégueulasse si je recourais au sexe pour le distraire de son chagrin ? Mais par où commencer ? À peine visible au milieu de la toison qui recouvrait son torse se nichaient les deux mamelons qui m'avaient tant attirés l'autre jour.

Un léger grognement accueillit mon premier baiser et devint de plus en plus fort tandis que mon baiser se transformait en caresse et que les tétons durcissaient contre ma langue. J'eus une preuve supplémentaire, s'il en était besoin, du formidable contrôle dont il avait fait preuve lors de notre pari au club quand il ne réagit pas à la morsure que je lui infligeais, infime blessure que je fis suivre par un nouvel effleurement de mes lèvres.

Je m'installai confortablement et m'étirai au-dessus de son corps pour profiter du moindre contact entre nos deux peaux et savourai la sensation de sa poitrine sous la mienne. L'autre téton s'avéra plus sensible. J'alternai entre le gauche et le droit, tout en me demandant s'il avait donné accès à son corps à qui que ce soit depuis la mort d'Alex.

La respiration de Don devint saccadée, rauque et contrainte à chaque fois que je mordillais sa chair. Je chantonnai tout bas pour moi-même et mes mains se joignirent à la danse, faisant succéder les effleurements légers aux caresses habiles.

Son souffle se stabilisa et devint plus profond. Je me concentrai alors sur son torse sublime et utilisai ma langue pour dessiner des arabesques

148

aléatoires sur sa toison poivre et sel. J'entendis soudain comme un ronronnement, mais rien qui faisait penser à un chaton, plutôt comme le puissant feulement sourd et bas d'un énorme félin qui exprimait sa satisfaction à sentir des caresses sur sa tête. Cependant, de temps en temps, je notai une infime rupture dans le rythme, comme un hoquet qui témoignait d'une tristesse omniprésente et insidieuse.

Selon Stevie, le tonnerre ne retentissait que lorsqu'il pleuvait. Nos cœurs résonnaient sans nul doute comme le fracas du tonnerre, mais est-ce que ses larmes pouvaient compter pour de la pluie ? Et entraient-elles en ligne quand elles demeuraient invisibles ?

Je descendis le long de son corps, atteignis son membre sur lequel je plaçai ma bouche ; j'en avalai toute la longueur, animé par le besoin viscéral de combler le vide qui m'étreignait, impatient de me perdre dans mes sensations et m'efforçant d'extirper de ce corps inconsciemment offert toute trace de chagrin.

Cette nuit, j'avais l'avantage du temps. En effet, plus cela durerait et meilleur ce serait. Pour lui comme pour moi. Chaque caresse, chaque succion dispensaient leur propre magie, oblitéraient toute pensée rationnelle et, ainsi, abolissaient le passé. Pour chacun de nous deux.

Je sentis une douce caresse sur mon crâne rasé et je me demandai s'il s'agissait de la main invisible que j'avais cru sentir cette fameuse nuit au club. Mais non, cette fois-ci, elle était bien réelle. Je levai les yeux sans pour autant m'interrompre. Ses yeux étaient pour une fois dépourvus de toute lueur calculatrice et il n'y résidait même plus la moindre trace de tristesse. Son visage présentait au contraire une expression apaisée, sereine. Aucun de nous ne songeait à se plaindre du fait que j'utilisais cette fois mes mains. Il n'y avait rien à gagner, aucune règle, aucun besoin de fixer des limites. Il avait réussi à repousser les miennes et le moins que je pouvais faire était de le remercier de la meilleure façon que je connaisse.

Souriant autour du sexe qui obstruait ma bouche, je fus abasourdi de constater à quel point son visage s'adoucissait quand il souriait. Pendant une seconde, j'en oubliai de sucer, captivé par la façon dont chaque parcelle de mon corps réagissait à ce simple changement d'expression.

Avant de me perdre totalement, je me concentrai sur mon partenaire. Comme je n'avais aucune crainte à avoir qu'il joue à nouveau au chat et à la souris, je variai ma technique et apportai toute mon attention à ses testicules. Les lourdes sphères méritaient elles aussi d'être vénérées. Je les pris dans ma bouche et les fis rouler, fredonnant toujours une chanson de

149

Stevie. J'avais l'esprit parfaitement clair et j'étais entièrement focalisé sur mon désir vorace pour cet homme, sur mon intention de me fondre dans ses rêves les plus secrets et dont la satisfaction et le plaisir étaient devenus ma quête personnelle.

Don semblait apprécier le fait d'avoir ses bourses sucées. Ses gémissements devinrent plus rauques, plus torturés, plus forts. Quand j'estimai qu'il n'était pas loin d'avoir atteint le point de non-retour, je revins à sa verge soyeuse, je me mis à sucer de bas en haut cette colonne de chair gonflée et raide avant de l'avaler encore et encore.

Dans cet espace et cet instant privilégiés où toute pression était abolie, je retrouvai la magie qui nous avait brièvement liés au club, lors de ce stupide pari. Une fois de plus, lui faire une fellation me paraissait l'acte le plus naturel du monde. Mes murmures de contentement pouvaient bien être assourdis, ses grognements de satisfaction étaient quant à eux parfaitement audibles. Puis, au bout d'un instant, ses jambes se mirent à trembler.

Je caressai ses muscles déliés de la paume de mes mains, en de longs mouvements apaisants.

— Merde… Tu es vraiment doué.

J'avais perçu une infime hésitation entre le premier et le deuxième mot, comme s'il avait été sur le point de dire 'gamin', mais qu'il s'était repris au dernier moment. J'intensifiai mes efforts, y mettant tout mon cœur et toute mon âme. Les mouvements de son bassin devinrent frénétiques et enfin, il perdit le contrôle.

La victoire était douce. J'avalai jusqu'à la dernière goutte et caressai sa longue verge qui mollissait. La satisfaction que j'éprouvais de l'avoir fait jouir si vite était assombrie par une once de tristesse. En effet, quelque part, j'aurais bien aimé pouvoir continuer, car j'avais aimé prendre soin de lui. Peut-être que je pouvais l'exciter de nouveau pour qu'il soit en mesure de me baiser ? Le gage pour avoir perdu le pari l'autre nuit flirtait aux lisières de ma conscience dès que j'associais Don et le sexe dans une même phrase ce qui, je devais bien l'admettre, m'arrivait plus souvent que je voulais bien l'admettre.

— Ça suffit maintenant.

Des mains insistantes se posèrent sur mes épaules et me forcèrent à m'arrêter. Avec répugnance, je relâchai son membre en m'arrangeant toutefois pour y déposer auparavant un baiser. Don me souleva et me tira à lui de façon à ce que nos corps se trouvent au même niveau. Puis, après un bref regard à mon visage marqué par la satisfaction, il m'embrassa.

Au début, les poils de sa moustache me chatouillèrent, mais je m'y habituai rapidement tandis que nous nous lancions dans l'exploration mutuelle de nos bouches. J'avais lu quelque part l'expression 'baisers langoureux'. Eh bien, ce baiser appartenait plutôt à la catégorie des baisers languides. Nous nous embrassions d'une manière indolente et tranquille.

— Tu te sens mieux ? lui murmurai-je alors que nous reposions face à face sur le lit, nos deux fronts se touchant et nos deux respirations se mêlant.

— Hum… oui. Mais tu vas devoir attendre jusqu'au matin, me répondit-il d'une voix alourdie par le sommeil.

Je me tournai pour lui présenter mon dos et me collai contre son torse. Je bandais. Je bandais en fait depuis l'instant où je l'avais rejoint dans son lit. Ce ne fut qu'aux portes du sommeil que je réalisais qu'un autre cliché de la soumission s'était concrétisé : celui consistant à refuser la jouissance à son soumis. Attitude typique.

XVII : SECTION 1.16
WHOLE LOTTA TROUBLE

COUCOU... COUCOU...

Cette saloperie d'oiseau me réveilla juste avant la naissance de l'aube. Le ciel se parait de subtiles teintes roses et le soleil, astre paresseux, prenait tout son temps pour se lever.

Coucou... Coucou...

Le même fichu cri monotone, encore et encore. Si seulement cet appel possédait la moindre ligne mélodique, cela ne m'aurait sans doute pas autant crispé, mais la monotonie de ces deux syllabes inlassablement répétées me vrillait littéralement les nerfs.

J'étudiai la forme encore endormie de mon compagnon. Il s'était encore retourné pendant son sommeil, ce qui faisait que c'était maintenant moi qui l'étreignais. La tentation de suivre une nouvelle fois du bout des doigts les sinuosités de sa colonne vertébrale était pratiquement irrésistible. J'enfouis ma tête dans mon oreiller.

Il m'avait dit que je devrais attendre le matin. Devais-je interpréter ses mots comme une promesse ou comme un ordre ? Devais-je rester dans ce lit à attendre qu'il se réveille ? Il voulait peut-être simplement m'empêcher de me masturber pendant qu'il essayait de se reposer.

J'étais sûr que mon assouvissement sexuel figurait tout au bas de sa liste de priorités. Après tout, il était un Maître.

Je m'extirpai du lit avec précaution et me dirigeai vers la chambre qui m'avait accueilli la nuit précédente. Toute trace d'endormissement me déserta dès que je posai un pied dans la pièce. Waouh ! Pendant que j'étais occupé dans le garage, Don avait dû enrôler Samu et Buka pour tout réaménager.

Tous les meubles avaient été ôtés et des bâches protégeaient le sol dans l'attente du rafraîchissement des murs. Bien, cela répondait à ma préoccupation de savoir à quelle pièce de la maison j'allais pouvoir m'attaquer. Cela semblait logique. Avec l'arrivée imminente de Gabriel, et à moins que Don ne verse dans les trios, l'un de nous allait devoir occuper cette chambre. Jusqu'alors, j'avais évité de me pencher sur les arrangements pratiques qui régiraient nos nuits.

Mais cette découverte apportait un éclairage tout différent à la nuit que je venais de passer dans le lit de Don. Avait-il agi animé uniquement par le sens pratique ou par le désir de m'aider à surmonter une peur irrationnelle ?

J'avais perdu soudain tout enthousiasme pour la peinture. J'enfilai donc mon bleu de travail et descendis au garage. Je m'étais attiré suffisamment d'ennuis en pensant avec mon sexe au lieu de mon cerveau. La tentation de m'attarder dans cette maison n'était rien que ça : une tentation. Je disposais désormais d'un moyen de locomotion, bien que non fonctionnel en l'état actuel. Je pouvais jouer les filles de l'air et me fondre enfin avec le nomade qui sommeillait en moi.

Une fois que je commençai à travailler sur ma moto, je m'absorbai tellement à essayer de vider le réservoir que je ne me rendis compte de la présence de Don que lorsque sa moustache me chatouilla l'oreille.

— Tu n'étais plus là quand je me suis réveillé.

Aurais-je dû attendre sa permission pour me lever ? Je commençai à protester quand je saisis la lueur moqueuse dans son regard. Merde. J'aurais bien aimé une gâterie, moi aussi.

— Je peux avoir un bon d'achat différé ?

— Ajoute-le à la liste, me répondit-il, sans se méprendre une seconde sur le sens de ma demande. Maintenant, je te dois deux pipes, mais toi de ton côté, tu me dois une séance de baise pour avoir perdu notre pari.

Ainsi, lui non plus n'avait pas oublié. Mon sexe manifesta son intérêt à ce rappel. *Couché, mon grand.*

— Tu as bien dormi ? lui demandai-je.

— Très bien, grâce à toi. Et toi ?

— Bien, du moins jusqu'à ce que cet emmerdeur d'oiseau me réveille.

Nos têtes se touchaient presque et le souvenir des baisers que nous avions échangés au cours de la nuit me revint en mémoire. Des lèvres qui se joignent avant, pendant et après une partie de jambes en l'air étaient une chose ; par contre, tout signe d'affection en dehors de ces circonstances devrait me paraître étrange, non ? L'envie de le découvrir me tuait presque.

— Comment ça se présente ? s'enquit-il tout en posant une main sur ma moto.

D'après son expression, on aurait dit un médecin vérifiant l'état d'un de ses patients, d'un être vivant. Je savais très bien que ce qu'il ressentait.

Dès que j'étais entré en possession de la BMW, elle était devenue une partie intégrante de moi. Mon bébé.

— Elle va nécessiter beaucoup de boulot, et pas seulement pour redevenir belle, mais simplement pour rouler à nouveau comme avant.

Don étudia les pièces que j'avais déjà démontées.

— Tu m'étonneras toujours. J'avais présumé que tu étais toi aussi un fan des Harley.

— Je n'en n'avais pas les moyens.

Je déposai la clé Allen et essuyai mes mains graisseuses dans un chiffon.

— Et de toute façon, je préfère celle-ci. Elle est légère, mais suffisamment puissante pour procurer des sensations agréables. Tu ne trouves pas que la Harley est lourde à manier ?

J'avais à peine formulé la question que je me rendis compte à quel point elle était stupide. Don n'était peut-être guère plus grand que moi, mais il était en revanche beaucoup plus musclé. Il pouvait donc sans problème se débrouiller avec la centaine, voire plus, de kilos supplémentaires de l'engin.

Il haussa les épaules.

— Ça ne me pose pas de problème. En plus, la Harley est idéale pour les longs trajets.

Je tapotai la sacoche de selle de ma bécane.

— Elle aussi. Et une fois que j'ai rangé toutes mes affaires là-dedans, le monde m'appartient.

— Tu envisages d'aller quelque part en particulier ? questionna Don sans me regarder.

Le ton avec lequel il avait posé cette question sous entendait que la réponse revêtait une réelle importance à ses yeux.

— Oui. Je dois aller voir ma mère et ma sœur, ce que je n'ai pas encore fait depuis mon retour. Ensuite, j'irai là où le vent me portera.

Don se redressa et m'adressa un hochement de tête approbateur.

— Je suis content que tu aies réparé l'ABS.

— Il y a un système de freins standard sur les BMW. La Harley n'en a pas ?

— Non.

Un éclair de souffrance passa dans son regard.

Aïe. L'accident aurait-il pu être évité avec un meilleur système de freinage ?

Un silence inconfortable s'instaura tandis que Don se mettait à examiner le contenu du garage. Je repris la clé Allen et retournai à mes travaux de mécanique.

Quand il trouva le side-car, il s'arrêta et constata :

— Il a l'air en bon état.

— Il devrait l'être. Julius l'a acheté à une collecte de fonds et nous n'avons jamais eu l'occasion de l'utiliser. D'après son apparence, il n'a pas non plus été utilisé après mon départ. Il s'adapte parfaitement à sa Harley.

Après avoir vérifié qu'il n'y avait rien d'autre de caché sous la bâche, Don reporta son attention sur le mur du fond. Il stoppa devant la porte close et en tourna la poignée.

Un fourmillement serpenta le long de ma colonne vertébrale et j'agrippai plus fermement la clé Allen. Le boulon sur lequel je m'échinais finit par céder. J'essuyai mes mains moites et me levai. Devais-je dire quelque chose ? Dès que Don avait évoqué la vente de la maison, j'avais hésité à lui parler de ce qui se cachait derrière cette porte. J'avais finalement opté pour le silence. Il était parfois plus bénéfique de se taire à propos de certaines choses.

J'avais le cœur au bord des lèvres quand il se décida à pénétrer dans la pièce secrète. Il y jeta un rapide coup d'œil et en ressortit aussitôt.

De l'endroit où je me tenais, je ne pus voir qu'un seau, une serpillère et plusieurs balais. Rien d'autre. Je laissai échapper un soupir de soulagement. Je m'accroupis pour me concentrer à nouveau sur ma moto, espérant qu'il ne remarquerait pas mes doigts tremblants.

— Quel est le problème, Steve ?

Je levai les yeux vers lui et me contentai de hausser les épaules, faisant comme si je ne comprenais pas le sens de sa question. Bon sang. Je n'arrêtais pas d'oublier qu'il passait sa vie à guetter chez les autres le moindre tressaillement, la moindre hésitation ou la moindre indication que quelque chose n'allait pas.

En deux secondes, il me rejoignit et s'empara de mon poignet.

Je déglutis et tirai sur ma main pour me dégager, mais pas avant qu'il n'ait eu le temps de sentir les battements affolés de mon pouls.

— Tu es complètement terrifié, constata-t-il en me regardant droit dans les yeux.

Terrifié ? Je trouvai le terme un peu exagéré, mais bon, je ne pouvais certes pas prétendre au premier prix de la sérénité.

— Tu veux du café, Beau Sourire ?

Je n'eus pas le temps de faire un seul pas qu'il m'avait attrapé par l'épaule en y enfonçant ses doigts. Mes genoux tremblèrent.

— S'il te plaît, ne m'oblige pas à entrer là-dedans, lui demandai-je d'une voix presque implorante.

Je commençai à ressentir les débuts d'une nausée, mais je luttai de toutes mes forces pour ne pas céder à la panique.

La poigne de Don se relâcha, mais il s'assura que je le suive quand il ouvrit la porte à nouveau.

— Est-ce que Julius t'a enfermé dans cette pièce ? s'enquit-il en désignant l'endroit d'un geste de la main.

Je m'adossai à l'un des murs et laissai ma tête retomber en arrière pour l'y reposer. Ma crise de fou rire hystérique me fit monter les larmes aux yeux.

— S'il l'avait fait, le plus gros de mes problèmes aurait été les araignées. Mais si tu veux vraiment connaître le fond du problème, que dis-tu de ça ?

Je tendis la main. J'eus un peu de mal au début à trouver l'interrupteur caché dans la poutre et je dus tâtonner à sa recherche pendant quelques secondes. Je parvins cependant à mettre la main dessus, au sens propre comme au sens figuré. Je le pressai et reculai d'un pas pour permettre à Don de me précéder dans l'ouverture qui se révélait progressivement. Je le suivis et, une fois à l'intérieur, manœuvrai plusieurs interrupteurs afin qu'il y ait suffisamment de lumière pour permettre d'y voir clair. Ensuite, je serrai mes poignets derrière mon dos pour prévenir tout nouveau tremblement de mes mains.

En haut, une énorme rangée de lumières LED rouges et bleues s'alluma graduellement. Dans un autre coin, une plus petite rangée de tubes fluorescents émit une lumière moins agressive.

— Par le trou du cul de l'enfer ! s'exclama Don, le visage sculpté par la stupéfaction et la perplexité.

— Voici une description tout à fait appropriée et qui n'est pas très éloignée de la réalité. Nous devrions la faire graver sur une planche de bois et l'accrocher au-dessus de la porte.

Je ne fis pas un mouvement pour bouger. Pour une fois, je n'étais pas motivée par l'impulsion de fuir : *je voulais au contraire tellement entrer à l'intérieur*. Des années de thérapie et de réflexions de ma mère à propos des méfaits du BDSM s'avéraient une piètre protection contre l'envie insidieuse créée par ces quatre murs.

— Ainsi, c'est à ça que Julius faisait allusion quand il m'a parlé d'un donjon.

Don ouvrit l'un des robinets et traqua du regard le filet d'eau qui s'écoulait vers la bouche d'évacuation située au centre du sol.

— Vous avez construit ça vous-mêmes ?

— Nan, répliquai-je en riant. *Ça*, c'est la principale raison pour laquelle nous avons acheté la maison à un prix aussi bas.

Don ferma le robinet et vint se tenir à mes côtés. Il secoua la tête pour mieux signifier son incompréhension.

— Les précédents propriétaires n'étaient pas ce qu'on pourrait qualifier d'honnêtes citoyens.

Cette remarque ne fit qu'ajouter à sa confusion. J'eus pitié de lui et poursuivis mes explications :

— Les propriétaires de l'ashram étaient d'anciens hippies qui venaient de Nimbin. Selon les rapports de la police, ils avaient monté un immense labo hydroponique dans lequel ils faisaient pousser de l'herbe. D'où l'inclinaison du sol et l'évacuation. Quand ils ont été découverts, les flics ont tout enlevé et ont détruit l'équipement. Les mecs ont prétendu que la marijuana était uniquement destinée à leur consommation personnelle et qu'elle leur permettait d'atteindre un état de sérénité plus élevé. Mais comment savoir ce qu'il en était vraiment ? La salle de yoga n'était peut-être qu'une simple couverture pour leur principale source de revenus.

— Bordel !

Don traversa la pièce à pas mesurés. Arrivé au mur opposé, il se tourna vers moi.

— Ça devait être une sacrée opération.

Je levai les épaules.

— Assez en tout cas pour leur permettre de tenir pendant quinze ans à Long Bay. Ils ont dû cependant vendre la maison d'hôte pour payer leurs factures en plus de la très grosse amende dont ils ont écopée. Julius a entendu parler de la propriété par un de ses copains. Comme personne d'autre n'était intéressé, nous avons fait une offre.

L'envie d'avancer à l'intérieur grandissait au passage de chaque seconde et me nouait les entrailles.

— Je me demandais aussi pour quelle raison une maison aussi banale pouvait bien avoir besoin d'une clôture aussi haute et d'un portail de sécurité. Je croyais qu'il s'agissait juste de mesures destinées à tenir les intrus à distance à cause de l'isolement de la maison.

Don examina de plus près l'interrupteur camouflé dans le mur et reprit :

— Il est vraiment bien caché. J'imaginais que cette partie du garage servait uniquement d'entrepôt, et pourtant je suis descendu ici à de nombreuses reprises.

— La cache était spécialement conçue pour ne pas être détectée par les visiteurs occasionnels et par la police. Je suppose que les propriétaires ont emmerdé quelqu'un, peut-être un concurrent, et qu'ils ont été dénoncés.

Don souriait comme un gosse tout en essayant les différents interrupteurs du tableau de bord. J'étreignis mes poignets encore plus fort. Tant que la porte était restée inaccessible à cause de tout ce qui était entassé devant, j'avais réussi à bien géré la situation. Mais maintenant qu'elle était ouverte, les souvenirs du temps que j'avais passé dans cet espace clos m'envahissaient : la transe générée par les coups de fouets, intensifiée par le contact des cordes et par l'utilisation d'autres objets. Entre ces murs, j'avais abandonné tout vestige de contrôle, toute volonté. En vérité, ce n'était pas la crainte d'un fouet quelconque qui m'avait poussé à la fuite, ni même la profondeur des blessures qu'il m'avait infligées. J'avais été porté par la peur intense de devoir face à la colère de l'individu qui s'en servait.

Une fois qu'il eut essayé consciencieusement toutes les lumières, Don étudia le contenu des étagères qui couraient le long du mur. Des chaînes et de crochets s'entassaient en piles bien nettes, certains d'entre eux encore dans leur emballage d'origine.

— La pièce n'est pas complètement terminée, expliquai-je.

J'aurais dû me douter que Julius n'y travaillerait plus après mon départ. Il avait peut-être été le cerveau de l'équipe, celui qui avait les idées les plus brillantes, mais à cette époque, j'avais été les muscles capables de donner vie à ses idées.

— Julius projetait d'installer un harnais sur des rails fixés au plafond fonctionnant avec une alimentation électrique pour pouvoir le déplacer facilement. Mais c'était plutôt compliqué de trouver un ouvrier qui soit à la fois compétent et tolérant.

Don se mit à rigoler.

— Je m'en doute. Mais des endroits comme celui-ci ne sont jamais vraiment achevés et une partie du plaisir réside justement dans les projets d'améliorations ou d'évolutions auxquels on peut penser.

Son air ravi tandis qu'il arpentait le donjon clamait qu'il se trouvait au septième ciel. Il tira sur toutes les entraves qui avaient été accrochées au mur et soupesa le poids des chaînes. Toute trace de fatigue due à son réveil matinal avait disparu dès l'instant où il avait pénétré dans la pièce, dans laquelle il évoluait comme un poisson dans l'eau. Ses mouvements étaient fluides, comme animés par une énergie qui leur était propre. Il n'y avait aucun doute qu'il était dans son élément.

Je soupirai et précisai :

— Tu as peut-être raison, mais nous avons tout fait en amateurs et n'avons cessé d'accumuler les erreurs. Et malheureusement, personne n'a encore songé à écrire *Comment construire un donjon pour les Nuls*. Julius a lu tout ce qu'il arrivait à dénicher sur le sujet, mais il pouvait uniquement se baser sur les descriptions de ce qui avait été réalisé et sur la photo du résultat final. Il ne pouvait compter sur aucune information sur la manière de procéder et, plus important, sur les raisons pour lesquelles il fallait procéder de telle ou telle façon. D'où la nécessité de ton expertise en la matière.

Il hocha la tête pour signifier qu'il comprenait et se déplaça vers le mur où j'avais placé de façon stratégique les crochets destinés à suspendre les instruments utilisés dans l'art délicat du BDSM. Après un examen minutieux, il s'empara d'un martinet à quatre queues, testa son équilibre et le fit traîner sur le sol avant de l'agiter dans l'air. Il ne le maniait pas suffisamment énergiquement pour faire de bruit et voulait juste tester sa résistance et s'assurer qu'il avait assez d'espace pour l'utiliser correctement.

Et la réponse à cette dernière question était oui. Je m'en étais personnellement assuré.

— De la peau de kangourou.

Son commentaire était une affirmation, pas une interrogation. Décidément, il connaissait son affaire.

— Ouais, le cuir de Skippy est super : léger, mais solide, une vraie merveille.

J'avais maintenant les mains bloquées dans le dos aussi sûrement que si une chaîne les avait entravées. Faites confiance à Don pour choisir mon instrument favori. Il fit doucement bouger son poignet.

Le claquement qui en résulta résonna dans la pièce, magnifié par l'isolation choisie spécialement pour obtenir un tel effet. Un frisson me traversa aussi et exactement que si l'extrémité du martinet avait atterri sur ma peau. Ce son ne manquait jamais de m'exciter.

Don m'avait observé durant toute la scène et il ne put que noter ma réaction. Il rassembla les quatre lanières et frappa sa paume avec le manche de l'instrument.

— D'après ta répugnance à entrer, je croyais que tu détestais le SM.

J'eus un rire désabusé.

— Et bien, tu avais tort, Beau Sourire. Ce n'est pas l'anomalie du SM qui me dérange.

Don soutint mon regard et j'eus l'impression qu'il cherchait à lire mes pensées.

— Quand Julius m'a parlé de toi, je m'étais imaginé quelqu'un qui ne supportait pas la douleur de la punition.

Don tenait toujours le martinet d'une main et tapait la paume de son autre main avec le manche. La tension semblait s'accumuler dans son corps, mais je n'en éprouvai aucune crainte, étrangement persuadé qu'il était incapable d'utiliser l'objet avec colère.

— Écoute, mon pote, si je ne m'étais pas juré de ne plus jamais me trouver à nouveau impliqué dans le monde SM, je te montrerai ce que je suis capable d'endurer en termes de douleur. Mais là n'est pas la question. Sais-tu pourquoi j'étais aussi sévèrement puni ? Ce n'était pas à cause de ses putains de bottes ni même à cause de cette putain de porte. Non, j'étais puni parce que je voulais le quitter.

Le martinet se figea un moment.

— Il prétendait que tu avais signé un accord par lequel tu t'engageais à te soumettre totalement et à rester avec lui. Il a employé l'expression 'jusqu'à ce que la mort nous sépare' et a insisté sur le fait que vous les aviez prononcés tous les deux.

— Ouais, comme à une foutue cérémonie de mariage. Et j'ai respecté ma part de ce contrat aussi longtemps que j'en ai été capable. Mais il a changé. Et moi aussi. Pas tellement dans notre tête, mais plutôt dans nos personnalités.

— D'après lui, tu as retiré le collier qu'il t'avait passé pour défier son autorité.

Pour Julius, une fois que j'avais accepté de porter ce symbole de ma soumission à son égard, j'avais implicitement admis avoir besoin de sa permission pour le quitter. Un souvenir particulièrement vivace me frappa de plein fouet : le flot de mes larmes inondant mes joues quand je m'étais enfin débarrassé de ce maudit collier. *Collier. Soumission. Autorité.* Une vague profonde de révulsion s'empara de moi et remplaça le chagrin.

— Autorité ? Ben voyons ! Pour moi, tous ces trucs de Maître et d'esclave ne sont qu'une vaste connerie. Les choses allaient très bien entre nous avant que nous ne tombions dans le BDSM.

160

— Donc, tu t'es enfui ?

— *Enfui* ? m'écriai-je avec un profond dégoût. Ouais, je suppose que c'est une façon de voir les choses. Mais laisse-moi t'apporter quelques précisions pour planter le décor : j'ai cassé la vitre de la chambre du second étage au beau milieu de la nuit, sachant que je n'aurais plus aucun moyen de revenir dans la maison pour récupérer mes affaires ou prendre ma moto une fois la fenêtre franchie, puis je n'ai pas eu d'autre choix que de m'échapper en descendant le long de la falaise que tu as tant admirée l'autre jour.

Mon cœur battait frénétiquement, tout comme il l'avait fait cette fameuse nuit. Je poursuivis, après avoir ri doucement :

— Ah oui, j'allais oublier. Après ça, j'ai dû courir sur les voies ferrées en priant comme un désespéré d'atteindre la gare avant que le train pour Wollongong n'arrive.

Et je n'y étais parvenu que de justesse. J'eus une sueur froide en me revoyant attraper le train à la gare et me blottir dans un coin du wagon, roulé en boule, les mains serrées entre mes genoux et grimaçant de douleur à chaque mouvement en raison des profondes zébrures qui ornaient mon dos.

— Tu sais ce qui est le plus drôle ? lui demandai-je non sans sarcasme. Je trouve que le renforcement d'un système de sécurité destiné à décourager les éventuels intrus à s'introduire dans une propriété d'un demi-million de dollars sert plutôt à transformer l'endroit en une véritable prison pour ceux qui ont le malheur de s'y trouver enfermés.

Don ne sembla pas trouver ça drôle du tout.

— Pourquoi ne pas avoir demandé à être libéré ?

— Qui te dit que je ne l'ai pas fait ?

Ma colère enflait et faisait trembler ma voix.

— Mais je l'ai fait, encore et encore.

Je me mordis les lèvres et m'efforçai de réprimer les larmes qui menaçaient de déborder. Je repris :

— Quand j'ai enfin réussi à joindre ma famille, elle non plus n'a pas compris pourquoi je n'étais pas parti plus tôt. Au fond de moi, j'ai toujours pensé que Julius était incapable d'envisager la possibilité que quiconque puisse vouloir le quitter. Et certainement pas quelqu'un qui affirmait l'aimer.

Je fis une pause pour avoir le temps de retrouver mon calme et, une fois que j'y parvins, je repris :

— Je lui avais donné ma parole et j'ai donc accepté cette connerie de Maître et d'esclave aussi longtemps que j'en ai été capable, en espérant que Julius finirait par se lasser et que notre relation redeviendrait ce qu'elle

161

avait été quand nous avions commencé à sortir ensemble. J'ai même essayé de devenir ce qu'il souhaitait, mais quand il a commencé à recourir au fouet pour me punir et qu'il s'en servait sous l'emprise de la colère, et non plus comme un moyen d'augmenter notre excitation mutuelle alors, comme tu le dis si factuellement, je me suis enfui.

— Merde !

Le sang-froid dont il faisait preuve habituellement le déserta pendant une fraction de seconde pour laisser la place à une fureur intense. Je m'étais trompé sur toute la ligne en pensant qu'il était incapable de manipuler le martinet avec colère : il donnait maintenant l'impression de vouloir frapper violemment quelque chose ou quelqu'un.

J'eus un ricanement amer et soulignai l'ironie de la situation désignant d'un mouvement du poignet une pièce que je ne pouvais m'empêcher de considérer avec des sentiments contradictoires : souffrance et plaisir, inextricablement mêlés, à l'instar des longues lanières de cuir du martinet qu'il tenait entre les mains.

— Maintenant, tu comprends pourquoi vendre cette maison pourrait bien s'avérer plus difficile que tu ne le penses. Il va falloir qu'on démolisse le donjon avant.

Don reposa le martinet, non sans en avoir auparavant caressé le manche.

— Je dois vraiment réfléchir à tout ça à tête reposée.

Je le suivis quand il passa la porte, notant le regard songeur qu'il me lança. Dès qu'il fut sorti, j'éteignis la lumière et la magnifique collection que Julius et moi avions accumulée fut plongée dans l'obscurité.

XVIII : Section 1.17
Sometimes It's a Bitch

Je ne repris pas mon activité de mécanicien et aidai Don à peindre la dernière chambre, ce qui fit que nous finîmes à temps pour qu'il me dépose en ville pour mon rendez-vous avec mon avocat.

À l'issue de cet entretien, je décidai de marcher jusqu'au Paradisio. J'avais besoin de réfléchir à la conduite à tenir avant de revoir Don. Les mots d'Irvin tournaient en boucle dans ma tête pendant que je traversais le jardin botanique. *Il y avait matière à contester le testament.*

Irving et ma mère étaient sortis ensemble à une époque, et malgré leur rupture, ils avaient maintenu le contact. Quand j'avais quitté Julius, elle avait sollicité son aide.

Alors que j'étais assis dans son somptueux bureau, trop stupéfait pour arriver à mettre bout à bout deux pensées cohérentes, Irving avait passé en revue toutes les options qui s'offraient à moi. L'avocat de Julius lui avait fait parvenir une copie du dernier testament rédigé par son client. Je reconnus la signature sur le document et ne doutai absolument pas de son authenticité. Il voulut ensuite savoir si je pensais que Don ou Alex avaient pu contraindre Julius d'une façon ou d'une autre. Cette suggestion me fit éclater de rire ; rien ni personne n'aurait pu contraindre Julius à quoi que ce soit. En plus, l'idée même que Don ait pu être de mèche avec Alex me répugnait. Je ne connaissais cet homme que depuis moins d'une semaine, mais je savais déjà, d'une manière quasi viscérale, qu'une telle supposition était aberrante. Enfin, d'après ce que j'avais pu apprendre sur Alex, dans l'hypothèse où il aurait voulu voir le testament modifié, il aurait été incapable de recourir à un quelconque moyen de coercition.

Selon Irving, il était possible de contester le testament au motif qu'il était inéquitable. La chronologie des évènements revêtait dans ce cas une importance cruciale. Il serait notamment indispensable d'établir de façon certaine les termes du testament d'origine, de communiquer les documents relatifs à l'acquisition de la maison, d'apporter la preuve de la durée de notre vie commune et de transmettre toutes les lettres dans lesquelles Julius me suppliait de revenir. Quand je lui appris que je les avais toutes jetées, Irving eut une brève hésitation. Il pensait que comme Alex et Don étaient mariés et vivaient toujours ensemble au moment de l'accident, l'hypothèse selon laquelle Alex et Julius entretenaient une liaison pouvait être écartée *de facto*. Dans ce contexte, Maître Schofield ne comprenait donc pas pourquoi Alex, un homme qui n'avait aucun rapport avec Julius, bénéficierait du testament de ce dernier. Selon lui, mes droits sur les biens concernés lui paraissaient bien plus légitimes.

Mais cela impliquait que je révèle la relation qui avait brièvement uni les deux hommes. Maître Schofiled fronçait les sourcils sous l'effet de la concentration quand il me posa la question qui coulait de source :

— Combien de temps Julius a-t-il réussi à cacher cette histoire à Don ? Ça n'a pas être dû facile d'utiliser l'homme comme un mentor tout en s'envoyant en l'air avec son esclave à son insu.

J'avais haussé les épaules et répondu :

— C'est du Julius tout craché. Je pense qu'il ne s'était pas projeté aussi loin. Une fois Don engagé financièrement, Julius s'est fichu de tout le reste. Il vivait dans l'instant présent et adorait faire les choses au dernier moment ; il voyait cela comme un défi. Il se contentait d'ignorer tout ce qui ne cadrait pas avec sa vision des choses.

Cette discussion avait eu l'avantage d'éclaircir un point : la prudence que Don manifestait à mon égard. Irving avait en effet prévenu son avocat que le testament pourrait éventuellement être contesté, d'où le délai apporté à son authentification.

— Pensez calmement à tout ce que je viens de vous dire, m'avait-il conseillé. Vous n'avez pas besoin de prendre une décision sur le champ, mais il serait bon que vous m'informiez dès la semaine prochaine de la suite que vous souhaitez apporter à cette affaire.

QUAND J'ATTEIGNIS la galerie d'art, les chauves-souris s'envolaient vers leur terrain de chasse, minuscules points noirs effilés sur le bleu foncé du ciel nocturne. Je me dirigeai ensuite vers Mrs Macquarie's Chair [25], m'assit

---

25 Le Fauteuil de Mme Macquarie (également connu sous le nom de Fauteuil de Lady Macquarie) est un ouvrage de grès taillé en forme de banc et sculpté à la main par des forçats en 1810 pour l'épouse du Gouverneur, Elizabeth Macquarie. Selon la croyance populaire, Lady Macquarie avait coutume de s'asseoir sur ce rocher et de regarder les navires anglais naviguant dans le port.

sur l'antique banc et observai à mon tour les bateaux tandis que la nuit noyait cette partie du monde. Mon téléphone portable sonna à plusieurs reprises, mais je l'ignorai. Le numéro de l'appelant était celui de Don. Peu de temps après, je reçus un texto me demandant si j'allais bien. J'y répondis en indiquant que je le verrai plus tard. De toute façon, il lui était impossible de quitter le Paradisio avant plusieurs heures. Il m'adressa un ultime message : 'À plus tard alors'.

Et s'il n'agissait que dans l'unique but de s'assurer ma sympathie ? À quel point son comportement était-il sincère ? Il se pouvait très bien que j'ai mal interprété ses motivations la nuit dernière. Et si tout ça n'était qu'une gigantesque mascarade ?

Bien sûr, j'étais désolé pour lui ; désolé qu'il se retrouve coincé dans un pays étranger ; désolé qu'il soit financièrement pris au piège sans aucune issue ; désolé que son salaud de petit ami soit tombé amoureux du même enfoiré que moi.

Maître Schofield ne partageait pas ma sympathie. J'étais la seule personne dont il devait défendre les intérêts. Il était au courant des années que j'avais passées en psychothérapie à essayer de me reconstruire, et d'après son code personnel, Julius était mon débiteur.

Il avait même menacé d'inciter la famille de Julius à porter plainte si je ne me décidais à agir. Cette perspective suffisait à me donner la chair de poule. Comme il ne voulait pas perdre son statut privilégié de fils préféré, Julius n'avait jamais avoué son homosexualité. Il s'était contenté de leur intimer l'ordre de se mêler de leurs affaires quand par hasard les membres de sa famille s'aventuraient à lui conseiller de se ranger avec une gentille fille. Je me demandais ce qu'ils avaient pensé de moi. Celui qui vivait à demeure et qui s'occupait du ménage et de la cuisine, presque comme un majordome. L'état de domestique était un statut qu'ils pouvaient comprendre. Les parents de Julius n'avaient pas besoin d'argent, contrairement à leur fils et à moi.

La pierre sous mes fesses commença à refroidir à mesure qu'elle perdait la chaleur du soleil. Je n'avais toujours pas réussi à prendre une décision, mais il était temps que j'y aille. Je repris donc ma route vers le Cross, via Woolloomooloo, esquivant au passage les sans-abris, munis de leurs matelas et de leurs couvertures, qui s'étaient installés dans des abris de fortune sous la ligne du train aérien. Il se pouvait que 'chez soi' soit effectivement là où le cœur se trouvait, mais quand tout s'effondrait, le mieux était encore d'avoir un toit au-dessus de la tête, dans un endroit où l'on se sentait en sécurité.

Quand je pénétrai dans le Paradisio, Don était assis sur un tabouret et discutait avec des clients. Il s'était changé pour revêtir son ensemble de cuir et donnait une fois encore l'impression de sortir tout droit d'un calendrier. Tout dans son attitude était si correct, si strict. La seule pensée qu'il puisse être capable de se comporter aussi sournoisement dans le seul but de s'attirer mes bonnes grâces me rendait positivement malade. Je restai immobile sur le seuil, simplement pour avoir l'occasion de l'étudier.

Tout en accordant toute son attention à ses interlocuteurs, il profitait de sa position géographique pour garder un œil sur la cuisine, le bar et les clients installés dans l'autre partie du club, tel un parfait Monsieur Loyal. Il ne regarda dans ma direction à aucun moment. Ses épaules étaient crispées et son refus d'un contact visuel évident. Il savait parfaitement que j'étais là. Était-il inquiet ? De quoi avait-il peur ? Je ne le connaissais pas suffisamment pour le deviner. C'était à mon tour maintenant d'essayer de lire dans ses pensées.

La porte s'ouvrit soudain derrière moi et je me décalai sur le côté pour laisser le passage au nouvel arrivant. *Putain*. C'était Gabriel. Je l'avais complètement oublié.

Comme j'étais en partie caché par la porte ouverte, Gabriel ne me vit pas. Moi, par contre, je pus l'observer et je remarquai la façon dont son visage s'éclaira quand il aperçut Don. Dès qu'il le rejoignit, le jeune homme tomba à genoux. Tiens, tiens, en voilà un qui avait dû s'entraîner. Il glissa sur le sol avec la même grâce dont j'avais fait preuve durant des années, et non pendant quelques jours seulement.

Don eut un sourire machinal devant ce geste, mais cela ne dura pas. Ses yeux rencontrèrent les miens et son visage retrouva son air grave.

Je n'arrivais pas à croire au pouvoir que je détenais sur cet homme. Un seul mot de ma part et Maître Schofield pouvait le ruiner. Les choses pouvaient bien être compliquées pour moi en ce moment, mais j'avais le pouvoir de faire de sa vie un cauchemar.

Toutes sortes d'alternatives, toutes plus dingues les unes que les autres, tournoyèrent dans ma tête tandis que nous nous dévisagions. Je pouvais m'imaginer prendre à nouveau la fuite et me réfugier parmi les sans-abris. Après tout, ce n'était pas mon problème et je pouvais laisser Irving gérer la situation. Dans un autre scénario, j'étais le plaignant qui s'estimait lésé et qui, de façon vindicative, s'acharnait à faire en sorte que Don ne touche pas un centime de Julius, passant pour ce faire des années à le poursuivre en justice et devenant avec le passage des années de plus en plus amer alors que le litige s'éternisait. Enfin, dans une autre version, qui ne durait qu'une fraction de seconde, je m'agenouillais à côté de Gabriel et offrais ma soumission. Toutes les options étaient envisageables. Mais laquelle choisir ?

Saloperie. Choisir s'avérait en l'occurrence sacrément compliqué.

Gabriel se tourna pour découvrir ce que Don regardait. Je m'écartai du mur et m'avançai vers eux.

— Comment se sont passés tes examens, demandai-je au jeune homme d'une voix qui, je l'espérais, ne trahissait pas la bouffée irrationnelle de jalousie qui m'étreignait.

J'avais oublié à quel point il était beau.

— Très bien, merci, me répondit-il.

Don et moi reprîmes notre duel visuel sous l'œil attentif de Gabriel, conscients l'un comme l'autre que ni le lieu, ni l'instant ne se prêtaient à une discussion.

— Nous mangeons ici ou à la maison ?

Je parvins à garder un ton impassible malgré les émotions contradictoires qui m'agitaient et que je ne voulais pas examiner de trop près.

— Qu'est-ce que tu préfères ? me demanda calmement Don en retour.

Une question, pas un ordre.

Avant de partir, j'avais mis quelques steaks à mariner dans une sauce au soja et au miel, et il y avait assez de légumes et de salade dans le bac du réfrigérateur. Je jetai un coup d'œil à la cuisine et notai une fois de plus l'équipement et l'installation désuets.

— Peut-on rentrer ? m'enquis-je.

Sortir n'atténua pas notre sentiment de gêne. Devais-je aller avec Gabriel dans sa voiture ou rejoindre Don sur sa moto ? J'hésitai un instant, jusqu'à ce que Don me tende le second casque. Je faillis refuser, mais j'aurais dû alors faire le chemin avec Gabriel. Pas question.

Notre retour ne ressembla en rien à notre précédent voyage. Comme nous roulions cette fois en terrain familier, je n'eus aucun problème pour tenir Don par la taille. Son parfum et le contact de son corps contre le mien commencèrent à pénétrer mes défenses. Il était si fondamentalement différent de Julius. Quand nous nous arrêtâmes devant la maison, j'aurais voulu lui demander de continuer à rouler. Mais il n'était pas du genre à fuir ses responsabilités.

Avant que nous ne montions l'escalier, Don récupéra la télécommande du garage et du portail et me les déposa au creux de la main.

— Je ne veux pas que tu te sentes à nouveau pris au piège dans cette maison.

Je le fixai, incapable de prononcer un mot tandis qu'il pressait mes doigts autour des boitiers de commande. Que voulait-il dire exactement ? Faisait-il allusion à ma présence physique dans ce lieu ? Ou au fait que je ne devais pas me sentir piégé par des questions de titre de propriété ? L'arrivée de Gabriel me dispensa d'approfondir la question. Je montai et allai dans la cuisine pour préparer le repas. Pendant ce temps, Don faisait visiter le donjon à Gabriel.

QUAND LE dîner fut achevé, mes deux compagnons me félicitèrent. J'étais heureux que quelqu'un apprécie ma cuisine. Pour ma part, chaque bouchée de nourriture avait eu un goût de cendre. Durant le repas, la conversation avait tourné autour des différents équipements du donjon et leur utilisation.

Don s'arrangea pour faire dévier toutes les questions de Gabriel auxquelles je ne souhaitais pas répondre. Julius m'aurait botté les fesses pour faire la tête. En réalité, je ne boudais pas : j'avais seulement la sensation d'être la cinquième roue du carrosse, et une roue à plat qui plus est.

Une fois la vaisselle faite et la cuisine rangée, je me rendis dans le garage. Dès que je fus parti, l'atmosphère s'allégea dans la cuisine. La voix de Gabriel me parvint du haut de l'escalier, animée et joyeuse.

Je considérai un instant la Harley rutilante qui était garée à côté de ma BMW en pièces. Ma bécane ne pouvait aller nulle part, contrairement à celle de Julius, désormais propriété de Don. Ce dernier avait laissé les clés sur le moteur. La tentation de m'envoler me serra les tripes. Je sortis les télécommandes de ma poche et les actionnai. La porte glissa sur ses rails et, à l'extérieur, le portail s'ouvrit.

Je fis rouler la moto de façon à l'aligner vers la sortie, m'assis sur la selle et fixai l'obscurité. Rien ne m'arrêterait : aucun portail, aucun barreau, aucune porte verrouillée. Je pouvais presque sentir le vent glisser dans mes cheveux. Avec tristesse, je passai une main sur mon crâne rasé. Non, certaines choses avaient irrévocablement changé. L'homme simple, sans sophistication, que j'avais été avant de me soumettre complètement à Julius avait disparu. À l'étage, l'homme qui avait pris la place de mon ancien Maître dans sa maison, dans son lit, était en train de former un autre jeune homme à devenir son esclave. Supporterais-je de rester spectateur et de ne pas intervenir ?

Une voiture passa et ses phares éclairèrent brièvement le monde extérieur : l'herbe, les arbres et, plus important encore, la bande grise du bitume qui faisait tout le tour de l'Australie et traversait les mégapoles bruissantes d'activité, les petites villes de campagne, les plaines, le littoral, l'arrière-pays aride qui s'achevait en désert. J'avais envie de m'élancer sur cette route, d'avaler les kilomètres et de me fondre dans la nuit.

Tandis que le bruit du moteur de la voiture décroissait, je tournai la clé et démarrai.

XIX : Section 1.18
If Anyone Falls

Il me fallut quelques minutes pour m'habituer au poids de la Harley puis la sensation d'être aux commandes oblitéra graduellement toute pensée alors que je roulais à travers la nuit.

Je pris l'autoroute vers le nord et refis le trajet que j'avais effectué par deux fois aujourd'hui. L'envie d'accélérer encore plus me démangeait comme si la vitesse me permettrait d'une certaine façon de laisser sur le bas-côté de la route toutes les merdes qui jalonnaient ma vie, toutes les décisions que j'allais devoir prendre dans un avenir proche. Des camions circulant sur la voie opposée me firent des appels de phare, l'avertissement bien connu de la proximité d'une patrouille de police. Je ne portais pas de casque et mon portefeuille et mon téléphone étaient restés sur la table basse en haut de l'escalier. Merde. La dernière chose dont j'avais besoin était de récolter une amende.

L'entrée du Royal National Park se dessina juste devant moi. Je ralentis pour m'engager dans le virage et pris la sortie pour éviter les flics.

Dans la nuit, les gigantesques eucalyptus plantés de chaque côté de l'étroite route évoquaient des sentinelles postées là pour contenir le flot de pénitents d'une procession. Dans le ciel sans nuage, la lune les nimbait de son éclat presque fantomatique et faisait miroiter leurs feuillages d'un éclat argenté et spectral.

Je pris une grande inspiration, savourant l'odeur familière du bush australien. Il y avait quelque chose d'ineffable dans le fait de conduire en pleine nuit qui s'harmonisait parfaitement avec mon humeur. Aucun lampadaire, rien d'autre que le vent qui me fouettait le visage.

J'accélérai doucement, tenté de prendre le virage à toute vitesse.

Peu de temps après être arrivé en Angleterre, j'avais acheté une Kawasaki d'occasion. Inquiète quant à ma capacité à conduire sur le verglas et sous la pluie, ma mère avait insisté pour que je prenne des cours de conduite.

Au guidon de la Harley, je négociai les virages et les lacets ainsi que je l'avais appris sur le Mallory Circuit, utilisant le frein moteur pour décélérer dans les virages serrés, braquant pour redresser et sentant les pneus adhérer au bitume à chaque nouvelle accélération.

Malheureusement, la Harley ne réagissait pas aussi bien que ma Kawasaki et il me fallut quelques manœuvres avant de parvenir à la maîtriser. J'avais hâte de pouvoir exercer ces techniques avec ma BMW.

Puis, au bout de quelques kilomètres supplémentaires, je cessai de réfléchir et les gestes me vinrent naturellement. Ce fut probablement ce qui me sauva la vie.

Putain de merde !

La lueur rouge de ses yeux capta le rayon lumineux de mon phare alors que l'animal regardait autour de lui avec effroi.

Sans réfléchir une seconde, j'exerçai une légère pression sur le guidon afin de contourner le daim plutôt que de faire une brusque embardée pour l'éviter. Par chance, le bitume était sec et dépourvu de feuilles mortes. La moto dessina un S parfait et j'avais dépassé l'animal avant qu'il puisse réagir. À strictement parler, je n'aurais pas dû pouvoir manœuvrer la Harley comme une moto de course, mais pour une raison inexpliquée, j'y parvins. C'était un miracle que j'ai réussi à maintenir cette foutue bécane debout.

Les tremblements prirent naissance dans mes chevilles et remontèrent vers mes genoux. Je me débrouillai tant bien que mal pour atteindre Stanwell Tops et son poste d'observation, désert à cette heure de la nuit. Mais dès que je descendis de selle, je tombai à moitié par terre et dus m'accroupir le temps que mes jambes retrouvent leur stabilité.

Il paraît qu'une personne qui se trouvait aux portes de la mort voyait sa vie défiler devant ses yeux en quelques fractions de seconde. La mienne au contraire se figea, puis les images défilèrent en une succession rapide : les voyages en voiture avec ma mère et ma sœur dans le parc de Dandelong ; Rhiannon vomissant dans le caniveau, victime du mal des transports ; mon premier vélo ; mon premier skateboard ; la fois où je m'étais cassé le bras et la clavicule ; ma réussite au permis moto ; mon VTT ; l'acquisition de ma première bécane ; ma balade nocturne avec Don après qu'il m'a annoncé la mort de Julius ; l'image de mon amant décédé, debout à cet endroit précis, la première fois que nous avions pris la Harley pour sa première virée. Un fantôme, qui me faisait signe de le rejoindre.

Je me redressai et regardai par-dessus le bord de la falaise. Sous moi, les lumières des villes côtières s'étalaient comme un collier de perles suspendu entre le noir de l'océan et la façade sombre de l'escarpement. Je me trouvais à l'endroit idéal pour me la jouer à la Thelma et Louise et découvrir par la même occasion si des ailes pouvaient pousser sur la Harley et s'il était possible de lui faire transpercer le ciel telle une flèche dont l'unique but était de tracer la trajectoire parfaite.

Si j'en jugeais par la façon dont j'avais instinctivement évité le daim, je nourrissais peut-être un désir latent de mourir, mais celui-ci était surpassé par mon envie de vivre. De toute façon, ma mort n'aurait pas amélioré les choses pour Don. Au contraire, il aurait dû gérer, en plus de tout le reste, le bordel que j'aurais laissé derrière moi. Il m'avait donné les télécommandes et avait peut-être aussi laissé intentionnellement les clés sur le moteur de la Harley, sentant mon impétueux besoin de ne pas me sentir prisonnier, au moins physiquement. Le mec commençait à vraiment bien me connaître.

Pour moi, par contre, il demeurait un mystère. Je connaissais son âge, l'endroit d'où il venait et le fait qu'il était fétichiste du cuir. Je savais qu'il aimait écouter de l'opéra, mais aussi Bruce Springsteen ; qu'il se comportait comme un ours mal léché jusqu'à ce qu'il ait bu son premier café du matin ; que je lui faisais du bien quand je lui faisais une fellation. Mais j'ignorais tout de ses peurs et de ses fantasmes. Je compris que ce n'était pas seulement ma vie qui était en jeu : c'était aussi son avenir.

Gabriel n'était pas le seul à avoir besoin de connaître l'homme et de découvrir s'il était digne de confiance. Mais Gabriel allait être en mesure de connaître Don beaucoup trop bien à mon goût. Etaient-ils déjà en train de baiser dans le lit de Julius ? Ou dans le lit de Don devrais-je plutôt dire ?

Je regardai au loin et suivis du regard les lumières le long de la falaise pour repérer notre maison. Les deux étages étaient éclairés, signe que quelqu'un était encore éveillé. J'essuyai mes paumes moites sur mon jean et remontai sur la Harley.

UNE SILHOUETTE accroupie se leva quand j'avançai en roue libre et m'arrêtai devant le garage. Don portait mon bleu de travail. Autant pour mes craintes concernant la façon dont il avait occupé son temps pendant mon absence. Dans l'attente de mon retour, il avait travaillé sur ma BMW et avait réussi à démonter le réservoir à essence et, à voir les saletés maculant le sol, il l'avait également lavé à l'eau savonneuse. Je m'apprêtais à le remercier quand je vis son visage. Dire qu'il était furieux aurait été un euphémisme.

172

La colère le rendait livide et une veine pulsait frénétiquement sur sa tempe. Ses mains tremblaient tandis qu'il m'aidait à descendre de la Harley.

— Ne t'avise plus jamais de sortir sans ton casque.

Il frappa de son poing le casier fixé à l'arrière de la moto et dans lequel les casques étaient rangés.

— Pourquoi crois-tu que Julius et Alex sont morts aussi vite ? Julius n'aurait certainement pas survécu, mais Alex aurait eu une chance de s'en sortir si sa tête avait été protégée.

Ma première impulsion m'incitait à m'emporter et à l'envoyer sur les roses. Je ne lui appartenais pas. Mais il avait cependant marqué un point : quand j'étais parti tout à l'heure, la crainte que personne ne se soucie que je vive ou que je meure m'avait effleuré, mais la peur provoquée par ma presque collision avec le daim m'avait prouvé que cela m'importait, à moi, à défaut de n'importe qui d'autre.

Don se pencha vers moi. Je levai les yeux et le regrettai aussitôt. Je n'aurais jamais cru que quelqu'un qui prônait à un si haut degré le self-control accepte de révéler une émotion si brute.

— Promis ? insista-t-il calmement.

Je hochai la tête et renforçai mon accord par une affirmation verbale :

— Promis.

Il laissa échapper un long soupir, mais la tension qui raidissait son corps ne s'estompa pas pour autant. Sa voix se réduisit à un murmure :

— Je ne savais même pas qu'ils avaient pris la moto. Je n'ai soupçonné qu'il y avait un problème uniquement au moment où la police a frappé à ma porte pour savoir si je connaissais Julius Foster et Alex Carter. Je ne veux plus jamais revivre ça.

Son visage était blanc comme un linge alors qu'il évoquait à voix haute ces tragiques événements.

Bon sang. Voilà donc l'explication de ses peurs. Je déglutis.

— Désolé. J'aurais dû te demander ta permission avant de prendre la Harley.

— Mais non ! hurla-t-il. Ce n'est pas ce que je voulais dire.

Il se pinça l'arête du nez en signe de frustration.

— Regarde-toi. Tu n'es pas équipé pour une virée en moto. Et si tu avais fait une chute ? Le cuir n'est pas là seulement pour faire joli. Dans les vêtements que tu portes, tu te serais arraché la peau. Tu dois te protéger. Alors, fais-le.

Il se passa avec lassitude une main dans les cheveux.

— Je suis sûr que tu as les compétences nécessaires pour conduire et tu n'es pas stupide. Dans le cas contraire, tu n'aurais pas pris la moto. Je peux te faire confiance, n'est-ce pas ?

— Oui.

Je fus surpris de ne pas avoir envie d'ajouter 'Monsieur' bien que les circonstances auraient rendu la chose naturelle. Il ne me réprimandait pas comme le ferait un supérieur ou comme un Maître. Il se comportait bien plus comme le ferait un ami. Un ami très fatigué, très inquiet.

— Où es-tu allé ?

— Au Royal National Park.

Il soupira.

— La nuit dernière, Buka a dit qu'à cause des daims, aucune personne saine d'esprit n'irait s'aventurer là-bas une fois la nuit tombée. À moins bien sûr d'être animé par un désir morbide.

Il se pencha davantage vers la moto et empoigna mon tee-shirt dans son grand poing et m'attira à lui.

— As-tu le désir de mourir, Steven Lindsey Stanhope ?

— Non, murmurai-je dans un premier temps avant de le répéter plus fort quand j'eus l'impression qu'il n'était pas convaincu. Non, je ne veux pas mourir.

— Tant mieux. Car je ne pense pas pouvoir le supporter si tel était le cas.

Il fit glisser une de ses mains recouvertes de graisse le long de ma mâchoire. Je gémis sous la gentillesse de la caresse. C'était si inattendu. Puis, ses lèvres se posèrent sur les miennes. Pour une seconde seulement. Mais ce fut sans doute la seconde la plus suave de toute ma vie. Toutes mes interrogations sur le fait qu'il puisse feindre de l'intérêt disparurent : personne n'aurait pu aussi bien jouer la comédie.

Nous roulâmes ensemble la moto à l'intérieur du garage et fermâmes les portes pour la nuit. Un rapide coup d'œil me permit d'apprendre que Gabriel ne dormait pas dans notre chambre.

— Une petite douche avant d'aller au lit ? suggérai-je.

Don approuva d'un mouvement de tête et ne protesta quand, un peu plus tard, je l'aidai à se déshabiller. Il se mit sous le jet d'eau chaude et posa les bras sur le carrelage pour y trouver un point d'appui. L'eau semblait le faire revivre. Je versai un peu de crème à la glycérine sur une éponge et massai les muscles de son dos. Mon dieu, comme il était fort. Pas étonnant que la Harley ne lui pose aucune difficulté. Au moment où je m'attaquai à son torse, Don attrapa mon poignet et m'attira plus près pour m'embrasser à nouveau. Cette fois, son désir se teintait d'un certain désespoir et l'exigence remplaçait l'affection ; il prenait plus qu'il ne donnait, comme s'il voulait aspirer la vie de mon corps.

Je le laissai faire. Cela dut marcher, car sa vitalité lui revenait à chaque seconde qui s'écoulait.

Son passage de passif à actif fut très soudain, comme si un interrupteur avait été actionné. Nos bouches restèrent jointes tandis qu'il se mettait à me caresser les fesses. Il utilisa un peu de savon comme lubrifiant pour détendre mes muscles et j'en profitai pour empoigner nos deux sexes dans ma main, les frotter et les faire glisser l'un contre l'autre. Quand il estima que j'étais prêt, Don se retourna pour m'écraser les bras et les jambes en croix contre le mur carrelé, mes mains déployées tout comme les siennes l'avaient été auparavant. En dépit de l'eau qui s'abattait sur nos corps, je pouvais sentir la chaleur qui émanait de lui, la tension qui raidissait ses muscles. Son érection s'insinua entre mes fesses. Mon sexe était comprimé contre le mur. Seigneur, comme c'était bon !

Mais l'effleurement de sa moustache sur ma nuque fut bien meilleur encore alors que ses lèvres inquisitrices se frayaient un chemin autour de mon oreille.

— S'il te plaît, dis-moi que tu as un préservatif pas très loin.

Je secouai la tête en signe de dénégation, tout prêt à lui ordonner de laisser tomber. Cependant, avant que je puisse prononcer un mot, il saisit mon poignet d'une main et, attrapant une serviette de l'autre, il se dirigea vers la chambre. J'eus à peine le temps de couper l'eau avant de quitter la salle de bain. Don ne se soucia pas de nous sécher et se contenta de jeter la serviette sur le lit et de me pousser dessus.

— Tourne-toi.

L'ordre fut prononcé entre ses dents serrées. Il trouva un préservatif dans la table de chevet et en déchira l'emballage. Je gisais sur le ventre, une main comprimant désespérément ma verge, attendant avec fièvre qu'il vienne en moi. Tout de suite. Maintenant. Sans plus attendre. Il s'enduisit de lubrifiant et se fit un devoir d'exaucer mon vœu.

Merde, il était énorme. Malgré les préliminaires, la douleur était atroce. Dès qu'il fut logé à l'intérieur, il s'immobilisa.

— Chut…

Je crus au début qu'il voulait que je reste silencieux afin de ne pas déranger Gabriel, mais, quand il caressa gentiment la peau moite de mon épaule, je me rendis compte qu'il ne cherchait qu'à me rassurer, un peu comme un cavalier le ferait avec un cheval rétif.

Je n'éprouvais aucune crainte. À un niveau inconscient, j'avais dû attendre un tel instant, anticiper l'inévitabilité de mon besoin d'être dominé. Et il était en train d'y parvenir, sans même avoir recours à des cordes ou à tout autre contrainte, juste avec son intense désir de moi, moi et non une marionnette indifférente.

— Baise-moi maintenant, s'il te plaît, et pas la semaine prochaine, le suppliai-je tandis que je devançais la reddition de mon corps.

Je sentis une poigne solide sur mon épaule et me cambrai en réponse et me poussai contre lui pour le prendre plus profondément en moi.

— S'il te plaît, gémis-je.

— Oui.

La baise fut rapide et furieuse. Cela faisait des jours que nous nous tournions autour, les fellations ne faisant qu'intensifier la connivence sexuelle qui s'était révélée entre nous dès notre première rencontre. Aucun de nous n'était cependant prêt à l'admettre, trop enlisés que nous étions dans le passé et le regret de nos anciennes amours. J'ignorais si Don songeait à Alex pendant que nous faisions l'amour, mais en ce qui me concernait, cette intimité si singulière partagée avec cet homme non moins singulier reléguait dans l'oubli tous vestiges de Julius aussi facilement que le vent dispersait le duvet des pissenlits. Je n'eus pas à supporter des propos salaces tirés des plus mauvais dialogues de l'histoire du cinéma porno, mais Don m'agressa avec son corps, ses mains, sa bouche, sa verge et ses hanches. Chaque partie de son anatomie me faisait sentir la réalité incontestable de sa présence. Et pendant tout le temps que dura notre étreinte, il ne cessa de grogner comme un tigre alors que dans les faits, le tigre, c'était moi. Pourtant, les sons qu'il émettait ressemblaient étrangement à ceux du félin.

— Oh putain, oui !

Je jouis le premier, ma main serrant mon membre pour en faire jaillir le sperme en longs jets laiteux.

Don grogna plus fort et son corps tout entier tressaillit tandis qu'il se déversait dans le préservatif. Il continua cependant à s'enfoncer en moi à grands coups de hanche, comme s'il répugnait à mettre un terme à cette déroutante union.

Il finit par se retirer, se débarrassa du préservatif et le jeta sur le plancher. La serviette humide le rejoignit très peu de temps après. Puis, il me retourna sur le dos et me cloua de son regard, ses lèvres à quelques centimètres des miennes.

— Tu promets ?

Ma réponse affirmative fut avalée par son baiser.

Cette fois, j'étais vraiment vidé de toute énergie aussi, au bout de quelques minutes, nous nous blottîmes l'un contre l'autre, tout prêts à sombrer dans les bras de Morphée.

Pendant que je reposais dans le cercle de ses bras, je m'interrogeai sur ce qui se serait passé si nos amants respectifs avaient porté leurs casques et si Alex avait survécu. Selon le testament, il aurait hérité de la part de Julius sur la maison et sur l'hôtel. Don aurait-il pardonné à son esclave infidèle ? Quoi qu'il en soit, je ne serais certainement pas là où je me trouvais à l'instant présent. J'aurais du mal à trouver la situation regrettable.

Le sommeil me saisit très rapidement, et le lendemain matin, j'avais toujours l'impression d'être le roi du monde.

Le visage de Don était tourné vers la fenêtre. Était-il réveillé ? Dans le cas contraire, il le serait bientôt. Je bougeai avec un maximum de précaution pour lui écarter les fesses.

Il se raidit l'espace d'un instant.

Je pris une grande respiration et attendis sa réaction. L'odeur particulière de sa sueur m'emplit les narines et m'excita encore plus. Avec un soupir de contentement, il s'installa plus confortablement sur le lit, écarta les jambes pour m'offrir un accès plus facile afin que je puisse lécher son anus. Bon, il n'avait manifestement aucune objection à formuler.

Quelques instants plus tard, il se positionna pour me procurer un meilleur angle et pouvoir jouir en même temps que moi.

— Oh putain, oui !

Son gémissement rauque s'interrompit au moment où je poussais ma langue loin en lui. Être capable de presque réduire au silence un homme tel que Don constituait une expérience incomparable.

Nous nous efforcions de ne pas faire trop de bruit, mais les grommellements de Don gagnaient en puissance et je n'étais pour ma part pas très silencieux. Plus mon enthousiasme s'accroissait et plus Don paraissait apprécier. Sa main bougeait au même rythme que ma langue et ses hanches se cabraient entre mes mains alors que je le clouais sur le lit. L'intensité de ses contractions au moment de son orgasme faillit me faire jouir. Je grognai et cessai de le lécher pour observer son sperme éclabousser sa main.

Merde, comme c'était bon. Je pouvais presque sentir sa jouissance comme si je l'avais éprouvée moi-même. Je me remis à lécher doucement son orifice et patientai pendant que son corps se relaxait. Dès qu'il fut complètement détendu, je me collai contre son dos et murmurai à son oreille :

— Tu me pardonnes maintenant ?

Quand il me fit face, l'amusement dansait dans ses yeux. Il porta sa main enduite de sperme à ma bouche, sachant à quel point j'en avais envie. Je nettoyai sa main du bout de ma langue, un murmure de contentement franchissant mes lèvres pour se déposer sur sa peau rugueuse. Dès que j'eus fini, il me prit par le menton et me força à soutenir son regard. Toute trace de badinage l'avait déserté.

— Je pensais ce que je t'ai dit la nuit dernière.

Il m'avait dit un certain nombre de choses : il avait promis de ne jamais m'enfermer, m'avait fait promettre de ne jamais conduire sans casque et m'avait aussi déclaré qu'il ne pourrait pas supporter qu'il m'arrive quelque chose.

J'avais trop peur pour lui demander de préciser à quoi il faisait exactement référence.

Mais ses yeux se fermèrent et il s'endormit. Ces derniers temps, il n'avait cessé de repousser ses limites. J'avais noté son air fatigué la nuit dernière quand il m'avait remis l'invitation.

Oh putain ! Le mariage. Je n'avais encore jamais interprété 'Sara' en public et je n'avais même pas une version correcte de la chanson.

Je pris soin de ne pas déranger Don et roulai hors du lit, enfilai mon jean et me dirigeai vers son bureau. Arrivé à la porte, je fis une pause et scrutai la pièce que j'en étais venu à détester. Cependant, aujourd'hui le soleil brillait et ses rayons chassaient les fantômes qui hantaient ma prison.

J'allumai l'ordinateur de Don pour surfer sur Internet. Je trouvai rapidement ce que je cherchais : un enregistrement fait par Stevie à l'époque où elle faisait encore partie de Fleetwood Mac. Malheureusement, le public d'un mariage était très différent de celui d'un concert. J'ignorais la disposition exacte du lieu où se tiendrait la cérémonie, mais s'il était semblable à celui utilisé pour les autres cérémonies auxquelles j'avais eu l'occasion d'assister, une grande piste de danse serait prévue pour les invités. Il n'y aurait aucun accessoire, aucun orchestre ou aucun danseur pour offrir une quelconque distraction. La version officielle de Fleetwood Mac, avec tous ses choristes et ses nombreux instruments, paraîtrait étrange et déplacée dans un tel environnement. Moi et ma grande gueule. En théorie, cela avait paru une bonne idée ; dans la pratique, cela s'annonçait comme un monumental désastre.

— Qu'est-ce que tu fais ?

Je levai la tête et contemplai un Gabriel bâillant et torse nu.

— On m'a demandé d'interpréter Stevie Tricks lors d'une cérémonie de mariage.

— Quand ça ? interrogea-t-il d'un ton suspicion. Don est-il concerné ?

— Euh… non.

Je compris soudain la raison pour laquelle il me dévisageait avec tant d'attention.

— Non, je te promets qu'il n'est absolument pas concerné.

Gabriel continua à me dévisager pendant quelques secondes, les lèvres serrées.

— Croix de bois, croix de fer, si je mens je vais en enfer, assurai-je en souriant.

— C'est bon alors.

Comme si j'avais besoin de sa permission.

— Quel est ton problème ?

J'expliquai ma situation et il la comprit très vite.

— Il doit exister d'autres versions de cette chanson. On va vérifier sur YouTube.

Nous écoutâmes la première version dans son intégralité et Gabriel leva les yeux au ciel et s'exclama :

— C'est vraiment une drôle de chanson pour un mariage.

Il marquait un point, là.

— Sara veut que je la chante en l'honneur de sa mère décédée. Elle a été prénommée d'après cette chanson. D'une certaine façon, c'est un hommage qui lui sera rendu.

Gabriel me remplaça au bureau et commença à faire défiler toutes les vidéos des performances de Stevie. Je regardai par-dessus son épaule. Maintenant qu'il était rassuré sur le fait que je n'allais pas me moquer de son héros, il était tout heureux de se mettre au travail, ajoutant dans les favoris les différents clips après les avoir écoutés brièvement. Je le laissai faire et préférai me concentrer sur ses épaules, et plus particulièrement sur le tatouage dont il ne m'avait montré qu'un aperçu la nuit où nous nous étions rencontrés.

Des ailes déployées s'étendaient sur ses épaules et s'étiraient en dessous de ses omoplates. Les détails des ailes primaires manquaient, mais il était facile d'imaginer ce que le dessin donnerait une fois achevé. Le torse nu d'un homme était dessiné au milieu, et quand Gabriel avait les bras levés, on avait l'impression que l'homme luttait pour conserver ses ailes ouvertes. De longs cheveux cachaient son visage incliné vers le bas. L'auteur de ce tatouage était au moins aussi bon que l'artiste qui avait réalisé le mien.

Je soulignai du bout des doigts le dessin des ailes majestueuses.

— C'est très beau.

— Ils sont très beaux tous les deux.

La voix profonde de Don venait de briser le silence.

Je n'avais pas réalisé qu'il s'était levé, et encore moins qu'il avait fait du café. Il déposa trois tasses sur le bureau, dont il fit le tour pour venir se tenir à nos côtés. Il stoppa le mouvement de Gabriel qui faisait mine de se lever d'une légère pression sur l'épaule.

— Non, ne bouge pas. Je veux pouvoir vous regarder tous les deux.

Je restai sans bouger pendant que Don prenait tout son temps pour admirer les deux animaux qui se dessinaient sur mon dos. Je ne pus réprimer le frisson que me traversa quand je sentis son doigt courir le long des rayures du tigre rugissant. Son contact provoqua chez moi l'habituelle réaction : ma verge se raidit pour marquer son intérêt.

— Savez-vous à quel point vos deux tatouages sont révélateurs ? Combien ils m'en apprennent sur vous ?

Je déglutis. Je savais ce que le mien signifiait, mais je n'étais pas sûr que quelqu'un d'autre soit en mesure de le déchiffrer. Pour moi, l'ange de Gabriel représentait un homme écrasé par le poids du monde, à moins que ce ne fût un coupable en quête de rédemption. Quelles sortes de péchés un jeune homme de son âge avait bien pu commettre ?

Don laissa sa main reposer sur mon dos et il reporta son attention sur l'écran de l'ordinateur. Sa chaleur s'insinua sous ma peau et provoqua une accélération de mon rythme cardiaque. Il fit semblant d'ignorer ma réaction et demanda :

— Qu'est-ce que vous faites ici ?

Tandis que Gabriel lui exposait mon problème, des visions de la nuit dernière trottaient dans ma tête. Je sursautai quand il lâcha soudain :

— Attends, reviens en arrière.

Gabriel cliqua sur la vidéo précédente.

— Oui, celle-là.

La scène était plongée dans la pénombre. Un seul projecteur éclairait la tête de Stevie quand elle se mit à chanter. C'était le dernier de ses concerts en solo. Elle avait perdu l'éclat de sa jeunesse, mais elle demeurait néanmoins magnifique. Le vibrato si particulier de sa voix s'était enrichi avec les années et ses mots avaient gagné en intensité, tout spécialement quand elle chantait à propos de la fragilité de l'amour et de la façon dont il se délitait.

Don retira soudain sa main et ce fut comme si mon ancre m'avait lâché. *Je me noyais dans une mer d'amour.* Les paroles de Stevie trouvèrent en moi un écho inouï et je dus reprendre ma respiration.

— OK, déclara-t-il. Tu laisses tomber la dentelle froufroutante et tu mets l'ensemble noir que tu portais lors de la soirée avec l'équipe de rugby.

— Le tissu est tout déchiré par endroits. Il va falloir d'abord que je le répare.

Il hocha la tête, comme pour balayer un détail insignifiant.

— Tu seras assis une chaise, de profil, comme si tu étais seul dans un endroit quelconque et tu chanteras ton chagrin et pleureras ton amour perdu. Ou, dans notre cas, l'amour d'une mère pour sa fille disparue.

Don ne cilla pas en soutenant mon regard et je pouvais sentir le courant qui passait entre nous. Un amour perdu, en effet. À qui pensait-il ? À Alex ?

Je chassai cette pensée et étudiai avec attention la suggestion de Don. Non, c'était plus que cela : c'était son plan d'action, sa vision selon laquelle mon numéro devrait se dérouler. Je devais bien l'admettre, cet homme possédait une sacré expérience quand il s'agissait de se mettre en scène. Après tout, il y avait consacré la majorité de sa vie. Par ailleurs, si je suivais ses conseils, la chanson deviendrait vraiment un hommage à Sara, exactement comme si c'était sa mère qui l'interprétait. Don avait parfaitement saisi l'objectif à atteindre et en avait déduit une ligne de conduite en quelques secondes.

Les applaudissements qui s'élevèrent à l'issue de la prestation de la chanson m'aidèrent à rompre le contact visuel.

— J'aurais bien aimé pouvoir l'utiliser, dis-je avec regret à Gabriel, mais il y a des applaudissements au début et des sifflets dès qu'elle se met à danser à la fin.

— Je peux arranger ça, affirma Gabriel avec un sourire franc. Je vais travailler la vidéo avec des logiciels de nettoyage audio.

181

— Prends tout ton temps, recommanda Don. Le mariage n'a lieu que dans quelques semaines. Allez viens, on va d'abord voir si tu sais cuisiner.

Contempler le spectacle de Don apprenant la cuisine à Gabriel s'avéra extrêmement frustrant. Ils étaient dans *ma* cuisine. Je passai mon tablier en dégageant des ondes lourdes de reproche. Don fronça les sourcils en me voyant, mais s'abstint de tout commentaire. Il avait été très calme durant toute la matinée, mais je l'avais surpris à plusieurs reprises à me fixer, comme s'il se posait un tas de questions, peut-être à son propos, au mien, ou encore à propos du testament. Je me rendis compte qu'il avait besoin d'une réponse.

Merde. Après tous les événements de la nuit dernière, j'étais encore plus incertain sur les décisions à prendre.

PENDANT LE petit-déjeuner, je fis un effort pour être aimable, félicitai Gabriel pour sa cuisine et insistai sur le fait que, non, les œufs pochés devaient être un peu baveux et que je préférais le bacon quand il était bien grillé.

Don ne fut pas dupe une seconde. Il persista à me fixer quand Gabriel avait les yeux ailleurs et mes tibias auraient été couverts de bleus s'il avait pu les atteindre. Il me surprit néanmoins quand il demanda à Gabriel s'il pouvait lui emprunter sa Corolla.

— Bien sûr. Où vous voulez aller ?

— À Fairlight. J'ai promis à la sœur de ma grand-mère à mon arrivée en Australie que je passerais la voir, mais je n'en ai pas encore eu le temps.

La fameuse grand-tante Mildred, celle qui lui avait envoyé les caleçons. Je me rappelai vaguement qu'il avait raconté aux joueurs de rugby que l'un de ses grands-pères avait rencontré sa femme au Cross alors qu'il était en permission. La formation d'un jeune couple en pleine guerre.

— D'accord, répondit Gabriel. Je serais content de vous conduire là où vous le voudrez.

— Non, merci. Je préfère m'y rendre seul.

Gabriel et moi attendîmes des précisions, par exemple la raison pour laquelle il ne pouvait pas prendre sa moto.

— Mais vous n'avez pas l'habitude de conduire à gauche, fit remarquer Gabriel quand Don demeura silencieux.

Oups, gamin ! Première règle : ne jamais remettre en cause les compétences de ton Maître !

Don fronça les sourcils.

— Cela fait des semaines maintenant que je conduis la Harley et je *sais* parfaitement conduire une voiture, si c'est ça qui t'inquiète.

Gabriel rougit sous la réprimande implicite.

— Non, non, ce n'est pas ça. Je suis sûr que vous pouvez vous débrouiller tout seul. Mais vous ne voulez pas que je vienne avec vous ? Fairlight est à l'autre bout de la ville et vous pourriez vous perdre.

— Il y a un GPS dans la Corolla, non ?

— Oui, bien sûr. Mais je peux très bien vous conduire, vous savez. Et j'attendrai dans la voiture.

Don balaya sa proposition d'un geste de la main.

— Non. En restant ici, tu auras une occasion pour discuter avec Steve. Il pourra t'expliquer ce qu'est la soumission.

Gabriel en resta bouche bée.

Mais quel culot ! Si cela n'avait tenu qu'à moi, le jeune homme se trouverait n'importe où sauf dans cette maison. Je comptai jusqu'à dix et recommençai dans l'espoir que cela empêcherait la fumée de me sortir par les oreilles.

— Mais qu'est-ce que je vais pouvoir faire toute la journée ?

Gabriel se comportait comme un sale gosse pleurnichard et non comme un jeune homme qui se prétendait prêt à devenir un esclave.

Je demeurai silencieux.

— Ce que tu vas faire ? Mais tout ce que te dira Steve.

Don semblait interloqué que Gabriel songe seulement à lui poser la question.

Oui !

Gabriel me jeta un regard atterré et avala péniblement sa salive.

XX : SECTION 1.19
FALL FROM GRACE

AVANT DE partir, Don me poussa contre la porte du garage et pressa son aine contre la mienne.

— Sois sage, me murmura-t-il.

Je le regardai en ouvrant de grands yeux innocents et souhaitai que mon corps n'ait pas répondu avec autant d'empressement à cette petite manifestation d'agressivité.

— Qui ? Moi ?

Je portai une main à ma gorge en simulant parfaitement l'horreur à la pensée que quiconque remette en doute ma capacité à me tenir convenablement.

— Ne sois pas trop dur avec le gamin.

Gamin ? Je souris le plus gracieusement du monde.

— Je te jure que je serai l'incarnation même de la gentillesse.

Don me tourna doucement la tête d'un côté, puis de l'autre, probablement pour tenter de discerner si je n'étais pas en train de proférer un mensonge.

— Pourquoi ai-je le sentiment que tu mijotes quelque chose ?

Je levai les yeux au ciel et pressai mon érection contre la sienne.

— Je ne mijote quelque chose que lorsque tu es concerné, Beau Sourire.

Il me décolla de la porte pour me taper sur les fesses.

— Tiens-toi bien, m'ordonna-t-il une dernière fois.

Je me penchai vers lui et lui donnai un très long baiser. Il hésita brièvement, à moins qu'il ne fût tout simplement surpris, puis il me rendit mon baiser avec une intensité égale à la mienne. Ce mec embrassait comme un dévergondé. Je me léchai les lèvres pendant qu'il se dirigeait vers la voiture et j'admirai la manière dont son costume accentuait la largeur de ses épaules. D'une voix haut-perchée, je lui criai :

— Transmets mes amitiés à Grand-Tante Mildred, Beau Sourire.

Quand il se retourna, j'agitai la main en un salut joyeux. Les gants roses et le tablier jaune m'avaient transformé en une parfaite réplique de l'épouse dévouée.

Il démarra et je me tournai d'un mouvement décidé vers Gabriel et lui marmonnai :

— Choisis un mot de sécurité.

Et je retournai à mes occupations antérieures, c'est-à-dire le nettoyage de la cuisine.

Le jeune homme me courut après dans l'escalier.

— Comment ça, un mot de sécurité ? Il a dit que tu devais être gentil avec moi.

L'attitude de Gabriel traduisait son mécontentement d'avoir été laissé derrière. Je n'étais moi-même pas très satisfait de devoir rester, mais essentiellement parce que j'étais curieux de savoir pourquoi Don portait son beau costume et quelles étaient les raisons de ces regards en biais qu'il me jetait quand il pensait que je ne le voyais pas. Sa tante savait-elle qu'il était gay ? Était-ce pour cela qu'il ne voulait ni de Gabriel ni de moi, dans les parages ?

Si Gabriel ne m'avait pas autant chambré sur ma tenue, j'aurais probablement laissé tomber l'affaire.

— Je n'arrive pas à comprendre comment tu peux t'habiller avec des robes et toutes ces fanfreluches, déclara-t-il en désignant ma robe d'un mouvement théâtral de la main. Je suis malade rien qu'à regarder des drag queens.

Il se détourna avant je puisse lui balancer de l'eau savonneuse au visage. Ma réaction passa donc inaperçue et il poursuivit sur sa lancée :

— Je pense que des hommes qui se traitent entre eux comme s'ils étaient des femmes nuisent à la communauté gay.

J'avais une envie folle de lui botter les fesses, mais je préférai lui demander :

— T'ai-je jamais demandé de t'adresser à moi comme si j'étais une femme ? T'ai-je déjà traité comme si tu en étais une ?

— Non, admit-il de mauvaise grâce. Mais si jamais tu t'avisais de me traiter comme une fille, je te flanque une volée.

— Ah oui ? Toi et quelle armée ?

Gabriel sourit avec arrogance et s'installa plus confortablement sur son tabouret.

— Fais attention, tu mets de l'eau partout !

185

Je le fixai. Il cherchait à m'énerver ou quoi ? En temps normal, son comportement m'aurait plutôt amusé, mais là, il avait mal choisi son sujet pour me titiller.

— S'il n'y avait pas eu les Stonewall *queens* [26], tu n'aurais jamais osé sortir de ton placard et tu n'aurais jamais eu l'occasion de te sentir fier d'être capable d'assumer ton orientation sexuelle.

— Don ne porterait jamais quoi que ce soit de féminin, répliqua-t-il d'un ton bougon.

— Lui peut-être pas, mais j'ai déjà vu de grands costauds se travestir. De toute façon, si tu crois que les drag queens sont tous les mêmes, ça prouve juste la profondeur de ton ignorance.

Je retirai le bouchon de l'évier et fis disparaître les traces de mousse.

— Eh bien, désolé, mais je trouve toujours ça stupide.

Je m'essuyai les mains sur mon tablier et m'avançai vers lui, forçant sur le mouvement de mes hanches. Je regrettais de ne pas porter mes talons hauts.

— Ce n'est pas plus stupide que de vouloir devenir l'esclave de quelqu'un.

— Ouais, c'est ça. Blablabla.... Je connais la chanson. Mais tu sais, mon vieux, les générations se suivent et ne se ressemblent pas. Il faut apprendre à vivre avec son temps.

— Mon vieux, répétai-je en poussant un grognement. Te comporter correctement et te montrer courtois sont les premières règles que tu dois apprendre si tu ambitionnes de devenir esclave un jour.

Puis, je commençai à énoncer en comptant sur mes doigts :

— Pas de mensonges. Pas d'excès d'amour propre. Tu dois faire preuve d'intégrité, être fiable, digne de confiance, responsable et désireux de servir. Te crois-tu capable de faire tout ça ?

— Chiche.

Chiche ? Venait-il de donner la permission de le tester ?

---

26 NdT : Référence aux émeutes de Stonewall, série de manifestations spontanées et violentes contre un raid de la police qui a eu lieu dans la nuit du 28 juin 1969 à New York, au Stonewall Inn (dans le quartier de Greenwich Village). Ces événements sont souvent considérés comme le premier exemple de lutte des gays et lesbiennes contre un système soutenu par les autorités et persécutant les homosexuels. Ces émeutes représentent le moment symbolique marquant la réelle éclosion du militantisme homosexuel, aux États-Unis et partout dans le monde.

— Tu crois vraiment que tu possèdes les qualités nécessaires pour être un bon esclave ou tu veux juste jouer ce rôle le temps d'une scène ?

— Un esclave…

Gabriel s'agita nerveusement sur son siège, mais redressa le menton d'un air bravache avant de me rendre mon regard. Mes doigts me démangeaient d'effacer cette expression de son visage.

— Je suis sûr que je peux faire tout ce que tu me demanderas.

Bingo !

— Ok, ça marche. Puisque tu n'as pas choisi un mot de sécurité, c'est moi qui je vais choisir pour toi. Au lieu d'un seul mot, je t'offre une phrase. Dis 'Les travelos dirigent le monde' si tu veux que je m'arrête. À n'importe quel moment. Et, quoi que je fasse, je m'arrêterai immédiatement.

Je lui pinçai le menton.

— Tu as de la chance que je te donne un mot de sécurité. Toutes personnes qui s'engagent dans une relation Maître/esclave vingt-quatre heures sur vingt-quatre n'ont pas la chance d'en disposer. Mais je fais une exception pour toi parce que tu es un novice.

Personnellement, une fois que j'avais signé le contrat, j'avais perdu cette option.

— Ça n'a pas d'importance puisque je ne m'en servirai pas de toute façon, affirma Gabriel avec défi.

C'est aussi ce que j'avais pensé au début, en grande partie parce que je n'en avais jamais eu besoin pendant la période où Julius et moi nous étions adonnés avec enthousiasme à des plaisirs plus épicés. *D'accord, casse-couilles, il est temps de prendre ta première leçon.*

— Finis de nettoyer pendant que je vais me changer. Quand je reviendrai, je veux que tu me dises ce que tu attends exactement de la semaine que tu vas passer ici.

Tandis que je préparai dans la chambre, je ne pouvais pas m'empêcher de sourire ironiquement à mon reflet dans le miroir. J'étais persuadé que certaines personnes se seraient attendues à ce que, pour les besoins de ma démonstration, je fasse subir à Gabriel les brimades que j'avais eu à endurer de la part de Julius. Mais je savais que cela ne servirait à rien. Gabriel devait découvrir par lui-même que vouloir être un esclave était une folie et je tenais là la meilleure façon de pouvoir faire entrer un peu de plomb dans sa cervelle de moineau.

J'enfilai ma robe noire malgré toutes ses déchirures et je commençai à me maquiller. Pendant ce temps, Gabriel se défoulait en jouant à Angry Birds sur son iPhone. Je décidai de ne pas reproduire le maquillage discret auquel je recourais pour devenir Stevie et fardai au contraire mes lèvres d'un rouge criard, très éloignée de ma teinte favorite. Mes sourcils s'arquaient vers mon front et j'avais mis tellement d'eye-liner que des esprits sarcastiques pourraient se demander si je ne comptais pas un panda parmi mes ancêtres. Je décidai de ne pas m'embarrasser de la perruque et de la laisser dans sa boite.

Quand il me vit, Gabriel eut l'expression de quelqu'un qui venait de recevoir un grand coup sur la tête.

— Tu as un problème, chéri ? lui demandai-je en adoptant une élocution laborieuse destinée à faire croire que j'étais ivre.

Je lui fis signe de se lever. Je voulais seulement m'asseoir à sa place, mais il se méprit sur mes intentions, se leva maladroitement et tomba à genoux à mes pieds avant de me jeter un regard inquiet.

Si mon premier objectif avait été de le déstabiliser, je m'en étais tiré comme un chef. Je rectifiai sa position avant de m'asseoir.

— Voilà, c'est mieux comme ça. Tu te penches trop en avant. Tu es grand, alors sois-en fier.

Je plaçai les différentes choses que j'avais récupérées de façon à les avoir à portée de main. Puis, je croisai les jambes et remontai le bas de ma robe jusqu'à mon entrejambe pour dévoiler le haut de mes bas noirs en résille.

— Bon, vas-y.

Gabriel se recula, les traits déformés par l'horreur. Je le frappai de mon éventail pour qu'il reprenne sa position initiale.

— Je ne te demande pas de me sucer, abruti.

— Mais tu as dit 'vas-y'.

Devais-je le punir de ne pas m'avoir appelé *Monsieur* ? Non, sûrement pas. Je détestai ce mot avec ardeur. Je levai les yeux au ciel et répondis d'un ton acerbe.

— Réfléchis un peu, *gamin*. Qu'est-ce que je t'ai demandé de faire avant de monter me changer ?

Je pouvais quasiment voir les rouages de son cerveau tourner derrière ses beaux yeux bleus.

— Oh ! Tu voulais savoir ce que j'attendais de ma semaine ici.

— Non, je t'ai demandé ce que tu *voulais* de cette semaine.

Je secouai mon éventail avec impatience, tout comme Don l'avait fait avec son martinet.

— Eh bien, je pensais que j'allais devoir me promener tout nu avec des chaînes aux chevilles.

Bref, les conneries habituelles. Je haussai un sourcil et tapotai mon genou avec mon éventail.

— Et j'ai pensé qu'il y aurait peut-être des privations sensorielles ? Des bandeaux sur les yeux ? Des bouchons d'oreilles ? Des trucs comme ça ?

Sa voix grimpait à la fin de chaque mot, les transformant en question. Il nageait en pleine confusion et cherchait une marque d'approbation, n'importe laquelle. C'était une très mauvaise habitude.

— Et ? insistai-je.

— Hum, un tas de génuflexions ?

— Et ?

Un autre coup d'éventail.

Il déglutit avec difficulté.

— Je pense que Don me donnerait une fessée pour me faire voir ce que c'est.

Si j'en croyais la rougeur qui avait envahi son visage, Gabriel souhaitait de tout son cœur que l'étape suivante inclurait du sexe, beaucoup de sexe.

— Et quel serait le but de tout ça ? l'interrogeai-je.

— Le but ?

— Oui, le but.

Je me penchai vers lui, joignant le bout des doigts de mes deux mains et savourant sa gêne avec un plaisir sadique.

— Pourquoi les chaînes, les génuflexions, la nudité, et tout le reste ?

— Je n'en sais rien. N'est-ce pas ainsi que les esclaves sont traités ? N'est-ce pas la tradition ?

— J'emmerde la tradition. Je crois au bon sens et au pragmatisme.

Bien que la perspective d'admirer ses fesses nues toute la journée fût pour me réjouir au plus haut point, je voulais éviter qu'il attrape un mauvais coup de soleil. Je lui tendis le paquet qui avait été laissé par les anciens propriétaires et que Julius et moi avions découvert un jour tout à fait par hasard.

— C'est quoi ? s'enquit-t-il avec l'expression de quelqu'un qui se voyait offrir un serpent.

— Ne t'en fais pas, ça ne mord pas.

Il ouvrit le sac, considéra son contenu un instant et agita les vêtements qu'il venait de sortir d'un air horrifié.

189

— Je te préviens, je ne porterai pas de robe. Et… c'est une écharpe ? demanda-t-il d'un ton stupéfait en brandissant le long morceau de tissu.

— Tu te trompes complètement : il ne s'agit pas d'une robe, mais d'une tenue traditionnelle indoue. Et tu viens d'affirmer que tu appréciais les traditions. Bon, allez, déshabille-toi.

Gabriel me fixa d'un regard craintif avant de finir par s'exécuter.

Je l'aidai à ajuster la tenue, mais au lieu de plier le dhoti sur ses hanches, je trichai un peu et fis un nœud à la taille.

Gabriel n'apprécia pas que je passe entre ses jambes pour attraper le tissu et le ramener sur le devant.

— On dirait une saloperie de couche-culotte ! s'exclama-t-il.

Je tripotai ses testicules au passage et lui répondis :

— Tu peux baiser assez facilement avec ça, mais je te déconseille de pisser dedans, car elle n'absorbe pas grand-chose.

Julius m'avait fait porter une tenue similaire dans quelques-unes de ses mises en scène. C'était sans doute à l'une de ces occasions que j'avais découvert à quel point j'aimer me déguiser et me glisser dans la peau d'une autre personne.

— Tu sais très bien ce que je veux dire, bougonna Gabriel d'un ton maussade.

Oh, mais ce garçon cherchait vraiment à recevoir une fessée. J'arrangeai les plis devant et derrière et, quand j'eus fini, lui claquai les fesses. Je glissai ensuite la kurta sur sa tête.

— La couleur orange ne te va pas, mais d'un autre côté, ça ne va pas à grand monde et c'est très certainement la raison pour laquelle personne n'en veut. On dirait que tu fais partie des Hare Krishna.

— Ça tient chaud et ça gratte, se plaignit-il.

Je claquai des mains, ravi malgré son air renfrogné – à moins que ce ne fût justement à cause de lui – comme une mère admirant son petit garçon costumé pour la parade du jardin d'enfants.

— Qu'est-ce que tu voulais ensuite ? Ah oui ! Des chaînes. Et pourquoi pensais-tu que tu porterais des chaînes ?

— Pourquoi ? répéta Gabriel tout en essayant de trouver quoi faire de sa verge à demi-érigée.

Il me fixa avec stupéfaction.

— Pour que je ne puisse pas m'échapper ?

— Mais si tu étais véritablement un esclave consentant, tu n'as aucune raison de vouloir t'échapper.

— Comme un rappel constant que j'appartiens à quelqu'un ? me demanda-t-il avec une lueur incertaine dans les yeux.

Je soutins son regard. Les deux réponses étaient justes, mais en ce qui me concernait, la seconde avait touché un point trop sensible.

Il haussa les épaules et se mit à réfléchir :

— OK. Alors, c'est le symbole du fait que j'ai renoncé librement à ma liberté ?

— Ah, tu brûles !

Je refermai un fin bracelet d'argent autour de chacune de ses chevilles et les reliai par une chaînette encore plus fine. Une fois que le tout serait fermé, il serait obligé de traîner les pieds pour se déplacer.

— Je pourrais casser ça juste en levant le pied, constata-t-il en tirant légèrement sur les attaches.

Je lui répondis en souriant :

— Mais c'est qu'il serait intelligent, ce gamin ! Mais veux-tu vraiment te libérer ? Je croyais que tu souhaitais être enchaîné ?

Il me fusilla du regard.

— Ne t'en fais pas. Tu seras toujours conscient de leurs poids, ou plutôt devrais-je de leur absence de poids. Elles constituent en fait un rappel constant à la prudence.

Il voulut s'agenouiller à nouveau devant la chaise, mais j'agrippai son bras.

— Attends. Il faut que tu sois conscient que devoir rester agenouillé pendant des heures pendant que ton Maître lit le journal et travaille est une des nombreuses conséquences, et pas la moindre, d'être un putain d'esclave. Quelle lamentable perte de temps, tu ne trouves pas ?

Je claquai des doigts et lui indiquai la direction de l'escalier.

— Suis-moi, *gamin*. J'ai du travail pour toi, lui ordonnai-je en usant de ma voix la plus impérieuse.

Gabriel eut besoin de quelques minutes pour négocier les marches de côté pour ne pas risquer de casser la chaîne. Pendant qu'il était occupé à descendre l'escalier, je pris dans le garage tout ce dont j'allais avoir besoin. Je le conduisis à l'extérieur. Quand nous débouchâmes dans le jardin, où j'avais l'intention de lui donner sa première leçon, son visage était rouge écarlate. Je lui adressai un sourire encourageant.

— Au cas où tu l'aurais oublié, tes mots de sécurité sont 'Les travelos dirigent le monde'.

J'eus droit à un nouveau regard incendiaire.

— Que veux-tu que je fasse ?

— Eh bien, si nous étions dans un scénario normal, j'aurais tout un tas de paires de bottes et de chaussures qu'il faudrait nettoyer. N'est-ce pas ce qui est écrit dans tous les livres ?

Devant son regard perplexe, je lui montrai mon pied.

— Mais vu que je porte des sandales à sangle, ce serait trop facile. Je suppose que je pourrais récupérer les bottes de motard de Don. Tu pourrais cracher dessus pour les faire briller ? même si un rapide de coup de cirage pourrait aussi bien l'affaire.

Je balayai d'un geste de la main sa réaction horrifiée.

— Et pourquoi pas la Harley. Je pourrais nettoyer sa Harley. Elle a vraiment l'air sale. Oui, c'est ça : je suis d'accord pour nettoyer sa moto.

— Je me doute bien que tu serais d'accord pour ça. Mais le but n'est pas de te donner des tâches que tu ne voies aucun inconvénient DE faire. Au contraire, les esclaves se voient en général confier des tâches insignifiantes ou qu'ils détestent accomplir.

En tout cas, c'était ainsi que cela c'était passé pour moi, pensai-je en mon for intérieur.

— Tiens, prends-ça et enlève toutes les mauvaises herbes, lui ordonnai-je en lui tendant un sarcloir.

J'attendis une seconde, puis ajoutai :

— S'il te plaît.

Parce que je savais que pour quelqu'un qui crevait d'envie d'obéir aux ordres, s'entendre adresser une requête devait être était profondément frustrant.

— Hein ? fit-il en regardant la pelouse.

Les pissenlits avaient déjà commencé leur invasion et leurs têtes pelucheuses blanchâtres n'attendaient qu'une saute de vent pour se lancer à l'assaut de nouveaux territoires.

Je retirai le sarcloir de ses doigts inertes et lui montrai comment s'en servir.

— Comme ça, tu vois. Tu dois creuser assez profond pour atteindre la racine. Il ne suffit pas d'arracher simplement la tête avec la tondeuse, car les pissenlits ne feraient que repousser.

Il se pencha et s'attaqua à la mauvaise herbe suivante.

— Vas-y plus fort. Mets-y un peu plus d'huile de coude, lui intimai-je en frappant ses fesses exposées d'un coup de mon éventail replié.

192

Gabriel cria et se frotta les fesses alors que le coup n'avait pas dû être plus douloureux que la piqure d'un insecte.

— Ne te penche pas comme ça ou tu vas te faire mal au dos. Mets-toi à genoux.

Il me jeta un regard en coin, mais obtempéra.

— C'est du temps perdu, fit-il remarquer d'un ton agressif. Je ne suis pas là pour faire du putain de jardinage.

— Ce n'est pas du temps perdu ! rétorquai-je. Tu es à genoux, entravé, et tu me sers. J'ai réalisé une grande partie de tes fantasmes en un seul coup.

Quel dommage qu'il soit hermétique à mon sens de l'humour !

Je lui procurai un sac poubelle pour y déposer toutes les mauvaises herbes et retournai dans le garage pour voir le travail que Don avait effectué sur ma moto. En plus d'avoir nettoyé le réservoir, il avait démonté la batterie et l'avait branchée sur le chargeur. Bon sang. Dans un étrange paradoxe, il rendait d'une façon mon départ plus facile et d'une autre le compliquait.

Je jetai un regard vers le jardin. Nous n'étions qu'au mois de novembre, mais la journée s'annonçait pourtant caniculaire. Les cheveux de Gabriel étaient déjà collés sur son front sous l'effet de la transpiration. Je montai à l'étage pour prendre un chapeau de paille à larges bords abandonné par les anciens occupants. Les écharpes colorées que j'avais nouées autour du bandeau lui apportaient une jolie petite touche bucolique

Gabriel, bien évidemment, ne partagea pas mon avis et se plaignit lorsque je plaçai le chapeau sur le sommet de son crâne.

— Je n'ai pas besoin de ce truc.

Je joignis les mains et m'efforçai d'adopter une attitude très bouddhiste.

— Les Maîtres sont censés prendre soin de leurs esclaves, lui rappelai-je doucement en lui caressant la joue. Nous ne voudrions pas que cette peau si blanche devienne rouge comme une écrevisse, n'est-ce pas, *gamin* ?

Nouveau petit coup d'éventail.

— Oh, et j'allais oublier : voici un coussin pour tes genoux. Ils doivent te faire mal maintenant.

Je notai qu'il n'émit aucune objection quand je lui tendis un coussin en mousse. Je n'avais pas l'intention de me comporter comme un parfait salaud et je ne me souvenais que trop bien à quel point le sol pouvait être dur quand on était obligé d'y rester agenouillé pendant des heures.

— Et comme tu avais évoqué la privation sensorielle, voici également pour toi, lui annonçai-je lui montrant le lecteur MP3 et les écouteurs.

Qu'est-ce que tu aimerais écouter ? m'informai-je tout en réprimant non sans difficulté un sourire.

S'il avait deux sous de jugeote, il ne manquerait pas de flairer immédiatement la question piège.

— Laisse-moi deviner, répondit-il. Je parie que tu vas me faire écouter Stevie Tricks jusqu'à la nausée.

— Oh, mais quel petit salopard intelligent ! m'exclamai-je en lui assénant un nouveau petit coup d'éventail pour son impertinence. Tu sais, tu vas finir par t'attirer des ennuis si tu continues à faire preuve d'autant d'insolence. La réponse adéquate aurait été : 'comme il vous plaira, Maître'.

J'introduisis tout doucement les écouteurs dans ses oreilles.

— Maintenant, nous allons voir comment tes sens se porteront après avoir écouté Barry Manilow pendant deux heures d'affilée.

Et je pressai le bouton de démarrage du MP3 après l'avoir fixer à son bras. Gabriel me tira la langue.

— Et de trois ! m'écriai-je dans un gloussement. Tu ne pensais tout de même pas que ces petits coups d'éventail constitueraient ta seule punition, pas vrai ?

Il leva les yeux au ciel.

— Ça fait quatre.

J'éclatai de rire et regagnai le garage d'un pas sautillant.

Dès que je fus hors de vue, j'ôtai mon déguisement afin de remettre au boulot sur ma moto. En premier lieu, je prélevai un peu de gasoil dans le jerrican pour le verser dans le réservoir. Puis, je le fis tourner avant de le vider dans une bassine. Le combustible ressortit chargé de rouille et d'autres particules crasseuses. Maintenant, au tour de l'huile. Le bouchon était extrêmement serré et il me fallut quelques minutes pour réussir à le libérer suffisamment pour commencer le processus de drainage. Je disposai en dessous un bac pour recueillir le liquide pollué et laissai la gravité faire son œuvre.

Comme la suite promettait d'être salissante, je sortis pour vérifier comment allait Gabriel avant de démarrer. Il devait mourir de chaud dans son accoutrement, mais au moins il ne risquait pas de prendre des coups de soleil de cette façon. Il avait réussi à arracher une bonne partie des pissenlits, se déplaçant avec précaution pour ne pas briser la chaîne qui reliait ses chevilles. Dès qu'il m'aperçut, il ricana.

— Qu'est-ce que tu fais maintenant ? Tu invoques l'esprit du Rocky Horror Picture Show [27] ?

Je baissai les yeux. Vêtu uniquement d'une petite culotte noire, d'un corset assorti, de bas résille et de talons, je ressemblais en effet à Frank-N-Furter [28]. Hum… Je devrais peut-être acheter une perruque pour compléter le déguisement.

— Pas du tout. Je suis juste un bon Maître qui veille sur son esclave.

— Oh. Merci. En fait, je commence à avoir des ampoules, m'annonça-t-il en me tendant sa main droite pour exhiber la zone rougeâtre qui s'étalait sur sa paume. Tu aurais pu me donner des gants.

— Je reviens.

Je me ruai à l'intérieur de la maison et revins avec mon portable, une longue paire de gants et une bouteille d'eau.

— C'est fait pour quoi ? demanda-t-il en jetant un coup d'œil aux objets que je tenais.

— Tu viens de te plaindre de tes ampoules. Le téléphone portable est pour que tu appelles quelqu'un que ça intéressera.

Il me tira la langue en guise de réponse.

— Et de cinq, annonçai-je et lui tendant les gants.

— Tu n'espères quand même pas que je mette ça? s'offusqua-t-il.

Je haussai les épaules de façon désinvolte.

— C'est toi qui vois. Crois-moi, c'est bien plus que ce à quoi j'ai eu droit.

À contrecœur, il prit les gants et les enfila. Pendant que j'en avais l'occasion, je le pris en photo et me l'adressai par mail. Je me doutais qu'il chercherait à effacer cette photo s'il en avait l'occasion. Pour finir, je lui donnai la bouteille d'eau et j'eus droit à un remerciement contraint.

Une fois qu'il se fut remis au travail, je retournai au garage.

Cette fois, j'ôtai le filtre à huile et graissai les joints toriques et le joint d'étanchéité jusqu'à ce que la burette soit vide. Chierie. J'allais devoir en

---

27 NdT : The Rocky Horror Picture Show est un film musical américain de Jim Sharman, sorti en 1975 et adapté de la comédie musicale de Richard O'Brien, The Rocky Horror Show créée à Londres en 1973…

28 NdT : Frank-N-Furter est l'un des personnages principaux du Rocky Horror Picture Show. Dans une scène du film, on le voit se défaire de sa cape et apparaître habillé uniquement de bas, d'un bustier et de talons aiguille. Il se présente alors comme 'un gentil drag queen qui vient de Transsexuel, en Transylvanie'.

racheter. Devais-je attendre que Don revienne avec la Corolla ? Je poussai un profond soupir et décidai que non. Après réflexion, je conclus que le moyen le plus pratique serait d'utiliser le side-car qui, malheureusement, était trop dégoutant. J'allais donc devoir le nettoyer au préalable. Je récupérai le bidon de Mr Sheen [29] que Don avait abandonné sous l'escalier et me mis à l'ouvrage. Pendant une heure, je frottai jusqu'à ce que le chrome brille comme un sou neuf. Il me fallut une autre heure pour virer tous les insectes morts de la Harley de Julius.

GABRIEL N'AVAIT toujours pas fini d'arracher toutes les mauvaises herbes, mais il avait pratiquement couvert la plus grande partie du jardin. En vérité, j'étais très impressionné. La chaîne entre ses chevilles était intacte et les écouteurs du MP3 pendaient autour de son cou. L'insolent petit connard ! Bon d'accord, chacun de nous avait ses limites. Il semblerait qu'être forcé d'écouter Barry Manilow non-stop fasse partie des siennes.

— Ça, c'est un bon garçon, le félicitai-je tout en ôtant la chaîne entre ses jambes. Pour te récompenser, je t'emmène déjeuner.

— Habillé comme ça ?

Il ne devrait pas, mais vraiment pas, me soumettre à une telle tentation. Une vision me traversa l'esprit : un Tim Curry [30] chauve conduisant une moto avec un side-car occupé par un Gabriel entièrement vêtu de tissu orange et dont les mains gantées de rose s'agrippaient à son chapeau de paille pour l'empêcher de jouer les filles de l'air. Je savourai pendant quelques secondes cette image, parce que je savais que jamais je ne serais capable d'aller aussi loin et de m'abaisser en infligeant une pareille humiliation publique.

— Tu pourras prendre une douche et t'habiller normalement. Ce n'est pas la peine de scandaliser les péquenots du coin.

Il poussa un énorme soupir de soulagement.

— Mais avant, je dois te donner la punition que je t'ai promise.

— Tu n'oserais pas !

— Oh, mais si, j'oserais. Quel est ton problème, Gabriel ? Tu as peur ?

— De quoi ? De toi ? Jamais !

---

29 NdT : M. Sheen est une marque de produits de nettoyage créé en Australie dans les années 1950 par Samuel Taylor Pty Ltd.

30 NdT : Interprète de Frank N-Furter dans le film The Horror Picture Show.

S'ensuivit une bataille de volontés. Le plus drôle était que je n'avais jamais cru auparavant à une hiérarchie basée sur celui qui pissait le plus loin, mais je découvrais que c'était une réalité. En effet, j'avais beau ne pas être un Maître, j'étais néanmoins plus fort que Gabriel et nous le savions, lui et moi. Ce fut la raison pour laquelle il se contenta de hausser les épaules et de me suivre à l'intérieur.

Je le fis s'allonger sur le lit et m'amusai beaucoup à le ligoter avec les écharpes de Stevie. Je m'appliquai à ne pas les serrer, car je cherchais davantage à lui donner l'impression d'être emmailloté dans ses vêtements que d'être vraiment ligoté. Je m'assurai cependant que ses fesses demeurent accessibles. Une fois mon œuvre achevée, je le retournai sur le ventre.

Il poussa un cri perçant quand je fis tomber la spatule sur ses fesses le nombre de fois approprié.

— Voilà. Maintenant, tu as eu désormais tout ce à quoi tu t'attendais : de la discipline et des chaînes. Toujours pas disposé à admettre que 'les travelos dirigent le monde' ?

J'enveloppai cette expression de tout le sarcasme dont j'étais capable. Il tourna la tête pour mieux pouvoir me tirer la langue. D'un autre côté, ce n'était pas comme s'il pouvait bouger d'autres parties de son corps. J'avais eu après tout beaucoup d'écharpes à ma disposition.

Je lui donnai un dernier petit coup de spatule et lui demandai :

— Alors, t'aurais-je enfin convaincu que vouloir devenir l'esclave d'une autre personne était une insanité ?

— Non ! Et tu ne devrais pas te moquer de quelque chose qui mérite d'être traitée avec respect.

D'accord. J'avais quand même essayé. Il venait de prouver que 'têtu' était son deuxième prénom. Je n'avais cependant pas tout perdu dans l'affaire : j'avais gagné une pelouse désherbée.

NOUS NOUS changeâmes pour des vêtements plus confortables et utilisâmes la Harley pour siphonner toute l'essence possible de la tondeuse. Gabriel s'installa dans le side-car et nous prîmes la route pour Engadine. Pour le récompenser, à moins que ce ne fut pour l'appâter, je lui offris un hamburger et un soda pour son déjeuner. Sur le chemin du retour, je le pris derrière moi, car le side-car était rempli des pièces détachées que j'avais achetées pour remettre ma moto en état.

Quand nous arrivâmes à la maison, Gabriel paraissait avoir tout oublié de la session du matin et n'émit aucune protestation lorsque je lui demandai de tondre la pelouse. L'ayant ainsi occupé, je m'absorbai dans la préparation du gigot d'agneau que je voulais servir pour le dîner.

XXI : SECTION 1.20
DOING THE BEST I CAN

— ENFIN ! S'ÉCRIA Gabriel quand Don rentra.

Dommage qu'il ne se rende pas compte que la leçon du jour n'aurait pas été aussi efficace si je ne l'avais pas astreint à des travaux de jardinage.

Pendant que nous dînions, je demandai à Don comment s'était déroulée sa visite chez sa grand-tante.

Il se mit à rire.

— J'ai découvert qu'elle avait de bonnes raisons de rester célibataire. Apparemment, le goût pour le cuir est une tradition familiale.

— Tu plaisantes !

— Non, pas du tout. Sauf que dans son cas, il s'agit du cuir des tenues de motard. Ses parents et ses arrière-grands-parents étaient particulièrement stricts avec les deux seuls enfants qu'ils ont eus. Ma grand-mère s'est enfuie en épousant mon grand-père. Mildred, elle, s'est rebellée en sortant avec un membre du club de bikers local. Quand il est mort dans un accident, elle a refusé de se marier. Elle veut voir le side-car et insiste pour que je l'emmène faire un tour dedans.

Pendant une seconde, je fus excité à cette perspective. Soudain, la réalité me frappa de plein fouet : je serais probablement parti d'ici là. Jamais jusqu'à présent la réalité de mon départ ne m'avait troublé d'une telle façon et, absorbé et un peu sonné par cette pensée, je me contentai de jouer avec les petits pois dans mon assiette. Personne ne dit un mot pendant un long moment. Le silence fut brisé par Gabriel :

— Comment est sa maison ? demanda-t-il. Fairlight est une banlieue plutôt chic et certaines des maisons sont carrément gigantesques.

Don parut surpris par le soudain intérêt manifesté par le jeune homme pour l'immobilier. L'Américain n'avait pas encore appris que les Australiens considéraient l'endroit où une personne vivait comme une information de toute première importance. Par conséquent, lors d'une première rencontre, 'où vivez-vous ?' était l'une de leurs toutes premières questions.

— Est-ce que la maison a une vue sur l'océan ? demandai-je à mon tour. C'est extrêmement important d'avoir une vue sur l'océan.

— Il y a une maison entre la sienne et le front de mer, mais on peut quand même voir les Heads et apercevoir les ferries entrer dans Manly Warf.

Gabriel siffla, admiratif.

— Ouah, elle doit valoir une fortune.

Une étrange expression, proche de l'embarras, se peignit sur le visage de Don.

— Sait-elle que tu es gay ? m'enquis-je.

— Elle le sait maintenant, répondit-il avec un haussement d'épaules. Elle s'est montrée étonnamment ouverte pour une personne de son âge. À la mort de ses parents, elle a scindé sa maison en quatre appartements distincts. L'un d'eux est occupé par deux vieux célibataires qui prétendent n'être que des amis. Elle trouve pour sa part qu'ils se conduisent davantage comme un vieux couple, toujours en train de se chamailler.

Je rigolai intérieurement. Je les enviais, ces deux petits vieux. La perspective de finir ma vie tout seul n'avait rien de réjouissant.

— Ils gardent un œil sur elle et nourrissent son chat quand elle s'absente. Ils récupèrent aussi son courrier.

La moustache de Don frémit sous l'amusement.

— Et elle trouve très drôle qu'à chaque fois qu'elle met des vêtements de côté pour une collecte de charité, un certain nombre de robes disparaissent avant l'arrivée des bénévoles.

Je trouvai ça très drôle moi aussi. Seul Gabriel ne partageait pas notre amusement.

Une fois la table débarrassée, Don suggéra au jeune homme d'aller l'attendre dans le donjon pour discuter de ce qu'il attendait de cette semaine.

— Oh, mais on s'est déjà occupé de la question, plaisantai-je tout en accrochant mon tablier à frous-frous.

Gabriel dressa son majeur à mon intention et quitta la pièce. J'étais persuadé qu'il allait remplir une plainte écrite en trois exemplaires pour fustiger mon comportement de peau de vache.

— C'était pour quoi, ça ? s'étonna Don, dardant sur moi son habituel regard intense.

— C'est bien toi qui m'as dit de montrer à Gabriel ce qu'impliquait le fait d'être un esclave, lui répondis-je en haussant les épaules.

— Oh ?

Don leva les sourcils en guise d'invitation à développer, mais devant mon mutisme, il n'insista pas.

JE ME rendis dans le jardin et humai avec délice l'odeur de l'herbe fraîchement coupée. La transformation radicale du jardin rendrait plus facile la vente de la maison.

Une fois que je parvins à éliminer le fond sonore créé par les cigales et les criquets, je me délectai du silence qui régnait. Si je n'avais pas su que tel n'était pas le cas, je me serais cru seul au monde. Enfin, cette illusion dura le temps qu'un moustique ne vienne agacer mes oreilles de son bourdonnement. La pensée de Gabriel et de Don potentiellement engagés dans une session était aussi dérangeante que ce maudit insecte. Je n'avais pas envie de rentrer dans la maison et j'étais trop fatigué pour faire une balade en moto. Puis, je me dis que si je devais me lancer dans une réflexion sur mon avenir, autant utiliser la chambre de méditation. Après tout, elle avait été créée exactement pour ça.

Il n'y avait pas d'électricité dans cette pièce, uniquement une rangée de bougies disposées sur une étagère. Je les allumai toutes et laissai leur lueur chétive et flageolante jeter de longues ombres dansantes sur le grès multicolore.

Ben mince alors ! Quand Don décidait de faire le ménage, il n'y allait pas de main morte. La pièce débarrassée de tous les objets qui l'encombraient auparavant se révélait désormais beaucoup plus spacieuse.

Je posai les mains sur la surface fraîche des fenêtres à lattes. Au-dehors, les moustiques s'agglutinaient sur la vitre, mais ici, à l'intérieur, j'étais à l'abri de leurs nuisances. J'étais en sécurité. Sous l'effet de la lumière des bougies, la surface vitrée encrassée s'était transformée en miroir dans lequel mon jumeau fantomatique se détachait de façon distincte sur l'étendue de l'océan baignée par le clair de lune.

Depuis mon entrevue avec Maître Schofield, je m'étais efforcé de rester actif et de retarder le plus possible le moment fatidique de la prise de décision. Mais je ne pouvais plus me défiler davantage. Devais-je ou non contester le testament ? Tout comme moi, Don avait besoin de savoir où j'en étais. Je demandai conseil à mon reflet ectoplasmique.

Si tu attaques la nouvelle version du testament en justice et que tu lui rends la vie difficile, tu peux dire adieu à toute chance de baiser avec lui. Mais veux-tu plus que ce que tu as déjà obtenu ? Mon cul se serra douloureusement au souvenir de la nuit précédente, au sexe chargé de violence et d'apprêté. Rien que d'y penser, je me sentis à l'étroit dans mon jean. *Mais de qui te moques-tu ? Bien sûr que tu en veux plus. Encore plus de sexe en tout cas, aucun doute sur ce point.* Je me sentis excité rien qu'à me rappeler Don passer de passif dans la douche au dominant agressif dans le lit. *Arrête de réfléchir avec ton entrejambe, Steven Lindsey Stanhope ! La baise avec Don a été géniale, mais regarde donc où ça t'a mené ! Et tu cherchais à prouver quoi, au juste, en te comportant comme tu l'as fait aujourd'hui ? Tu voulais mettre Gabriel en garde contre le BDSM ou le tenir éloigné de ton territoire ?*

Foutue mauvaise conscience. Même si je décidais de ne pas attaquer le testament et de faire ainsi le bonheur de Don, pouvais-je prendre le risque de m'attarder ? Je ne voulais surtout pas m'engager dans une relation avec un nouvel amant et me retrouver à dégringoler la pente glissante sur laquelle m'avait jeté Julius.

T'engager ? Mais c'est déjà fait, et tu es déjà en train de dégringoler ! Admets-le donc : tu es amoureux de cet homme ! Non, ce n'était pas vrai ! Je n'étais pas amoureux de lui ! Ou peut-être que si ? Je m'étais surpris dernièrement à avoir une érection rien qu'en pensant à lui ou en entendant sa voix grave. Mais ce n'était pas de l'amour ; c'était juste une érection due à la solitude, au manque éprouvé par un ancien esclave affamé.

Si une apparition pouvait renifler de dégoût, la mienne l'aurait certainement fait. *C'est aussi bien que tu ne veuilles pas être amoureux de Don. Après ta performance d'aujourd'hui avec Gabriel, tu as bousillé de façon spectaculaire toutes tes chances avec lui. Ouais, peut-être bien ; mais ça ne résout pas pour autant ton problème à propos du testament.*

Devoir prendre des décisions me faisait vraiment chier parfois, et tout spécialement celles qui ne manqueraient pas de se répercuter sur mon avenir. J'appuyai mon front contre la vitre, respirai profondément et laissai la délicieuse odeur des bougies chasser toute pensée de l'objet de mon obsession.

LE SON de la porte qui s'ouvrait et le bruit des pas familiers m'avertirent de la présence de Don. Je gardai cependant les yeux fermés, incapable de lui faire face.

— Ah, te voilà ! Je t'ai cherché partout.

Une main gantée vint se poser sur mon épaule. J'étudiai le reflet de Don dans la vitre. Il avait décidé de revêtir pour sa session avec Gabriel une tenue conforme à son rôle de Maître. Son harnais lui barrait la poitrine et il portait son pantalon de cuir. La nausée m'envahit et je m'interrogeai sur les sentiments que j'éprouvais au juste : était-ce de l'envie ? De la jalousie ? De la crainte ? Ou bien un mélange des trois ?

Le contact de cette main simplement posée sur mon épaule diffusait dans tout mon corps une énergie étrange et intense et me donnait l'impression d'une connexion que je n'avais jusqu'alors pas encore ressentie. Ce lien nouvellement forgé n'en était pas moins réel. Je modifiai ma vision pour regarder au loin par crainte de devoir affronter la sévérité de son regard.

— Gabriel m'a raconté ce qui s'était passé pendant mon absence.

Que pouvais-je bien répondre ? Balbutier une excuse minable pour avoir tourné en ridicule une chose qui était importante pour lui ? Chercher à m'expliquer ? Au lieu de quoi je ricanai et lui répondis :

— Oh ça, j'en suis sûr. Quel petit enfoiré.

Il avait sans doute espéré que je récolterais une bonne fessée pour la peine, et une sévère en plus, pas de celle qui précédait une partie de baise.

Don eut un bref éclat de rire.

— Il est jeune. Ça lui passera. Et c'est moi qui t'ai demandé de lui donner un aperçu des implications de la soumission.

— Tu sais ce qu'on dit : une action vaut mieux que des grands discours.

Ma répartie provoqua un nouvel éclat de rire. Tandis que nous nous tenions près de la fenêtre en admirant la vue, nos corps se trouvaient suffisamment proches pour échanger de la chaleur sans pour autant se toucher. Au lieu de la réprobation à laquelle je m'attendais, je ne trouvais que l'expression d'une camaraderie dénuée de complication. Je tournai la tête vers lui.

— C'est drôle, mais je m'étais réfugié ici, car je croyais que tu serais en colère contre moi. Mais tu ne l'es pas. Pourquoi ?

Il haussa les épaules et répondit :

— Au début, j'ai été en colère, c'est vrai. Et puis j'ai pris le temps de réfléchir. Ce n'était peut-être pas ton but initial, mais tu as réussi à passer ses défenses et à obliger Gabriel à se pencher sur ses motivations réelles et à en parler. Tu l'as amené à se demander s'il voulait vraiment se soumettre et, par la même occasion, tu m'as conduit à me demander si j'étais prêt à endosser à nouveau le rôle de Maître.

Ne plus être un Maître ? Alors que tout dans sa nature illustrait la dominance et qu'il se tenait devant moi dans la posture inflexible et puissante que je lui connaissais depuis notre rencontre ?

— Conneries ! Tu es né pour être un Maître. C'est un miracle que ta mère ne t'ait pas fait porter des couches culottes en cuir.

Mais pourquoi fallait-il qu'il soit aussi sexy dans son harnachement ? Je fis à nouveau face à la fenêtre pour dissimuler l'approbation trop évidente de mon corps admiratif.

— Peut-être... murmura-t-il.

Il se pencha plus près et sa moustache me chatouilla la nuque. Il raffermit l'étreinte de sa main sur mon épaule et sa voix devint plus sérieuse.

— Mais c'est vrai, tu sais. Depuis la mort d'Alex, je me sens perdu, incertain. Et c'est un état d'esprit qu'un Maître ne peut pas se permettre de manifester.

— Incertain ? Cela ne te ressemble pas.

— Non, je sais. Et c'est bien ce qui m'inquiète. Mais tout s'est passé tellement vite. Avant l'accident, j'étais en train de mettre mes affaires en ordre et de préparer notre déménagement, impatient de m'installer avec Alex dans un autre pays. Après, pendant toute la durée de son séjour à l'hôpital et jusqu'au moment de sa mort, je suis resté à son chevet. Et ensuite, il y a eu les funérailles…

Je pouvais très bien m'imaginer Don veillant près de ce lit d'hôpital, tendu et angoissé, installé dans un fauteuil inconfortable et le visage déformé par le chagrin. Il avait dû être écartelé entre l'amour porté à son esclave et la colère causée par sa trahison. J'avais toujours pensé que le déchirement que j'avais ressenti en quittant Julius avait été épouvantable, mais ce qu'avait eu à traverser Don avait été bien pire encore.

— Ça a dû être terrible pour toi.

La main sur mon épaule se raidit. J'avais énoncé là un bel euphémisme. Le silence s'appesantit sans pour autant devenir inconfortable. L'éclat délicat des bougies ajoutait une touche d'intimité que la lumière plus crue de l'éclairage électrique aurait gâchée.

— Est-ce qu'il y avait quelqu'un pour t'aider au moins ?

Je m'étais décidé à poser la question quand j'avais senti sa main se détendre sur mon épaule. Il poussa un profond soupir.

— En temps normal, je pouvais compter aux États-Unis sur un solide réseau de relations. Vince, l'un de mes mentors, a proposé de venir, mais il s'occupait à ce moment-là de Jason, un gosse qu'on lui avait confié.

Finalement, le fait d'avoir eu à me concentrer sur les détails m'a évité d'avoir trop de temps pour réfléchir.

Cela n'avait pas dû être évident pour lui de se retrouver seul en terre étrangère.

— Tu as dû être tenté de rester en Amérique et de régler les choses de là-bas, non ?

— Peut-être, mais une fois que j'avais pris cet engagement, je me suis senti tenu de le respecter. Et puis, c'était peut-être l'occasion de commencer une nouvelle vie. Je savais très bien que rester aux États-Unis ne ferait que me rappeler constamment tout ce que j'avais eu un jour.

— 'Piégé dans la paralysie engendrée par le regret de ce que tu avais possédé un jour et avais fini par perdre'.

Je ne fis que prononcer ces mots et m'abstins de les chanter.

— Hein ?

J'éclatai de rire devant son air ahuri. Pauvre Don, il avait toutes les raisons d'être confus.

— Je ne faisais que citer une chanson de Stevie. Si tu écoutes attentivement les textes de ses chansons, tu te rendras compte qu'elle aussi a connu dans sa vie des hauts et des bas, et que c'est son amour de la musique qui lui a permis de tenir. Ce fut sa planche de salut, la seule constante sur laquelle elle pouvait compter.

— Ça aide en effet si tu peux t'appuyer sur quelqu'un ou quelque chose. Avec le temps, j'en suis arrivé à penser que je n'avais pas apprécié à sa juste valeur tout ce que mon gamin avait fait pour moi. Il payait les factures, tenait la maison, prenait soin de moi. Dans une certaine mesure, je dépendais de lui. Peut-être qu'il le sentait tout au fond de lui et qu'il s'est mis à la recherche d'un Maître plus fort.

Plus fort ? Julius ? Mon ex avait pu en effet donner l'illusion d'une grande force, mais l'homme dont je voyais le reflet dans la vitre me donnait l'impression d'avoir été taillé dans le granit. Je me tournai pour faire face à l'original afin de mieux pouvoir l'observer.

— Tu ne parles jamais d'Alex avec amertume. N'es-tu pas en colère contre lui ?

— Non, pas contre Alex. Ma fierté a été blessée, mais je ne l'aurais jamais obligé à rester avec moi contre son gré. J'aurais dû sentir qu'il avait besoin de quelque chose que je ne parvenais pas à lui apporter. C'est la raison pour laquelle je me demande si j'ai toujours ce qu'il faut pour être un bon Maître ou même si j'ai encore envie de l'être.

Il laissa échapper un profond soupir.

— Ce serait vraiment dommage. Comme je te l'ai déjà dit, c'est dans ta nature, l'assurai-je, même si cela me faisait mal de l'admettre.

— Merci pour le vote de confiance, mais même les Maîtres ne sont pas infaillibles.

— Il faut du courage pour l'admettre.

Don eut un rire désabusé et serra mon épaule.

— Merci de m'écouter. Ça m'a manqué de pouvoir parler à quelqu'un qui ne soit ni un employé ni un client de l'hôtel.

— Ce fut un plaisir.

C'était étrange de l'entendre concéder un tel besoin et je regrettais d'ajouter à ses inquiétudes.

— Tu dis que je t'ai aidé, mais je n'aurais pas dû malmener Gabriel aujourd'hui.

Don se mit à rire et ce son complètement libéré résonna dans l'espace restreint de la salle de méditation.

— Aussi étrange que cela puisse paraître, ta démonstration m'a rappelé ce qui m'avait tant plus à l'origine dans le BDSM. Le bafouillage confus de Gabriel sur la façon dont tu as tourné en dérision le bondage et la discipline m'a permis de voir au-delà des apparences. Quand j'ai eu fini de lui expliquer les choses, je me suis souvenu du plaisir que je prenais à contrôler une autre personne et à quel point j'aimais le pouvoir supplémentaire que sa capitulation m'offrait.

Oh, bien joué, Steve ! Tu as juste réussi à le pousser un peu plus vers l'engagement.

— Heureux d'avoir pu t'aider.

Don m'examina pendant un moment, puis ôta son gant et me caressa le front pour en ôter la crasse que la vitre y avait déposée. Son geste avait été si désinvolte et machinal que je ne fus même pas sûr qu'il en ait eu conscience. Je demeurai immobile et attendis qu'il enlève sa main, remette son gant et me sourit.

— Gabriel n'a pas arrêté de me répéter que tu n'avais aucun respect pour ceux qui aimaient se soumettre ; que ton mépris a tout gâché pour lui et que ce n'était pas juste. Blablabla… Le charabia habituel d'un jeune égocentrique qui ne voit le monde qu'à travers le prisme de sa petite personne.

Je pouffai de rire.

— D'accord, mais n'empêche qu'il a raison, non ? Je déteste toute cette merde de Maître et d'esclave.

Don secoua doucement la tête.

— C'est aussi ce que j'ai pensé de toi au départ. Mais maintenant, je crois plutôt que ton attitude est une armure derrière laquelle tu te caches. Je te suspecte, au fond de toi, de très bien comprendre la philosophie sur laquelle se fonde l'échange de pouvoir. Ce n'est pas un mépris pour le concept qui te pousse à rejeter le monde du BDSM aussi violemment, mais ton manque de respect envers celui qui se prétendait ton Maître.

Il y avait bien trop de vérités dans ses propos. Cependant, tout ce que j'en retins fut un mot, que je répétai pensivement :

— Respect.

— Oui. Le respect doit être au centre de toute relation entre un Maître et son esclave.

Don m'étudiait attentivement maintenant, pas de façon dont un entomologiste le ferait avec un insecte, mais plutôt comme s'il essayait de me dire quelque chose qui dépassait de loin le sens premier des mots.

— C'est très étrange. Nous, les Maîtres, nous avons du mal à le reconnaître, mais même alors que nous administrons nos punitions les plus humiliantes, nous ne pouvons qu'admirer les esclaves qui sont capables de les supporter sans se plaindre. Donc, on peut dire que le respect est mutuel.

Respect mutuel. Dans mon cas, plus je me soumettais à Julius et moins il en éprouvait à mon égard, tout en ne cessant d'exiger de ma part toujours plus de soumission et de respect comme preuves de mon amour.

De sa main gantée, Don essuya quelque chose sur ma joue. Une larme. Avant que cette première preuve de mon désarroi n'en appelle d'autres, je me réfugiai dans la contemplation de la vitre.

Il comprima mon épaule un peu plus fort qu'avant, mais je me gardai bien de le fixer dans la vitre pour ne pas avoir à découvrir la pitié dans ses yeux. J'avais déjà du mal à la supporter dans sa voix.

— Tu n'as pas été très bavard à ce sujet, mais je me suis progressivement fait une idée de ce que la vie avait dû être pour toi dans cet endroit : enfermé, isolé et privé de tout semblant de tendresse. Je n'ai pas pu m'empêcher de rire quand Gabriel m'a raconté ce que tu avais fait aujourd'hui. Pendant qu'il se plaignait, j'ai lu entre les lignes et j'ai compris que tu avais fait exactement le contraire de ce que tu avais vécu. Je t'ai imaginé dans le jardin, exposé à genoux aux intempéries, désœuvré et livré à toi-même, démoralisé et le cœur lourd. Car tu souffrais, n'est-ce pas ?

Je confirmai d'un hochement de tête et fixai son reflet dans la vitre.

— Et pourtant, tu es resté ?

J'avalai laborieusement ma salive et hochai à nouveau la tête.

— Tu es resté avec un homme que tu ne respectais plus et dans un monde que tu détestais ?

Il devait exister quelque part dans le monde un endroit où trois hochements consécutifs revêtaient une signification particulière. Trois strikes et c'était l'expulsion. Pierre avait renié Jésus à trois reprises. Pour moi, cela signifiait que j'avais atteint mes limites et je me mis à pleurer en silence. Don se mit à masser mon épaule.

— C'est grâce à Tante Mildred que j'ai compris.

— Ta grand-tante ?

Le flot de mes larmes se tarit comme si le robinet en avait été tourné. Le choc avait parfois un tel effet.

— Tu n'as quand même pas parlé de moi avec elle, n'est-ce pas ?

Don me gratifia de l'un de ses sourires en coin, son regard s'adoucit et ses yeux prirent la teinte chaude du chocolat.

— Si, je l'ai fait. Nous étions en train de parler de l'endroit où je vivais et, avant même de m'en rendre compte, je lui avais tout raconté.

— Et qu'a-t-elle dit ?

— Que tu aurais sans doute pu rester avec Julius en n'ayant plus aucun sentiment pour lui, mais jamais sans le respecter et que cela démontrait la profondeur de l'amour que tu serais capable d'éprouver pour la bonne personne.

La bonne personne, celle qui n'aurait pas une passion pour le cuir. Au bout du compte, c'était cette précision essentielle qui nous empêcherait toujours tous les deux de nouer une relation pérenne.

— C'est apparemment une grande dame, ta grand-tante Mildred.

— Oui, c'est vrai. Je suis heureux d'être allé la voir. Ma grand-mère m'a souvent parlé de sa sœur qui n'avait jamais oublié un anniversaire ou un Noël.

Je me rendis compte que jamais jusqu'à présent, nous n'avions pas parlé de nos familles respectives ou des personnes qui comptaient à nos yeux.

— Je suis content que tu puisses compter sur une personne qui ne vive pas trop loin, même si elle est âgée.

— Merci, dit-il d'une voix traînante.

Brusquement, son visage s'illumina comme s'il venait de recevoir en une seule fois tous ses cadeaux d'anniversaire et de Noël.

— Cette visite aura été bénéfique à plus d'un titre, m'annonça-t-il.

Il fit une pause, ménageant son effet.

— Je ne voulais pas discuter de ça devant Gabriel, mais il est couché maintenant.

Une partie de moi voulait savoir à quelle sorte de jeu ils s'étaient adonnés, mais je ne trouvai pas le courage de poser la question. Ce qui se passait dans le donjon devait rester dans le donjon. Et en plus, ce n'était pas mes oignons.

— Bon, d'accord. Allez, accouche, lui ordonnai-je avec un sourire.

Don ressemblait à un môme qui venait de recevoir le jouet dont il avait toujours rêvé, même si dans son cas, le jouet en question ne pouvait être qu'un fouet.

— Une des raisons de ma visite à Tante Mildred est que je voulais lui demander si elle accepterait de se porter garante pour un prêt bancaire que j'ai l'intention de demander auprès de la banque en attendant que la maison soit vendue. Mais elle a eu une bien meilleure idée. Elle a non seulement accepté, mais vu que je suis son seul parent, elle m'a proposé d'acheter la maison. L'acquisition de biens immobiliers très bien situés est pour elle pratiquement un hobby. Alors, quand je lui ai décrit la maison, elle a pensé que ce serait un très bon investissement.

XXII : Section 1.21
If You Ever Did Believe

Les frissons m'envahirent de la tête aux pieds, par vagues successives et inexorables et de plus en plus intenses.

— Acquérir la maison ? Tu veux dire qu'au lieu de la vendre, tu as l'intention d'y habiter ?

Don acquiesça.

— Dès que j'ai vu le donjon, j'ai compris que c'était tout ce que j'avais toujours voulu. Ne te méprends pas : le Paradisio, c'est un très beau projet, mais ouvrir un bar pour fétichistes du cuir est une entreprise risquée et les possibilités d'expansion sont limitées. Alors que cet endroit regorge de sources de revenus potentielles beaucoup plus importantes. Je peux très bien imaginer des clients désireux de quelques nuits, juste le temps nécessaire pour être introduits dans le monde du BDSM dans un environnement protégé et discret. Ils ne seraient pas gênés par les nuisances extérieures que représentent les clients indifférents à ce genre d'activité. Et en plus, ils n'auraient pas à s'inquiéter d'avoir à rentrer chez eux une fois la session achevée. Ce serait parfait.

Il y avait un enthousiasme émerveillé dans sa voix alors qu'il m'exposait ses projets. Puis, il dut percevoir mon trouble, car sa passion tiédit un peu.

— Bien sûr, j'ai besoin d'une estimation de la maison afin d'avoir une idée de la valeur de ta part. Évidemment, si tu décidais de contester le testament, les choses deviendraient plus délicates, mais je me débrouillerai d'une façon ou d'une autre. Comme ça, tu pourras partir au moment de ton choix.

Je m'affaissai contre la vitre et j'espérai, quoiqu'un peu tardivement, qu'elle serait suffisamment solide pour supporter mon poids, car rien d'autre ne parviendrait à me faire tenir debout.

— Tu *veux* que je m'en aille ?

— Non, bien sûr que non ! protesta Don. Mais c'est toi qui veux partir et je ne te retiendrai pas contre ton gré, et surtout si tu n'es pas d'accord avec le concept que j'envisage de développer.

Quelques instants plus tôt, j'avais eu du mal à accepter que Gabriel et Don soient ensemble dans le donjon. Comment donc pourrais-je supporter de rester et les regarder s'abandonner à des plaisirs qui me seraient interdits ?

— Je suppose que tu as raison, concédai-je avec réticence.

Je replongeai dans la contemplation de l'océan. Le vent était complètement tombé et le reflet de la lune sur l'océan n'était perturbé que par les ombres noires des cargos transporteurs de minerai qui s'alignaient les uns derrière les autres en attendant de pouvoir s'amarrer dans le port. Ils patientaient, dans la nuit et le silence, tels de gigantesques prédateurs longilignes à l'affût d'une proie.

Don vint se poster à côté de moi et étudia mon profil. Il n'avait pas manqué de noter mon bouleversement. Toute la joie qu'il avait exprimée en m'annonçant ce qu'il considérait comme des bonnes nouvelles fondit comme neige au soleil.

— Qu'est-ce qui ne va pas, Steve ? Je pensais que tu serais heureux.

Je demeurai silencieux et me mordillai les lèvres. Il me saisit fermement par le coude et m'obligea à lui faire face.

— Putain, mec ! Comment puis-je savoir ce que tu penses si tu ne me parles pas ? Tu te caches en permanence et tu ne dis jamais ce que tu ressens.

— Ce que je ressens ?

Comment répondre à cette question alors que j'ignorais moi-même la réponse ? Je dégageai mon bras et commençai à faire les cents pas dans la petite pièce.

— Ce que je ressens ? C'est tellement difficile à décrire. Au début, je pense avoir bien accepté la nécessité de céder la maison et j'ai supposé qu'une fois que la vente serait réalisée, je pourrais enfin aller de l'avant, car il ne resterait plus rien pour me retenir. Mais maintenant… je ne sais plus… Cet endroit…

Je fis un geste de la main.

— Pas cette pièce en particulier, mais la maison, le jardin… Tout est tellement chargé de souvenirs. Et pas seulement par des mauvais ; j'en ai aussi de bons, dont je me rappelle avec plaisir.

Une lueur d'irritation fit flamber ses yeux.

211

— Allez, viens t'asseoir. Tu me donnes l'impression d'assister à un match de tennis avec toutes tes digressions.

Il me poussa vers le banc étroit qui n'attendait que des coussins tous neufs pour remplacer le vieux futon.

— D'accord. Parle-moi donc de ces bons souvenirs. Pourquoi es-tu resté aussi longtemps ?

Je m'assis et ramenai mes genoux contre ma poitrine.

Don croisa les bras, adoptant spontanément l'attitude caractéristique du Dominant. Je n'avais aucun doute qu'il ne me lâcherait pas avant d'avoir obtenu des réponses. M'abîmer dans la contemplation de ses bottes était infiniment plus facile que d'avoir à soutenir son regard. Dans la lumière vacillante des bougies, elles me paraissaient exagérément brillantes. Je m'imaginais en train de les cirer et de les lustrer, et cette tâche imaginaire me permit de me calmer suffisamment pour parvenir à voir un peu plus clair dans le chaos de mes pensées affolées. Cracher… Frotter… Cracher… Frotter… *Pourquoi n'étais-je pas parti plus tôt* ? Cracher… Frotter…

J'esquissai un sourire alors que ma mémoire me restituait l'un des meilleurs moments que j'avais vécus dans cette maison.

— Tu aurais dû nous voir quand nous avons enfin récupéré les clés. Nous sommes restés un moment dans l'enceinte, admirant la maison, *notre* maison, et Julius a passé son bras autour de mes épaules. Peu après, il a posé son menton sur mon crâne et m'a promis que cet endroit deviendrait *notre* château et que personne ne parviendrait jamais à nous l'enlever. Puis, nous avons couru comme des gosses en nous extasiant sur tout et en touchant tout ce qui faisait partie de notre tout nouveau domaine.

Je me mis à rigoler, car je venais de me rappeler quelque chose que j'avais complètement oublié.

— Julius a pissé dans chaque coin du jardin comme un chien marquant son territoire.

Don ne fit aucun commentaire. Je lui jetai un coup d'œil. Il était extrêmement tendu et je sentis qu'il ne partageait pas du tout mon amusement.

— Nous étions heureux, insistai-je. Et nous aurions continué à l'être sans sa foutue obsession pour le cuir.

Ma voix se brisa sur ce dernier mot et je commençai à trembler.

— Merde. On en revient donc toujours à ça.

Il me rejoignit sur la banquette et m'enferma dans ses bras forts et rassurants. Quoi qu'il ait pu faire avec Gabriel dans le donjon, il avait transpiré et il dégageait une délicieuse odeur masculine.

— Je sais que tu vas avoir du mal à le croire, mais tous les hommes qui portent du cuir ne se ressemblent pas.

Je sentis le souffle d'un profond soupir caresser ma peau, comme un baiser léger et fugace. Je me tortillai entre ses bras, non pas pour m'échapper, mais seulement pour mettre un peu de distance entre nous. Je frottai ostensiblement l'endroit de ma nuque qui me picotait.

— Tu sais, tu devrais vraiment raser ce putain de truc. Ça chatouille.

— Qu'est-ce qui chatouille ?

— Ta moustache. Vire-la, suggérai-je avec un sourire effronté. Sauf si tu as l'intention de rejoindre un groupe rendant hommage aux *Village People*.

— L'humour. Ton arme de prédilection pour te défendre. Tout pour éviter d'aborder vraiment le sujet.

Ses lèvres esquissèrent un rictus ironique.

— J'ai bien compris : tu détestes le cuir à cause de ce que tu as vécu avec Julius. Pourtant, je suis entré dans le donjon pour la première fois et quand j'ai vu tous ces appareils inutilisés, dans mon imagination, ces chaînes ne pendaient pas toutes seules du mur. Dans mon imagination, elles entouraient tes poignets et tes chevilles. Je pouvais te voir dans ma tête luttant contre tes entraves comme un tigre captif, testant leur solidité en attendant le baiser de mon fouet, non pour y échapper, mais impatient de le recevoir.

L'image que conjurait Don prit vie pour moi aussi. J'avais toujours vu les choses uniquement de mon point de vue, jamais en fonction de celui des autres. Un nœud se forma dans ma gorge me réduisant au silence aussi sûrement que l'aurait fait un bâillon. Lui me visualisait danser au rythme de son fouet alors que moi, tout ce que je voyais, c'était sa main qui maniait l'instrument, la sueur qui perlait sur sa peau, les muscles secs de ses bras gonflés par l'effort. Le côté très physique du BDSM exigeait de l'endurance, une qualité que Don possédait en abondance.

— C'est vrai, il y a des aspects qui me manquent, admis-je en frissonnant de plus belle, plus en raison du manque que du froid.

Don me reprit contre lui et frotta mes bras pour apaiser ma chair de poule. Il se pencha et murmura à mon oreille à l'instar d'un amant qui chuchoterait un secret au creux d'une oreille aimée.

213

— Un jour, quand tu seras prêt, j'aimerais essayer avec toi des choses un peu différentes et voir comment tu réagis. Aimerais-tu cela ?

Non ! Oui ! De cette façon, je n'aurais pas besoin de m'en aller et de quitter ma maison. Je remuai entre ses bras afin que nos deux corps soient en contact le plus possible.

— Peut-être, oui.

Des lèvres chaudes se posèrent contre ma tempe.

— Mais si nous en arrivons là, j'ai besoin d'être sûr que je peux compter sur ton honnêteté et que je peux te faire confiance pour me dire exactement ce que tu ressens. Je ne suis pas médium.

Il fit glisser ses mains le long de mes bras et s'empara fermement de mes poignets et les écarta de mes flancs.

La sensation d'être cerné par son cuir m'électrisa et un fourmillement enflamma toutes mes terminaisons nerveuses. Mon rythme cardiaque s'affola et les pulsations de mon cœur résonnèrent à mes tempes comme un tambour. Paradoxalement, les pensées qui s'agitaient auparavant sous mon crâne s'apaisèrent. La poigne de Don s'affermit et, quelque part en moi, un nœud se défit et une sensation de légèreté pétilla dans tout mon corps. Mon sexe se gonfla. *Non ! Ce n'est pas bien ! C'est pervers et dépravé !* Je luttai pour me libérer de Don, qui me relâcha immédiatement. Un doigt ganté se posa sur mon visage et me força à le regarder. Une main palpa mon érection.

— Hum. Ainsi, tu es toujours excité par le bondage.

— Bien sûr que je le suis. Comment crois-tu que je me sois retrouvé dans cette galère la première fois ? rétorquai-je en crachant littéralement ces mots, furieux par la trahison de mon propre corps. Je n'ai pas l'intention de nier le fait que j'ai toujours été excité par la perspective d'être attaché. Mais qu'est-ce que ça prouve ? Rien, sauf que je suis un grand malade.

— *Non* !

Je tiquai à sa réaction furieuse. Il baissa la voix pour adopter un ton plus doux destiné à me rassurer.

— C'est ce que ta psy t'a raconté ? Que tu étais malade parce que tu aimais être attaché quand tu faisais l'amour ?

Je déglutis et cherchai à retrouver ce point d'ancrage que la thérapie m'avait procurée.

— Oui.

— Foutaises ! Prendre son pied grâce à des pratiques non conventionnelles n'implique pas une aliénation mentale ou une anormalité. Ce qui est anormal, c'est d'avoir à lutter contre une part essentielle de toi-même. Elle aurait dû au contraire t'encourager à accepter cet aspect de ta personnalité, tout comme tu as accepté le fait d'être gay.

L'homme qui me tenait ce discours avait de toute évidence fait la paix avec sa propre singularité. Je me revis soudain dans la salle d'attente de mon médecin, feuilletant des brochures au titre accrocheur du style 'un esprit sain' et 'les douze étapes pour vaincre son addiction'.

— Ma thérapeute décrivait le BDSM comme une forme d'addiction.

Don prit un air renfrogné.

— C'est en effet ainsi que les psys ont l'habitude de considérer le BDSM. Cependant, la position en vigueur à l'heure actuelle est que cette pratique n'a rien de malsain dès lors qu'elle est consensuelle, ce qui n'a manifestement pas été ton cas.

— Mais c'est peut-être vrai. Peut-être que le BDSM est au fond vraiment une addiction. Mon médecin estimait que l'abstinence était le seul remède possible.

— Encore des conneries ! Manger du chocolat peut aussi être considéré comme une addiction. L'abstinence n'est pas la solution quand on doit faire face aux raisons sous-jacentes qui t'ont conduit en tout premier lieu à l'excès.

Don me prit à nouveau les poignets, d'une manière moins exigeante cette fois. Ses pouces effectuaient de légers mouvements circulaires sur ma peau et me transmettaient une forme de magie toute spéciale. Puis, il reprit la parole :

— Il serait peut-être temps que tu arrêtes d'accuser le BDSM d'être la cause de tous tes maux.

Il n'avait pas parlé très fort, mais l'impact de ses mots n'en fut que plus puissant.

— Qu'est-ce que tu veux dire ? demandai-je d'une voix hésitante.

— C'est comme rendre l'alcool ou la drogue responsable de l'échec d'un mariage. L'abus d'une substance quelle qu'elle soit n'est pas la cause, mais le symptôme.

Le silence tomba tandis que je prenais conscience de la vérité contenue dans ses paroles. Même à l'époque où Julius et moi étions ensemble, j'avais blâmé le BDSM au lieu de regarder la situation en face avec objectivité. J'eus l'impression que quelqu'un venait de me piquer ma béquille. Tout en moi se rebellait à cette évidence qui venait de m'être jetée sans ménagement au visage, mais l'assurance dont Don faisait preuve m'enveloppait et me soutenait dans ce que je considérais comme un cataclysme.

— Comment peux-tu affirmer un truc pareil ? Comme peux-tu être aussi sûr de toi, à ce propos comme du reste ? questionnai-je d'une voix hésitante.

— D'accord, je n'ai peut-être pas une formation académique reconnue, mais j'ai assisté à un certain nombre de conférences, de groupes de réflexion et j'ai lu tout un tas de livres sur les mécanismes psychologiques qui se cachent derrière la pratique du BDSM. Je parie que je suis capable de cerner beaucoup mieux ton problème que ta thérapeute n'a su le faire.

— Je n'aurais jamais pris le risque de revenir en Australie si elle ne m'avait pas aidé à guérir.

— À guérir ? s'exclama-t-il d'un ton incrédule. D'après moi, Julius t'a abîmé aussi bien physiquement que mentalement. Bien sûr que ton état s'est amélioré une fois que tu lui as échappé. Mais tu n'es pas guéri : tu vas seulement moins mal.

Je ne l'avais jamais entendu faire preuve une telle conviction, mais je demandai si cela suffisait pour lui donner pour autant raison ?

— J'en ai vu et entendu suffisamment pour me faire une opinion assez précise de toi. Ta psy t'a peut-être guéri dans une certaine mesure, et c'est ce dont tu avais besoin. Mais pour le reste ? Tu es en train de faire face à chacune des situations qui te donnaient l'impression d'être pris au piège et, en le faisant, tu démontres que tu as les ressources nécessaires pour bien gérer la situation. Je suis convaincu que tu ne devrais pas te refuser quelque chose que tu as apprécié par le passé, simplement parce que tu as connu une mauvaise expérience. Ce serait comme se priver à tout jamais de chocolat parce que tu as mangé un jour par inadvertance une barre périmée qui t'a rendu malade.

Comme c'était tentant de le croire !

— Tout ça semble parfait en théorie, mais qu'est-ce que ça donne dans la réalité ?

Don se mit doucement à rire.

— Tu me rappelles Vince, celui qui m'a initié au fétichisme. Il affirme que rien ne remplace l'instinct.

Je m'extirpai de son étreinte. Cet homme avait l'étrange pouvoir de me nouer les entrailles à chaque contact.

— Pourquoi n'essaierait-on pas un peu de bondage ? Tu me diras d'arrêter si les choses deviennent trop difficiles, me défia-t-il d'un air moqueur.

En étais-je capable ?

— Et si jamais tu touches un point sensible et que ça ne fait qu'aggraver les choses ?

L'écho des supplications que j'avais adressées à Julius pour qu'il accepte de me laisser partir bourdonnaient dans ma tête comme les moustiques contre la vitre.

— Je surveillerai constamment tes réactions pendant la session. Je serai à l'affût de chaque tressaillement, j'évaluerai chaque respiration et j'écouterai chaque gémissement.

Quel gémissement ?

— Je ne gémis pas, affirmai-je d'un ton catégorique.

Don eut un sourire plein d'arrogance et me captura à nouveau les poignets, tout doucement, et massa mon pouls de son pouce.

— Oh, mais crois-moi, tu vas gémir.

L'espoir l'emporta.

— Ok. Voyons à quel point tu es doué, *Maître* D !

XXIII : Section 1.22
How Still My Love

Un soupir de soulagement m'échappa quand je me rendis compte qu'il me conduisait à l'étage ; j'avais craint qu'il ne m'emmène tout droit au donjon et je m'étais préparé à cette perspective.

Une fois dans la chambre, Don se déshabilla et se comporta comme le maniaque qu'il était et rangea très soigneusement ses vêtements. Contrairement à beaucoup de Maîtres, il ne comptait pas sur un esclave dont le rôle était de le suivre partout et de nettoyer derrière lui. Vêtu uniquement d'un caleçon bleu foncé, il quitta la chambre et je présumai qu'il allait fermer les portes pour la nuit.

Je lui piquai son caleçon australien et allai me laver les dents, prenant tout mon temps et mettant à profit ce bref moment de solitude pour m'inquiéter du bien-fondé de ma décision. Ma petite voix interne me susurrait insidieusement que j'étais sur le point de commettre une monumentale erreur.

Don finit par me rejoindre dans la salle de bain et vint se tenir derrière moi, scrutant mon reflet dans le miroir. Ce lien bizarre qui semblait nous unir avait dû l'alerter de mon malaise.

— Arrête de t'en faire, Steve. Et rappelle-toi : tu ne cesseras jamais d'être aux commandes. Je m'arrêterai chaque fois que tu me le demanderas. De mon côté, si je pense que tu es en difficulté, je m'interromprai pour vérifier ce qu'il en est. Il ne se passera rien qui ne soit à même de te procurer du plaisir.

Il pressa ses lèvres contre la gueule du tigre rugissant tatoué sur mon dos. Je me tournai pour lui faire face. Me concentrer sur ses yeux bruns était moins difficile que d'avoir à supporter mon reflet angoissé dans le miroir.

— C'est vrai ?

Je m'efforçai de paraître sûr de moi, mais je devais fournir de grands efforts pour me comporter comme un petit malin dès lors que je n'étais pas travesti. Don me prit par la main pour m'emmener et il me guida vers le lit dans lequel il me fit allonger sur le dos. Ensuite, il plaça sa bouche tout près de mon oreille.

— Il y aura certaines occasions où je t'ignorerai et d'autres pas. Mais sache que chaque fois que nous ferons l'amour ou quoi que ce soit d'autre de physique, tu n'auras qu'un mot à dire pour m'arrêter. As-tu bien compris ?

— Echidné.

— Hein ? s'exclama-t-il d'un ton interloqué tout en se reculant pour m'observer. Qu'est-ce qui peut bien porter un nom pareil ?

— C'est…

Il fit courir sa paume sur ma poitrine, puis sur le tissu tendu du caleçon. *Oh oui* !

— C'est comme un… balbutiai-je, éprouvant le plus grand mal à trouver mes mots. C'est comme un porc-épic, mais en plus gros.

— Tout hérissé de piquants, c'est ça ? Je dois dire que ça correspond bien à ta personnalité.

Les mains de Don continuaient leur ballet magique et jouaient avec mes nerfs. Il ne donnait pas l'impression de vouloir précipiter les choses et je me demandai si je ne m'étais pas trompé sur ses intentions : peut-être n'avait-il aucune intention de commencer quoi que ce soit ce soir et attendait-il le matin pour m'emmener dans le donjon. Je me détendis malgré tout contre le lit, tout simplement heureux de pouvoir succomber à ses caresses.

— Je me demande ce que pourrait bien dire Tante Mildred si elle te voyait porter ce caleçon.

Don entoura mes testicules de sa main et les rassembla en une boule serrée, les faisant saillir sous le satin du sous-vêtement.

— Hum… pense à la remercier la prochaine fois que tu la verras.

— Je n'y manquerai pas.

— Si tu continues, je ne tiendrais même pas cinq minutes, lui fis-je remarquer d'une voix entrecoupée.

— Si je continue quoi ? Ça ?

Il descendit le long de mon corps pour mettre sa bouche à la hauteur de mon sexe et se mit à le sucer à travers le caleçon.

Je me cambrai en réaction et la chaleur moite de sa bouche sur l'étoffe me conduisit à la lisière de l'orgasme.

Oh mon Dieu !

— Tu es vraiment très facile à exciter, hein ? dit-il d'un ton moqueur, tout en continuant à jouer avec mon sexe.

— Tu n'as aucune idée à quel point c'est vrai ! Une fois que tu auras mis ta bouche sur moi, je serai complètement foutu.

— Je parie que tu pourrais tenir plus de cinq minutes si tu le souhaitais vraiment.

Si la nuit dernière devait servir de référence, même pas dans mes rêves !

— Aucune chance. Cinq minutes, pas une de plus.

— Soyons joueurs et parions sur trente minutes. J'aime le parallèle avec ton âge.

C'était une plaisanterie ?

— Je trouve que tu as une étrange fascination pour les paris. Ça doit certainement venir de ton héritage australien.

Mes yeux se révulsèrent presque quand il me gratifia d'une longue caresse très appuyée sur le sexe. Rien de ce qu'il faisait ne ressemblait à sa vigoureuse masturbation de la nuit précédente : c'était tout simplement divin.

— D'accord, parvins-je à murmurer. Mais je remporte quoi si *je* gagne ?

— Tu remportes le droit de me baiser.

Je me redressai sur mes coudes et le fixai intensément. Il m'adressa un sourire séducteur sous l'ombrage de ses cils. Enfoiré de mec. J'essayai de me rappeler que je n'aimais pas sa moustache, qui me grattait et qui lui donnait un air démodé, mais la seule partie de mon anatomie qui soit d'accord avec ces inconvénients se trouvait sous ma boite crânienne et non dans mon caleçon. D'ailleurs, même mes neurones se disputaient entre eux à ce propos.

— Et... Si... Et si c'est toi qui gagnes ?

— Alors, tu n'auras pas le droit de me baiser, mais moi si.

— Quoi ? Encore ?

Ça rimait à quoi un gage pareil ?

— Pas encore. Enfin.

— Ouais.

Ma vision se troubla. Chaque parcelle de mon corps semblait flotter au-dessus du lit comme un ballon gonflé à l'hélium, et l'unique chose qui m'empêchait de prendre mon essor était la partie cérébrale et rationnelle de mon être. Construire des phrases devint difficile.

— Notre autre pari... Je l'aurais gagné... Si seulement ce type... ne m'avait pas perturbé.

— Correct.

Ma verge reçut une autre caresse.

— Mais… Pourquoi l'éjaculation ?

Il se remit à me sucer à travers le caleçon désormais trempé. Oh putain, comme c'était bon ! J'avais de plus en plus de mal à réfléchir, alors parler devint un véritable challenge.

— Ce n'était pas… une façon… de traiter… une dame.

Don se recula et nos regards se croisèrent.

— Je n'ai pas pu me retenir. Comme tu l'as dit toi-même, j'aurais joui plus tôt si ce crétin ne l'avait pas ouvert. Tu as une bouche particulièrement douée.

Mais lui aussi.

Merde, cette conversation était en train de me distraire. Mais peut-être était-ce délibéré de sa part ? Faire durer les secondes, les minutes, pour s'assurer de la victoire.

— Tu n'es pas censé parler, lui rappelai-je.

Il sourit.

— D'accord. Mais en contrepartie, tu n'as pas le droit d'utiliser tes mains, répondit-il avec un sourire.

J'avais en effet profité du moment où il avait cessé ses attouchements afin de me parler pour soulager la tension que je subissais en caressant rapidement mon sexe affamé. Je portai sur Don un regard curieux, mais il avait repris son activité buccale sur mon membre. L'orgasme commençait déjà à s'amasser dans mes testicules. Mais quelle importance ? Je n'arriverais pas à durer très longtemps de toute façon.

— Ça me paraît correct. Mais pour être sûr de résister à la tentation, je vais m'agripper, déclarai-je en saisissant les barreaux qui ornaient la tête du lit.

J'eus le souvenir fugace d'avoir été enchaîné dans cette position durant des heures, mais cette réminiscence s'évanouit aussi vite qu'elle était née quand Don reprit ses vigoureuses succions. Quelle merveilleuse sensation ! Je me détendis et me laissai porter par l'instant présent.

Il s'arrêta à nouveau.

— Qu'est-ce qui se passe ? Pourquoi t'arrêtes-tu ? lui demandai-je d'un ton impatient.

Don soupira.

— Laisse-moi résumer la situation pour être sûr que j'ai bien tout compris : tu ne lâches pas la tête du lit et je n'ai pas le droit de parler, c'est ça ?

J'approuvai d'un hochement de tête.

— Et si tu ne jouis pas dans la demi-heure qui suit, je gagne ?

Euh… Quelque chose clochait. En l'espace de quelques secondes, ces paramètres très logiques avaient été pervertis. Mais comme j'étais incapable de penser rationnellement, je n'arrivais pas à comprendre comment.

— Ouais. C'est quelque chose comme ça.

Don continua à parler tout en frottant son pouce de haut en bas sur mon caleçon, exerçant juste assez de pression pour faire glisser la peau de mon sexe. Sa voix était dénuée de la moindre émotion, très terre à terre, comme si nous étions en train de débattre du type de pain que nous allions acheter.

— Mais moi, par contre, je peux utiliser mes mains. La situation est donc exactement le contraire de ce qui s'est passé au Paradisio, n'est-ce pas, puisque le but est que tu jouisses aussi vite que possible.

Sans attendre ma réponse, il baissa mon sous-vêtement pour que la ceinture se loge juste sous mes testicules et les lui présente offerts comme sur un plateau. Une touche légère comme une plume vint à leur rencontre et je me cambrai violemment contre le lit.

Don s'assit sur ses talons et eut un sourire que n'aurait pas renié un satyre.

— Tu as lâché les barreaux.

— Mais bien sûr que j'ai lâché ces putains de barreaux. J'ai failli jouir !

Il se glissa hors du lit et revint avec la cravate en soie bleue qu'il avait portée pour rendre visite à sa Tante Mildred.

— Je ne la serrerai pas très fort, mais je crois que ça pourrait t'aider à ne pas bouger les mains.

Ce serait au moins plus confortable que ces satanées chaînes, pensai-je en mon for intérieur.

— D'accord.

Je l'observai avec prudence tandis qu'il nouait la cravate autour de mes poignets et les attachait aux barreaux du lit. Était-ce ainsi qu'il entendait procéder ? Me tester au préalable grâce à des jeux coquins ? Je tirai avec hésitation sur la cravate.

— J'ai utilisé un nœud très facile à défaire et je peux te libérer en une seconde.

Arrête de t'inquiéter. Les liens sont juste un rappel, non une entrave.

— Ok.

— Bien. Et n'oublie pas que tu peux me demander d'arrêter à n'importe quel moment.

Nous étions donc dans une véritable session, mais Don s'arrangeait pour la transformer en une activité joyeuse afin de me mettre à l'aise. Et merde, où était le problème après tout ? Tout ce que j'avais à faire était de rester allonger et de profiter de ces instants.

Don massa mes bourses, les soupesant au creux de ses paumes.

— Hum… Jolies. Je me demande si elles sont aussi grosses que les œufs que pond ce satané volatile.

— On était d'accord… Ah… Pas de parlotte, parvins-je à grommeler tout en fermant les yeux.

— Nous n'avons pas encore commencé alors cela ne compte pas.

Mes genoux se relevèrent tandis que ses mains se faisaient plus déterminées. Il me rabaissa les jambes sur le lit.

— Hum… Je ferais aussi bien de les attacher.

Oh merde. Et voilà, j'y étais de nouveau. Je pris une grande inspiration. Pourrais-je supporter de voir ma liberté de mouvement restreinte davantage ? Pas de problème. Comme la session n'allait pas durer très longtemps, je devrais y arriver, me rassurai-je. Après tout, mon corps avait été habitué à être attaché.

— Vas-y, mais détache-moi à la seconde où je jouis, d'accord ?

— Je te le promets, m'affirma-t-il, son sourire effacé et toute trace d'amusement absente.

Il jeta un coup d'œil dans la pièce, se dirigea vers la commode et en sortit deux peignoirs de bain. Une fois qu'il m'eut enlevé mon caleçon, il utilisa les ceintures pour attacher mes chevilles aux pieds du lit. Il fit cependant en sorte qu'il me suffise de faire glisser mon pied pour pouvoir me libérer en cas de besoin. Parfait.

Une goutte de liquide séminal glissa sur mon ventre. Jusqu'à présent, toutes les actions de Don avaient été faites pour mon unique bénéfice. Mon pénis était déjà si dur qu'il suffirait d'un infime contact de sa bouche pour me faire décoller. Je le fixai, me demandant ce que pouvait bien mijoter son esprit tordu.

— Pas le droit de brutaliser la queue et les couilles, l'avertis-je.

— Je n'y aurais même pas songé, rétorqua-t-il.

Il admira le soubresaut qui agita brusquement mon sexe.

— Peut-être une autre fois alors, murmura-t-il.

Il éclata de rire quand ma verge se mit à nouveau à tressaillir.

— Pas le droit non plus de tricher en fichant le camp et en m'abandonnant là pendant une demi-heure, ajoutai-je.

Je ne me rappelai trop bien Julius agissant ainsi, juste parce qu'il en avait le pouvoir et qu'il en avait envie.

Le sourire de Don disparut encore une fois.

— Ta queue sentira à tout instant le contact, soit de ma bouche, soit de mes mains.

Une goutte glissa vers mon nombril et il la lécha avec gourmandise. Je me cambrai violemment sous l'effet du plaisir. Merde, j'adorais quand il faisait ça. Bien qu'elles soient très lâches, les entraves remplissaient leur rôle et me maintenaient dans un état de vulnérabilité. Je ne pus retenir mon gémissement.

Don se mit à rire et ses dents blanches ressortirent dans son visage. Sans dire un mot, il glissa plus bas le long de mon corps et se mit à goûter l'extrémité de ma verge pour y lécher tout le sperme qui ne s'en était pas déjà échappé.

Mes gémissements devinrent plus forts tandis qu'il continuait à descendre, prit mon sexe dans sa bouche centimètre par centimètre. Mes jambes tremblèrent. La succion s'interrompit immédiatement et le seul contact qui demeurât fut celui de sa langue qui se déplaçait sans hâte de bas en haut.

Une fois encore, il sut exactement à quel instant s'arrêter. À croire que des feux tricolores avaient poussé sur ma tête. Dans ce cas, ils devaient être d'une belle couleur orange.

Une autre succion, puis encore une autre, me conduisit à nouveau au bord de l'explosion. Mes gémissements se transformèrent en grognements. Ce mec était un véritable maître dans l'art de pousser les autres au bord du précipice. *Maître…* Je n'aurais pas dû penser à ce mot. Peu importait à quel point le fait d'être attaché pouvait m'exciter, c'était cette relation malsaine du Maître et de l'esclave qui m'avait en partie détruit. Le besoin de posséder. Le besoin de contrôler. Le besoin de maîtriser ma liberté de mouvement. Le besoin de restreinte ma liberté tout court.

Des cris fantômes résonnèrent dans ma tête, cognant et brutalisant mon cerveau, ramenant à la surface des souvenirs d'autres temps où j'avais été enchaîné sur un lit pendant des heures, parfois pendant des jours, nageant dans ma propre urine. Pire encore, Julius qui me battait après m'avoir baisé avec une brutalité inouïe, son fouet écorchant ma peau jusqu'à ce que mon sang tâche les draps. Les ceintures et la cravate se tendirent. Le sang pulsa à mes tempes tandis que je luttais pour me libérer.

— *Nooonnn* !

XXIV : SECTION 1.23
STOP DRAGGING MY HEART AROUND

À TRAVERS le voile opaque des images et des sons cauchemardesques venus tout droit de mon passé, une voix posée et pleine de raison parvint à se frayer un chemin :

— Arrête de paniquer, Steve. Je suis en train de te détacher.

Le goût âcre de la bile envahissait ma bouche.

— Besoin de…

— Je sais.

Et juste comme ça, comme par miracle, je fus libre.

Je balançai mes jambes sur le côté du lit et enfouis ma tête entre mes mains. Le bout de mes doigts me picotait comme si des aiguilles y avaient été enfoncées. Je fus vaguement conscient d'un peignoir drapé autour de mes épaules. J'agrippai la sortie de bain comme si ma vie en dépendait. Je continuai cependant à trembler comme une feuille, mes dents claquaient comme des castagnettes et ma respiration était devenue laborieuse. Ceci n'était pas un cauchemar : j'étais réellement là, exactement à cette place où tout avait si mal tourné. Je fermai les yeux et serrai très fort les paupières pour faire disparaître le décor et tout ce qu'il représentait. J'entendais de très loin la voix grave d'un homme, mais ses mots n'avaient que très peu, voire aucun sens pour moi. Malgré tout, le rythme calme et presque hypnotique des phrases finit par m'atteindre et l'accent américain si caractéristique de Don me procura le fil qui me permit de sortir du labyrinthe de mes peurs.

— Tout va bien, Steven. Allez, respire. Inspire… Expire…

J'étais peut-être au même endroit, mais à une époque différente, avec un homme différent. Un sentiment de *déjà-vu* m'envahit. Ma peau était moite et glacée, exactement comme elle l'avait été la nuit de notre première rencontre.

Don ne me retint pas quand je rampai hors du lit. Je glissai mes mains dans les manches du peignoir et titubai en direction de la salle de bain. Dieu merci, quelqu'un avait eu la bonne idée de renouveler le bain de bouche.

J'en mis pris une gorgée et me gargarisai, les mains cramponnées si fort au lavabo en porcelaine qu'elles en devinrent livides. Au bout de quelques respirations supplémentaires, je fus capable de me regarder dans le miroir. Mauvaise idée. Je m'aspergeai le visage avec de l'eau chaude, parvenant ainsi à dissiper en partie les frissons qui persistaient à m'agiter, mais pas assez pour faire fondre le froid qui me glaçait le sang. J'acceptai sans mot dire la serviette de toilette que m'offrit Don. Le contraste entre l'apogée que j'avais atteinte quelques instants plus tôt et ma chute vertigineuse dans cette crise de panique avait dû lui flanquer une trouille de tous les diables. Je serrai les pans du peignoir autour de moi et cherchai en vain la ceinture. Ah oui, bien sûr. Plus de ceinture. Si j'avais été en état de faire de l'humour, j'aurais pu en conclure que, pour moi, la ceinture était décidément la source de tous les maux.

— Aaahhh, me mis-je à hurler dans l'espoir d'expulser toute la frustration que je ressentais. Fiche le camp.

Parviendrais-je un jour à me libérer de toutes mes craintes ?

— Non. Je n'ai l'intention d'aller nulle part.

— Mais non, pas toi ! m'exclamai-je en saisissant son bras bien qu'il n'ait fait aucun mouvement.

Je n'avais jamais été aussi reconnaissant de sa présence si solide et si rassurante qui m'ancrait dans la réalité.

— Je parlais à ces saloperies de souvenirs. Je voudrais tellement être capable de faire ces choses... mais je... n'arrive pas...

— C'est ce que j'en ai déduit, en effet. Ne t'en fais pas. Je te tiens maintenant, me tranquillisa-t-il en pressant une main ferme sur mon épaule.

Je me frottai les poignets dans l'espoir d'effacer les réminiscences que les liens avaient fait ressurgir. Les entraves n'avaient pas été serrées suffisamment pour laisser des marques, du moins rien qui soit visible de l'extérieur.

Au bout de quelques minutes, Don me prit la main.

— Viens, nous n'allons pas passer toute la nuit ici.

Je le suivis en chancelant dans le couloir. Je me sentais comme un patient errant dans un couloir d'hôpital, à la seule différence que je ne portais pas de couche. Gabriel se tenait devant la porte de notre chambre, le visage presque aussi blafard que le mien.

— Vous avez besoin d'aide ? s'enquit-il.

— Non, ça va aller. Mais merci, répondit Don en lui indiquant d'un geste de la main qu'il pouvait s'en aller. Je vais pouvoir me débrouiller tout seul.

Avec un sourire hésitant à mon intention, le jeune homme regagna sa chambre.

Je pensai que Don et moi allions suivre son exemple, mais il me conduisit dans la cuisine, une main posée au bas de mon dos.

Je serrai les pans du peignoir autour de moi, m'assis sur un tabouret et observai Don tandis qu'il sortait du placard tous les ingrédients nécessaires pour me faire un chocolat chaud. Sans que j'y fasse attention, il s'était débrouillé à un moment quelconque pour passer l'autre sortie de bains. On faisait décidément une belle paire, dans le genre remède contre l'amour.

— Merci, lui dis-je en acceptant le bol de ses mains.

Je bus une gorgée et me rendis compte qu'il avait mis au moins trois cuillères de sucre.

— Essaies-tu de m'attendrir, Beau Sourire ?

Don m'adressa un sourire en coin et se percha sur le tabouret voisin du mien.

— Le chocolat va te réchauffer et, en plus, c'est le meilleur remède qui soit contre le choc que tu as reçu.

Choc. Ouais. Le mot décrivait bien ce que je venais de vivre.

— Je suis désolé ; je ne sais pas pourquoi j'ai réagi comme ça.

Après avoir bu une longue gorgée de sa propre tasse, Don posa une main sur mon genou et le pressa tout doucement.

— Je suis celui qui devrait s'excuser. Tu me donnes parfois l'impression d'être une cocotte minutes : tu as empilé toutes tes émotions dans la cuve et posé le couvercle dessus pour pouvoir les oublier. Mais tu as oublié que la vapeur ne ferait que s'accumuler avec le temps. Alors, quand il arrive que le couvercle s'ouvre, toute la vapeur te revient en pleine figure, et avec elle toutes tes souffrances.

— Mais pourtant je savais très bien que je n'avais rien à craindre de ta part.

— Ce n'est pas le problème. Le souci vient du fait que, lorsque la session devient trop intense, ton inconscient prend les commandes et tu te laisses submerger par tes traumatismes.

Il poussa un profond soupir et reprit :

— Non, c'est moi qui ai merdé, et pas qu'un peu. J'aurais dû m'assurer que tu étais réellement prêt.

Le pauvre semblait tout aussi secoué que moi.

— Non, ce n'est pas ta faute. Tout allait si bien, et après tout ce que tu m'avais dit, j'étais convaincu que le risque en valait la chandelle.

Je resserrai le peignoir autour de moi et appréciai la chaleur de la cuisse de Don pressée contre la mienne.

— Il n'y a pas quelque chose que tu pourrais prendre ? Du Valium ? Un antidépresseur ?

— Mon médecin a essayé certains médicaments, mais rien, en fait, rien n'empêche les crises d'angoisse. Pour une raison inconnue, les médicaments n'ont aucun effet sur moi.

Il laissa échapper un profond soupir.

— Je n'arrive pas à croire que tu ne m'aies rien dit à propos de tes attaques de panique ! Il y a autre chose que tu as passé sous silence ? Des crises d'épilepsie ? Des migraines ?

— Non.

Ses doigts tremblaient alors qu'il les passait dans ses cheveux.

— DURANT LES sessions, j'ai pris l'habitude d'avoir des partenaires dont l'état de santé n'était pas un critère à prendre en considération. Mais j'aurais dû vérifier ce qu'il en était pour toi... Je me laisse aller.

Cela me faisait mal de le voir si blessé.

Aucun de nous ne prononça plus un mot et nous nous concentrâmes sur notre chocolat. Quelque chose semblait le préoccuper. Il finit par déposer sa tasse vide et enveloppa sa main autour de mon poignet pour vérifier mon pouls. Tout était redevenu normal.

— Ce qui m'étonne, c'est que tu aies accepté d'être ligoté alors que cette situation te terrifie tellement.

J'ai dit oui tout simplement parce que je voulais voir si j'étais capable de replonger dans ce monde ! Et parce que si c'était le cas, je n'aurais alors plus besoin de partir.

Le plus fou était que maintenant que j'avais quitté la chambre, mes frayeurs me paraissaient irrationnelles et exagérées. Don n'était pas Julius.

— Ce n'est pas le fait d'être attaché qui m'a fait paniquer ; c'est la peur d'être laissé tout seul, l'angoisse de ne plus être en mesure de bouger.

Je marmonnai ces mots dans ma tasse, luttant pour cacher le nœud qui contractait ma gorge.

— Je suis vraiment désolé de t'avoir fichu une telle peur.

— Une fois encore, ce n'est pas ta faute. C'est la mienne. Je n'avais pas anticipé la violence avec laquelle tu pourrais réagir.

— Ouais, eh bien si ça peut te consoler, moi non plus. Je présume que la partie sud de mon anatomie contrôlait mon cerveau.

— Conneries. Et c'est d'ailleurs une partie non négligeable de ton problème : tu n'arrêtes *jamais* de réfléchir. J'ai essayé de te maintenir concentré sur l'instant présent, et il y a eu un moment où j'ai réellement cru que nous étions en phase. Puis il s'est passé quelque chose et tu m'as lâché en cours de route.

L'avais-je lâché ? L'avais-je perdu ? Je pris une gorgée de mon chocolat. Je me demandais comment il s'était débrouillé pour réduire à néant la plupart des barrières que j'avais érigées pour me protéger des hommes en cuir. Il n'était même pas beau et il n'appartenait pas au type d'hommes sur lequel je craquais d'ordinaire. Pourtant, une partie de moi souffrait de mon inaptitude à lâcher prise et à capituler devant lui.

— Tu es encore en train de le faire.

Je levai les yeux et aperçus l'exaspération peinte sur son visage.

— Faire quoi ?

— Tu es en train de ruminer toutes sortes de pensées toxiques qui ne peuvent pas s'échapper, car tu refuses de les laisser sortir.

Et c'est pour une très bonne raison, Beau Sourire.

— Et pourquoi devrais-je les laisser sortir ?

— Parce que si tu acceptais de les partager, tu pourrais en fait éviter de te retrouver dans des situations délicates.

— Insinues-tu que j'aurais dû dialoguer davantage avec Julius ?

— Oui. Évidemment que tu aurais dû. Mais laissons Julius en dehors de cette discussion pour l'instant.

Je poussai un grognement en l'entendant me renvoyer au visage mon propre constat, mais je n'avais rien de plus à ajouter.

— Si tu ne me dis pas ce que tu penses, comment puis-je comprendre la nature de ton problème ?

Mon problème ? Tombé amoureux de lui constituait mon principal problème !

— Et si je désirais tout simplement garder mes pensées pour moi afin de ne pas avoir à révéler ma faiblesse ?

Les sourcils de Don s'arquèrent sous l'effet de l'ahurissement.

— Ta faiblesse ? Mais qui est faible ? Certainement pas toi. Se soumettre ne signifie absolument faire preuve de faiblesse, bien loin de là. Il faut beaucoup de courage pour accepter de céder le contrôle.

Son pouce se mit à masser mon poignet, apprivoisant la panique qui avait commencé à refaire surface.

— Tu n'es pas faible, Steve, répéta-t-il tout doucement. Pense plutôt à la soumission comme l'offrande de ta force et de ton pouvoir en contrepartie d'un sentiment de bonheur et de sécurité. Plus tu offres et plus tu reçois en retour. C'est un échange équitable.

Je soupirai et fermai les yeux. Je m'imaginai que sa main caressait ma peau après m'avoir mis en le feu. Aurait-il utilisé un fouet pour faire naître un tel incendie ? Ou une cravache ? À moins qu'il n'utilise la paume de sa main ? Peu importait en fait, car je le laisserais utiliser ce que bon lui semblerait. Qu'allais-je obtenir en contrepartie ? Le bien-être ? L'extase ? Don s'attendait à ce que je partage mes pensées avec lui. Merde, c'était tellement difficile.

— Tu sais ce qui me terrifie plus que tout ? lui demandai-je en tournant vers lui des yeux embués et troublés par les larmes. La pensée que si jamais je parvenais à dépasser mes peurs et m'aventurais à nouveau dans le BDSM, je ne serais pas capable d'éviter de commettre à nouveau exactement les mêmes erreurs que par le passé.

Le massage apaisant s'interrompit sans que Don ne me lâche pour autant. Entre sa main posée sur mon poignet et celle posée négligemment sur mon genou, je me sentais lié à lui plus efficacement qu'avec des cordes. Après avoir regardé sans vraiment les voir ces deux points de contact pendant quelques secondes, je me mis à l'écoute de mon corps et me demandai où était donc passée ma peur.

Sa question me tira de ma rêverie :

— Est-ce ainsi que tu considères ce que tu as vécu avec Julius ? une erreur ?

— Bien sûr que c'était une erreur. C'est même la plus grosse erreur de toute ma vie !

L'expression de Don n'avait pas changé depuis le début de notre conversation, mais je décelai désormais dans son regard de l'inquiétude, mais aucune réprobation. Il soupira.

— Et pourtant, l'homme que tu es devenu est né de cette soi-disant erreur.

— Désolé, Beau Sourire, mais là, tu viens de me larguer.

— Personne ne devrait jamais avoir à affronter la perspective d'avoir à passer toute sa vie en prison. Pourtant, en cédant devant ses abus, tu es devenu plus fort, plus résistant, un peu comme une épée qui aurait été forgée dans un feu ardent. Durant toutes ces épreuves, tu as beaucoup appris tant sur toi-même que sur les autres. J'admets n'avoir aucune idée de l'homme que tu étais avant d'avoir rencontré Julius, mais celui dont je ne cesse de faire la connaissance sait faire preuve d'infiniment de compassion, même s'il s'évertue à cacher son armure dorée et à vouloir passer pour un dur à cuire.

— Ok, *docteur*.

Un mouvement de tête fut sa seule réaction. Je n'eus droit à aucun sourire, à aucun froncement de sourcil. Moi et ma foutue grande gueule avions-nous une fois de plus franchi les limites de l'acceptable ?

Il attrapa soudain les pans de mon peignoir, m'attira à lui et m'embrassa.

Waouh. Voilà une punition qui n'avait rien à voir avec les coups de brosse de Julius. La peur tenta bien de trouver la sortie, mais quand Don consentit à me relâcher, je ne fus conscient que de mon pouls battant très vite pour des choses qui n'avaient rien à voir avec mes angoisses.

— Tu sais, tu devrais mettre ces baisers en bouteille. Tu gagnerais une fortune.

Un sourire réchauffa son regard.

— Comment te sens-tu maintenant ?

— Beaucoup mieux, merci docteur.

— Veux-tu une autre tasse de chocolat ?

— Et pourquoi pas plutôt une bonne partie de jambes en l'air ? L'effet serait tout aussi bénéfique pour mon moral, mais bien meilleur pour ma ligne.

— Toi et ton armure dorée ! s'exclama Don en rigolant.

QUAND ARRIVA le moment d'aller se coucher, j'étais complètement épuisé. Je restai un moment à regarder fixement les draps froissés. Don vint se tenir derrière moi, sa moustache chatouillant ma nuque tandis qu'il me guidait jusqu'à ce que mes genoux touchent le bord du lit.

— Je pourrais te plier en deux et te baiser sur place, mais je pense que tu seras plus à l'aise si tu t'allonges.

Il insinua sa main entre les pans de mon peignoir et le fit glisser de mes épaules.

— Allez, allonge-toi et mets-toi sur le ventre.

Je lui obéis et restai immobile pendant qu'il se penchait au-dessus de moi et se mettait à masser mes épaules crispées. Ok, ce n'était pas tout à fait ce que j'espérais, mais faute de mieux, je me contenterai d'un massage. Au bout de quelques minutes de ce traitement, toute tension avait déserté mon corps et j'étais gagné par une langueur bienfaisante.

Une langue moite traça les contours de la queue de mon dragon tatoué, suivit la courbe que formaient les deux formes enlacées et vint terminer sa course sur la queue du tigre qui s'arrêtait à la naissance de la raie de mes fesses. Ses doigts s'y posèrent, descendirent un peu plus bas pour les écarter. Je sentis un contact humide quand sa langue prit le relais et qu'il se mit à lécher les contours de mon anus avant de s'y enfoncer avec détermination.

Heureusement, il avait décidé de prendre tout son temps. Quand il commença à introduire un doigt dans la danse, m'élargissant progressivement, j'étais à nouveau sur le point de jouir. Je me dressai sur les coudes afin de lui offrir un meilleur accès, cambrai mon dos en une supplique silencieuse, mais explicite.

Une paire de claques judicieusement appliquée sur chaque fesse provoqua une infime éjaculation qui vint tremper les draps. J'implorai 'baise-moi !', ce qui me valut une rapide application de lubrifiant, puis j'entendis le bruit facilement reconnaissable de l'emballage déchiré d'un préservatif. Je gémis de plus belle quand son membre gainé par le latex s'introduisit en moi.

Je ne ressentis aucune douleur, contrairement à la fois précédente où l'urgence du besoin avait été omniprésente. Je m'étais demandé comment le sexe serait avec un Don faisant preuve d'une patience infinie et je découvrais que certaines choses valaient décidément la peine qu'on les attende.

Depuis ma rupture avec Julius, je pouvais prétendre avoir accumulé des rencontres pour le moins variées. Bien qu'occasionnelles, certaines avaient atteint le niveau 'pas si mal' sur mon échelle de valeurs personnelle. En effet, certains de mes partenaires d'un soir furent agressifs, d'autres me donnèrent l'impression d'avoir quelque chose à prouver, usant et abusant des claques sur le cul et de jurons. Enfin, d'autres s'abîmèrent d'une façon égoïste dans une dimension spatio-temporelle qui leur était propre et ne prononcèrent pas un mot, à tel point que j'en arrivai parfois à me demander s'ils avaient seulement eu conscience du trou qu'ils étaient en train de baiser.

Don n'entrait dans aucune de ces catégories.

En fait, il ne parlait pas, mais émettait des grognements qui me donnèrent l'impression de partager la couche d'un tigre, et qui s'accordaient harmonieusement au rythme de ses hanches. Il bougeait dans mon cul comme s'il lui appartenait, et à chacun de ses retraits, je contractais mes muscles internes dans l'espoir de le retenir, refusant de le laisser s'échapper. Mes efforts le conduisirent à accélérer la cadence et à s'enfoncer encore plus loin. Je ne tardai pas à vocaliser mon appréciation ; après tout, il m'avait demandé d'être honnête avec lui et lui dire ce que je ressentais. Je n'étais pas très conscient du sens de mes balbutiements ; je cherchais juste à lui faire savoir quand il frappait le point névralgique en moi. Dès qu'il s'en rendit compte, il concentra toute son attention sur le point en question à tel point que je regrettai presque de lui avoir révélé cette faiblesse.

Des fourmillements naquirent dans mes orteils sans que le froid soit en cause, envahirent toutes les cellules de mon corps et les noyèrent dans des étincelles de pure énergie. Je m'affaissai sur un coude et saisis avec frénésie ma verge.

— Maintenant.

Un seul mot. Ce fut tout ce dont j'avais besoin. Le monde se fractura tandis que nous explosions en même temps, comme ces feux d'artifice du Nouvel An qui étaient tirés de cinq endroits différents, mais qui parvenaient à illuminer le ciel exactement en même temps en une succession de flamboiements multicolores et de 'boum' assourdissants.

— Oh merde.

J'avais peut-être crié, je n'en étais pas sûr. En tout cas, ma gorge était douloureuse comme si j'avais crié.

Don nous nettoya et prit soin de moi comme si nous venions d'arriver au terme d'une session particulièrement intense et me tint dans ses bras en me félicitant d'avoir été aussi parfait.

XXV : Section 1.24
Outside the Rain

QUAND JE me réveillai le lendemain matin, la première chose dont je pris conscience fut le tambourinement régulier de la pluie contre les carreaux. La vue devait être spectaculaire, mais le principal inconvénient de vivre dans une maison exposée comme la nôtre était que les vents du nord s'évertuaient sur leur passage à vider l'océan de toutes leurs eaux.

J'étais complètement vautré sur Don, ma tête reposant sur sa poitrine.

Le chocolat chaud et la fatigue induite par le sexe avaient porté leurs fruits, tout comme la proximité de son corps ardent. Je lui jetai un regard afin de vérifier s'il était réveillé. Il l'était et il était manifestement préoccupé. Il fronçait les sourcils et cela lui donnait une expression aussi sombre que devait l'être en ce moment le ciel.

— Qu'est-ce qui ne va pas ? demandai-je en prenant un peu de recul. Je suis en train de t'écraser ?

— Non, pas du tout, me répondit-il tout en me serrant brièvement dans ses bras. J'étais juste en train de réfléchir.

— À quel propos ?

— Julius.

Je me redressai sur un coude afin de pouvoir l'observer.

— À propos de quelque chose en particulier ?

— Je songeais à quelle point mon opinion sur lui avait changé avec le temps.

— Et... fis-je pour l'inciter à poursuivre.

C'était très perturbant de le voir ainsi contrarié.

Don m'étreignit à nouveau rapidement pour me rassurer et pour me montrer qu'il appréciait mon inquiétude.

— Quand nous nous sommes rencontrés pour la première fois, j'ai ressenti d'emblée de la sympathie pour lui, surtout quand il m'a parlé de son esclave qui refusait d'honorer ses engagements en profitant de son indulgence. Il se reprochait d'être faible, lâche. Puis, je t'ai rencontré, *toi,*

235

et rien ne collait. Même quand tu portes une robe, tu ne perds rien de ta force et de ton courage.

Il soupira, fit une courte pause et reprit :

— J'ai donc commencé à m'interroger sur mes sentiments réels à son égard. Juste après avoir appris l'accident et sans savoir qu'il avait payé le prix fort pour cette trahison, j'avais été furieux parce qu'il avait emmené Alex sans me demander mon autorisation. Puis, quand j'ai appris leur liaison, je fus encore plus bouleversé de comprendre que j'avais été incapable de satisfaire les besoins d'Alex.

Nouvelle pause, au cours de laquelle il eut un grognement chargé de mépris.

— Mais je t'ai vu complètement terrifié à l'idée de devoir entrer dans un donjon que tu adores manifestement, puis submergé par la panique la nuit dernière, et je me dis que Julius a de la chance d'être mort, sans quoi j'aurais été très tenté de lui régler son compte moi-même.

Sous l'effet de la contrariété, sa bouche était réduite à une ligne mince et livide.

— Mais pour quelle raison ? l'interrogeai-je, interloqué.

L'intensité de son regard me sidéra, lui qui avait tellement l'habitude de maintenir ses émotions sous un contrôle de fer.

— À cause du mal qu'il t'a fait.

Je tressaillis en entendant la colère à peine contenue qui déformait sa voix. Ses doigts suivaient les boursouflures des cicatrices laissées par les coups de fouet de Julius. Le tatouage les camouflait pourtant assez bien et m'évitait notamment bien des questions embarrassantes quand j'allais nager.

Sa fureur s'éteignit progressivement et ce fut d'une voix apaisée qu'il poursuivit :

— Et je ne fais pas seulement allusion aux dommages psychologiques. Des cicatrices comme les tiennes devraient être exhibées avec fierté en aucun cas dissimulées. Ce seul fait m'a appris tout ce que j'avais besoin de savoir.

Je demeurai silencieux et me contentai de laisser ses caresses adoucir mes souffrances.

— Ce qui me fait vraiment chier, c'est de ne pas avoir compris la véritable personnalité de Julius. Il a dû faire très attention à son comportement quand j'étais dans les parages.

Sans doute, mais même si Julius avait réussi à séduire Alex, il avait commis l'erreur de sous-estimer le pouvoir de Don. Comme je ne voulais pas lui rappeler son esclave perdu, je gardai mes conclusions pour moi.

— D'après mes propos, ma thérapeute avait conclu que Julius présentait une personnalité narcissique.

— Sans doute. Il est vrai qu'un certain type de personnalités est attiré vers le BDSM, et c'est la raison pour laquelle il est si important de maîtriser toutes les étapes d'une session ou au moins de pouvoir compter sur la vigilance d'un regard extérieur.

Don me fit rouler sur le ventre afin de mieux voir ce qu'il faisait. Je n'avais jamais vu quiconque examiner mon tatouage avec autant d'attention. Il agissait comme s'il en était l'auteur, recréant du bout des doigts chaque courbe et s'attardant sur le moindre détail. Un souffle chaud effleura mon dos quand il murmura juste à la surface de ma peau :

— C'est vraiment étrange. Les tigres et les fouets me rappellent toujours les spectacles de dompteurs dans les vieux cirques d'antan. Pauvres bêtes. Contrairement à elles, les êtres humains disposent de leur libre arbitre et peuvent décider de se soumettre ou pas. Tu *es* un tigre, mais un tigre dont Julius a tranché les tendons derrière les genoux. D'accord, tu peux rugir et montrer les dents, mais au fond, tu ne sais pas te défendre. Je pense que Julius était épouvanté à l'idée que tu puisses le quitter et c'est pourquoi il t'a passé un collier, et non pas parce que cette relation vous permettait à tous les deux de prendre votre pied.

Don pencha la tête pour que nos visages soient à la même hauteur. Il me laissa voir l'émotion brute qui crispait ses traits afin que je prenne toute la mesure de sa sincérité.

— Et c'est pourquoi je ne pourrai jamais lui pardonner. Son égoïsme et sa stupidité t'ont empêché d'apprécier ce qui aurait dû être une expérience enrichissante et gratifiante pour toi comme pour lui : la singularité de l'acte, l'échange incomparable des pouvoirs, le savoir-faire exigé pour atteindre cet équilibre délicat, les sensations inouïes procurées par le cuir.

Le message implicite était pourtant clair comme de l'eau de roche à mes oreilles : aucune chance d'engager une quelconque relation avec lui. Je ne pouvais pas en effet l'imaginer prendre un amant qui ne s'impliquerait pas complètement dans son mode de vie.

La lueur diffuse de l'extérieur s'insinua à travers les murs et prit possession de notre petit monde, tandis qu'un sentiment de fatalité me glaçait le sang.

JE CRUS pendant un moment que Don allait m'embrasser à nouveau, mais je vis un voile descendre sur ses yeux et la sévérité remplacée la sympathie. Il sauta brusquement hors du lit et s'exclama d'une voix impatiente :

— Mais où est donc ce gamin ? Il devrait être debout à cette heure-ci.

Je le connaissais désormais suffisamment pour savoir qu'il était contrarié, mais qu'il s'efforçait de le cacher en adoptant le comportement classique d'un Maître.

— J'ai une petite chance d'avoir un café, Beau Sourire ?

Après tout, je savais donner le change aussi bien que lui.

— OK. Je suppose que tu veux un truc mousseux dessus ? me demanda-t-il en me jetant un regard noir.

— Oui, s'il vous plaît, *Monsieur*, répondis-je d'une voix traînante.

Et je lui envoyai un baiser du bout des doigts, dans un geste très 'Stevie'.

Après son départ, je restai allongé pour réfléchir à tout ce que je venais d'entendre. J'avais au bout du compte plutôt envie de plaindre Julius au lieu de le haïr. Il aurait été complètement anéanti à l'idée de perdre le respect d'un homme tel que Don. Mais l'expérience malheureuse de la nuit dernière me prouvait une chose : être le témoin de la relation entre Gabriel et Don ne ferait qu'accentuer ce que je ratais.

Ce que tu ratais ? Steven Lindsey Stanhope ! Plus tôt tu arrêteras de penser avec ta queue et mieux tu te porteras.

Et merde ! Mon double fantomatique, né dans la chambre de méditation, devait avoir décidé de pointer son nez pendant que j'avais le dos tourné. Mais cet enfoiré avait raison sur un point : je devais vraiment ficher le camp d'ici avant d'avoir atteint le point de non-retour. Malheureusement, les paroles de Don et la façon dont j'avais réagi à son contact me faisaient craindre d'avoir déjà atteint ce stade.

Les gargouillis en provenance de la cuisine m'indiquèrent que Don avait enfin réussi à apprivoiser la machine à café. Je pris une profonde inspiration, inhalant avec délice l'arôme qui flottait dans l'air. C'était aussi bon qu'une bonne dose de vitamines.

Je ne me rendis pas immédiatement dans la cuisine. Je n'avais entendu personne parler, mais cela ne signifiait pas pour autant que Gabriel était absent. Après le fiasco de la nuit dernière, j'avais redouté de le voir poser sur moi un regard chargé de pitié. Ce n'était pas un mauvais mec, vraiment pas. Il méritait d'être éduqué par une personne qui savait ce qu'elle faisait. J'avais bien pu détester être un esclave, mais cela n'impliquait pas pour autant que je doive empêcher le jeune homme d'embrasser ce destin qu'il appelait de tous ses vœux. D'un autre côté, je ne voulais pas assister au spectacle de Don lui passant un collier.

Quand j'entrai dans la cuisine, Don était seul et lisait le *Herald*.

— Où est Gabriel ? demandai-je.

— Il est en train de rechercher des conversations sur le net sur le Consentement et le Non Consentement dans le cadre d'un Échange de Pouvoir.

Pourquoi n'était-il pas venu me consulter : j'étais un authentique expert sur le sujet.

Don reposa son journal et poussa vers moi un sachet en papier tout graisseux.

— Il est sorti tôt ce matin pour aller acheter le journal et des croissants. Tu en veux ?

— Oui, merci.

Je mâchai la pâtisserie et sentis immédiatement les effets du sucre dans mon organisme. Le café m'apporta le complément nécessaire. Je respirai un grand coup, confronté une nouvelle fois à la difficulté de m'exprimer.

— J'ai bien réfléchi.

J'attendis, guettant une réaction, mais Don resta focalisé sur je ne sais quelle page de son journal, la page météo si j'en croyais son expression.

Le croissant me resta sur l'estomac et j'avalai ma salive avec difficulté. Les mots s'avéraient plus difficiles à prononcer que je ne m'y attendais.

— Ouais, répondit-il sans lever les yeux.

— Je voulais savoir : après ce qui s'est passé la nuit dernière, veux-tu toujours que je m'en aille ?

Je contournai le tabouret, prêt à prendre mes jambes à mon cou. C'était une chose de partir parce que je l'avais décidé ; c'en était une autre de partir parce qu'il me l'aurait demandé. Cette idée me faisait un mal de chien.

Je n'eus pas le temps de m'enfuir, car il m'attrapa par le poignet.

— Assieds-toi.

Jamais il n'avait encore utilisé ce ton avec moi et il n'y avait aucune chance que j'ose lui désobéir. Je me laissai donc tomber sur le siège en lui jetant un regard circonspect. Il était contrarié, mais pas *furieux*. Du moins pas contre moi.

— Je n'ai pas *envie* que tu partes, mais je pense sincèrement que tu *devrais* le faire. Au moins pour un temps.

— Pourquoi ?

Je savais très bien quelles étaient mes raisons, mais j'étais curieux de connaître les siennes. Voulait-il rester seul avec Gabriel ? La pensée de les savoir ensemble me donna envie de vomir.

Il respira un grand coup et sa moustache frémit avec son souffle.

— Laisse de côté tous les évènements de la nuit dernière. La réalité est que tu dois prendre une décision à propos du testament et de la maison.

Oh, bien sûr. Le testament. J'avais désespérément tenté de ne pas penser à ça. Don n'avait pas relâché son étreinte, mais ses doigts cessèrent de se crisper autour de mon poignet. J'aurais facilement pu me libérer si je l'avais voulu, mais je ne voulais surtout pas interrompre notre connexion.

— Si tu restes, je me demanderai toujours si je ne t'ai pas influencé. Le sexe peut constituer une puissante motivation.

— Nous n'avons pas à…

Il leva les sourcils, se moquant ouvertement de moi et je ne pus que baisser les yeux. Merde. Les sexes en érection ne mentaient jamais. Il me lâcha et posa sa main sur ma cuisse, me regarda en m'adressant un sourire aguicheur.

— La question n'est pas que nous baisions, mais que nous le voulions encore tous les deux.

Je commençai à réfléchir à un commentaire ironique du style 'parle pour toi', mais ne prononçai aucun mot. *Tu vois, il pense lui aussi que tu penses avec ta queue* ! Putain, il avait encore raison.

— Et combien de temps veux-tu que je parte ?

Il ne répondit pas immédiatement et préféra émietter consciencieusement son croissant.

— Aussi longtemps que nécessaire. Tu m'as dit une fois que Gabriel devrait rentrer chez lui et faire ses propres choix, et je crois que tu devrais faire la même chose. Quelle que soit ta décision, il est indispensable que les choses viennent de toi, sans subir la moindre influence de ma part.

La pluie s'abattait en rafales horizontales contre les vitres. Je possédais des vêtements imperméables, mais les sacoches de ma moto ne l'étaient pas à cent pour cent.

— Je ne partirai pas tant que ma moto ne sera pas réparée.

— D'accord.

Don tourna la page de son journal d'une pichenette.

— Il devrait arrêter de pleuvoir cette nuit et faire beau dès demain. Si nous travaillons tous les deux sur ta moto, elle devrait pouvoir être prête d'ici là.

Je souris intérieurement. Une part de lui s'arrangeait toujours pour être aux commandes.

Mon problème était que, maintenant que je savais que j'allais partir très prochainement, tous mes instincts se rebellaient à cette pensée.

— Comme il te plaira, *Maître*.

Il me frappa les doigts avec le journal qu'il venait de rouler.

Dès qu'il eut fini son petit-déjeuner, Don emprunta la voiture de Gabriel, mais ne me précisa pas où il se rendait. En son absence, je me mis à travailler sur ma BMW et fus bientôt entouré d'une multitude de pièces détachées. Il n'en resterait heureusement plus une seule une fois que j'en aurai terminé.

PEU DE temps après le départ de Don, Gabriel descendit au garage et m'observa. Il ne semblait pas très à l'aise en ma compagnie et je m'interrogeai sur ce qu'il avait pu entendre la nuit dernière. Sa chambre était tout près de la cuisine et les murs n'étaient pas exactement bien insonorisés.

J'étais en train de remplacer le liquide de refroidissement quand Don fit son retour et m'apporta deux nouveaux pneus pour ma moto.

— Waouh, merci !

Je n'avais pas cessé de me demander comment j'allais pouvoir m'en procurer.

— Mais je n'ai pas beaucoup de liquide sur moi. Je vais te donner ce que j'ai et je t'enverrai le reste plus tard.

Je me redressai, prêt à me rendre à l'étage pour récupérer mon portefeuille.

— Considère ça comme un cadeau, me suggéra Don tout en m'arrêtant en saisissant mon bras.

Il n'ajouta rien de plus, mais j'eus l'impression qu'il considérait ce cadeau comme une excuse pour les événements de la nuit passée.

— De toute façon, je dormirai mieux en sachant que tu pourras compter sur une paire de pneus décents.

— Non, pas question. Tu ne roules pas sur l'or. Donne-moi tes coordonnées bancaires pour que je puisse transférer l'argent sur ton compte.

Nous nous lançâmes alors dans un combat de volontés, mais je tins bon, car j'estimais qu'il n'avait pas à se sentir responsable de l'échec de la nuit dernière.

— Espèce de mule, finit-il par s'exclamer.

— Hi han.

— Nous statuerons plus tard sur lequel de nous deux paiera. En attendant, notre priorité est de réparer cette bécane. Je vais aller me changer. Essaie de ne rien casser dans l'intervalle.

— Ouais, c'est ça. Passe quelque chose de plus confortable. Tu serais vraiment mignon dans une nuisette noire.

— Certainement pas autant que toi.

— Vous me faites mourir de rire tous les deux.

Le retour de Don m'évita d'avoir à taper sur la tête du gosse pour faire entrer dans son caboche le respect dû à ses aînés.

TRENTE MINUTES à nous écouter nous chamailler sur l'avantage des filetages métriques sur la vis à pas impérial poussa Gabriel aux limites de sa patience. Il se mit à bâiller de façon ostensible.

— Bon, moi, je vais aller faire un jeu vidéo sur mon ordinateur

Don lui jeta un regard lourd de reproche.

— Tu ne passes pas des vacances dans un hôtel tous frais payés, gamin. Si tu as fini tes recherches sur les relations entre Maîtres et esclaves, tu peux t'occuper de brancher le système vidéo et la télévision sur le PC. Tu trouveras toutes les pièces nécessaires dans les cartons qui sont rangés dans la bibliothèque.

— Oui, *Monsieur*… Désolé, *Monsieur*.

Gabriel encaissa la réprimande et se dépêcha à monter l'escalier.

Au lieu de me braquer au formalisme de leur échange, j'acceptai les mots pour que ce qu'ils étaient : l'expression de leur statut respectif. Aucun des termes Maître et esclave ne s'appliquait à moi.

Un silence confortable s'installa entre nous, brisé uniquement par les prévisibles 'aïe' et 'bordel' tandis que nous abîmions nos mains à force de serrer toutes les vis et les boulons.

Il ne fallait jamais longtemps pour reconnaître un expert. Comparés à lui, Julius et moi n'étions que de pauvres amateurs.

242

— Comment en sais-tu autant sur les BMW ? La plupart des fondus de Harley ont tendance à croire que rien d'autre au monde ne peut être qualifié de moto.

Don donna un tour de clé supplémentaire pour serrer des vis sur le réservoir après avoir huilé les freins.

— Mon père possédait un garage, alors j'ai grandi dans son atelier au milieu de toutes sortes de motos

Don tendit ses mains et me les présenta, paumes en l'air, pour me montrer les cicatrices qui les ornaient. Puis, il frotta ses mains graisseuses l'une contre l'autre.

— Au cours des années qui ont suivi, j'ai bien dû utiliser des litres et des litres de produit dégraissant et je me sentais parfois dans la peau d'un maniéré obsédé par le récurage de ses ongles.

Nous reprîmes chacun nos tâches respectives, et hormis les demandes occasionnelles pour un tournevis ou pour avoir un avis sur des choses avec lesquelles il n'était pas coutumier, nous travaillâmes en silence jusqu'à ce que Gabriel descende avec des canettes de bière et des pâtés impériaux.

L'alcool contribua sans doute à me délier la langue, parce que dès que notre dîner fut achevé et que Gabriel eut disparu à l'étage, je me retrouvai à raconter à Don les occasions au cours desquelles Julius et moi avions travaillé côte à côte sur nos motos. En contrepartie, il me parla de la fois où, à l'époque où ils étaient encore aux États-Unis, Julius et lui s'étaient amusés à comparer les modifications qu'ils avaient apportées à leurs motos et à se disputer pour savoir laquelle était la plus belle. Son regard resta fixé sur la Harley de Julius pendant qu'il me racontait cette anecdote. La marque et le modèle pouvaient bien être identiques, mais rien ne saurait être comparé à la moto qui avait été la sienne.

— Ouais, je comprends. Seuls les propriétaires d'une moto savent à quel point ces bécanes peuvent vous rentrer dans la peau.

Don sursauta et cligna des yeux.

— C'est comme si une troisième personne était morte ce jour-là. Et je n'arrive pas à me débarrasser de ce stupide sentiment de culpabilité que ma moto les a laissés tomber à un moment critique.

J'attrapai sa main et la pressai entre les deux miennes.

— Arrête de penser un truc pareil. Julius était un bon motard et une multitude de facteurs ont pu entrer en ligne de compte et contribuer à l'accident. Ce n'était pas sa moto et il n'était pas habitué à ses réactions.

Julius a dû vouloir en mettre plein les yeux à Alex, et comme tu l'as dit toi-même, ils ne portaient pas leurs casques.

Une ombre assombrit ses yeux. Merde. Je n'étais pas le seul à être hanté par des fantômes. Je devais dévier la conversation vers un sujet moins douloureux.

— Hé, tu sais qu'elle est la différence entre une femme et une Harley ?

Son expression préoccupée s'évanouit et il répondit avec un sourire dans la voix :

— On ne prête pas sa Harley.

J'éclatai de rire.

Don promena un doigt maculé de graisse autour de mes lèvres.

— Hum… le goût n'est pas aussi bon que celui du rouge à lèvres, me moquai-je en faisant semblant de lécher son doigt tout sale. Tu n'aurais pas un arôme au caramel plutôt ?

Une grimace narquoise fut sa seule réponse. Sans cesser de dessiner des arabesques autour de ma bouche, il reprit d'une voix songeuse et lente :

— Je suis peut-être allé trop loin ce matin en affirmant que j'avais envie de briser le cou de Julius pour le mal qu'il t'avait fait.

Il s'interrompit pour pousser un immense sourire et laisser échapper un rire ironique.

— En fait, ce qui me fait le plus chier, c'est qu'il m'a privé de la possibilité de te foutre une raclée et de te baiser comme un malade juste après.

Aucune personne saine d'esprit n'aurait été excitée par une telle déclaration, mais une part de moi désirait la même chose que lui, plus encore, en crevait d'envie.

Je tentai de soulager sa peine :

— Écoute, si Julius n'avait pas pris la moto ce jour-là, nous ne serions pas en train de parler tous les deux en ce moment.

— C'est vrai, concéda-t-il.

Il se pencha vers moi, posa ses lèvres sur les miennes et, du bout de la langue, m'incita à les écarter. Dès que je capitulai, il se recula et poussa un soupir de satisfaction.

— Et je suppose que je devrais lui en être reconnaissant rien que pour ça.

— Te manque-t-il ?

— Qui ? Alex ?

— Oui.

— Il me manquera probablement toute ma vie. Pas seulement parce que je l'aimais, mais aussi parce que, quelle que soit sa durée, le lien qui unit un Maître à son esclave ne disparaît pas quand l'un des deux meurt. Il en résulte simplement un sentiment de vide immense que seul l'esclave serait à même de combler grâce au cadeau unique de sa soumission.

Je ne réagis pas et me remis à taper sur le filtre à air pour en éliminer la saleté. Je ne pouvais pas m'identifier à cette description, car en vérité, ni Julius ni moi n'avions vraiment rempli ces rôles, pas dans le vrai sens du terme en tout cas.

— Alex a-t-il dit pourquoi il s'était embarqué dans une relation avec Julius ?

— Il m'a dit qu'il s'ennuyait.

S'ennuyait ? Je relevai la tête en entendant son ton amer.

— J'avais passé beaucoup de temps à travailler, essayant de maintenir mon entreprise à flots, acceptant des missions de paysagiste à l'autre bout de la ville, ce qui m'obligeait à partir très tôt et à ne revenir que très tard dans la nuit. Alex se retrouvait souvent livré à lui-même, alors quand j'ai appris que Julius avait besoin d'un endroit pour vivre, j'ai pensé qu'il ferait une bonne compagnie pour Alex.

— Tu donnes l'impression qu'Alex était une sorte d'animal domestique qui avait besoin qu'on lui dise quoi faire.

Je ne pus réprimer cette flambée de jalousie. Aussi longtemps que j'avais pu jouir de ma liberté de mouvement, j'avais adoré être tout seul quand Julius était à son travail.

— S'il détestait rester sans rien faire, pourquoi n'a-t-il pas cherché du travail ?

— Les contraintes imposées à un quotidien basé sur une relation Maître/esclave peuvent être très lourdes à supporter. Faire travailler Alex avec moi n'aurait pas été une bonne solution non plus.

Je tentai d'imaginer la réaction de Monsieur Tout le Monde face à cette explication.

— Je suppose que tu as raison. Rétroactivement, qu'est-ce qui est arrivé en premier : votre implication dans le monde du BDSM ou votre mariage ?

Don tiqua quand il entendit le mot commençant par un M.

— J'étais complètement opposé à l'idée de vivre vingt-quatre heures sur vingt-quatre une relation de Maître/Esclave, mais Alex m'a harcelé pour qu'on tente l'expérience et j'ai pensé au bout du compte que nous avions atteint notre but. Avec le recul, je crois que n'importe quelle relation exige de chacun des partenaires un minimum de talent pour jouer la comédie.

— Ce que je trouve vraiment bizarre, c'est que je n'ai pas l'impression qu'Alex ait été du genre infidèle. Je me trompe ?

— Honnêtement, je crois qu'il n'a pas vu les choses sous cet angle. Nous avions besoin de changement. Les choses n'étaient pas toutes roses pour moi côté travail et Alex a vu dans toute cette histoire une opportunité autant pour lui que pour moi. Je pense qu'il rêvait les yeux ouverts et qu'il croyait naïvement qu'une fois en Australie, nous pourrions former une espèce de trio dans lequel il nous servirait, Julius et moi.

— Toi et Julius partageant le même toi ? Tu te fiches de moi !

— Pourquoi ça ? Nous nous sommes très bien entendus durant son séjour à la maison.

— Tout simplement parce qu'il s'est montré sous son meilleur jour. Allez, sois sincère : crois-tu vraiment que ça aurait marché ?

Don eut un sourire narquois :

— J'en doute. Deux esclaves peuvent servir un seul Maître, mais je n'ai jamais vu un seul esclave vivant avec deux Dominants à moins que ces derniers ne soient amants. Il y a tout simplement beaucoup trop de compétition.

Compétition ? Julius n'aurait jamais considéré Don comme une menace : il était bien trop imbu de lui-même pour croire qu'il méritait moins qu'une dévotion complète.

— De toute façon, conclus-je en me rappelant la présence de Gabriel, les trios ne fonctionnent jamais. Il y en a toujours un des trois pour se sentir mis à l'écart.

QUAND NOUS eûmes fini de changer les pneus, graisser les chaînes, lubrifier les câbles et même remplacer l'huile, ma BMW paraissait comme neuve.

— Oui !

Nous nous tapâmes dans la main en entendant le rugissement familier du moteur résonner dans le garage. Au dehors, il pleuvait toujours et Don ne me laissa faire qu'un tour autour du jardin. Tout semblait rouler sans problème, au sens propre comme au sens figuré.

Quand je descendis de la moto, j'avais du mal à m'empêcher de pleurer.

— Merci beaucoup. Je n'aurais jamais pu faire ça tout seul.

— Ça a été un plaisir, répondit Don tout en se nettoyant les mains dans un chiffon. Je ferais mieux d'aller voir comment va le garçon et m'assurer qu'il n'est pas en train de péter un câble.

Je frottai mon visage avec le dos de ma main pour dissiper les gouttes de pluie et je respirai un grand coup.

— Tu pourrais aussi rester avec moi et m'aider à laver la moto, *chéri*.

Don sourit et étala encore plus de saleté sur mon visage

— Je ne voudrais surtout pas te priver de ce plaisir, trésor.

La façon qu'il eut de prononcer ce dernier mot aurait fait la fierté de m'importe quelle drag queen.

Je ne vis aucun inconvénient à m'occuper de la bécane tout seul, car cela me permit de m'assurer que tout fonctionnait parfaitement. J'eus par ailleurs également le temps de songer aux autres particularités qui différenciaient les deux hommes.

Julius était convaincu qu'un esclave ne pouvait participer à une relation Maître/esclave ni par les compétences, ni par les idées, tandis que Don ne sentait pas son statut menacé quand il me déléguait des tâches qu'il savait que j'assurerais mieux que lui. Et cela ne se limitait pas au nettoyage de la moto. Don n'espérait pas que j'attende à genoux qu'il me fasse connaître ses exigences, pas plus qu'il ne me traitait comme un jouet sans cervelle. Paradoxalement, cette attitude le rendait encore plus fort à mes yeux. Le quitter allait s'avérer encore bien plus douloureux que tout ce à quoi j'aurais pu m'attendre.

Peu de temps après, j'eus l'impression que toute la poussière de la moto avait migré sur ma peau. Je montai donc pour prendre une douche rapide et, une fois débarrassé de toute la crasse, me mis à la recherche de mes deux compagnons.

XXVI : SECTION 1.25
GHOSTS

PENDANT MON absence, la bibliothèque avait été transformée en salle de jeux. Le grand écran plat de la télévision et diverses étagères étaient accrochés à un mur tandis que la chaîne stéréo et les enceintes étaient désormais rangées dans les rayonnages des bibliothèques encore vides de livres. Pour réduire le désordre, les câbles avaient été camouflés dans les plinthes qui couraient au ras du sol. Gabriel s'occupait de l'ordinateur du bureau.

Assis en tailleur sur le sol et le dos appuyé contre des étagères, j'observai Don trier les livres qui remplissaient les cartons qui avaient été stockés auparavant dans le garage en attendant que nous ayons terminé de repeindre les murs. Chacun de ses gestes était précis alors qu'il ôtait la poussière qui recouvrait les ouvrages et réfléchissait à l'endroit où il allait les poser. Le coucou était en train de s'approprier le nid.

— Je vois que Julius respectait l'expression 'suivre au pied de la lettre' avec une espèce de fanatisme, fit-il remarquer quand il tomba sur l'exemplaire de *Mr Benson* [31] que Julius avait usé à force de le lire.

Il plaça le livre avec les autres ouvrages du même genre. Il paraissait sidéré par l'importance de la collection amassée par mon ancien Maître, constituée en grande partie de titres des années soixante-dix et provenant pour certains de l'étranger puisqu'il était impossible de les trouver en Australie.

— Veux-tu dire que ce le contenu de ces livres est erroné ?

— Non, mais Mr Benson ne devrait en aucun cas être pris mot à mot. Les écrits de Bean [32], Baldwin [33] et Magister sont plus fiables, mais

---

31 NdT : Livre écrit en 2004 par John Preston et relatant la relation entre un jeune homosexuel et Maître Aristote Benson.

32 NdT : Joseph W. Bean, né en 1947 aux États Unis. Notamment auteur et journaliste et Président-directeur Général du 'Leather Archives & Museum'.

33 NdT : Guy Baldwin, né en 1946 aux États Unis, psychothérapeute, activiste et auteur de trois ouvrages importants traitant du BDSM.

ils doivent être replacés dans leur contexte historique. Les choses se pratiquaient différemment à l'époque parce que le monde était différent.

Il prit un exemplaire de *Carried Away* [34].

— Julius aurait sans doute mieux fait de lire plus attentivement ce livre qui évoque la difficulté de maintenir une relation Maître/Esclave vingt-quatre heures sur vingt-quatre et sept jours sur sept.

— Si c'est si difficile, pour l'avoir fait avec Alex ?

Il rougit, mais répondit quand même :

— Parce je croyais que dans la mesure où j'étais conscient des dangers potentiels, je serais capable de les éviter, répondit-il en me tendant le livre. Mais il arrive souvent qu'on ne voit que ce qui nous arrange.

J'étudiai la couverture et rigolai intérieurement : Don était l'incarnation vivante du Maître intégralement vêtu de noir qui s'affichait en première page.

— Julius était très doué pour faire le tri dans ses lectures. Il était plus intéressé par sa vision idéale de la façon dont un esclave devait se conduire que par la justesse de son propre comportement. Chaque fois que je n'étais pas d'accord avec lui, il m'accusait de lui manquer de respect et il piquait une crise si je tournais en dérision un de ses ordres ou si je me moquais un tant soit peu de lui. Je pense que c'est la raison pour laquelle je me suis intéressé aux drag queens. J'adorais leur irrévérence, leur capacité à emmerder le monde sans crainte des représailles.

— Et pourtant tu as choisi d'interpréter une chanteuse justement connue pour son manque d'agressivité.

J'eus un haussement d'épaules.

— Mon choix a été dicté par l'apparence que j'avais quand je me travestissais. Je n'ai pas la carrure nécessaire pour incarner des personnages imposants. En plus, la coupe des robes et des manches me permet de cacher mon tatouage.

Don s'appuya contre les étagères et se mit à frapper sa paume de la tranche du livre, tout comme il le faisait quand il tenait un fouet.

— Voyons si j'ai bien compris.

Il m'épingla de son regard intense comme pour m'empêcher de fuir alors que nous atteignions un nouveau niveau de complicité.

---

34 NdT : Livre écrit par David Stein, auteur gay né en 1948 aux États Unis.

— Julius et toi étiez parfaitement heureux à l'époque où il n'y avait que le BDSM ?

Des souvenirs amers me revirent et ma gorge se serra.

— C'est ça. Me faire baiser tout en étant attaché me faisait prendre mon pied. J'aimais le contact du martinet, et même celui du fouet. Puis, Julius a commencé à me pousser toujours plus loin et à essayer de me transformer en celui qu'il voulait que je sois. C'est à partir de là que tout est parti en vrille. Nous étions comme deux joueurs qui pensaient que plus leurs mises étaient importantes, plus grandes seraient leurs chances de remporter le gros lot. Mais nous ne faisions que nous approcher de notre objectif sans jamais parvenir à l'atteindre. Nos sessions se déroulaient parfaitement et soudain, boum, la magie nous échappait. Soit je cessais d'être concentré et je pensais à ce que j'allais faire pour le dîner, soit Julius commençait à s'ennuyer.

Don rangea tous les Larry Townsend ensemble.

— Ton principal problème venait du fait que tu tentais de vivre selon les idéaux de quelqu'un d'autre au lieu d'agir spontanément. Beaucoup de couples gay et hétéros commettent cette erreur et ils finissent malheureux comme les pierres. On se fiche de quoi est faite une relation du moment qu'elle marche.

Tu m'en diras tant !

— Tout ce que je sais, c'est que nous étions bien jusqu'à ce qu'il introduise ces règles de Maître et d'esclave.

— Maître et esclave ? s'exclama-t-il en posant violemment un livre sur une étagère. Toutes les relations de cette nature ne sont pas aussi toxiques. Tu sembles croire que ces mots ont une existence propre alors qu'ils ne représentent qu'une étiquette. Avant qu'Alex et moi soyons ensemble, je voulais quelqu'un qui soit prêt à accepter n'importe lequel de mes ordres. Je ne m'intéressais pas au nom qu'il se donnerait : dominant, dominé, voire les deux à la fois. J'exigeais seulement qu'il me laisse le traiter comme bon me semblerait. Et s'il ne souhaitait pas poursuivre l'expérience, je considérais ce refus comme un échec personnel. Traite-moi d'écolo si tu veux, mais je crois fermement au concept du recyclage, pas dans celui de la mise au rebut. Le plus important est que les partenaires prennent leur pied. Ce qui est entre nos jambes nous renseigne sur ce qui fonctionne ou pas.

Après une brève pause, il me demanda doucement :

— Pourquoi ne pas être parti si tu n'avais pas envie de te soumettre à Julius ?

Très bonne question. Le souci était que je n'avais jamais réussi à mettre le doigt sur le moment précis où les choses avaient vraiment changé, où l'amusement avait laissé la place l'appréhension. Ma psy m'avait posé exactement la même question. L'absence de tout bruit me poussa à relever la tête. Don avait cessé de trier les livres et attendait mon explication. Peut-être qu'il *pourrait* comprendre, car après tout, il avait vendu son entreprise pour aller vivre dans un pays étranger juste pour rendre son esclave heureux.

— Que ferais-tu si tu devais choisir entre jeter l'éponge ou faire semblant ? J'ai essayé de toutes mes forces d'être celui que Julius désirait. Je voyais bien à quel point cela comptait pour lui et…

Je m'arrêtai, un peu désemparé. Que pouvais-je ajouter ?

— Je l'aimais, c'est aussi simple que ça. J'aurais fait n'importe quoi pour lui, mais je me sentais tellement usé. Quelles que soient la nature et l'importance de mes efforts, ce n'était jamais assez pour lui.

Ma voix se réduisit à un murmure quand je conclus :

— À cause de lui, je me suis senti comme un raté.

Don s'approcha et posa sa main sur mon épaule, m'apportant son réconfort alors que j'étais sur le point de perdre mon calme.

— Accepter de céder ton pouvoir à un autre constitue un cadeau immense et exceptionnel. Tu ne pouvais que ressentir de la rancune alors que tu renonçais à quelque chose de précieux à tes yeux, comme ta liberté, sans rien recevoir en retour qui soit au moins de la même valeur. Et le fait que tu n'aies pas été honnête à propos de tes propres besoin, qui n'ont donc jamais pu être satisfaits, n'a fait que compliquer la situation.

Cette vérité-là faisait aussi mal qu'un coup de fouet vicieux. Je n'avais pas le courage de croiser ses yeux. Sa voix traduisait une telle compassion qu'elle en était douloureuse. *L'honnêteté*. Voici un point que partageait mon docteur. Faisais-je preuve de sincérité à l'instant présent ? J'avais déclaré à Don que je voulais partir dès que la pluie se serait interrompue sans cesser d'espérer une seconde qu'il me demande de rester.

La porte de la bibliothèque s'ouvrit et, pour une fois, je fus heureux de voir Gabriel. Cette conversation ne faisait que souligner à quel point j'avais échoué.

— J'ai fini d'installer le réseau et j'ai mis Skype. Vous pouvez maintenant discuter en ligne avec vos amis aux États Unis.

Le visage du jeune homme débordait d'enthousiasme et je me sentis soudain très vieux.

— Waouh, regardez-moi tous ces bouquins !

Il survola la pièce des yeux avec émerveillement. Il passa un doigt sur les magazines pornos tout usés, puis se dirigea vers une étagère, en sortit les livres les uns après les autres. Je rencontrai le regard de Don et haussai un sourcil en guise d'interrogation.

— Gamin, bien que nous ne soyons pas engagés tous les deux dans une relation formelle, est-ce une façon correcte d'entrer dans une pièce ? le réprimanda Don d'une voix sévère.

Il se redressa et le manteau du Maître le recouvrit de la tête aux pieds.

Le visage empourpré, Gabriel replaça le livre qu'il tenait et se courba respectueusement, les mains croisées dans le dos.

Je poussai un soupir et me levai. Alors que je refermais la porte derrière moi, j'entendis Don qui déclarait :

— Cette pièce t'est interdite à moins que je ne te donne l'autorisation expresse d'y entrer. Tu as compris, gamin ?

— Oui, Monsieur.

LE RESTE de la journée passa pour moi comme dans un rêve. Don tenta de ne pas agir comme s'il était le seul à pouvoir décider, mais il ne pouvait pas lutter contre sa nature. Il supervisa toutes les étapes de mon voyage. Il avait même acheté une carte routière quand il s'était procuré les pneus. Une fois qu'il sut la route que j'allais prendre, il fit des estimations sur le nombre de kilomètres que je parviendrais à couvrir avec un réservoir plein et les endroits où je pourrais rester pour la nuit. C'était sans doute sa façon de m'accompagner dans le voyage.

Quand le moment arriva de se mettre au lit, il me fit l'amour avec tellement de tendresse que j'en pleurai presque.

Ce maudit coucou recommença son cirque au beau milieu de la nuit. Je demeurai allongé sans bouger pendant un instant, écoutant ses cris et me demandant si lui aussi allait me manquer.

XXVII : Section 1.26
Gyspy

— Tu as tout ce qu'il te faut ?

— Oui, *Papa*, lui répondis-je en lui adressant une grimace. Arrête un peu de te conduire comme un casse-pied. J'ai l'impression d'être un gosse à la veille d'une rentrée des classes.

J'avais réussi à grappiller quelques heures de sommeil, mais même après deux bonnes tasses de café, on ne pouvait pas dire que je pétais le feu. Don avait bien essayé de me faire avaler un petit-déjeuner, mais j'avais refusé, considérant que je pourrais toujours manger sur le chemin. Et puis, je commençais à avoir très chaud dans mes vêtements de cuir.

Les sacoches étaient pleines à ras bord. Faire le tri entre ce que je devais prendre ou pas avait été un véritable casse-tête. Plus je serai chargé et plus je consommerai d'essence. Je ne savais absolument pas combien de temps je serai parti : des jours, des semaines, des mois... des années ?

Je balançai ma jambe par-dessus la selle et enfourchai la BMW. Elle me parut très lourde, mais pas autant que la Harley.

— Attends une seconde, m'ordonna Don avant de se précipiter à l'intérieur.

Gabriel le croisa en chemin et je souris en voyant son expression grave.

— Haut les cœurs, gamin. Je pensais que tu serais très heureux de me voir partir.

— Pas vraiment, non. Maintenant, je vais devoir me taper toute la cuisine, rétorqua-t-il avec un sourire narquois.

— Essaie de ne pas bousiller toutes les casseroles.

— Hé, mais j'ai seulement laissé brûler quelque chose une seule fois !

— Ouais, je sais.

J'avais pris le temps de lui enseigner les techniques de base pour éviter qu'il ne récidive.

— Et n'oublie surtout pas de mettre un tablier. Il faut que tu aies le costume de l'emploi.

Son expression revêche me fit éclater de rire. Il resta là pendant un instant, faisant traîner ses chaussures sur le sol. Pourquoi avais-je soudain la gorge nouée ? J'aurais dû me réjouir à la perspective de ne plus avoir à le côtoyer, non ?

— Tout se passera bien, le rassurai-je. C'est très simple : tu fais tout ce que Don t'ordonnera et surtout, sois honnête. N'hésite pas à lui parler si quoi que ce soit te tracasse.

J'étais plus doué pour donner des conseils que pour les suivre.

Gabriel leva les yeux au ciel de façon exagérée.

— Et tout ce que j'y gagnerai sera un sermon d'une demi-heure minimum sur le fait qu'il était primordial que nous allions doucement pour commencer. Parfois, j'aimerais bien qu'il ne tourne pas autant autour du pot. Je sais que je suis suffisamment solide pour faire face à toute situation.

— Sois prudent si tu ne veux pas avoir la réputation d'être un soumis autoritaire. Il cherche probablement seulement à te montrer qui commande.

— Oh, s'écria-t-il. Je n'avais pas vu les choses comme ça.

Son visage s'illumina fugitivement comme si une ampoule avait été allumée à l'intérieur de sa boite crânienne.

Je soupirai. Le gosse ne semblait cependant pas être transporté de bonheur, mais je n'eus pas le temps d'ajouter quoi que ce soit, car j'entendis le bruit sourd des talons des bottes annonçant le retour de Don. Néanmoins, avant qu'il entre dans mon champ de vision, j'adressai au jeune homme une dernière recommandation.

— Prends soin de Don. Il a parfois tendance à en faire trop.

— Je le ferai, me promit solennellement Gabriel en me fixant droit dans les yeux.

Je commençai à enfiler mon casque, mais interrompit mon geste quand Don apparut tout de cuir vêtu.

Il attrapa son propre casque et s'adressa à son jeune compagnon :

— Va t'amuser dans la bibliothèque pendant quelques heures, gamin. Je vais faire un petit tour avec Steve pour m'assurer que sa moto est en parfait état de marche.

Je tombai comme une masse sur le siège de ma moto sous le coup de la stupéfaction et de l'émotion. Puis, mon cœur bondit dans ma poitrine comme une fusée. *Hourra* ! Au-delà du plaisir que me procurerait le fait de rouler en sa compagnie, je ne pouvais que souscrire à une proposition aussi sensée, même si nous allions faire essentiellement de l'autoroute. Nous allions devoir trouver une autre route pour tester les freins et la direction.

— Et si on commençait par un petit tour dans le National Park pour faire un vrai test ? proposai-je conscient que le parc était à l'opposé de ma destination finale.

J'aurais ainsi un peu plus de temps à passer avec lui avant que vienne l'inévitable séparation.

— Ç'est une très bonne idée, acquiesça-t-il avant d'enfourcher sa propre bécane et de mettre les gaz.

GRÂCE AUX récentes averses, il n'y avait pratiquement aucune voiture sur la route touristique. Je commençai à rouler normalement, faisant pencher la moto à droite et à gauche pour faire les nouveaux pneus. Je n'aurais pas pu accélérer même si je l'avais voulu, car les feuilles mortes détrempées par la pluie et la terre gorgée d'eau rendaient les lacets de la route délicats à négocier.

Dès qu'il fut rassuré sur l'état de ma moto, Don commença à se détendre et à apprécier la balade, me dépassant pour prendre la tête pendant quelques kilomètres, puis me laissant repasser devant lui. À chaque passage, il levait son pouce en signe de satisfaction.

La BMW se comportait comme dans un rêve, presque comme si elle était capable d'anticiper mes réactions et me répondait tel un amant. Chaque minute passée à la remettre en état valait largement le coup.

J'accélérai graduellement jusqu'à atteindre ma vitesse maximale et, quand je parvins à l'endroit où j'avais failli heurter le daim, Don klaxonna et me fit signe de m'arrêter dans la clairière toute proche.

Une fois garé, j'ôtai mon casque, descendis de moto et me dirigeai vers l'endroit où Don, toujours assis sur la sienne, contemplait la route en contrebas.

— Qu'est-ce qu'il y a ?

Il mit pied à terre et me fit face :

— Pourquoi as-tu ralenti ?

— Qu'est-ce que tu veux dire par là ?

Je n'avais pas freiné ou quoi que ce soit de comparable ; j'avais seulement éprouvé de la méfiance à la pensée que le daim puisse encore se trouver dans les parages.

— J'ai passé dix-huit ans à faire attention aux motos susceptibles de causer ma mort. Penses-tu vraiment que j'aurais pu passer à côté du changement de ton langage corporel ?

Merde. Cet enfoiré n'était pas seulement un Maître : il devait avoir un doctorat en étude du comportement.

Il eut un soupir exaspéré quand je lui confessai à quel point j'avais été prêt de percuter l'animal. Quand j'eus fini de raconter l'incident, il se pinça l'arête du nez et prit une profonde inspiration.

— Tu n'avais pas l'intention de me le dire, hein ?

Je secouai la tête sans dire un mot. Mes genoux tremblaient comme cette nuit-là.

— Je ne sais pas si je dois te prendre dans mes bras tellement je suis soulagé ou si je dois te donner une bonne fessée pour avoir gardé le silence, maugréa-t-il en se passant la main dans les cheveux d'un geste impatient.

Pour ma part, les deux options me convenaient parfaitement dès lors qu'une brosse à cheveux n'entrait pas dans l'équation.

Don posa une main gantée sur mon épaule et j'eus envie de frotter ma joue sur ses doigts comme un chat, mais il avait déjà pris ses distances. C'était un peu comme si nous n'étions plus que de simples connaissances et que nous n'avions jamais partagé le moindre instant d'intimité.

— Et merde ! s'exclama-t-il soudain avant de me prendre dans ses bras pour une étreinte fiévreuse et rapide, qui m'affecta encore plus qu'un baiser.

Pour une fois, c'était lui qui me tenait comme s'il avait besoin de moi pour tenir debout.

Une voiture arriva et nous força à nous séparer.

— Promets-moi de rester en contact. Envoie-moi des photos de paysages ou de n'importe quoi d'autre. Juste pour me faire savoir que tu vas bien.

Je comprenais très bien ce qu'il ressentait. Après que mon cousin fut mort dans un accident de la route, il avait fallu des années à ma tante pour cesser de mourir d'angoisse à chaque fois qu'un autre de ses enfants devait prendre sa voiture. Elle affirmait toujours que seule une personne ayant connu la douleur qui naissait de ce 'fatal coup de sonnette' pouvait comprendre les épreuves que traversaient les familles dont un proche était mort dans de telles circonstances. Don devait manifestement penser la même chose.

Il me donna l'impression d'être plus calme et d'être en paix avec le fait que je partais quand il se dirigea vers sa moto. Ses arguments pour mettre de la distance entre nous afin que je puisse réfléchir sereinement à mon avenir avaient du sens, mais cela ne rendait pas mon départ plus facile pour autant.

Après tout ce que nous avions vécu au cours des derniers jours, se séparer sur une simple embrassade me semblait insuffisant et frustrant. Et prématuré.

— Si tu as encore un peu de temps, nous pourrions peut-être traverser le nouveau pont de Coalcliff et prendre un verre dans mon café préféré sur la plage de Thirroul ?

Il n'eut pas besoin d'encouragements supplémentaires.

Grâce aux rayons du soleil qui avaient doucement, mais inexorablement pris possession du ciel, la route avait séché rapidement. Pendant la demi-heure qui suivit, nous fûmes seuls au monde, roulant comme j'en avais toujours rêvé, libre comme un oiseau. Nous avalâmes un sandwich dans un petit resto en bord de route, et pendant que nous prenions un café, Don en profita pour m'interroger sur ma famille, sur ma vie avant et après ma rencontre avec Julius. Il fut surpris d'apprendre ma réussite en tant que trader. Il me saisit la main sous la table.

— Dommage que nous ne soyons pas rencontrés en d'autres circonstances.

Quel dommage que nous n'ayons pas choisi un endroit moins public pour discuter. J'étais certain que nous aurions dans ce cas fini par coucher à nouveau ensemble. J'éprouvais le plus grand mal à ne pas bondir sur la table pour lui grimper dessus, m'asseoir sur ses genoux et l'embrasser à en perdre haleine, même si malheureusement des souvenirs pernicieux persistaient à venir me perturber aux moments les plus inopportuns. Et Don ne rendit pas les choses plus faciles quand il ouvrit tout grand la bouche pour y glisser une chip ou encore quand il me fixa avec une intensité passionnée pendant que je léchais avec délectation la mousse de l'expresso sur le dos de ma cuillère. Les autres clients durent se demander ce qui prenait à ces deux hommes qui venaient d'éclater de rire après s'être tus si longtemps.

Ma montre bipa, m'avertissant qu'il était midi et Don soupira.

— Il est temps d'y aller. Gabriel et moi sommes de service au bar ce soir et tu ne seras jamais à Eden si tu ne pars pas maintenant.

— D'accord, mais je dois d'abord aller aux toilettes.

257

Je réglai la note et demandai au serveur la clé des toilettes. Dès que j'y entrai, Don se glissa derrière moi et ferma la porte d'un coup de pied. Il ne se donna même pas la peine de me déshabiller complètement et se contenta de baisser la fermeture éclair de mon cycliste en Lycra.

— Tu as l'air d'être à l'étroit, me susurra-t-il à l'oreille.

— C'est l'euphémisme du siècle ! J'ai bien cru que j'allais finir par exploser.

— Tu as tout intérêt à jouir rapidement pour moi alors, me conseilla-t-il en s'agenouillant devant moi.

Oh putain. Don avait beau être à mes pieds, aucune de ses actions ne traduisait de près ou de loin la soumission. Il contrôla mon corps durant tout le temps que dura notre étreinte fébrile.

Je ne savais pas où mettre mes mains. Les poser sur sa tête était hors de question ; il ne me restait donc que ses épaules. Mes jambes commencèrent à trembler quand il me prit dans sa bouche d'un mouvement très expert. Merde. Je n'avais pas besoin d'autre préliminaire : le spectacle du visage de Don enfoui dans mon aine était amplement suffisant. Dès que mon membre heurta le fond de sa gorge, une vague brûlante fusa à travers mon corps et je jouis sans avoir la moindre chance de me retenir, le corps secoué de spasmes.

— *Ouuuiiii* !!!!

Don se redressa, un sourire arrogant éclairant tout son visage. Autant pour les trente minutes : je n'avais même pas tenu trente secondes. Il m'embrassa et me rendit le sperme qu'il avait recueilli sur mon sexe. Je jouissais toujours en acceptant ce cadeau.

— C'était foutument génial, murmurai-je.

Je m'accrochai à lui tandis qu'il remettait mon service trois pièces dans mon cycliste et tirait la fermeture éclair. J'inspirai une grande goulée d'air et laissai échapper un long soupir. Mes neurones cessèrent de pointer aux abonnés absents et reprirent contact avec ma matière grise.

— Et toi ? lui demandai-je.

Don secoua la tête et m'embrassa sur le front.

— Ça te fera un souvenir de moi.

Nous en avions terminé et nous nous nettoyâmes en moins de cinq minutes. Si le serveur remarqua mon regard troublé au moment où je lui rendis la clé, il se garda de tout commentaire.

Jusqu'au dernier moment, Don continua à me donner des instructions et ses mises en garde :

— Ne compte jamais sur l'intelligence des autres conducteurs ; attends-toi au contraire à croiser le chemin d'un tas d'abrutis et de fous du volant.

Rien que je ne sache déjà, en fait, ou que je n'aie expérimenté auparavant. Je classai ce conseil avec toutes ses autres recommandations, telles que ne prendre aucun risque, ne pas rouler comme un timbré, ne pas boire, etc… Il avait le besoin instinctif de prendre soin des autres chevillé au corps et le décès d'Alex n'avait fait que renforcer cette tendance naturelle

— N'oublie pas non plus qu'il n'y a pas que sur la route que les autres peuvent vouloir te freiner. Julius t'a peut-être attaché avec des cordes et des chaînes, mais la société dans laquelle nous vivons peut elle aussi avoir des exigences qui sont tout autant contraignantes. Nos désirs sont loin de faire partie de la norme, mais rien n'est pire que de devoir réprimer sa nature profonde.

Il eut soudain un bref éclat de rire.

— Non, mais écoute-moi un peu. On croirait entendre ma mère.

Il jeta un regard alentour pour s'assurer que nous étions vraiment seuls et me donna un bref, fougueux et ultime baiser.

— Prends bien soin de toi, me recommanda-t-il, caressant mes lèvres du bout des doigts.

La sensation de sa moustache frôlant ma peau persista longtemps après qu'il ait disparu de ma vue. Chaque parcelle de mon corps mourait d'envie de le suivre et il me fallut des siècles pour avoir le courage de prendre la direction opposée et de reprendre la route.

J'étais déjà en retard sur mon programme. Ma destination finale était Sorrento, tout au bout de la Mornington Peninsula. Je pouvais gagner du temps en coupant par la Hume Highway, mais je préférais m'en tenir à l'itinéraire établi par Don. L'autoroute m'offrirait des endroits où je pourrais prendre un repas et, comme elle longeait la mer, j'aurais aussi la possibilité de me balader sur la côte et de me dégourdir les jambes.

À CHACUNE de mes haltes, je pris une photo que j'envoyai à Don. Je recevais immanquablement un message en retour avec un seul mot : 'merci'. Rien de plus. Aucun mot d'affection, pas même un smiley.

En Angleterre, j'avais fait le trajet de Londres à Brighton en très peu de temps, mais les distances ici n'étaient en rien comparables. J'avais presque oublié à quel point mon pays natal pouvait être immense. Tandis que les villes défilaient, je tentai de réfléchir à mon avenir, à l'univers, et tout le reste. Je n'y parvins cependant pas, tout habité que j'étais par le pur plaisir de chevaucher à nouveau ma moto adorée.

Quand j'arrivai à Eden, la plupart des hôtels affichaient complet. J'avais eu tort de partir si tard, mais je ne parvenais pas à regretter aucune des minutes passées avec Don.

Qu'est-ce que j'allais faire ? Rebrousser chemin était hors de question. Je pouvais toujours camper quelque part sur le bas-côté de la route, mais les nuages menaçants qui n'avaient cessé de s'amonceler dans le ciel durant tout l'après-midi m'en dissuadèrent, d'autant plus que je n'avais pas pris de matériel de camping. Il ne me restait pas beaucoup d'options. Uniquement Mallacoota, une petite ville côtière touristique juste à la limite de Victoria.

Je fis le plein d'essence et mangeai un morceau, avant de reprendre la route. Le trajet ne me prit qu'une heure, mais j'étais complètement vanné en me garant dans le caravaning. J'avais roulé pendant six heures et couvert plus de cinq cents kilomètres. Heureusement pour moi, un emplacement était disponible.

Le soleil disparaissait entre la masse lourde des nuages et la ligne d'horizon, les rayons de l'astre couchant teintant le ciel de splendides reflets orangés. Sur la berge, un pêcheur coupait un poisson en petits morceaux pour le jeter aux pélicans qui s'agglutinaient autour de lui et réclamaient leur pitance.

Je pris quelques photos, les envoyai et parvins tout juste à rassembler suffisamment d'énergie pour prendre une douche avant de m'effondrer sur le lit. Je restai affalé un moment, attendant le bip qui m'annoncerait une réponse. Je m'endormis sans avoir reçu de message.

QUAND JE me réveillai le lendemain matin, Don ne m'avait toujours pas répondu. Bizarre.

Il avait plu durant la nuit, mais le vent qui s'était levé chassait les nuages, ce qui était une bonne chose en soi. Je séchai la moto avec les serviettes mises à la disposition des clients. J'avalai le café infect que je venais d'acheter au distributeur et dévorai un paquet de biscuits.

Il était déjà neuf heures quand je me présentai à l'accueil pour régler ma note.

— Vous êtes venu juste à temps, m'indiqua le réceptionniste. Je m'apprêtais à partir pour la banque.

Je lui rendis la clé et sortis.

Toujours pas de nouvelle de Don. Je pris une nouvelle photo et l'envoyai avec un message lui ordonnant de sortir ses misérables fesses du lit. Au moment d'appuyer sur le bouton 'Envoi', je vis que mon message de la veille était toujours dans ma boite. Merde. Pas de réseau. J'aurais dû y penser puisque le camping était au milieu de nulle part.

Qu'allais-je bien pouvoir faire maintenant ?

Un téléphone public était situé non loin de la réception, mais son combiné pendait misérablement et inutilement au bout d'un câble à moitié coupé. Longer le front de mer n'améliora pas la qualité du signal. Super. Je jetai un coup d'œil autour de moi, mais je ne vis aucune côte ou site en hauteur sur lequel je pouvais espérer une meilleure réception.

Que pouvait bien penser Don ? Ressentait-il de l'inquiétude ? Je fourrai mon téléphone dans la poche de mon blouson. Selon ma carte, la prochaine ville était Cann River et était située à une heure de route. Contrairement au temps qui passait, l'essence ne serait pas un problème.

Je sentis la vibration de mon portable alors que j'atteignais l'autoroute et que je n'avais malheureusement aucun moyen de me garer. Merde. J'avais l'estomac noué en imaginant la réaction de Don à mon message. Soudain, j'aperçus un sentier pare-feu et m'y engageai aussi vite que possible. Je stoppai dans la clairière sur laquelle il débouchait et récupérai mon mobile. Don m'avait adressé ces quelques mots : 'ces misérables fesses n'étaient pas au lit'.

Je le rappelai et il décrocha presque immédiatement pour me demander d'un ton grincheux ce qui m'était arrivé.

Pendant que je m'excusais et lui expliquais le manque de réseau, seuls ses grommellements occasionnels m'indiquèrent qu'il écoutait. Le vacarme causé par le passage des voitures et des camions rendait toute conversation difficile. À un certain moment, un groupe de motos passa en vrombissant et ajouta davantage de décibels au fond sonore.

Je m'étais attendu à me faire botter les fesses pour ne pas lui avoir fait savoir que j'avais changé mes plans, mais il resta étrangement distant, presque comme si j'étais déjà sorti de son esprit. J'étais seulement parti depuis une journée et j'étais déjà de l'histoire ancienne ? J'étais sur le point de raccrocher quand il me dit doucement :

— Garde le contact.

Je fixai le téléphone après qu'il eut mis fin à la conversation. Il était peut-être capable de m'effacer de sa mémoire, mais il n'avait pas quitté la mienne une seconde.

Je pris du temps pour réfléchir et en arrivai à me demander si ce n'était justement pas cela, être un nomade : être totalement libre de me rendre où bon me semblait et n'être guidé que par mes désirs, sans rien ni personne pour me retenir. Alors, pourquoi ressentais-je ce soudain besoin de rentrer à la maison sans plus attendre ?

Non. Je n'avais pas fait tout ce chemin pour abandonner maintenant et faire demi-tour.

Le rugissement de moteurs qui venaient de Cann River me fit lever la tête. Deux motos ralentirent et vinrent se garer dans la clairière. Un des gars retira son casque et me demanda :

— C'est uniquement quand nous sommes passés devant toi que nous t'avons aperçu. Tout va bien ?

— Oui, ça va. Merci. Je passais juste un appel, les rassurai-je en rangeant mon téléphone.

L'homme qui s'était adressé à moi me dévisagea d'un regard appréciateur que je lui retournai avec intérêt.

Il me faisait penser d'une certaine manière à une version plus jeune de Julius : grand, la peau bronzée, beau gosse malgré ses cheveux blonds qui lui arrivaient aux épaules et qui étaient écrasés par son casque intégral.

Son copain fit faire demi-tour à sa Suzuki, prêt à reprendre sa route.

— Nous allons manger un morceau au pub Cann River. Veux-tu te joindre à nous ? me demanda le jeune homme blond.

J'acceptai son offre d'un mouvement de tête et ils m'attendirent pendant je mettais mes gants et mon casque. Le temps que nous soyons prêts à partir, le reste du groupe était déjà hors de vue.

Quand nous pénétrâmes dans le pub, le brouhaha des conversations et des rires nous parvint. Il s'avéra que le groupe se rendait au Philip Island Circuit où se déroulait Les Huit Heures du Grand Prix Moto d'Australie. Ils avaient présumé en voyant ma bécane et mes vêtements de cuir que je m'y rendais également et avaient voulu vérifier que je ne m'étais pas arrêté en raison d'un problème mécanique.

— Merci de vous être arrêtés.

Pas étonnant qu'il n'y ait plus de chambres disponibles à Eden. J'avais en effet aperçu de nombreuses motos garées sur les parkings extérieurs.

— Pas de problème, mon pote. Ça fait partie du Code de la Route.

262

Kieran, le gars qui était revenu pour s'assurer que j'allais bien, me faisait décidément du gringue. Je révisai mon impression antérieure : il ressemblait peut-être physiquement à Julius, mais ce gars-là se préoccupait *sincèrement* des autres, qu'ils appartiennent ou non à son cercle d'amis. Ma psy m'avait souvent conseillé de faire attention à la façon dont les autres réagissaient. Elle soulignait le fait que n'importe quel groupe comptait souvent en son sein une personne capable de voir au-delà du charme que déployait une personnalité narcissique. Elle avait indubitablement raison.

— Hé Steve, pourquoi ne viendrais-tu pas avec nous ?

L'invitation, lancée par Kieran, fut reprise par certains des autres gars. Nous venions de passer une heure à discuter pour savoir s'il était possible de battre les Suzuki.

— Merci, mais j'ai promis à ma famille que j'arriverais ce soir.

— Et après ça ? J'ai une semaine de congés, déclara Kieran d'un ton calme.

— D'accord. Tiens, voilà mes coordonnées.

Nous échangeâmes ensuite nos numéros de téléphone. Pendant que je rangeais le morceau de papier que venait de me donner Kieran, deux gars lui conseillèrent sur le ton de la plaisanterie de bien sortir *couvert* s'il devait partir en *virée*.

Je devinai à leurs regards en coin qu'ils étaient au courant de l'homosexualité du jeune homme, mais que leur intérêt commun pour les motos surpassait toutes les différences qui auraient pu les diviser en temps normal.

Je regrettai vraiment de devoir m'en aller, mais je m'y résignai après avoir englouti un petit-déjeuner traditionnel composé de saucisse, de bacon, d'œufs, de tomates grillées, le tout accompagné de patates douces.

XXVIII : Section 1.27
Maybe Love Will Make You Change Your Mind

Le reste de mon voyage se déroula sans histoire à part le fait que le vent se leva, ce qui eut comme conséquence d'augmenter ma consommation d'essence. Heureusement, les villes étaient suffisamment proches les unes des autres pour que faire le plein ne soit pas un problème. J'arrivai à Sorrento avant la tombée de la nuit.

Je fus accueilli comme je m'y attendais : comme le fils prodigue rentrant enfin à la maison. Ma mère n'avait peut-être pas cuisiné le traditionnel veau farci, mais son couscous et son gigot d'agneau figuraient au nombre de ses meilleures spécialités.

— Mais qu'est-ce que tu as fait à tes cheveux ? s'écria Rhiannon tout en caressant mon crâne rasé.

— Que leur reproches-tu ? Au moins, ils ne sont pas rouges ! rétorquai-je en tirant affectueusement sur ses mèches colorées.

Elle n'avait pas encore adopté le style gothique la dernière fois que nous nous étions vus, mais je trouvais personnellement que sa nouvelle allure lui allait très bien, même si la couleur inhabituelle devait la faire sortir du lot dans une petite ville touristique comme Sorrento. On dirait bien que le feu de la rébellion n'avait pas commencé et fini avec moi.

Son nouveau petit ami, Evan, se joignit à nous pour le dîner. Il travaillait pendant la saison touristique comme sauveteur à la plage de Sorrento qui faisait face à l'océan et le reste de l'année comme gardien dans l'un des hôtels de la côte. Vous parlez d'un contraste entre les deux jeunes gens : le jeune Australien tout bronzé à force de passer ses journées dehors et ma sœur qui se claquemurait toute la journée dans la bibliothèque municipale.

Le lendemain matin, j'avais à peine fini mon petit-déjeuner quand ma mère me demanda de jeter un œil sur des cartons qu'elle avait mis de côté dans ma chambre à mon intention.

— J'aimerais bien que tu me dises ce qui doit aller à la poubelle.

Elle s'assit sur mon lit et me regarda défaire le ruban adhésif des cartons et commencer à trier leur contenu.

Dans l'un d'eux, je découvris le casque de Mick Doohan [35]. Quand j'étais plus jeune, les courses de moto avaient été une véritable passion et Mick avait été l'une de mes idoles.

— Tu pourrais le vendre sur eBay, commenta mère. Il est plutôt en bon état.

— Quoi ? M'en séparer alors que je l'ai acheté avec ma première paie ?

Le casque aux couleurs rouge, blanche et bleu trouva sa place dans la pile des objets à conserver.

— En plus, c'est toujours utile d'avoir un casque supplémentaire si je dois un jour prendre un passager sur ma moto.

À la façon dont il était posé, je pus voir que quelque chose avait été mis à l'intérieur, sans doute dans le but de de gagner de la place.

— C'est quoi ce truc ?

J'extirpai la chose en peluche et éclatai de rire.

— Hé ! Mais tu n'avais pas besoin de garder Teddy l'Ourson.

Un de ses yeux manquait et la moitié d'une de ses pattes avait été mâchonnée. Je le jetai sur la pile destinée à la poubelle.

— Non, pas question ! s'exclama ma mère qui sauta aussitôt du lit pour récupérer la peluche hirsute pour la serrer contre sa poitrine. Tu as dormi avec depuis le jour de ta naissance et tu ne l'as lâché qu'à tes dix ans.

Elle déposa un baiser sur le nez du jouet.

— Et malheur à moi si jamais il venait à tomber de ton lit au beau milieu de la nuit.

— Fiche-moi la paix, lui ordonnai-je en tentant de la lui reprendre. De l'eau a coulé sous les ponts depuis cette époque et j'ai presque trente ans maintenant.

— Lâche ça, m'ordonna-t-elle en se mettant hors d'atteinte. Cet ourson me rappelle à quel point tu étais têtu et fidèle : tu n'as jamais voulu le remplace par une peluche neuve.

Ce refus illustrait juste ma prédisposition à m'accrocher aux personnes et aux choses alors même que j'aurais dû m'en séparer depuis longtemps.

---

35 NdT : Michael 'Mick' Doohan, né le 4 juin 1965 en Australie. Champion du monde dans la catégorie des 500 cm3 de 1994 à 1998.

— Je pense par conséquent qu'il est grand temps de lui offrir des funérailles décentes.

Je parviens à lui chiper Teddy et m'enfuis de la chambre avant qu'elle puisse m'arrêter.

Après deux jours de suite passés sur la route, je ressentais un pressant besoin de me dégourdir les jambes et une promenade, même à des fins funèbres, me ferait le plus grand bien. Je contemplai le petit ourson tout fripé, et malgré toute ma détermination, je ne pus me résoudre à le jeter dans la poubelle. Ce fidèle compagnon de mon enfance méritait davantage d'égards. Je le cachai donc dans une des sacoches de la moto en espérant que ma mère n'aurait pas l'idée de l'y chercher.

Je décidai de me rendre en ville et il ne me fallut que quelques minutes à pied pour atteindre le centre-ville, qui était resté exactement le même que dans mes souvenirs. C'était souvent le cas dans des endroits tels que celui-ci, et c'était l'une des raisons pour lesquelles j'en étais parti. Sydney m'était apparu à l'époque comme plus exotique, plus dangereuse et j'avais eu le sentiment qu'y vivre serait comparable à une grande aventure.

Des gens me saluèrent en me croisant, mais aucun ne m'était familier. La zone viticole toute proche était manifestement très appréciée et attirait un grand nombre de touristes.

Quand j'arrivai au bord de l'eau, le ferry était en train de s'éloigner et se dirigeait vers la berge opposée. Grâce à l'étroite bande de terre qui fermait presque l'entrée du port, les seules vagues qui venaient s'échouer sur la grève étaient celles qui naissaient dans le sillage du grand bateau, présentant un violent contraste avec les flots furieux qui agitaient l'océan du côté du promontoire. Les deux surfaces marines étaient radicalement différentes l'une de l'autre : la première offrait au regard du flâneur la placidité de ses eaux calmes et l'autre la dangerosité de ses flots déchaînés. Était-ce tellement surprenant que j'aie un net penchant pour le côté sauvage ?

Ma mère était en train de vider des placards quand je rentrai à la maison.

— Et si on allait visiter les vignobles ? lui proposai-je.

— Pourquoi pas ? Ça fait une éternité que je n'y suis pas allée, me répondit-elle avec un sourire lumineux.

— Nous prendrons ta voiture, comme ça tu n'auras pas à faire attention à ta consommation d'alcool.

— Et pourquoi ne prendrions-nous pas ta moto ? Ce serait bien plus amusant, suggéra-t-elle.

FIDÈLE À la promesse que j'avais faite à Don, je me contentai de goûter juste une petite gorgée de vin et de la recracher après. Cette contrainte me pesa pendant un certain temps, mais quelques celliers plus loin, elle passa au second plan devant le spectacle de ma mère qui s'amusait. Après tout, cette sortie était destinée à renouer nos liens, pas à acheter du vin. Nous finîmes notre virée par un déjeuner au Vines Red Hill.

Après m'avoir donné les détails de son travail dans l'agence immobilière locale, ma mère prit une longue gorgée de son Pinot gris et m'observa par-dessus le bord de son verre.

— Irving attend toujours ta décision à propos du testament.

Je soupirai. La nourriture venait de perdre tout son intérêt.

— Il n'a jamais entendu parler de la confidentialité due à son client ?

— Écoute, il faut vraiment que tu prennes rapidement une décision, sans quoi cet homme héritera de l'argent de Julius.

— Cet homme a un nom : Donato Rossi.

— Peu importe. J'ai beau détester Julius, vous avez quand même vécu ensemble pendant six ans. Tu mérites cet argent, affirma-t-elle en balayant ma remarque d'un revers de la main.

Don m'avait éloigné pour me permettre d'arriver à une conclusion sans subir de pression, alors la dernière chose à laquelle je m'attendais était d'être acculé par ma mère dès le lendemain de mon arrivée.

— Arrête de me casser les pieds. Je prendrai ma décision en temps et en heure.

Le ton de ma voix avait grimpé en accord avec mon énervement, mais aucun des autres clients ne parut y faire attention.

— Je veux seulement ce qu'il y a de mieux pour mon gamin.

Gamin ! Quelle ironie de l'entendre prononcer ce mot en particulier. Ma mère se comportait comme une lionne quand il s'agissait de protéger ses petits. Elle m'avait recueilli sans poser la moindre question quand je m'étais réfugié à la maison juste après mon évasion. Elle ne m'avait adressé aucun reproche, du moins jusqu'à ce que mes blessures soient guéries. Elle avait voulu porter plainte, mais je savais que Julius se serait contenté d'agiter notre contrat sous le nez du juge. Je ne voulais pas que les choses dégénèrent à ce point. Sa force et sa confiance en moi étaient plus importantes que l'aveu de mes déviances sexuelles devant une cour de justice. Je crois que c'est la raison pour laquelle elle vouait une telle haine au BDSM.

— Je suis désolé, je sais bien que tu ne veux que mon bien. C'est juste que…

Je soupirai et massai le bas de ma nuque.

— Ce concept de mériter quelque chose me reste vraiment en travers de la gorge.

— Alors, qu'est-ce que tu vas faire ?

— Je n'en sais rien. La situation est très compliquée.

— C'est faux : elle ne l'est pas. Conteste le testament. Ça ne coûtera rien sauf en cas de victoire.

— Et si je gagne ? Les recours juridiques coûtent une fortune et l'argent est lié à deux propriétés différentes : la maison et l'hôtel.

— Tu n'as qu'à vendre l'hôtel pour payer Irving.

— C'est impossible puisque Don en possède toujours la moitié.

— Convainc-le de t'acheter ta part.

— Et avec quoi pourrait-il le faire ? Il a investi toutes ses économies dans son nouveau projet.

La tante de Don avait peut-être l'intention de m'acheter ma part de la maison, mais elle n'aurait certainement pas les fonds nécessaires pour me racheter ma part dans l'hôtel. Je n'avais pas interrogé Don sur la valeur du lieu, mais elle devrait frôler le million.

Ma mère mastiquait minutieusement un morceau de pain. Travailler dans l'immobilier l'avait rendue très consciente de la valeur des biens.

— Si tu gagnes, la maison t'appartiendra et tu pourras la vendre.

Vendre la maison ? Et me revoilà donc au point de départ ! Compte tenu de l'état actuel du marché, une fois que j'aurais soldé mon crédit et payé mes factures, il ne me restera pas suffisamment pour racheter la part de Don dans l'hôtel.

Je fis une pause et respirai lentement pour recouvrer mon calme.

— De toute façon, que pourrais-je bien faire d'un foutu bar de fétichiste du cuir ? m'ecriai-je d'une voix suffisamment forte pour attirer l'attention d'un des clients du restaurant.

En plus, si je rachetais les parts de Don, il pourrait alors retourner aux États-Unis et je ne voulais pas m'attarder plus que nécessaire sur cette possibilité.

— N'as-tu pas des économies ?

Je frappai à plusieurs reprises la nappe avec mon couteau à beurre tout en réfléchissant au temps qu'il me faudrait pour apprendre à lancer les couteaux aussi bien que Don.

— Je suppose que j'arriverais à payer mes factures avec ce que j'ai déjà mis de côté et à obtenir un prêt pour le reste. Ça m'éviterait d'avoir à vendre la maison ou l'hôtel, voire les deux.

Le problème avec cette solution était qu'alors ni Don ni moi n'aurions plus les fonds nécessaires pour entreprendre quoi que ce soit d'autre.

— N'oublie pas que Don possèderait toujours la moitié de l'hôtel. La perspective d'avoir à travailler avec une personne à laquelle j'aurais coûté un paquet de fric ne me fait pas particulièrement sauter de joie, ajoutai-je d'un ton désabusé.

— Bon, admettons. Que se passera-t-il si tu ne contestes pas le testament ?

Je reste avec Don et succombe à la tentation de le rejoindre dans la recherche de n'importe lequel des plaisirs qu'il aura envie d'expérimenter.

— Sa tante est prête à me racheter la part de la maison.

— Quelle tante ?

Je lui parlai donc de Mildred, la grand-tante de Don, tandis que ma mère sirotait un autre verre de vin. Toutes ces alternatives me donnaient le tournis. Je fixai le verre de Pinot gris, jouant avec l'idée d'en prendre juste un verre. Quel mal pourrait bien me faire juste un verre ? Une fois encore, je décidai de respecter la parole que j'avais donnée à Don.

— C'est à toi de décider, conclut-elle quand j'eus terminé mon récit.

Je devinai à ses lèvres pincées que mon refus de contester le testament ne la remplirait pas de joie.

— Souviens-toi que tu pourras toujours vivre ici.

Aïe. Jamais de la vie !

— Merci pour l'offre, mais je ne suis pas sûr de pouvoir supporter les hivers.

J'ignorai quel était le niveau de sa tension artérielle, mais elle était soudain devenue cramoisie, à moins qu'elle ne réagisse à l'alcool. Don avait raison : les obligations familiales pouvaient m'enchaîner aussi solidement que les chaînes qu'avait utilisées Julius.

— Tu fais paraître la situation extrêmement compliquée, dit-elle en soupirant et en triturant sa serviette entre ses doigts. Mince. Cette histoire me laisse un sale goût dans la bouche.

Elle leva la main pour appeler le serveur.

— Pourriez-vous m'apporter la carte des desserts, s'il vous plaît ? J'ai un grand besoin de sucre.

Elle passa sa commande et fit tourner son vin dans son verre.

— Tout ça, c'est la faute de Julius, marmonna-t-elle.

— Peut-être, mais quelle que soit la profondeur de ta rancune, il ne méritait pas de mourir. Personne ne le mérite.

— Tu as raison.

Nouveau geste de la main pour écarter mon constat.

— Mais j'ai beaucoup de mal à oublier qu'à ton retour à la maison, tu étais convaincu de n'être qu'un bon à rien. C'est la raison pour laquelle je me suis battue. Il t'a fait un lavage de cerveau et t'a persuadé que tu devais lui être reconnaissant qu'il t'aime alors que c'était exactement l'inverse. Il a sapé toute ton énergie et ta confiance en toi. Il n'était qu'un sale parasite.

— Je l'ai laissé faire.

— Tu fais trop facilement confiance aux autres et tu les laisses te marcher dessus. C'est ainsi que tu as agi avec Julius et c'est exactement ce que tu fais avec cet Américain, Donato, ou quel que soit son nom. J'ai l'impression que tu cherches à le protéger et que tu oublies de rester sur tes gardes. Es-tu sûr qu'il en vaut la peine ?

Oui.

— Il n'est pas du tout comme Julius, affirmai-je.

— Comment est-il alors ?

— Il est… différent.

Comment permettre à ma mère d'appréhender la complexité d'un homme tel que Don ?

— Pour commencer, il possède un bien meilleur contrôle que Julius, commencai-je en me souvenant des diverses occasions où je l'avais titillé ou quand d'autres l'avaient énervé. En fait, les seules fois où je l'ai vu en colère étaient celles où je lui ai raconté comment et combien Julius m'avait fait souffrir.

Au début, j'avais cru que Don n'était qu'un bulldog alors que Julius était un pur-sang. Ma comparaison était toujours d'actualité, mais Don possédait une classe toute particulière. C'était un homme intègre, qui traitait toute personne qu'il rencontrait avec respect et courtoisie, et ce même en son absence. Il m'avait fait me sentir important, expérience enivrante pour quelqu'un habitué à être traité comme une quantité négligeable.

— Aurais-tu une photo ?

J'en recherchai une dans mon téléphone et retrouvai celle que je préférais : Don et sa moustache couverte de mousse lors de la visite à l'aquarium. Ma mère la fixa pendant une seconde avant de faire défiler la suivante. C'était celle que Gabriel avait prise alors que Don et moi étions en train de rire aux éclats tout en portant un toast. Quand elle me rendit mon téléphone, j'eus beaucoup de mal à le reposer. Hormis pour répondre aux messages qui accompagnaient mes photos et où je lui disais regretter qu'il ne soit pas à mes côtés, il ne m'avait donné aucune nouvelle. Peut-être était-il trop occupé à faire découvrir le monde du cuir à Gabriel ? *Non.* Je devais arrêter de penser de cette manière ; je devais au contraire me sentir heureux qu'ils obtiennent l'un et l'autre ce qu'ils souhaitaient le plus. Mais cette résolution ne changeait rien au fait qu'il me manquait terriblement. Je regardai la photo où nous étions ensemble et eus un sourire.

— Tu es amoureux de lui, affirma ma mère d'une voix posée.

Je ne l'avais jamais vue aussi triste.

— Non, c'est faux, protestai-je mollement, sachant pertinemment que je n'avais aucun talent pour le mensonge.

Je sus qu'elle allait avoir besoin d'au moins deux desserts pour se remettre de cette conversation.

— Nous sommes juste de bons amis, l'assurai-je.

Je songeai avec tristesse que, compte tenu de la froideur qu'il me témoignait depuis peu, il ne devait plus voir désormais en moi qu'un coup d'un soir tombé à pic. Mais ce n'était pas grave. Les histoires sentimentales n'apportaient que des emmerdes de toute façon. J'avais survécu à ma rupture avec Julius et je l'avais connu bien plus longtemps que Don.

Ma mère secoua la tête et continua à boire son verre à petites gorgées. Je pressentis qu'elle était écartelée entre ses préjugés et la possibilité qu'elle puisse se tromper. Je ne fis rien pour l'influencer, sinon je ne ferais que renforcer sa méfiance vis-à-vis de Don. Nous nous ressemblions bien trop elle et moi et je la devinais aisément.

APRÈS AVOIR descendu une bouteille entière à elle toute seule, ma mère était plutôt pompette quand nous finîmes nos desserts. Ce fut probablement la raison pour laquelle elle me parla de mon géniteur, ce qu'elle n'avait jamais fait auparavant. Ils avaient été amis depuis l'université, et une nuit, alors qu'ils avaient pas mal abusé de l'alcool et de l'herbe, ils avaient fait l'amour sans se protéger.

— Une seule fois ! C'est tout ce qu'il a fallu ! s'indigna ma mère, toujours incrédule même après tant d'années.

— Qu'avez-vous fait ?

— Nous nous sommes mariés et avons essayé de faire marcher cette union. Sauf qu'il n'était pas prêt. Il est parti trois ans plus tard, m'expliquant qu'il avait plein de choses à vivre, et je n'ai plus jamais entendu parler de lui.

— Le bâtard.

— Il était jeune et moi aussi. Je n'avais que dix-sept ans.

Elle saisit mon poignet fermement et m'attira à elle de façon à ce que je sois le seul à l'entendre.

— Mais le plus épouvantable, c'est que si j'avais su qu'il allait me quitter, j'aurais probablement avorté. Et tu ne serais donc jamais né, avoua-t-elle les yeux baignés de larmes. Tu te demandes sans doute pourquoi je te raconte tout ça ?

J'acquiesçai, mal à l'aise.

— Parce que j'ai décidé depuis que les choses arrivaient toutes pour une bonne raison. Même celles qui, sur le coup, nous apparaissent comme le plus gros tas de merde de l'univers. Je suis heureuse de t'avoir mis au monde. Ne doute jamais une seule seconde que tu es quelqu'un de spécial qui vaut mille fois mieux que tous les abrutis du monde.

— Bien, alors si les choses arrivent pour une raison, peut-être que le fait qu'Alex soit mort *après* Julius signifie que Don *devrait* bénéficier du testament, rétorquai-je en dégageant ma main.

Elle sursauta comme si je l'avais frappée.

— Si tu devais en arriver à prendre une telle décision, je veux que tu me promettes quelque chose.

— Quoi ? demandai-je, inquiet

— Quoi qu'il arrive, ne retombe dans cette connerie de relation de Maître et d'esclave.

J'avais déjà essayé auparavant de lui expliquer que le fétichisme du cuir ne se résumait pas aux fouets et aux chaînes, mais elle ne pouvait pas comprendre cette excentricité et encore moins accepter tous les autres aspects de ce monde si particulier et si hors norme.

— S'il te plaît, Steve, me pressa-t-elle. Je t'en supplie. Quand tu es revenu à la maison après avoir quitté Julius, ton esprit était brisé. Tu n'étais que l'ombre de celui que tu es devenu aujourd'hui. Je ne pourrais pas supporter de te voir à nouveau dans un tel état.

Sa voix se brisa et une fois encore, les larmes menacèrent de déborder de ses yeux.

— D'accord, je te le promets. Je n'appellerai plus jamais aucun homme mon Maître.

Un bruit sourd retentit dans ma tête, comme si la porte d'une prison venait de se refermer violemment. Heureusement que j'étais du bon côté des barreaux. Quel que soit ce bon côté.

XXIX : Section 1.28
Rhiannon

CETTE NUIT-LÀ, étendu dans mon lit, je pensai à la promesse que j'avais faite à ma mère. *Ne plus jamais appeler aucun homme mon Maître.* Je n'avais pas attendu ma mère pour prendre une telle résolution, mais d'une certaine façon, l'énoncer à haute voix renforçait sa nature solennelle et inéluctable. Avais-je raison de décider d'enfermer cette part de moi ? Don m'avait déclaré exactement le contraire. Mais il était né Maître et les Maîtres avaient besoin d'esclaves. Aussi, quelle que soit la profondeur de mes sentiments à son égard, je ne pouvais qu'accepter qu'un autre que moi tienne pour lui le rôle d'esclave. Fin de la discussion. Curieusement, au lieu de me bouleverser, je me sentis soulagé et libéré par ce constat.

Maintenant, exclu de l'équation, je pouvais réfléchir sereinement à la façon d'agir vis-à-vis du testament. En effet, je n'avais plus à prendre en considération les répercussions que ma décision ne manquerait pas d'avoir sur ma vie, mais uniquement d'adopter la conduite la plus juste envers Don. Les faits étaient très simples en vérité : Julius avait rédigé un nouveau testament et s'était éteint avant Alex. Pourquoi chercher à compliquer la situation ? Beaucoup pensent que les choses se produisent pour une bonne raison. Les choses se produisaient pour une bonne raison. Et si l'enchaînement de tous ces évènements n'avait eu pour but que de faire venir Don en Australie ?

Un simple coup de téléphone suffirait à l'informer que je n'avais pas l'intention de contester le testament. Je craignais cependant qu'en raison de son rigoureux sens de l'honneur, il puisse croire qu'il m'était redevable. Comme une maison par exemple ou un foyer. Tout ça pendant qu'il resterait plongé dans le monde du BDSM ? Impensable.

Une fois réglés tous les aspects juridiques, je lui conseillerais d'accepter l'offre de sa tante. Il pourrait par la suite emballer le reste de mes affaires et me les faire parvenir ici. Entretemps, je m'arrangerai pour rester aussi éloigné que possible de toute tentation et je me contenterai de relations sexuelles traditionnelles.

Plongé dans ces pensées, je ressentis soudain le besoin d'évacuer toute cette tension et je me mis à me caresser en songeant à tous les mecs avec lesquels j'étais sorti en Angleterre. Le hic était qu'aucun d'entre eux ne m'avait jamais procuré ce mélange subtil de danger et d'excitation qui nouait mes tripes dès que Don était dans les parages, m'interrogeant sur son prochain geste tout en ne doutant pas une seconde que, quoi qu'il fasse, le plaisir serait au rendez-vous. Dans et en dehors du lit, il ne perdait jamais ces merveilleuses qualités qui le caractérisaient si bien : férocité, douceur, tendresse ou rudesse.

Ma main s'agita au rythme de mes pérégrinations mentales. Si loin de la maison et des règles anciennes qui s'y rattachaient, le simple fait de songer au sexe avec Don suffisait à m'exciter comme un adolescent. Je me rappelais ses grognements, sa concentration et sa parfaite maîtrise tant de ses actions que de ses pensées. Merde, je ne pouvais pas nier le fait que l'homme en cuir avait découvert le défaut dans ma cuirasse.

J'essuyai le liquide collant qui avait giclé sur ma main et me retournai sur le ventre, mais le matelas me parut inconfortable. Dormir à nouveau dans la chambre de mon enfance, entouré des échos de mon passé, me donnait à cet instant une sensation perturbante de claustrophobie, comme si les murs de la pièce cherchaient à me retenir prisonnier. J'enfouis ma tête dans l'oreiller et tentai de retenir mes larmes.

JE PRIS contact avec Maître Schofield dès le lendemain matin.

Il accepta ma décision non sans avoir manifesté auparavant son désaccord :

— Nous avions de bonnes chances de faire en sorte que vous héritiez au moins de la maison. Et vous n'auriez pas eu à vous inquiéter pour mes honoraires.

Ma mère avait dû lui faire part de la conversation que nous avions eue au vignoble.

— J'apprécie que vous vous inquiétiez pour moi, mais j'ai pris ma décision.

J'entendis son soupir à travers la ligne.

— C'est votre choix, mais si vous vendez la maison à un membre de sa famille, elle sera estimée au prix actuel du marché et la somme que vous récupèrerez sera loin d'égaler votre investissement initial.

Oh oh. Ma mère avait également lâché le morceau à propos de Don et de sa tante. Il était grand temps que j'aie mon propre avocat.

— Ça m'est égal, affirmai-je avec assurance, me rendant compte de la profonde sincérité de mes propos.

Je craignais beaucoup plus de rompre le lien avec Don que de perdre une maison.

Nouveau soupir.

— Je vais donc faire savoir à son avocat que les formalités pour l'homologation peuvent être lancées, céda-t-il avec un soupir lourd de regret. Mais ne faites surtout rien à propos de la maison jusqu'à ce que toutes les démarches soient finalisées.

— D'accord.

Maintenant que les dés en étaient jetés, au lieu de me sentir soulagé, j'avais la poitrine serrée dans un étau, car une évidence s'imposait : si je n'étais pas prêt à faire partie de la vie de Maître D., j'allais devoir trouver un nouvel endroit où vivre. Et quelqu'un d'autre à aimer. Je ne pouvais pas mettre ma vie entre parenthèse pour l'éternité. Je devais aller de l'avant, mais je pris la résolution de ne plus agir dorénavant dans la précipitation : fini de sauter dans le lit d'un homme sans avoir pris le temps de le connaître auparavant. J'avais fonctionné de cette manière pendant longtemps et le résultat n'était pas très reluisant : j'avais perdu mon cœur les deux fois.

LE LENDEMAIN matin, je reçus un texto de Kieran me demandant si j'étais toujours intéressé par un rendez-vous, ce à quoi je répondis par l'affirmative.

Nouvelle réponse, encore plus enthousiaste. Il n'avait jamais visité les environs et voulait remédier à cette situation et découvrir le plus de choses possibles.

Je lui proposai de nous retrouver à Sorrento. Maintenant que Rhiannon vivait avec son petit ami, ma mère disposait d'une chambre libre et Kieran pourrait en profiter.

Elle fut folle de joie quand je lui posai la question. Pour elle, n'importe qui valait mieux que *cet obsédé du cuir*.

Quand j'ouvris la porte pour faire entrer Kieran quelques heures plus tard, je fus à nouveau frappé par sa ressemblance avec Julius. Peut-être était-ce la raison qui m'incitait à la prudence et attiédissait mon excitation.

QU'ALLIONS-NOUS FAIRE ? Où allions-nous aller ? Depuis mon arrivée, je m'étais dit que j'aimerais bien prendre le ferry de l'autre côté de la baie et suivre la côte jusqu'aux Twelve Apostles. J'aurais préféré pouvoir le faire avec Don, mais ce souhait appartenait désormais au passé.

Notre virée allait durer plusieurs jours et ma mère ne fut pas particulièrement heureuse de me voir partir aussi vite alors que je venais à peine d'arriver, mais au fond, je la suspectais d'être plutôt contente, d'autant plus qu'elle avait d'emblée apprécié Kieran. Même Rhiannon le trouva sympathique quand elle apprit qu'il était véliplanchiste et lui extorqua la promesse de rester au moins deux jours à notre retour de façon à ce qu'il puisse aller faire de la planche avec Evan, son petit ami.

Le lendemain matin, après un court voyage en ferry, nous nous dirigeâmes vers l'ouest en suivant l'Ocean Road. Il faisait un temps magnifique et nous pûmes profiter pleinement des paysages spectaculaires des montagnes de calcaire et des ravines envahies de fougères arborescentes. Je pris quelques photos, dont une avec Kieran de façon à ce que Don puisse se rendre compte de la hauteur de la végétation. Je les lui envoyai et reçus l'habituel mot de remerciement.

Cette nuit-là, après notre installation dans la chambre du motel, je prétextai la fatigue quand Kieran exprima sans ambiguïté son désir de changer la nature de notre relation. Mon refus ne fut pas uniquement basé sur ma résolution d'agir à l'avenir de façon pondérée. Je n'en ressentais tout simplement pas le besoin. Bien sûr, j'appréciais le jeune homme, mais cet intérêt ne produisait aucune étincelle, rien qui soit comparable de près ou de loin à ce fantastique flux d'énergie qui m'avait envahi cette première nuit avec Don. Cet homme était le seul qui me donnait la grisante sensation d'être vivant.

Kieran ne fut pas vexé par cette fin de non-recevoir et l'accepta sans insister. Je pense que lui comme moi trouvions juste agréable de pouvoir voyager avec quelqu'un.

Le lendemain matin, nous décidâmes d'emprunter la route principale et nous passâmes plusieurs nuits à profiter de l'animation des bars gays de Melbourne. Ce fut une vraie révélation.

Kieran s'amusa de la façon dont je le traînai dans des tas d'endroits différents.

— Pourquoi n'y-a-t-il pas ce genre d'endroits à Sydney, des endroits qui soient réservés exclusivement aux gays ? me demanda-t-il alors que nous nous trouvions au *The Laird*.

Je découvris en y regardant de plus près que la direction de l'hôtel avait réussi à convaincre les autorités compétentes qu'elle avait des raisons tout à fait légitimes pour ne pas appliquer les lois sur l'anti-discrimination.

Je comprenais la démarche. En effet, beaucoup de filles aimaient les soirées homos parce qu'elles pouvaient y passer de bons moments et mater les mecs à volonté sans être emmerdées par des abrutis dont l'unique but était de rivaliser avec leurs potes et de marquer des points. D'un autre côté, une majorité d'homos tenaient à disposer d'un espace qui leur soit exclusivement réservé.

Les temps étaient difficiles. Tout dernièrement, Sydney avait perdu quelques-uns des endroits les plus emblématiques du milieu gay : le célèbre sauna *Chez Ken* situé à Kensington avait récemment fermé et *Le Manacle* n'existait plus. Trouver des endroits sympathiques devenait de plus en plus difficile. Je regrettai que Don ne soit pas là, car je savais qu'il aurait été fasciné par l'étendue des possibilités.

Aucune des personnes auxquelles je posai la question n'avait entendu parler du Paradisio.

Je pris tout un tas de photos pour les envoyer à Don. Même si je n'étais pas impliqué, je ne voulais pas qu'il échoue. Il aurait besoin de toute l'aide possible pour faire de son projet une réussite.

Quand nous revînmes à Sorrento, ma mère était impatiente d'entendre les nouvelles. Je devinai qu'elle n'attendait que le bon moment pour me harceler de questions à propos de Kieran, par exemple '*était-ce le bon ?*'. Au bout d'un moment d'une conversation au cours de laquelle je m'étais évertué à détourner son attention du sujet, je finis par protester que m'installer ne faisait pas partie de mes priorités, car un tel projet serait prématuré, que j'étais très loin d'être prêt pour ça et je lui demandai de me laisser respirer.

Elle devait penser que je faisais certainement référence à Julius, mais elle se trompait : j'étais en train d'admettre qu'il m'était impossible de m'engager avec un homme aussi impliqué dans le monde du cuir et je faisais le deuil de ce fragment d'avenir.

278

QUAND ELLE eut fini son travail le vendredi suivant, Rhiannon nous proposa d'aller à la plage et offrit de prêter à Kieran la planche à voile d'Evan, qui ne finissait sa garde au poste de sauvetage qu'après dix-huit heures.

Bien qu'à marée basse les courants et les rochers rendissent la baignade dangereuse, ma sœur et moi avions appris à surfer dès l'enfance. Les sauveteurs de garde faisaient un travail fabuleux et n'ouvraient la plage que lorsqu'ils étaient sûrs qu'il n'y avait aucun danger et que les drapeaux étaient parfaitement visibles.

J'étendis mon drap de bain sur le sable, tout près de celui de Rhiannon et observai Kieran qui pagayait pour s'éloigner du bord. En dépit de la chaleur, ma sœur portait un short et un bustier, fidèle à son habitude de ne jamais s'exposer en portant de maillot de bain.

Nous passâmes pas mal de temps à rattraper les années perdues en échangeant les menus détails que des frères et sœurs ont l'habitude de partager, prenant soin d'éviter toute allusion à des évènements douloureux. Je crois qu'elle était contente de retrouver son frère. À ses yeux, j'étais *parti* bien plus longtemps que les quatre années que j'avais passées à l'étranger.

— J'aime bien ton petit ami, m'annonça-t-elle à un moment.

— Kieran n'est pas mon petit ami, lui répondis-je en rigolant.

Ma réponse parut la rendre confuse.

— Eh bien, c'est dommage. Il est adorable.

— Nous sommes juste des amis, c'est tout. Il n'avait jamais vu cette partie du pays, alors je me suis proposé de la lui faire visiter. Pas de quoi en faire toute une histoire.

— Mais pourquoi ne pourrais-tu pas tomber amoureux d'un type comme lui ?

Parce que je suis déjà amoureux d'un autre. Le plus drôle était que Kieran incarnait à la perfection le classique petit copain avec sa gentillesse et sa prévenance.

— L'amour ne marche pas de cette façon.

Je jetai un coup d'œil vers la tour dans laquelle son petit ami surveillait à travers ses jumelles les véliplanchistes.

— Et au fait, comment ça se passe entre Evan et toi ?

— Comment ça ? me demanda-t-elle tout en faisant glisser du sable entre ses doigts.

— Es-tu amoureuse de lui ? Tu ne partages pas sa passion pour la planche à voile ni pour aucune des choses qui l'intéresse.

— C'est ce que prétendent en effet la plupart de mes amis, admit-elle avec une grimace.

Ses doigts s'enfoncèrent dans le sable et elle en jeta une poignée dans l'air avant de reprendre :

— Lui ne me prend jamais la tête parce que je passe tout mon temps le nez dans les livres et moi, j'aime le regarder surfer.

— Et tu ne t'ennuies jamais ?

— Non, affirma-t-elle en secouant vigoureusement la tête. Il aime prendre son bateau après la fin de la patrouille. Il est parfois tout seul sur l'eau, surtout quand le vent est tombé. Je viens le rejoindre pour lire et je garde un œil sur lui comme ça, si jamais il éprouve la moindre difficulté…

Elle s'interrompit une seconde pour me montrer son téléphone portable :

— Je peux appeler de l'aide. Alors que si j'aimais le surf, je serais en mer avec lui et nous pourrions tous les deux nous retrouver en danger.

Son raisonnement se tenait parfaitement.

— Donc, tu agis en quelque sorte comme un maître-nageur toi aussi ? Elle se mit à rire.

— Je suppose qu'on peut dire les choses comme ça. C'est vrai, lui aussi, il doit rester sur la plage pour surveiller les baigneurs.

Elle haussa les épaules.

— Qu'est-ce que je pourrais dire de plus ? Ça marche bien entre nous.

Don avait dit à peu près la même chose. *Peu importe de quoi est faite une relation du moment qu'elle fonctionne.*

— Je suis content pour toi.

J'étudiai Evan tandis qu'il sifflait des baigneurs pour les avertir qu'ils nageaient trop près de la frontière virtuelle qui marquait de façon symbolique la naissance du courant. Il viendrait à leur secours en cas de besoin, mais il était préférable que s'assurer qu'ils ne se mettent pas en difficulté pour éviter de recourir aux grands moyens.

Mon cœur se mit à battre à coups redoublés tandis que j'appréhendais la situation sous un angle tout différent. Être un bon sauveteur impliquait d'être un bon surfeur. Or, la pratique du BDSM pouvait s'avérer tout aussi dangereuse que les courants marins, pouvait saper toute votre énergie avec son avidité impitoyable et vous entraîner dans les profondeurs avant même que vous ayez eu le temps de dire 'ouf'. Don n'était pas un débutant, loin de là, mais il pourrait peut-être estimer bénéfique que quelqu'un demeure sur la plage pour veiller sur lui. Je tenais peut-être là une solution pour avoir la chance d'avoir une place dans sa vie. Je pourrais moi aussi rester hors de l'eau, tout comme maintenant, et faire en sorte qu'il reste sain et sauf.

Mais comment aborder un tel sujet avec lui ?

L'ARRIVÉE D'UN Kieran mouillé, transi de froid, mais heureux, m'empêcha d'agir sur le champ comme j'en brûlais d'envie.

Dès qu'Evan eut fini son service, nous partîmes nous promener le long de la route qui menait jusqu'au bout du promontoire. Je montrai tout d'abord à Kieran la célèbre plage où l'un de nos premiers ministres avait péri, noyé ou attaqué par un requin, puis nous fîmes un arrêt pour admirer les vieilles fortifications à Cheviot Hill.

Mes trois compagnons explorèrent les tunnels, passèrent leur tête à travers les meurtrières en faisant semblant d'être des prisonniers. Ils n'arrêtèrent pas de m'encourager à les rejoindre, mais l'obscurité et les espaces confinés me rappelaient de trop mauvais souvenirs. Je me bornai de prendre des photos et de les envoyer à Don.

Une fois de plus, j'obtins la même réponse laconique : 'merci'.

Je trouvai soudain que les textos n'étaient pas suffisants. J'avais besoin de lui parler de vive voix, de savoir ce qu'il penserait de mon idée, mais alors que j'étais sur le point de composer son numéro, Rhiannon me rejoignit, les bras enroulés autour de sa taille et toute frissonnante.

— J'ai froid.

— Ne bouge pas.

J'allai jusqu'à ma moto et sortis mon blouson en cuir. Quelque chose tomba alors par terre et je la ramassai : mon vieil ours en peluche.

— Ce n'est pas Petit Ted ? m'interrogea Rhi en me prenant le blouson des mains pour le poser sur ses épaules. Qu'est-ce qu'il fait là ?

— J'ai l'intention de lui offrir un enterrement décent, déclarai-je d'un ton sérieux sans me vexer quand elle se mit à rire.

— Es-tu sûr de ne pas vouloir le garder ? Il est plutôt mignon dans le genre zombie.

Elle se mit à tituber en se dirigeant vers les autres en une imitation très approximative de la démarche saccadée des monstres en question.

Des larmes d'affection me brouillèrent les yeux tandis que je la regardais s'éloigner. Il y avait des années de cela, elle avait été ma bouée de sauvetage et m'avait aidé à tenir à distance mes propres démons.

Je fouillai dans les sacoches de la moto et en tirai une petite pelle, un de ces ustensiles absolument indispensables quand on est un motard.

Don m'avait envoyé au loin pour m'accorder la distance dont j'avais besoin afin de prendre une décision à propos du testament. Cependant, au bout du compte, cet éloignement venait de me permettre de voir le BDSM et ses pièges sous un jour complètement différent. Les barreaux et l'obscurité n'étaient rien d'autre que des outils au service d'un désir qui naissait dans le cœur des personnes impliquées.

Alors que je m'enfonçai dans les souterrains, les mots de Don à propos de la nécessité d'être fort et de repousser ses limites me revinrent en mémoire. J'étais à la croisée des chemins et l'homme libre que j'étais devenu devait maintenant décider comment employer au mieux cette liberté si chèrement acquise.

Tandis que je progressais dans les tunnels, j'eus l'impression que les murs me pressaient de toutes parts. Je mis à serrer plus fort la pelle pour surmonter mon angoisse et poursuivis ma route jusqu'à ce que j'émerge de l'autre côté dans une cour à ciel ouvert. La grande majorité du sol était cimentée, mais certaines parcelles de terre couvertes d'herbes basses m'offraient exactement ce dont j'avais besoin pour donner au Petit Ted un lieu digne d'être sa dernière demeure. Je repoussai avec précaution les herbes basses, faisant attention à ne pas arracher les racines, et creusai un trou peu profond dessous. Un étrange sentiment de paix glissa en moi tandis que je couchais mon vieil ourson dans la petite tombe. D'un côté, je ressentais infiniment de tristesse à me séparer de ce compagnon de mon enfance, et de l'autre, je tournais définitivement la page de cette partie de ma vie.

J'entendis Rhi qui revenait avec Evan et Kieran et je rebouchai la tombe et la recouvris de sa couverture végétale naturelle.

Mes compagnons s'esclaffèrent quand je leur expliquai ce que j'étais en train de faire et ils insistèrent pour prononcer quelques mots. Puis ils me laissèrent seul pour que je puisse *faire mes adieux en privé*, comme ils le dirent en plaisantant.

Ma vision se brouilla quand je fixai la terre fraîchement retournée. J'avais cependant fait du bon boulot en la camouflant et j'espérais qu'ainsi personne ne viendrait déranger le repos de Petit Ted. J'avais enterré bien plus qu'une vieille peluche ravagée par les années ; les fantômes de celui que j'avais été et Julius, tous deux unis dans les leurres d'une version pervertie du BDSM que nous avions créée de toutes pièces, gisaient également devant moi. J'avais conscience que le fait de ne pas avoir eu l'occasion de dire adieu à mon amant et de ne pas avoir pleuré sa mort avait créé une blessure béante qui pesait lourdement sur mon cœur. Je ne savais même pas où reposaient ses cendres et je me doutais que ses parents refuseraient de me répondre.

Je ne venais pas d'inhumer seulement les mauvais aspects de ma relation avec Julius ; j'avais enterré également les meilleurs. Comme ceux liés à notre première rencontre, qui avait curieusement eu lieu pendant une course automobile. Nous nous étions retrouvés tous les deux aux toilettes en même temps et avions échangé les regards en biais que ne manquait jamais de provoquer cette situation. Il m'avait surpris pendant que je le regardais et il s'était inlassablement moqué sans pitié de moi à ce propos durant les années qui avaient suivi.

Don avait déclaré qu'il se sentait coupable d'avoir failli en n'étant pas à la hauteur des attentes d'Alex. De mon côté, je n'avais pas été davantage capable d'être celui dont Julius avait besoin. Les gens changeaient, évoluaient, parfois de façon similaire, mais bien souvent de façon différente. À mesure que le temps passait, Julius perdait de son assurance tandis que je prenais de mon côté confiance en moi. Je ne pouvais que regretter que cette nouvelle affirmation de moi ne m'ait pas permis de le voir pour ce qu'il était vraiment et de m'être accroché à un idéal qui n'était rien d'autre qu'un mirage depuis longtemps déjà.

Don avait raison : Julius avait eu peur de me perdre, ou du moins de perdre mon respect. Il avait alors essayé de m'enchaîner à lui physiquement, puisqu'il ne pouvait conserver mon amour. Il ne s'était pas rendu compte qu'il n'avait pas besoin d'agir de cette façon, car je l'aimais tellement que j'avais décidé d'ignorer les fêlures de sa personnalité. Je m'étais fourvoyé et j'aurais mieux fait d'admettre ses défauts et de les accepter.

Je pensai soudain à Alex : avait-il senti le besoin d'adoration qui rongeait Julius, cette faim qui le rongeait d'avoir quelqu'un qui l'aime de façon inconditionnelle ? Si tel était le cas, j'espérais qu'ils avaient tous les deux trouvé le bonheur durant la courte période qu'ils avaient passée ensemble.

Le souvenir d'une image me fit sourire : celle de la première fois où j'avais posé les yeux sur Don, le charisme et la force qu'il dégageait tandis qu'il frappait le cuir brillant de ses bottes avec l'extrémité du fouet. Je ne l'avais pas du tout apprécié lors de cette première rencontre, je m'étais méfié de ses intentions et j'étais resté sur mes gardes, l'observant attentivement pour comprendre ses motivations. J'avais décortiqué chacun de ses gestes, cherchant dans le personnage des défauts qui n'existaient pas. Il était loin d'être parfait, bien sûr. Mais n'est-ce pas le cas pour chacun d'entre nous ?

Tous mes *a priori* s'étaient avérés faux en ce qui le concernait. Ce que j'avais pris à l'origine pour de la simple arrogance n'était en fait que la combinaison de sa lucidité quant à sa force d'âme et une profonde humilité. Il savait exactement ce qu'il voulait, mais il refusait d'écraser les autres pour y parvenir. Il était à l'écoute des personnes qui l'entouraient et n'hésitait pas à les aider à se sortir de situations difficiles s'il en avait le pouvoir. Il montrait cet entêtement propre à ceux qui possèdent un sens aigu du bien et du mal et qui sont prêts à remuer ciel et terre pour défendre le premier et tenir à distance le second.

Ma mère pensait qu'il ne méritait pas d'hériter de la propriété alors que moi, au contraire, je considérais ce legs comme une réparation pour le fait que Julius avait ruiné sa vie.

Le destin avait décidé qu'Alex devait mourir après Julius et non en même temps. Puis, ce même destin avait offert à Don une bonne fée qui était sortie de nulle part et avait agité sa baguette magique pour l'aider à s'en sortir financièrement. L'enchaînement de tels événements était l'illustration parfaite d'un bon karma, ou je n'y connaissais rien.

Ma mère était convaincue que les choses arrivaient pour une bonne raison, et moi aussi.

Mon amour pour Don pouvait bien ne pas être réciproque, mais cela n'avait au fond aucune importance. Je voulais être près de lui ; j'avais besoin d'être près de lui, même si je n'étais réduit à ne partager avec lui qu'un intérêt commun. Cela me suffirait, aussi longtemps que je pourrais le convaincre qu'il avait besoin de son sauveteur personnel.

Il me manquait, terriblement. Depuis que je l'avais quitté, je ne faisais que combler le vide de mes journées, incertain de la route à suivre et indécis quant à mon avenir. Ces dix derniers jours me donnaient l'impression d'avoir duré des mois, et chaque minute que nous passions séparés était une de perdue.

Bien sûr, j'avais aimé passer du temps avec ma mère et ma sœur, mais je n'avais plus ma place dans cette ville. Ma famille m'aimait indéniablement, mais elle n'avait pas besoin de moi, alors que Don oui. Je lui étais nécessaire pour la maison, pour le Paradisio, et aussi pour faire en sorte qu'il ne se noie pas dans les abîmes du BDSM comme cela avait été presque mon cas.

La vie n'allait pas être facile, mais personne n'avait dit qu'elle devait l'être. S'il y avait une seule chance pour que l'hôtel prospère, je ne voulais pas me mettre en travers de son chemin alors que je pouvais me tenir à ses côtés.

Si j'avais de la chance, il verrait peut-être les choses comme moi.

XXX : Section 1.29
Sara

Il faisait nuit quand nous arrivâmes chez ma mère. Je n'eus même pas le temps d'appeler Don que mon téléphone se mit à sonner. Mon cœur battit la chamade quand je réalisai l'identité de l'appelant.

— As-tu pensé à rappeler Sara ? me demanda-t-il sans même prendre la peine de me dire bonjour.

— Sara ?

J'eus du mal dans un premier temps à voir au-delà de l'irritation qui déformait sa voix, mais ses paroles finirent par se frayer un chemin dans les circuits encombrés de mon cerveau.

— Oui, Sara. Le mariage a lieu demain.

Oh merde. J'avais promis à Sara d'interpréter Stevie Tricks. Elle devait être complètement affolée par mon silence.

— Désolé. J'ai complètement oublié.

— Je vais lui dire que tu ne peux pas venir parce que tu as des obligations familiales.

— Non, répondis-je en hâte. Tu n'as pas besoin de mentir pour moi. Je rentre demain de toute façon. Je voulais te téléphoner et te tenir au courant.

— Oh.

Puis plus rien.

Cela signifiait-il qu'il ne souhaitait pas m'avoir dans les parages ? Il fallait décidément que je me dépêche de rentrer.

— Si je pars maintenant, je peux être à Sydney dans la matinée. Le trajet par la Hume Highway est plus court.

— Ça fait toujours plus de neuf cents kilomètres et j'ai déjà suffisamment de raisons de m'inquiéter sans avoir en plus à t'imaginer rouler tout seul et à éviter les camions toute la nuit.

Il ne paraissait pas du tout convaincu que je parvienne à être de retour à temps.

— Je ne serai pas tout seul. Un ami fera le voyage avec moi, lui précisai-je en me rappelant que Kieran, qui était en train de prendre sa douche, m'avait dit qu'il devait reprendre le travail dès lundi.

— Ça ne fait aucune différence, finit-il par dire d'une voix plus calme, mais toujours aussi ferme.

Mais je savais qu'il n'en pensait pas un mot.

— Écoute, j'ai promis à Sara d'être présent et je ne brise pas mes promesses.

Et rien que le fait d'entendre ta voix me pousse à vouloir partir sur le champ.

— Si nous partons très tôt, je peux arriver avant le début de la cérémonie. De toute façon, je n'ai pas besoin d'être là avant vingt-et-une heures.

— Et ton maquillage ? Ton costume ? À moins de rouler comme un fou, tu n'arriveras pas à temps.

— Si. En théorie, c'est parfaitement faisable. Et je te promets d'être prudent. Ça marche ?

Il ne répondit que par un grognement.

Je passai rapidement en revue tout ce dont j'allais avoir besoin pour mon numéro. *La musique.*

— Gabriel est-il toujours là ?

— Oui.

Un seul mot, mais qui suffisait à creuser un gouffre gigantesque entre nous.

J'aurais pu être inquiet d'apprendre que le jeune homme faisait toujours partie du décor, mais étrangement, il n'en fut rien. Ma jalousie s'était envolée dès l'instant où j'avais compris que j'avais ma *place* dans la vie de Don même si lui n'en était pas encore conscient.

— A-t-il a réussi à nettoyer la chanson ?

— Oui.

Don soupira comme s'il portait le poids du monde sur ses épaules. Qu'avait-il bien pu se passer pendant mon absence ? Je l'entendis au bout du fil prendre une grande inspiration avant qu'il reprenne d'une voix calme :

— Si tu es si impatient de t'exhiber dans ton accoutrement, on peut tout déposer pour toi à l'endroit où se déroule la réception. Tu n'as qu'à nous retrouver là-bas.

À l'entendre, rien n'aurait pu être pire que cet arrangement.

— Super.

Les mots 'petit con obstiné' me parvinrent juste avant qu'il raccroche.

— Moi aussi je t'aime, Beau Sourire, répondis-je dans le vide.

Était-ce l'imminence de mon retour ou les heures de route qui m'attendaient qui le perturbaient à ce point ? La distance n'aurait pas dû l'inquiéter, mais peut-être craignait-il que je devienne imprudent sous l'urgence. Aucun risque ! Sur la route qui m'emmenait vers le sud, j'avais serré les virages même quand le milieu de la route aurait été plus rapide. L'accident de Julius modifiait ma façon de conduire.

KIERAN NE trouva heureusement rien à redire à mes projets. Je dus cependant lui parler de Don et de mon numéro de drag queen. Il était près de minuit quand je me couchai et je n'eus que quelques brèves heures de sommeil avant notre départ. Nous prîmes congé de ma mère et de ma sœur aux premières lueurs de l'aube, après leur avoir promis d'être très prudents et de leur donner des nouvelles. J'envoyai un texto à Don pour lui confirmer que j'étais en route.

Le vent du sud nous fut favorable ; nous dépassâmes parfois la limite de vitesse, augmentant notre consommation d'essence par la même occasion. Heureusement, je n'eus besoin de refaire le plein qu'une seule fois.

Kieran partit de son côté à King Georges Road en me saluant d'un coup de klaxon et d'un geste de la main. Nous avions déjà prévu de nous revoir. Comme il avait une formation d'électricien, je lui avais demandé s'il accepterait de nous rendre visite à la maison et de nous dresser un devis pour l'installation électrique de la chambre de méditation. J'aimais beaucoup la lumière de bougies, mais seulement à des fins décoratives.

QUAND JE descendis de ma moto plusieurs heures plus tard et pénétrai dans le hall de réception, j'étais excité comme une puce soit sous l'effet de toutes les tablettes de caféine que j'avais mâchonnées, soit en raison de mon impatience à la perspective de revoir Don.

Le parking était presque vide, ce qui voulait dire que les invités n'étaient pas encore arrivés, ce qui était une très bonne nouvelle. Don devait avoir entendu la moto, car il descendit les marches pour m'accueillir en regardant ostensiblement sa montre.

— Vingt-et-une heures trente. Je devrais te flanquer une bonne fessée.

288

Il portait son beau costume, mais la pose qu'il adopta, bras croisés, épaules carrées et jambes légèrement écartées, ne pouvait cacher sa nature de dominant. Putain, qu'est-ce qu'il était beau ! Puis, j'étudiai plus attentivement les traits de son visage pour percer cette séduisante apparence. Il avait l'air fatigué et furieux contre moi. Encore une fois.

— Moi aussi je suis très content de te revoir, Beau Sourire, plaisantai-je en lui lançant un baiser du bout des lèvres.

Je n'eus droit à aucune étreinte passionnée tout droit sortie des meilleurs mélodrames ni à aucun signe témoignant de sa joie de me revoir.

— Où est Gabriel ?

— Dans le vestiaire, m'indiqua-t-il en montrant d'un signe de tête une direction sans me quitter pour autant des yeux. Il s'occupe de tes affaires.

— D'accord.

J'avais l'impression d'avoir affaire à un homme complètement différent, comme si une barrière invisible s'était dressée entre nous. Cette fois-ci, il ne m'en avait pas donné les clés.

— Où puis-je garer la moto ?

— À côté de la voiture de Gabriel.

Toujours sans décroiser les bras, il tourna les yeux vers un jacaranda en pleine floraison. Merde. Les fleurs pourpres allaient coller au moteur encore chaud. Mais quelle importance après tout, puis ma BMW avait d'ores et déjà besoin d'un bon nettoyage.

Don m'attendait toujours quand je revins après avoir garé ma bécane.

— Je vais aller avertir Sara que tu es arrivé. Elle était très inquiète à l'idée que tu ne puisses pas arriver à temps.

— Je devrais peut-être y aller moi-même et lui parler ?

— Inutile. Je dois de toute façon dire un mot au photographe. Gabriel va te donner un coup de main pour te préparer. Suis le corridor qui se trouve juste après les tables déjà dressées. Le vestiaire est la deuxième porte sur la gauche.

Je le suivis comme un obéissant petit chien tout penaud quand, sans attendre ma réponse, il tourna les talons et retourna à l'intérieur.

Au fond de la salle à manger, un Asiatique portant une longue queue de cheval était en train de régler un projecteur. Don et lui échangèrent quelques mots avant de sortir dans le jardin.

À travers les vitres des grandes portes fenêtres, je pouvais voir les mariés et leurs principaux invités poser pour la séance de photos officielles. Quand il aperçut Don, Marty me chercha des yeux et murmura quelque chose à Sara. Dans un premier temps, elle parut surprise, puis me fit un grand geste joyeux de la main. Elle se demandait probablement par quel miracle quelqu'un comme moi parviendra à ressembler à une femme. *Par la magie du maquillage, chérie.*

Le jeune Chinois, à moins qu'il ne fût Coréen, me scruta de haut en bas avant d'émettre un petit rire.

— Don m'a appris que vous alliez faire un numéro tout à l'heure. Il m'a recommandé de choisir un éclairage tamisé.

Son accent me fit penser qu'il était lui aussi Américain et peut-être un ami de Don.

— Salut, je m'appelle Steve, annonçai-je en lui serrant la main.

— Daniel Ho, mais vous pouvez m'appeler Dany.

Il fit un geste en direction du jardin où un grand mec chauve faisait prendre la pose à ses modèles d'un soir.

— Et le photographe en plein action est mon petit ami, Nathaniel Taylor.

Ah, super, nous n'étions donc pas les seuls homos de la réception. Dans sa veste orange vif et son jean délavé, Danny me faisait penser à l'un de ces poissons tropicaux que nous avions admirés à l'aquarium. Il irradiait d'une énergie fébrile et je me demandai si la source en était l'excitation ou l'énervement.

— Taylor ?

Ce nom me semblait familier, mais je ne parvenais pas à me rappeler pourquoi.

Danny vint à mon aide.

— Nat a remporté un certain nombre de prix pour ses photos. Normalement, il ne fait pas dans le mariage, mais Rob le lui a demandé comme un service.

Rob. Je regardai plus attentivement le groupe d'invités qui évoluait dans le jardin en suivant les recommandations de Nat. Comme je pouvais m'y attendre, le rugbyman fort en gueule qui m'avait donné tant de fil à retordre à la soirée d'enterrement de vie de garçon se tenait à côté de Marty. Je reconnus aussi quelques-uns des autres mecs dont je m'étais occupé cette nuit-là. C'était très étrange de les voir dans une tenue aussi formelle.

— Je ferais mieux d'aller me préparer, finis-je par annoncer.

— Bonne chance pour la mise en sachet, chéri !

Je le regardai plus attentivement : vu de dos avec ses longs cheveux noirs, il aurait pu être pris pour une fille, mais je ne percevais absolument rien de doux chez lui. Je ricanai intérieurement. Qui étais-je donc pour émettre un tel jugement ? Un homme n'avait pas à être féminin pour se déguiser en femme. J'en étais un parfait exemple.

Je suivis les instructions que Don m'avait données et trouvai la pièce qui avait été préparée pour moi.

Habillé de façon décontractée d'un pantacourt ample et une chemise dont un seul bouton était fermé, Gabriel m'accueillit avec une grimace.

— Dieu merci, te voilà !

J'ôtai mes bottes et mes vêtements poussiéreux et jetai le tout par terre. Mon tee-shirt trempé de sueur et mon cycliste en Lycra collaient à mon corps comme une deuxième peau. Une douche et un rasage figuraient tout en haut de mes priorités.

Je jetai un regard scrutateur à Gabriel et remarquai qu'il n'avait pas l'air très à son aise.

— Qu'est-ce qui ne va pas ? Pourquoi n'es-tu pas habillé pour le mariage ?

— J'ai trop mal pour pouvoir supporter un costume, me répondit-il en faisant rouler maladroitement ses épaules.

Mon ventre se noua tandis que je prenais conscience des implications de sa déclaration.

— Fais voir.

Si Don avait lacéré trop sévèrement Gabriel, je me jurais de lui tordre le cou. Ces quelques jours passés au loin m'avaient permis de réviser mon jugement sur le jeune homme.

Gabriel tressaillit en essayant d'ôter sa chemise. Je l'y aidai et pus examiner son dos. Celui-ci arborait une teinte rouge sombre, résultat de nombreux coups de martinet. Deux longues zébrures prouvaient qu'il avait également été fouetté.

— Aïe, fis-je avec sympathie. Quand est-ce que ça s'est passé ?

Son dos ne présentait aucun hématome.

— Ce matin, répondit-il avec un sourire triste. Il m'a appliqué une espèce de baume juste après et ça m'a soulagé.

Je m'assis sur le lit et tentai de tirer des conclusions de ces nouvelles données. Il ne portait pas de collier, pas même une chaîne en or, autour du cou.

— Que se passe-t-il entre Don et toi ? Va-t-il te passer un collier ?

— Non, affirma Gabriel en secouant vigoureusement la tête. Il m'a dit qu'il ne souhaitait pas prendre un nouvel esclave à long terme et qu'il se contenterait désormais d'introduire 'Monsieur tout le monde' dans l'univers du BDSM.

Une vague de soulagement me tourna presque la tête. *Mais non, je n'étais pas jaloux !*

— Je suppose qu'il n'arrive pas à oublier Alex.

— Ce n'est pas du tout pour ça. Il estime qu'il a reçu une leçon. Il est conscient qu'il lui est impossible de dicter à un autre sa conduite jour après jour alors qu'il passe toutes ses journées à régler les problèmes de gestion de l'hôtel et à s'inquiéter de la façon dont la situation va évoluer.

J'estimais pour ma part qu'un certain nombre de ces tâches pourraient être assumées par quelqu'un d'autre, devraient même déjà être prises en charge par quelqu'un d'autre. Mais que foutait donc Fred ? Don avait rapidement besoin d'un manager digne de ce nom.

— Ouais, je comprends. C'est très difficile d'être un Maître vingt-quatre heures sur vingt-heure, sept jours sur sept à moins d'être riche comme Crésus et de vivre dans le luxe sur une île tropicale.

Gabriel éclata de rire, mais ne se détendit pas pour autant.

— Tu es sûr que tu ne veux pas que je mette quelque chose là-dessus ? Je dois avoir de l'huile de papaye dans mon sac.

— Non, je vais bien. Je t'assure. Don ne voulait pas utiliser le fouet ; c'est moi qui ai insisté.

— Mais pourquoi ?

J'étudiai le jeune homme avec une attention accrue. Il avait changé. L'impatient petit chiot avait disparu et des signes manifestes de maturité témoignaient de cette évolution. En dépit de son dos douloureux, il se tenait très droit, très loin de la posture voutée qui était la sienne lorsque je l'avais vu pour la première fois.

— La curiosité a fini par tuer le chat, tu te rappelles ?

Gabriel eut un sourire ironique.

— Il avait déjà utilisé le martinet un peu plus tôt dans la semaine pour m'en montrer les effets. Mais il était tellement stressé que j'ai eu l'impression qu'il avait besoin de davantage pour parvenir à se détendre.

Raté. Si j'en jugeais par la froideur de son accueil, Don devait toujours avoir les nerfs en pelote.

— D'accord. Il m'en veut peut-être d'être revenu pour assister au mariage, mais il devrait savoir qu'il n'a pas à passer sa colère sur toi.

Les propos rassurants que j'avais tenus à ma mère sur la capacité de Don à se maîtriser venaient d'être contredits par les révélations de Gabriel.

— Il n'a jamais franchi les limites de ma résistance, m'assura le jeune homme.

— En es-tu sûr ? As-tu été parfaitement honnête avec lui ?

— Est-ce que le fait de lui avoir dit que ça faisait un mal de chien, mais que c'était super bon peut être considéré comme de l'honnêteté ? me demanda-t-il avec un bref clin d'œil.

Je me mis à rire. Si Don s'était attendu à un timide et humble *merci*, il avait dû être extrêmement déçu.

— Est-ce que tu as aimé ?

— Les coups de martinets, oui.

Il haussa les épaules, mais tressaillit une nouvelle fois tandis que ce mouvement tirait sur les blessures de son dos. Il allait devoir apprendre à limiter ce geste à l'avenir.

— Mais j'avoue que le fouet a été un peu trop intense pour moi. Je suppose que je ne suis pas accro à la douleur. Don m'a assuré que je me sentirai mieux demain, mais j'ai quand même appelé mes parents pour leur dire que j'allais rester encore quelques jours. J'espère que ça ne te dérange pas ?

— Me déranger ? Moi ? Pourquoi ça ?

— Vous avez probablement envie d'un peu d'intimité tous les deux.

J'avais en effet escompté pouvoir passer du temps en tête à tête avec Don pour lui exposer la conclusion à laquelle j'étais parvenu. J'espérais qu'il accepterait ma suggestion, sinon par amour au moins par affection. Maintenant, je m'interrogeais et craignais de m'être bercé d'illusions. Revenir avait été une mauvaise idée. Je regardai le jeune homme alors qu'il se dandinait d'un pied sur l'autre et ne cessait de me jeter des coups d'œil furtifs pour vérifier comment je prenais les choses.

— Allez, laisse-moi regarder encore une fois.

Les zébrures rougeâtres traversaient en une ligne parfaite les ailes de l'ange tatoué, presque comme une croix qui annulerait la pureté qu'elles symbolisaient. Mais pourquoi marquer le dessin ainsi, cela avait-il été fait délibérément ? L'emplacement spécifique des coups devait-il être compris comme un message pour Gabriel qu'il était loin d'être un ange et qu'il ne devrait pas aspirer à le devenir ? Ou était-ce plutôt l'affirmation que celui qui lui avait infligé ces marques n'était pas non plus un ange ? À moins que ce ne soient les deux à la fois ?

Ma réaction initiale de malaise s'évanouit tandis que j'admirais la précision clinique des coups portés, dignes d'un véritable artiste.

Je ne m'étais pas attendu à ce que ma résolution de demeurer spectateur soit si rapidement mise à l'épreuve. Je ne pouvais m'empêcher de me demander si j'étais perturbé à cause de la flagellation ou parce que j'étais jaloux ? Une rapide introspection et je conclus qu'il ne s'agissait d'aucun des deux. J'étais en fait bien plus préoccupé par la possibilité que Don ait eu une séance avec Gabriel alors qu'il était nerveux, ce qui était inadmissible.

— D'une certaine façon, je me sens responsable de ce qui est arrivé. J'ai insisté pour revenir pour le mariage alors qu'il est toujours très inquiet à propos du risque d'accident.

— C'est n'importe quoi ! s'exclama Gabriel.

Il frissonna de douleur en remettant correctement sa chemise et en attachant trois boutons.

— Qu'est-ce que tu peux être con des fois ! Il ne s'agissait pas seulement de ça : il était stressé parce qu'il t'avait laissé prendre de la distance pour réfléchir et que tu en as immédiatement profité pour sortir avec un autre.

Hein ?

— Avec qui donc croit-il que je suis sorti ? m'exclamai-je d'une voix indignée.

— Ce mec avec lequel tu t'es pris en photo. Don a remarqué qu'il ressemblait beaucoup à Julius.

— Mais Kieran est juste un mec avec lequel j'ai voyagé !

Le regard empli de dégoût de Gabriel me fit tiquer.

— Et tu t'attendais à ce que Don en conclue quoi au juste ? Sans parler des photos que tu lui as envoyées de tous les clubs dans lesquels tu es allé. Il a supposé que tu allais faire la fête. Putain, la nuit où il n'a eu aucun message de toi…

Il s'interrompit et secoua la tête.

— J'ai dû l'empêcher d'appeler la police ; il était convaincu que tu gisais sur le bord d'une route quelconque.

— Mais pourquoi ne m'a-t-il rien dit ?

— Il ne voulait pas que tu sois influencé par ses sentiments pour toi.

Ses sentiments pour moi.

— Ce sont ses propres mots ?

— Ouais.

Mon cœur se mit à battre si fort que je fus incapable de prononcer un mot de plus.

Gabriel eut un sourire coquin.

— Après l'avoir vu passer plusieurs nuits à errer comme une âme en peine dans la maison et l'avoir entendu menacer d'acheter un fusil pour trucider ce maudit coucou, je lui ai dit que s'il ne voulait pas me dire à moi personnellement ce qui le mettait dans un tel état, il fallait qu'il trouve quelqu'un d'autre à qui en parler. Donc, très tôt dans la matinée, alors qu'il n'arrivait pas dormir, il a contacté par Skype un mec qu'il connaissait aux États-Unis. Un type nommé Vince.

— Et tu as écouté leur conversation ?

Il hocha la tête d'un air honteux.

— Certaines nuits, je n'arrivais pas à dormir moi non plus, et tu sais bien à quoi ressemble la maison pendant la nuit : aussi calme qu'un cimetière. Ils parlaient surtout du Paradisio et des projets qu'il avait à ce propos, mais ils ont aussi parlé d'estime de soi, d'égo, des besoins de Don…

En parlant de besoins…

— Est-que tu as ?... Il ?...

À peine les mots avaient-ils quitté ma bouche que j'éclatais de rire : je venais en effet de me souvenir que Gabriel m'avait posé exactement la même question le lendemain de notre rencontre.

— Une fois.

Mon rire s'éteignit comme si j'avais reçu une bassine d'eau glacée sur la tête.

Gabriel remarqua ma réaction et se mit sur la défensive.

— C'est de ta faute.

— De *ma* faute ?

— Ouais. La nuit où il a reçu cette photo de toi posant avec ce type, il a descendu la moitié d'une bouteille de Scotch.

Et merde. Je me triturai les méninges, mais je ne parvins pas à me rappeler une seule occasion où Don avait bu plus que quelques bières ou l'occasionnel verre de vin indispensable pour ne pas paraître complètement associable.

— Je l'ai mis au lit et je suis resté avec lui pour être sûr qu'il allait bien. Et une chose en entraînant une autre… conclut-il en se mettant à rougir comme une pivoine. La vérité est que nous avons baisé plus par sympathie que par véritable envie.

Ma jalousie s'évanouit à la pensée qu'il y ait eu quelqu'un pour veiller sur lui pendant mon absence.

— Dis-moi, est-ce que tu as aimé ses grognements ? ne pus-je m'empêcher de lui demander.

Il me regarda comme si je venais de perdre la tête.

— Mais il n'a pas fait un seul bruit. D'ailleurs, je pense que la baise a été aussi passable pour lui qu'elle l'a été pour moi.

Je n'étais pas très sûr de savoir quoi faire d'une telle révélation. *Devrais-je me sentir soulagé ?*

LES VOITURES commençaient à affluer dans le parking. J'avais beau vouloir creuser davantage pour découvrir à quel point j'avais manqué à Don, j'avais un numéro à préparer. Je me dépêchai donc de gagner la salle de bain, où je pris une douche rapide et me rasai. C'était une de ces occasions où je me réjouissais de ne pas être un de ces drag queens qui portaient des costumes de scène très révélateurs. Je ne l'avais fait qu'une seule fois et la gêne que j'avais éprouvée en étant obligé de demander à un membre du personnel si mon collant n'était pas filé m'avait persuadé de limiter au maximum l'expérience. Je bénissais Stevie qui avait choisi des vêtements amples pour se produire sur scène.

— Est-ce que tu as la musique ? demandai-je à Gabriel quand je le vis en train de jouer avec son MP3.

— Oui. J'irai porter mon lecteur dehors dès que tu seras prêt à monter sur scène. J'ai déjà regardé comment le connecter avec leur sono.

— Pourrais-tu me mettre la chanson pendant que je me prépare ? Il faut que je vérifie mon timing.

— Pas de problème.

Je baissai le volume jusqu'à ce que la musique soit presque inaudible et me mis à fredonner tout en appliquant la première couche de mon maquillage. Il me fallait d'habitude plus d'une heure pour me farder le visage et une demi-heure supplémentaire pour le corps. Mais je parvins ce soir-là à réduire ce temps de moitié. Gabriel avait réalisé un fabuleux travail sur la chanson. La musique était parfaite et les applaudissements du public quasiment inexistants.

— Tu as fait du très bon travail, mon pote. Merci beaucoup.

Gabriel leva les yeux au ciel d'une façon très théâtrale.

— Don m'a fait recommencer encore et encore jusqu'à ce qu'il soit satisfait. C'est un emmerdeur de perfectionniste.

— Je n'en doute pas une seconde.

J'avais eu l'occasion de le voir à l'œuvre lorsque nous avions repeint les murs de la maison. Il faisait partie de ces gens qui parvenaient à peindre les bords sans jamais déborder sur l'adhésif de masquage.

— Vas-tu chanter sur la musique ? me demanda-t-il avec curiosité.

— Nan. Ce n'est pas ce que veut le public : il veut Stevie, lui répondis-je en rigolant.

— Mais pourquoi pas ? Tu as une belle voix, tu chantes juste et presque comme elle.

— Je me débrouille avec les notes graves, mais Stevie chante sans jamais forcer sur sa voix et on ne se rend pas très bien compte à quel point elle peut monter dans les notes aigües. Je vais rester dans le registre de l'imitation.

Le visage qui se reflétait dans le miroir n'était désormais plus le mien. Mes yeux étaient soulignés par des traits de khôl noir et ils paraissaient immenses, d'autant plus que des faux cils venaient renforcer l'illusion. Les couches successives de fond de teint et l'application de blush avaient modifié les contours de mon visage.

Gabriel n'avait pas cessé de m'observer pendant toute l'opération.

— Pourquoi est-ce que tu te travestis ? finit-il par me demander. Tu le faisais déjà quand tu étais môme ?

— Non, mais j'avais l'habitude de regarder ma mère se préparer quand elle sortait avec des amis et j'ai toujours été fasciné par tout le cérémonial qu'elle accomplissait pour l'occasion.

Après la mort de son second mari, et alors que Rhi n'était encore qu'un bébé, elle avait recommencé à sortir dans l'espoir de pouvoir se remarier un jour.

— Ah. Alors comment as-tu commencé ?

— Pendant que je vivais à Londres, j'ai rencontré un drag queen australien et nous sommes devenus amis. Un jour, pour rigoler, il m'a déguisé et j'ai adoré ça.

Gabriel parut sidéré quand il me vit passer ma paire de faux seins.

— Mais Stevie n'a pas une grosse poitrine !

— Maintenant si, répliquai-je avec conviction en me souvenant de l'un de ses tout récents concerts. En plus, le public serait déçu si les gros nichons n'étaient pas au rendez-vous.

J'enfilai ma troisième paire de collants et comprimai la tuyauterie virile qui faisait défaut à mon modèle pour la loger dans le protège sexe. Je passai ensuite une culotte munie de fausses hanches et remis par-dessus

297

une autre culotte, très serrée celle-là afin que le tout reste bien en place. Je ne perdis pas de temps à coudre l'ensemble, contrairement à ce qui était recommandé, et bien que j'aie appris très tôt dans ma carrière que si quelque chose venait par hasard à s'échapper, il devenait alors très facile de perdre toute concentration et d'oublier son personnage. S'ils avaient eu vent de la chose, mes amis artistes m'auraient lapidé pour un tel manquement à leur art.

— Ça ne fait pas mal ? me demanda un Gabriel plus intrigué (ce qui était une nouveauté) que dégoûté, et qui avait suivi mes préparatifs avec une extrême attention.

— Pas autant que de se faire frapper avec un fouet.

— Bien vu, répliqua-t-il en riant.

— En fait, c'est surtout très inconfortable. Mais on s'y habitue à la longue.

— Comme le bondage.

Le silence tomba comme une pierre, et je devins soudain conscient des bruits qui provenaient de l'autre pièce.

— Qu'est-ce que tu veux dire ?

— Don m'a entravé une fois. Il m'a ficelé comme une volaille en un temps record.

— Et tu as aimé ça ? lui demandai-je tandis que des frissons de dégoût naissaient sur ma peau.

Il eut un large sourire.

— Au début, les cordes me cisaillaient les muscles et il m'a fallu un moment pour m'y habituer. Il m'a laissé comme ça pendant si longtemps que je me suis endormi.

Je le fixai, stupéfait et troublé.

— Tu veux dire qu'il est parti en te laissant tout seul ?

— Non, pas du tout. Il est resté avec moi tout le temps. Il travaillait dans le donjon et venait me jeter un coup d'œil à intervalles réguliers ; il humectait mes lèvres et s'assurait que les cordes n'irritent pas ma peau. Il me parlait beaucoup et m'expliquait les principes du bondage, mais au bout d'un certain temps, les mots sont devenus lointains et je me suis endormi.

— Alors, tu as aimé cette partie de la semaine ?

Gabriel se leva et vint se tenir à côté de moi.

— Ne te trompe pas : j'ai tout aimé. Don est génial et il connaît son affaire. En plus, c'est un super professeur.

Je bataillai maladroitement avec mon bustier sans parvenir à regarder le jeune homme dans les yeux. Si je l'avais fait, il aurait alors vu la jalousie qui me rongeait.

— Tu as besoin d'aide ?

— Et c'est le mec qui méprise les drag queens qui me pose la question ? remarquai-je avec ahurissement.

— Don m'a expliqué que les drag queens étaient d'une certaine manière comme les fétichistes du cuir, répondit-il tout en rougissant. Il s'agit en fait de s'habiller d'une façon spéciale pour créer un effet particulier. Il a ajouté que les drag queens devaient faire preuve d'une très grande discipline, qu'il y avait tout un tas de règles qu'ils devaient respecter et tout un protocole à suivre.

Sa phrase suivante me scotcha sur place :

— C'est presque comme une fraternité.

— Plutôt une sororité en l'occurrence, trésor.

Je comprenais parfaitement ce qu'il voulait dire. En à peine quelques mots, l'Asiatique que j'avais rencontré dehors avait annoncé son appartenance à cette fraternité aussi clairement que s'il avait épinglé des badges ou des pins aux revers de sa veste.

J'arrivai enfin au terme de mes préparatifs et enfilai la robe noire qu'ils m'avaient apportée. Don avait dû la faire réparer et nettoyer. J'en arrivais presque à croire que ce mec passait son temps à s'inquiéter des autres. Pas étonnant qu'il paraisse aussi fatigué.

— On dirait que vous avez eu une semaine très chargée, fis-je remarquer à Gabriel tout en lissant la robe sur mes fausses hanches et en jetant un coup d'œil sur le parking à l'extérieur.

— On a fini toute la peinture hier. Le photographe doit passer demain pour prendre les photos qui serviront à la brochure que Don veut réaliser. Et il a aussi meublé les chambres à l'étage pour accueillir les hôtes qui voudront rester pour la nuit.

— Tu parles beaucoup trop, gamin.

Je me retournai au son de la réprimande de Don. Je ne l'avais encore jamais vu aussi irrité. J'étais sûr que s'il avait eu son fouet, il en aurait martelé impatiemment une de ses bottes.

— Il me racontait juste tout le boulot que vous aviez fait. Pas de quoi fouetter un chat.

— Je lui expressément demandé de ne rien dire.

Aïe. Je jetai un œil à Gabriel qui, au lieu de se comporter comme un coupable rougissant et de regarder ses pieds, soutenait le regard de Don. Son visage était cependant un peu empourpré et il allait creuser un trou dans sa lèvre s'il continuait à la mordiller de cette façon.

— Désolé, Monsieur. Mais j'ai pensé que Steve avait le droit de savoir.

Don ferma la porte du bout du pied, la faisant claquer derrière lui et nous isolant de tous les bruits de l'extérieur.

— Vraiment ? Et tu veux bien me dire pourquoi ?

— Parce que c'est sa maison.

Par une coïncidence tout à la fois ironique et appropriée, Stevie chantait son amant qui bâtissait une maison qu'il voulait qu'elle considère comme sienne et qu'elle vienne y habiter pour ne plus jamais en repartir. J'éteignis le MP3 et glissai mes pieds dans mes chaussures à talons aiguille. Pendant mon absence, il semblait que Gabriel ait appris bien des choses sur la situation entre Don et moi. Don l'en avait-il personnellement informé ou le jeune homme l'avait-il écouté alors qu'il parlait à son ami américain ?

— Don en possède la moitié, fis-je remarquer calmement tout en songeant que ledit Don semblait brûler d'envie de prendre Gabriel sur ses genoux pour lui donner une bonne fessée. J'ai adressé un courrier à Maître Schofield pour lui annoncer que je renonçais à contester le testament.

— Je sais, me répondit Don. Mon avocat m'a informé qu'il avait reçu une lettre de sa part.

Curieusement, cette annonce n'avait pas l'air de le rendre particulièrement heureux ; au contraire, j'avais l'impression qu'il ressentait beaucoup de tristesse.

Gabriel se dandina d'un pied sur l'autre, manifestement mal à l'aise et finit par dire qu'il devait aller préparer la musique. Il rectifia sa tenue quand il passa devant Don pour sortir.

Les bruits de la réception qui se déroulait en bas nous parvinrent et l'instant des discours était apparemment arrivé. Je devais passer juste après. Mon estomac commença à se nouer, sans que je parvienne à déterminer avec précision si cette nervosité était due à mon numéro ou à l'expression de Don.

SA COLÈRE s'était tarie aussi soudainement qu'elle était née. Au début, il m'avait étudié comme si j'étais un insecte bizarre, mais maintenant son regard n'était chargé que de tristesse et de lassitude. Il avait vraiment besoin que quelqu'un le secoue et insiste pour qu'il prenne un peu de bon temps. Malheureusement, aucune réplique spirituelle ne me vint à l'esprit pour alléger l'atmosphère.

Je fis face au miroir pour poser ma perruque blonde sur ma tête et la fixai de façon à être certain qu'elle n'en bouge plus. J'avais juste le temps de faire bouffer les mèches pour donner à la coiffure un air naturel. Puis, pour finir, je mis mes gants.

À l'extérieur, le bruit des conversations décroissait. Mon numéro allait commencer d'un instant à l'autre.

— C'est l'heure, annonça Don en me tenant la porte ouverte.

Oui, en effet.

Il me conduisit le long du corridor, sa main posée sur le bas de mon dos, mais rien ne laissait supposer qu'il agissait autrement que comme un homme se conduisant galamment envers une femme dont il venait tout juste de faire la connaissance.

Quand nous entrâmes dans la pièce plongée dans le noir, la seule source de lumière provenait des bougies qui vacillaient au centre de chacune des tables. Un 'chut' lourd d'impatience et d'anticipation monta du public. Les spectateurs se dressaient à demi sur leur chaise dans l'espoir de découvrir qui venait d'arriver, mais bientôt leur attention se tourna de l'autre côté de la piste de danse quand le maître de cérémonie fit son apparition et commença à parler.

— Mesdames et Messieurs, ce soir, notre invité spécial, Stevie, aimerait dédicacer cette chanson à la mariée, Sara, en mémoire de sa mère.

Le silence s'abattit sur la salle. Quand les premières notes de l'orgue résonnèrent, tous les yeux étaient encore rivés sur le présentateur. Quelques encouragements fusèrent quand les invités reconnurent l'introduction, puis un projecteur me baigna d'une couleur pourpre. Je me mis alors à mimer la chanson. Danny avait fait en sorte que toute la lumière, bien que concentrée sur moi, laisse mon visage dans l'obscurité.

Dès que je commençai à chanter, toutes mes inquiétudes s'évanouirent et j'entrai dans mon sub-espace personnel où rien n'importait que la musique. Stevie ne méritait rien de moins. D'une certaine façon, elle était ma Maîtresse et je la servais au mieux de mes capacités. Je n'éprouvais aucune difficulté à imiter sa performance tandis que je chantais le bonheur ressenti à se noyer dans un océan d'amour.

Quand je parvins au couplet qui évoquait la rencontre de l'être idéal, le couple de jeunes mariés se leva et se dirigea vers la piste de danse. Le projecteur changea de couleur et m'abandonna pour les inonder de lumière tandis qu'ils évoluaient amoureusement sur la piste. À ce point particulier de la vidéo, les paroles laissaient place à la seule musique et Stevie profitait de cette parenthèse musicale pour esquisser quelques pas de danse sous les applaudissements de la foule.

Soudain, comme à point nommé et comme si un souffleur avait levé une pancarte les invitant à applaudir, tous les invités se mirent à taper dans leurs mains et à pousser des acclamations, noyant sous leurs cris ceux que Gabriel n'avait pas réussi à effacer de la bande son. J'aperçus du coin de l'œil Don qui me fixait. Bien qu'aucun sourire n'adoucisse ses traits, je compris qu'il était satisfait du résultat, qui correspondait exactement à ce qu'il avait imaginé.

À la fin de la chanson, Marty me remercia avec effusion et Sara me gratifia d'un baiser très romantique.

— J'aimerais tellement que Maman soit là : elle aurait vraiment adoré.

— Ce fut un plaisir, trésor. Je suis sûr qu'elle est près de toi par la pensée.

Je posai avec l'heureux couple pour quelques photos et j'étais toujours étourdi par l'euphorie provoquée par mon numéro quand Don s'approcha de moi. Son expression morose me fit retomber immédiatement sur terre.

— Merci encore pour ton aide pour la musique. Tout était parfait.

Quiconque nous aurait observés aurait pu croire que Don et moi n'étions que de parfaits étrangers tant il me témoignait de la froideur.

— Ton numéro était vraiment au point. Veux-tu boire quelque chose ?

— Je tuerais père et mère pour une bière, Beau Sourire, lui répondis-je avec enthousiasme.

Une expression étrange se peignit sur ses traits. Était-ce de la souffrance ? De la colère ?

— De la bière alors que tu t'apprêtes à conduire ? Certainement pas ! Je vais voir ce que je peux te trouver d'autre.

Il partit sans plus attendre à la recherche d'un serveur. Quelques instants plus tard, Gabriel m'apporta un verre de jus d'orange puis disparut en précisant qu'il devait aller récupérer son MP3.

Comme Don ne revenait toujours pas, je mis à faire le tour de la piste de danse. Quelques invités réclamèrent une photo avec Stevie Tricks, mais je ne m'attardai pas. Tous les mecs auxquels j'avais taillé une pipe lors de la soirée d'enterrement de la vie de garçon de Marty étaient présents et ils faisaient des efforts désespérés pour éviter de croiser mon regard. Leurs petites amies, pendues à leurs bras comme des sangsues, n'apprécieraient pas ma présence si elles venaient à apprendre comment eux et moi nous étions rencontrés.

Mon verre à la main, je me dirigeai vers un balcon plongé dans une pénombre relative. Un point rouge lumineux et l'odeur distinctive du tabac trahirent la présence d'un fumeur, que je reconnus au moment où il tira sur sa cigarette. Rob. Et tout seul.

— Un cigare pour fêter l'occasion ? lui demandai-je en m'approchant de lui et en désignant sa main.

Accoudé à la rambarde du balcon, il ricana et grommela :

— Occupe-toi de tes affaires.

Le bout de son cigare rougeoya à nouveau quand il en aspira une longue bouffée.

— Au fait, félicitations pour ta performance. Tu les as tous mis dans ta poche en un clin d'œil.

Je posai ma main sur son bras en un geste destiné à l'apaiser. J'avais été très agréablement surpris par Sara, qui n'avait rien en commun avec les habituelles blondasses qui gravitaient autour des athlètes. Elle était très jolie et faisait preuve d'un bon sens pragmatique qui la différenciait de toutes les autres.

— Écoute, Sara est vraiment une fille bien et je suis sûr qu'elle rendra Marty très heureux.

La colère déformait les traits de son visage quand il se tourna vers moi. J'eus peur pendant une seconde qu'il ne s'en prenne à moi, mais il se contenta de respirer un grand coup et de grommeler :

— J'espère que tu as raison. C'est sans doute très bien comme ça de toute façon.

Bien, voilà qui répondait à l'une de mes questions : Rob ne voyait aucun inconvénient à admettre devant moi qu'il était gay. Compte tenu de l'ampleur de l'homophobie qui régnait dans ce milieu, un sportif devait faire preuve d'un courage extraordinaire pour avouer son orientation sexuelle.

Chacun de nous deux perdus dans une réflexion sur l'amour, nous partageâmes un silence complice, le bout de son cigare perforant l'obscurité par intermittence.

La porte du balcon s'ouvrit et une blonde voluptueuse vêtue d'une robe dorée très moulante et sans bretelles sortit.

— Rob, le photographe veut prendre encore quelques photos des invités.

Il n'y avait aucune chaleur, aucune gentillesse dans sa voix, seulement de l'impatience. Le diamant qui ornait son annulaire attira la lumière pendant une fraction de seconde. Sans attendre de réponse, elle retourna à l'intérieur et je surpris une grimace de dégoût sur le visage de Rob avant qu'il jette son cigare dans un des pots de fleurs qui agrémentaient le balcon.

Mince, et moi qui croyais que ma vie était compliquée ! Je n'étais apparemment pas le seul à avoir des problèmes existentiels.

Rob n'avait pas encore quitté le balcon que la porte s'ouvrit à nouveau pour laisser passer cette fois-ci Don et Gabriel. Don se dirigea vers nous et salua Rob d'un signe de tête avant de s'adresser à moi :

— Gabriel et moi allons partir.

— D'accord.

Il fit une courte pause comme s'il était sur le point d'ajouter quelque chose, puis se ravisa et rentra à l'intérieur.

Je n'avais aucune raison de m'attarder ; les hommes que j'avais rencontrés lors de cette mémorable soirée n'étaient pas mes amis et ne le seraient jamais. Ils avaient utilisé en privé ma bouche avec enthousiasme, mais ne voulaient absolument rien avoir à faire avec moi en public. Le photographe et son petit ami semblaient des mecs sympas, mais ils étaient bien trop occupés pour avoir le temps de bavarder. Même Rob avait d'autres choses à faire.

Je tendis la main et m'attendis à ce que Rob la serre. Au lieu de quoi il la porta à sa bouche et l'effleura du bout des lèvres. Ce geste, venant d'un dur à cuire tel que lui, me prit totalement par surprise.

— Merci, me dit-il.

De quoi au juste ? De l'avoir compris et de ne pas m'être moqué de lui ?

— De rien. À bientôt peut-être.

Tandis que je me dirigeai dans le couloir pour regagner la chambre et me changer, la voiture de Gabriel quitta le parking.

Merde. Ils étaient partis sans moi.

XXXI : Section 1.30
Love's a Hard Game to Play

Mon monde s'écroula à la même vitesse que les feux arrière de la Corolla disparaissaient dans la nuit. Même quand j'avais dû faire face à la politesse glaciale de Don et à la présence constante de Gabriel, j'avais réussi à tenir mes émotions en laisse ou du moins à prétendre que je maîtrisais parfaitement les choses. Sauf que rien n'était plus faux.

Peu importait les sentiments que Don nourrissait pour moi au moment de mon départ, ils avaient visiblement évolué. Même sans l'exprimer en fulminant et en vociférant après moi, je ressentis sa fureur et, dans une moindre mesure, sa déception, ce qui était encore pire de mon point de vue.

Avais-je inconsciemment cherché à le rendre jaloux en lui envoyant cette photo de Kieran ? Peut-être avais-je en tout cas cherché à provoquer une réaction de sa part autre qu'un 'joli' ou un 'merci'. *Merde*. Il ne s'était donc pas rendu compte à quel point il me manquait ?

D'accord, j'avais merdé, mais une fois à la maison, je serais en mesure de tout lui expliquer. Sauf que je n'avais pas pris les télécommandes et que les portes devaient être fermées.

Une main se posa sur mon épaule :

— Tout va bien ?

Non, bien sûr que tout ne va pas bien ! D'ailleurs, rien n'allait bien.

Je me retournai et vis Danny qui m'observait avec inquiétude.

— J'essaie juste de savoir comment je vais faire pour trimbaler toutes mes affaires à la maison.

— Tu n'es pas venu avec Don ? s'enquit Dany en regardant autour de lui.

— Si, mais il a dû oublier que j'étais en moto.

Sauf que Don n'oubliait jamais rien.

C'est alors que le photographe s'approcha de nous et s'adressa à mon compagnon :

— Danny, peux-tu venir ? Il ne manque plus que toi pour la photo de groupe.

— Écoute, je dois y aller. Nat a besoin de moi, me dit-il en me tapant l'épaule d'un geste rassurant. Tu n'as qu'à laisser tes affaires avec les nôtres. On doit se rendre chez toi demain pour une séance de photos et on en profitera pour te les ramener.

— Merci beaucoup.

Danny rejoignit son petit ami. Au terme d'une brève discussion, il régla les projecteurs pendant que Nat faisait prendre la pose aux invités. Les deux hommes étaient apparemment parvenus à combiner harmonieusement leurs vies personnelles et professionnelles respectives. Je les enviais d'y être si bien parvenus.

Je retournai dans la chambre et abandonnai mon costume de Stevie Tricks tout en repensant aux paroles de Gabriel. Pourquoi Don était-il parti sans moi ? Il m'en avait sans doute voulu quand il m'avait soupçonné de sortir avec Kieran. M'en avait-il également voulu d'avoir parlé avec Rob ?

Non, ce n'était certainement pas ça : j'aurais senti à coup sûr de telles émotions chez lui. Donc, la question restait entière : pourquoi diable était-il parti si brutalement ?

Putain de merde. Ce n'est pas ici que j'obtiendrai des réponses.

Mes sous-vêtements sentaient trop la sueur et je ne gardai que mon cycliste en Lycra sous mon pantalon en cuir. Après avoir rangé tout mon attirail de drag queen, je déposai les valises là où Danny me l'avait indiqué. Je l'aperçus alors que je me dirigeai vers la sortie et, sans interrompre sa tâche, il me salua en levant un pouce dans ma direction.

PENDANT QUE je roulais dans les rues de la ville, mon esprit était assailli par une multitude d'interrogations et de doutes. Gabriel avait affirmé que j'avais manqué à Don, mais serait-ce suffisant pour qu'il accepte de me faire à nouveau une place dans sa vie ?

Quand l'imposante palissade de briques apparut dans mon champ de vision, mon cœur se mit à battre à grands coups frénétiques. La peur n'était pas en cause, car l'accélération de mon rythme cardiaque résultait de la prise de conscience que j'appartenais à cet endroit et de l'acceptation de cette réalité. Il me fallait désormais à en convaincre Don. Mais chaque chose en son temps. Mon principal problème à l'instant présent n'était pas de pouvoir pénétrer dans la propriété, mais y parvenir si tout était fermé.

Ma seule option serait d'appuyer la moto contre le portail afin de gagner suffisamment de hauteur pour me hisser en haut. Cette partie de la clôture présentait l'avantage d'être un peu moins haute et de ne pas être garnie de fils barbelés.

J'avançai au ralenti vers l'entrée et ne pus m'empêcher de pousser un gros soupir de soulagement en constatant que les portes étaient grandes ouvertes.

Ainsi, il ne m'ignorait donc pas complètement.

Je m'approchai de la maison et examinai les alentours. À l'étage, aucune lumière ne brillait à travers les fenêtres, et bien que la porte fût ouverte, le garage était lui aussi plongé dans l'obscurité. Pas de silhouette vêtue d'un bleu de travail pour m'accueillir cette fois-ci. Les deux hommes dormaient-ils ? Et si oui, dans quel lit se trouvaient-ils ? Afin d'éviter de les réveiller, je descendis de ma moto et fis les quelques mètres qui me séparaient du garage en poussant la BMW.

J'ôtai mes gants et mon casque et me rendis compte qu'un rai de lumière brillait sous la porte située dans le mur d'en face : il y avait quelqu'un dans le donjon.

Je pénétrai avec prudence dans la pièce et me figeai, les gants et le casque toujours en main. Je demeurai stupéfait par ce que je voyais : ce donjon-là était exactement celui dont avait rêvé Julius. Le harnais était désormais fixé au plafond et les murs s'ornaient de notre collection de jouets érotiques. La pièce ressemblait à un autel consacré à quelque divinité phallique. Même la Croix de Saint-André qui avait été utilisée lors de la performance de Monsieur Cuir au Paradisio avait été rapatriée. Un léger ronflement m'avertit que, contrairement à ma première impression, je n'étais pas seul dans le donjon.

Partiellement caché par un paravent, Don était affalé dans un fauteuil en cuir que je n'avais jamais eu auparavant. Le siège capitonné semblait parfait pour un tas de choses : donner une fessée, se faire tailler une pipe par une personne agenouillée à vos pieds. Tellement de possibilités.

Vêtu seulement de son jean favori, il devait s'être assoupi alors qu'il nettoyait le fouet dont il s'était servi sur Gabriel. Les longues lanières étaient étendues sur ses genoux et un tube de cirage était posé à ses pieds sur le sol.

Les chiens agitaient la queue dès qu'ils voyaient leur maître. Don n'était peut-être pas mon Maître, mais ma queue se mit à remuer à sa façon toute personnelle dès que je posai les yeux sur lui. Pourquoi étais-je si attiré par cet homme ? Personne ne pouvait prétendre qu'il était beau, du moins pas d'après nos standards actuels. Cependant, chaque parcelle de mon corps me criait qu'il était fait pour moi. Si je n'avais pas été aussi épuisé, je lui aurais sauté dessus tout de suite et l'aurais réveillé en l'embrassant. Qu'importaient les raisons pour lesquelles il ne m'avait pas attendu pour rentrer. La porte était ouverte et c'était tout ce que j'avais besoin de savoir.

Maintenant, le dragon avait regagné son repaire et veillait jalousement sur les trésors qu'il avait accumulés au cours de ses errances. Dans ce cas précis, le dragon ne s'était pas endormi au fond d'une caverne quelconque, mais dans un fauteuil en cuir.

Diriger le Paradisio ne devait pas être facile et en plus, d'après ce que j'avais cru comprendre, Don avait fini de rénover la maison pendant mon absence. Si j'ajoutais la pression d'avoir à veiller au bien-être de Gabriel en négligeant de toute évidence son propre confort, il n'était pas très étonnant qu'il paraisse aussi exténué.

Devais-je le réveiller et l'envoyer dans son lit ? Je savais combien il pouvait être difficile de se rendormir après avoir été tiré d'un profond sommeil.

Un chocolat chaud pourrait améliorer les choses.

Avec d'infinies précautions pour ne pas le déranger, je regagnai silencieusement le garage. J'ôtai mon pantalon en cuir et le laissai choir sur le sol et, vêtu uniquement de mon cycliste en Lycra, je montai l'escalier sur la pointe des pieds.

Mes mains tremblaient alors que je réchauffais le lait avant de le verser sur le chocolat en poudre. Une tasse dans chaque main, je m'aventurai à l'étage inférieur. Quelle allait-être la réaction du dragon quand je le réveillerais ? Allait-il cracher du feu et me faire rôtir sur place ? Et si je marchais à pas lents et précautionneux, c'était uniquement pour ne pas renverser le contenu des tasses, pas vrai ?

Tu m'en diras tant ! Avoue plutôt que tu meurs de trouille, oui.

Le bruit d'une main qui s'abattait régulièrement sur du cuir m'accueillit quand je me débrouillai pour parvenir sans encombre à l'entrée du donjon. En dépit de mes efforts pour ne pas perturber son repos, Don avait dû m'entendre dans la cuisine. Il ne leva pas les yeux quand j'entrai dans la pièce.

— Que fais-tu encore debout, gamin ? Je t'avais pourtant bien dit d'aller dormir.

— Combien de fois faudra-t-il que je te répète que je ne suis pas ton gamin ?

308

Don releva les yeux et me fixa avec ahurissement pendant que je me dirigeais vers lui.

— Je n'ai pas entendu la moto.

— Tu dormais, Beau Sourire, lui répondis-je en lui tendant une tasse. J'ai pensé que tu aurais envie d'un dernier verre avant d'aller au lit. Tu ne peux tout de même pas rester toute la nuit dans ce fauteuil, à moins de vouloir te réveiller avec la nuque raide.

— Bien Maman, plaisanta-t-il en regardant et en inhalant le contenu de sa tasse.

— Tu veux quelque chose de plus fort ? Je n'ai pas ajouté de scotch, mais je peux le faire si tu veux.

Les yeux de Don firent un rapide aller-retour entre sa tasse et mon visage, puis demeurèrent baissés. Le problème de me tenir debout devant lui alors qu'il était assis, était que mon bas-ventre était à la hauteur de son regard. Il ne pouvait donc pas passer à côté du témoignage de mon excitation. En plus, je ne pouvais pas compter sur le Lycra pour camoufler quoi que ce soit.

— Qu'est-ce que ce fichu gamin a encore bien pu dire ? demanda-t-il d'un ton grognon avant de boire avec prudence une gorgée de son chocolat chaud.

— Tu veux dire Gabriel ? rétorquai-je d'une voix mielleuse. Il a pu mentionner par hasard que tu avais pris un verre ou deux à l'occasion. Mais ça ne pose aucun problème. Dans cette maison, on ne fait pas des marques sur les bouteilles comme toi tu peux le faire à l'hôtel. Tu sais ce qu'on dit : impossible de faire confiance au personnel.

— Toujours à te cacher derrière ton armure dorée à ce que je vois.

— Ça fait partie d'un tout. Tu y vois un inconvénient ?

Don but une nouvelle gorgée et eut un sourire imperceptible tandis qu'il m'examinait en détail de la tête aux pieds.

— Non, aucun.

Je récupérai un des coussins qui étaient rangés sur une étagère et le laissai tomber près de son fauteuil. Puis, en soupirant, je m'y assis et me mis à profiter de mon propre chocolat. Le silence s'installa dans la pièce sans qu'aucun de nous ne ressente le besoin de le briser. Voilà une situation à laquelle je pourrais facilement m'habituer, pensai-je avec délectation.

Don finit par poser sa tasse vide par terre, juste à côté de moi, et reprit son nettoyage. La peine que j'avais ressentie en voyant la voiture s'éloigner me revint comme un boomerang.

— Pourquoi m'as-tu planté de cette façon à la réception ?

Don reposa le fouet et me caressa la tête d'une main légère. Ce contact tout simple, mais intime me rassura bien plus que ne l'aurait fait un baiser. J'en ronronnai presque. Il poussa un très profond soupir avant de prendre la parole.

— Quand j'ai appris que tu n'avais pas l'intention d'attaquer le testament, je m'attendais à ce que tu rentres immédiatement à la maison. Alors, quand tu ne l'as pas fait et que j'ai commencé à recevoir de ta part toutes ces photos, j'ai présumé que tu avais décidé de ne plus revenir du tout.

La caresse sur mon crâne s'était interrompue et il ôta sa main.

Je me tortillai pour me rapprocher dans l'espoir qu'il me touche à nouveau, mais il s'en abstint.

— Je t'avais pourtant dit que je reviendrais, affirmai-je en levant mon visage vers lui.

— Oui, je sais. Mais j'ai pensé que ton retour n'était dû qu'à la promesse que tu avais faite à Sara de chanter à son mariage.

Son visage laissa passer un peu du chagrin que mon manque de considération lui avait causé.

— Kieran est juste un mec que j'ai rencontré. Je n'ai pris aucun engagement à son égard et vice-versa.

— Je l'ignorais jusqu'à ce que Gabriel me l'apprenne dans la voiture.

— Je suis désolé de t'avoir donné cette fausse impression, murmurai-je, submergé par un sentiment de culpabilité en voyant son air accablé.

– Pourquoi as-tu fait ça ?

— Je ne sais pas.

Je fis une pause, le temps de réfléchir à la façon dont j'allais formuler les choses.

— Mais je suppose que, d'une certaine façon, je voulais voir si je pouvais te rendre jaloux.

— Tu as réussi.

S'il avait été mon Maître, Don aurait pu m'infliger n'importe quelle punition qu'il considèrerait à la hauteur de mon insulte quand je lui avais envoyé ces photos de Kieran sans aucune autre explication. Et ensuite, le sujet aurait été clos et la transgression pardonnée.

Mais savoir que mes actions l'avaient perturbé d'une façon quelconque me causait une infinie tristesse. Je me sentais minable de l'avoir blessé par mon comportement désinvolte.

Je me traînai jusqu'à ce que le coussin soit placé entre ses jambes et m'y installai en tailleur. Don écarta les cuisses pour me permettre de m'approcher davantage. Ah, voilà qui était bien mieux. Je pouvais maintenant voir ses yeux. Le chocolat lui avait fait du bien sans pour autant dissiper toute trace de fatigue sur ses traits.

— Merci de ne pas m'ignorer, chuchotai-je.

Une profonde lassitude rendait sa voix plus rauque.

— Ces portes sont restées ouvertes chaque nuit depuis ton départ. Je voulais que tu reviennes, mais je voulais être certain que tu le ferais en toute connaissance de cause et uniquement parce que tel était ton désir.

Il émit un soupir tremblant avant de reprendre :

— Pourquoi es-tu parti si longtemps ?

Je lui révélai alors la promesse que j'avais faite à ma mère.

Il se mit à rire doucement quand j'eus fini, avec davantage d'ironie que de joie.

— Donc, tandis que j'ai pris le parti de ne pas t'influencer et de te laisser partir, ta mère n'a pas eu la même retenue.

— J'avais peut-être besoin qu'on me dise quoi faire.

Don leva les sourcils et j'éclatai de rire.

— D'accord, peut-être pas.

Il sourit en m'entendant admettre ce fait.

— Mais en réalité, j'étais toujours à la recherche d'une solution qui ne te causerait aucun préjudice. Et il se peut aussi que j'aie toujours ce besoin inconscient d'obtenir l'autorisation ou l'approbation des personnes que j'aime.

Je frottai ma joue contre sa cuisse tel un chat dont le comportement serait au diapason avec les émotions de son maître.

Don me fit lever la tête afin de pouvoir me regarder dans les yeux.

— Après ton départ, j'ai réalisé que si je devais faire un choix entre cette maison et toi, tu gagnerais haut la main. Tu m'as manqué.

— Toi aussi.

Nous échangeâmes un sourire complice et tendre. Tout était dit. Ces quelques mots signifiaient plus que toutes les promesses d'amour éternel ne pourraient jamais le faire.

— Mais seras-tu capable de vivre ici ? questionna-t-il en caressant mon crâne.

Je perçus cette fois dans son geste toute la force de son amour et de son inquiétude.

— Je ne pourrais vivre nulle part ailleurs, affirmai-je.

J'arriverais peut-être à exister dans un autre lieu, mais certainement pas à *vivre*.

— Gabriel m'a appris que tu étais prêt à recevoir des hôtes.

Une énergie soudaine fit étinceler ses yeux.

— Ouais. Toutes les pièces du puzzle sont en train de s'assembler. Des endroits comme celui-ci sont rares. Les gens ont besoin d'un espace où explorer leurs fantasmes en toute sécurité, et cela ne concerne pas seulement les fétichistes du cuir.

J'eus un hochement de tête et m'efforçai de garder un visage neutre.

— J'ai cru comprendre que tu envisageais de tourner une espèce de film. Tu devrais te raser la tête à la mohican comme Tony Buff [36] et prendre contact avec Dawson le Dyson. Les films avec des fétichistes du cuir gays constituent une activité très lucrative.

Don me donna un petit coup sur l'oreille.

— Nat et Danny viennent seulement prendre des photos pour le matériel publicitaire et le site web.

— Aïe ! m'exclamai-je en frottant mon lobe malmené, mais heureux de constater qu'il avait retrouvé le sourire.

— Oui, je sais. Ils doivent me ramener toutes mes affaires.

Don se mit à rire.

— Tu me fais penser à un chat avec cette façon que tu as de toujours retomber sur tes pieds.

Son sourire s'évanouit quand il me posa sa question suivante :

— Mais sérieusement, es-tu vraiment sûr de pouvoir vivre dans cet environnement en te bornant à n'être qu'un spectateur ?

— Oui. Bizarrement, c'est grâce à ma sœur Rhiannon que j'ai trouvé la solution. Elle gardait un œil sur son petit ami pendant qu'il faisait du surf. J'ai alors compris que cela t'aiderait de pouvoir compter sur quelqu'un qui ne soit pas directement impliqué dans une session, mais qui comprenne ce que tu es en train de faire sans avoir besoin d'explications.

Don approuva d'un hochement de tête.

— Je dois admettre qu'être aux commandes vingt-quatre heures sur vingt-quatre et sept jours sur sept finit par être épuisant, tout spécialement

---

36 NdT : Acteur homosexuel tournant dans des films pornographiques.

quand ton lieu de travail est aussi le lieu où tu vis. Ce serait une bonne chose d'avoir quelqu'un pour surveiller mes arrières.

Il soupira à nouveau et ferma les yeux avant de laisser tomber sa tête sur le haut du fauteuil. Son corps demeurait tendu, mais j'avais le remède parfait pour faire disparaître tout ce stress.

— Maintenant que nous avons réglé les problèmes les plus importants, puis-je vous sucer, Monsieur ?

Don ouvrit un œil pour déterminer si j'étais sérieux ou pas. Et je l'étais.

— Je doute d'avoir suffisamment d'énergie pour quoi que ce soit, marmonna-t-il.

— Détends-toi, je m'occupe de tout.

Comme il ne formulait aucune objection, je m'agenouillai et défis son jean. Il coopéra et se souleva légèrement pour me faciliter la tâche. Son membre était à demi érigé. Je le pris au creux de ma main et levai les yeux. Les paupières de Don étaient à demi closes, mais je n'avais aucun doute sur le fait qu'il me regardait. Je lui lançai un baiser en l'air et me mis à l'ouvrage.

J'avais eu raison : le fauteuil était à la hauteur idéale. J'adoptai une position confortable et me concentrai. Il ne me fallut pas longtemps pour le faire bander complètement.

Don gémit son appréciation tandis que je l'amenais au bord du précipice encore et encore. Pendant tout ce temps, je fredonnai tout bas une chanson de Stevie.

— Oh oui, bébé... Oui... se mit-il soudain à gémir.

Il aimait vraiment ça. Je ne sais pas combien de fois je le poussai presque au-delà de ses limites avant qu'il ne jouisse, mais je crois bien ne pas avoir été loin des dix-sept.

— Je suis content que tu sois revenu, murmura-t-il juste avant de sombrer dans le sommeil.

Je me léchai les lèvres, savourant les dernières gouttes de son sperme, me rassis sur mes talons et posai à nouveau ma tête sur son genou. Enfin, j'avais trouvé ma place dans ce monde. J'étais rentré chez moi.

XXXII : Section 1.31
Secret Love

— Tu avais raison : j'ai la nuque raide, constata Don le lendemain matin.

Il me souleva doucement la tête pour s'extirper du fauteuil tandis que j'émergeais lentement du sommeil. Il se redressa et s'étira afin de détendre ses muscles noués.

— Quelle heure est-il ? demandai-je d'une voix encore endormie.

— Presque cinq heures, répondit Don après un coup d'œil à sa montre.

Je jetai un regard autour de moi et me rendis mieux compte des améliorations qu'il avait apportées. Grâce à elles, le donjon était devenu, comment dire… plus fonctionnel.

— Tu as été très occupé, on dirait.

— Oui, mais tu n'as pas encore vu le meilleur.

Il me tendit la main pour m'aider à me relever et me guida vers l'extérieur.

— Où va-t-on ?

— Tu verras bien.

Il m'adressa ce sourire qu'il ne réservait qu'aux grandes occasions.

Au lieu de me conduire à l'étage comme je m'y étais attendu, Don me conduisit vers la chambre de méditation. Le ciel commençait tout juste à rosir sous la caresse des tous premiers rayons du soleil. Le chant d'un oiseau retentissait de temps à autre, célébrant la naissance d'un jour nouveau ; rien ne venait troubler cette quiétude si matinale hormis ce chant mélodieux.

Il avait peint les murs, installé des nouveaux coussins et posé des tapis sur le sol. Il se dirigea vers les bougies afin de les allumer.

— Tout ce qu'il faut désormais, c'est l'électricité.

— Kieran est électricien.

— Kieran ?

— Le gars sur la photo.

314

Don grogna et enfouit sa tête dans le creux de mon épaule.

— Ne m'en parle plus. Tu es à moi.

— Vraiment ? Tu ne m'as même pas embrassé depuis que je suis rentré.

— Viens-là.

Comment refuser un tel ordre ? Quelques secondes plus tard, nos lèvres fusionnaient, juste après le choc de nos dents. Puis, je m'abandonnai et le laissai prendre entièrement les commandes, m'offrant totalement à lui : ma bouche, ma nuque, et bon Dieu, mon cœur aussi. Il l'avait mérité.

L'intensité du baiser s'accrut et je dus me résoudre à l'interrompre pour pouvoir reprendre mon souffle : il avait aspiré tout l'oxygène de mes poumons et le peu de force qui me restait avec.

Don me poussa contre la fenêtre et recommença à m'embrasser, s'attaquant cette fois-ci à ma nuque. Bien que je puisse respirer plus facilement, je n'étais pas en mesure de prononcer une parole digne de ce nom. Je fis pivoter un peu ma tête et contemplai l'océan en me disant que si jamais le mur venait à céder, notre chute serait plutôt brutale.

— Fais gaffe, je ne sais pas à quel point ce mur est résistant, recommandai-je.

Don s'arrêta, prit mon menton dans la paume d'une de ses mains et tourna mon visage vers lui.

— Pendant ton absence, un ami de Fred qui est ingénieur en bâtiment est venu vérifier la solidité de la pièce. Il m'a affirmé que les fondations étaient en parfait état et qu'il n'y aurait aucun problème si nous creusions quelques trous supplémentaires dans la roche en haut et en bas pour que les murs soient plus solidement fixés.

Je jetai un coup d'œil et aperçus les boulons nouvellement posés.

— Quand apprendras-tu à me faire confiance ? Tu penses que je te ferais courir le moindre risque ? Je sais prendre soin des gens que j'aime, gronda Don en saisissant ma tête entre ses mains.

Putain, je l'avais encore blessé. Il ne m'avait pas relâché et ma tête était toujours prisonnière, mais je parvins néanmoins à la tourner suffisamment pour pouvoir lécher la peau un peu rugueuse de sa main droite du bout de ma langue. Je me détestais pour lui avoir encore fait du mal.

— Je suis désolé.

Il me força à le regarder.

— Je ne vais pas te mentir et te promettre un amour éternel. Je ne suis pas certain non plus d'être à nouveau capable d'abaisser mes défenses suffisamment pour m'attacher à ce point à quelqu'un. Mais sois sûr d'une chose : chaque jour qui s'est écoulé après ton départ a été une véritable torture, et absolument pas parce que j'avais peur que tu aies un accident ou parce que je m'inquiétais à propos du testament. Quand tu m'as envoyé cette photo, j'ai tenté de me convaincre que j'étais heureux que tu aies trouvé quelqu'un d'autre et que tu t'amuses. Tu mérites de trouver ce bonheur. Mais je n'arrivais pas à me défaire d'un lancinant sentiment de perte. Depuis notre toute première rencontre, tu es une épine enfoncée dans mon flanc qui refuse de se laisser oublier.

Voilà une immense concession de la part d'un homme qui se protégeait derrière la barrière d'un harnachement en cuir.

— Désolé d'être un tel emmerdeur, m'excusai-je avec un sourire contrit.

Une ébauche de sourire se dessina sur ses lèvres et repoussa un peu l'épuisement qui tirait les traits de son visage.

— Toi et ton armure dorée, se moqua-t-il gentiment. Au début, je pensais que tu n'étais qu'un sale petit con, mais par la suite, j'ai admiré ton courage et ta détermination à ne pas te laisser intimider ou malmener par qui que ce soit. Dans ton cas, cela ne se limite pas aux fouets ou aux chaînes, mais à la vie en général. Tu *es* un tigre. Je te l'ai déjà dit. Quand vas-tu commencer à me croire ?

Tout en parlant, Don me caressait la mâchoire. Ses pouces provoquaient une cascade de frissons tout le long de ma colonne vertébrale.

— Es-tu absolument sûr de vouloir vivre avec une épine enfoncée dans ton flanc ? ne pus-je m'empêcher de lui demander d'un ton prudent.

Don me connaissait désormais suffisamment pour comprendre le sens réel de ma question. *Veux-tu de moi tel que je suis ou vais-je devoir changer pour te plaire ?*

— Je suis sûr que je lèverai les yeux au ciel quand tu te mettras à chanter en faisant la cuisine, vêtu uniquement de ton petit tablier froufroutant, mais je sais aussi que tu vas apporter un équilibre dans ma vie. Ton côté 'épine acérée' finira un jour par venir à bout de tout complexe de supériorité dont je pourrais souffrir.

— Oh, mais tu es supérieur ! m'exclamai-je en avançant mon bas-ventre pour lui montrer ce que je voulais dire par là.

Il ne se recula pas d'un centimètre et pressa au contraire son corps contre le mien en m'écrasant contre la fenêtre. Toute trace d'amusement avait disparu quand il reprit la parole :

— Je suis très sérieux, Steve. Beaucoup de personnes sont attirées par le BDSM, car la sécurité procurée par une session leur permet d'exprimer des désirs et des émotions qu'ils auraient beaucoup de mal à admettre et à assumer autrement. Si tu restes ici avec moi uniquement comme spectateur, je ne pourrai pas recourir aux méthodes traditionnelles pour passer outre les barrières que tu as dressées. Tu vas donc devoir le faire tout seul. En d'autres termes, je vais devoir te faire confiance pour faire preuve à mon égard d'une honnêteté absolue en ce qui concerne tes besoins et des désirs. Tu crois que tu peux faire ça ?

Je posai mes mains sur son torse, enfouis mes doigts dans ses poils et dénichai ses tétons. C'était énervant cette capacité qu'il avait de lire en moi comme dans un livre ouvert ! Je me mis à caresser les douces protubérances du bout du pouce afin de les faire se durcir et se dresser.

— Tu veux que je partage avec toi mes désirs…

Je fis semblant d'avoir besoin d'un moment pour réfléchir.

— Là, maintenant, je veux que tu me baises. C'est ce genre de choses que tu veux savoir ?

— Non, répliqua-t-il en scrutant mon visage.

Je soutins son regard, cherchant à voir au-delà de l'apparence de ses yeux bruns, de la façon dont ils s'accordaient à ses différents états d'esprits, pour me concentrer et plonger tout au fond à la recherche de son âme. *L'honnêteté*. Il était en droit de la revendiquer. Je pris une profonde inspiration et déglutis avant de lui répondre.

— Je suis navré. Je vais tâcher de moins me comporter comme un sale gosse introverti.

— Tu vois, ce n'est pas très dur quand tu y mets du tien, me taquina-t-il en raffermissant son emprise sur mon menton.

Il m'embrassa à nouveau, gentiment au début puis plus fermement tandis que l'excitation s'invitait dans le ballet de nos lèvres et de nos langues. Soudain, il se recula et me relâcha.

— En parlant de dur…

La tortue en rotin qui trônait à côté des bougies s'avéra être une cachette qui abritait des sachets de préservatifs et du lubrifiant.

— Tu attendais quelqu'un ? me pus-je m'empêcher de demander.

Cette remarque sarcastique me valut un regard exaspéré et je m'en voulus aussitôt d'avoir laissé remonter à la surface mon sentiment d'insécurité.

— 'Espérer' serait un terme plus adéquat.

Il déchira l'emballage d'un préservatif avec ses dents et s'en débarrassa en le laissant tomber par terre puis, la capote coincée en ses dents, il déboutonna son jean. Pendant tout ce temps, il ne me quitta pas des yeux et son regard m'adressait un ordre impérieux : *déshabille-toi.*

Mes mains tremblaient alors que je me mettais en devoir de m'exécuter. Mon problème était que je ne parvenais pas le quitter des yeux et que mon sexe en érection gonflait le Lycra de mon cycliste qui était devenu si serré qu'il en était pratiquement devenu une seconde peau. Mais où donc étaient les caleçons de Tante Mildred quand j'en avais besoin?

Une fois qu'il eut libérer son propre membre, Don émit un grondement qui me fit perdre le peu de maîtrise que j'avais encore dans mes doigts maladroits. Il finit par s'impatienter et acheva de me dévêtir lui-même.

— Tourne-toi face à la fenêtre.

Je fis glisser sur le côté mes vêtements qui gisaient sur le sol par un coup de pied et me mis en position, frissonnant d'anticipation tandis qu'il s'approchait derrière moi. Une fois encore, j'eus l'impression qu'un interrupteur secret venait d'être actionné. Il plaça mes mains sur la vitre.

— Ne bouge pas.

Comment aurais-je pu faire un seul mouvement alors qu'il me serrait d'une main contre sa poitrine tandis que la seconde traçait des arabesques enflammées le long de mon corps ? J'avais conscience qu'il était en train de me marquer comme sien, qu'il réaffirmait son droit à caresser ma peau, à posséder mon corps, à me faire tout ce qu'il souhaitait, du moins physiquement. À certains moments, il se contentait de m'effleurer, puis il se mettait à me pincer, alternant les deux sensations jusqu'à ce que je sois réduit à un corps tremblant et avide entre ses bras.

Puis, ses grognements se joignirent à mes gémissements, entrecoupés par quelques ordres, à moins que ce ne fussent des prières : 'mon tigre', 'reste avec moi' ou 'tu es à moi', et enfin 'j'ai besoin de toi'. Il murmurait ces mots au creux de mon oreille tout en me préparant de ses doigts lubrifiés.

Il ne prononça pas les mots que j'avais désespérément besoin d'entendre, mais cela ne signifiait pas que je ne pouvais pas les dire de mon côté, du moins en mon for intérieur : *j'aime ta façon de me toucher, de me dire que tu as besoin de moi, que tu veux que je reste.*

Don ferma les yeux en s'enfonçant en moi jusqu'à la garde. Je le savais parce que les vitres redevenaient mes complices et se transformaient en miroirs qui réfléchissaient nos visages. Je gardai pour ma part les yeux ouverts. Je ne pouvais pas faire autrement, fasciné et émerveillé par le spectacle offert par l'homme qui s'enfonçait en moi à grands coups de hanches, encore et encore, me revendiquant avec chaque poussée, chaque retrait, m'acculant toujours plus près du précipice. Son bras gauche me maintenait serré contre son torse et m'empêchait de bouger. Puis, son autre main trouva ma verge, rigide et suintante sous l'effet de la montée du plaisir. Son sexe butait contre ma prostate. Il serra plus fort ma verge et me força à me presser plus près de lui pour lui permettre d'accentuer la pression. Ses hanches claquaient contre mes fesses et me pilonnaient en une magnifique démonstration de domination.

Le fait de voir ma liberté de mouvements restreinte aurait sans doute dû me faire paniquer, au lieu de quoi j'avais l'impression que mes peurs disparaissaient au rythme de ses pénétrations. Sans avoir recours à aucune chaîne matérielle, Don avait réussi à capturer mon corps, mon cœur et mon âme.

Ses mouvements devinrent frénétiques et la main avec laquelle il me masturbait prit de la vitesse.

Les mots semblèrent surgir du néant : un 's'il te plaît' suivi d'un 'j'ai besoin'. Mais de quoi avais-je besoin ? De plus. Mais pouvais-je supporter ce plus ? Mon cœur me donnait déjà l'impression de battre si furieusement qu'il allait s'échapper de ma poitrine. Allais-je avoir besoin de boulons pour l'attacher dans ma cage thoracique ou devrais-je le laisser s'envoler ?

Julius avait réussi une fois à trouver l'exacte intensité avec laquelle me fouetter ; il avait à plusieurs reprises fait monter mon plaisir jusqu'à ce que je sois sur le point de rompre avant de s'interrompre, me réduisant à un corps suppliant d'en obtenir davantage. Il avait réussi à me projeter dans ce sub-espace où il pouvait me faire tout ce qu'il voulait et où j'aimais tout ce qu'il me faisait.

Don n'avait peut-être pas utilisé de fouet, mais sa verge produisait le même résultat. Le nirvana. Une ultime poussée et il s'enfonça en moi encore plus loin, à une profondeur que j'avais cru jusqu'alors impossible. Il se mit à trembler tandis qu'il éjaculait, étouffant les quelques mots qui auraient pu lui échapper dans l'ardeur du moment en plantant fermement ses dents sur la peau de ma nuque.

Le sperme s'échappa de mon sexe en longs jets crémeux, éclaboussant sa main et la fenêtre. Je parvins à me limiter à un seul mot, 'j'aime'. L'objet de cet amour resta heureusement à l'abri derrière mes dents serrées.

Nous titubâmes vers la banquette recouverte de coussins et nous nous y effondrâmes. Au bout de quelques minutes, nous parvînmes à rassembler suffisamment d'énergie pour nous acquitter des habituelles tâches post-coïtales.

La moustache de Don me chatouilla, comme chaque fois qu'il m'embrassait la nuque.

Aucun mot d'amour n'avait été prononcé, du moins par Don. Il était fort possible qu'aucun mot de cette nature ne soit jamais prononcé à l'avenir. Il ne m'avait toujours pas entièrement ouvert son cœur, mais la façon dont il caressait de la paume de sa main chaque centimètre carré de ma peau qu'il pouvait atteindre, me rappelait la façon dont Julius et moi avions revendiqué notre statut de propriétaire sur la maison peu après son acquisition.

Je ne pouvais rêver meilleure occasion pour une réconciliation. Les coussins qui couvraient la banquette et les tapis qui habillaient le sol avaient transformé cette pièce spartiate en un refuge confortable et douillet, même si ce dernier était loin d'être parfait. En effet, à chaque averse, l'humidité suinterait par endroit de la pierre. Les lézards et autres rampants s'inviteraient à l'intérieur et débarrasser les fenêtres à carreaux des cadavres de moustiques serait un vrai calvaire.

N'empêche que je poussai un soupir de satisfaction béate et m'installai plus confortablement entre ses bras.

— Je suis tellement content que tu aies rendu à cette pièce son état d'origine.

Don enfouit son nez dans mon cou.

— C'est mon cadeau, pour toi. Je veux que cette pièce devienne ton domaine exclusif, comme un lieu spécial et protégé.

— Mais je n'ai rien à t'offrir en retour, me plaignis-je.

Un tel cadeau méritait une contrepartie à la même hauteur.

— Attends une minute. En fait, j'ai un cadeau, annonçai-je avant de me précipiter à l'extérieur.

Une fois dehors, je soulevai une des branches de la plante qui avait poussé de façon anarchique dans une brèche du mur près de la porte, je cueillis une des fleurs rouges en forme de brosse à dent et revins la lui offrir.

— Ce n'est pas exactement une rose, mais c'est tout aussi précieux à mes yeux.

— Qu'est-ce que c'est ? s'enquit Don en acceptant mon cadeau d'un air plutôt déconcerté.

— Une sorte de Grevillea [37]. J'ai fait des recherches là-dessus pendant que j'étais en Angleterre.

— Et pourquoi est-ce si important pour toi ?

— Parce que cette plante est ce qui a remplacé les draps la nuit où je me suis enfui.

J'évitai de croiser son regard tandis que je lui racontais comment j'avais balancé mon sac à dos et utilisé cet arbuste pour descendre le long de la falaise, avant de m'agripper aux fougères et plantes diverses qui poussaient dans les fissures pour assurer ma descente sur les parois rocheuses, m'arrachant les ongles au passage.

— Bordel.

Don contempla la fleur posée dans sa main et prit une profonde inspiration, clairement secoué par les risques énormes que j'avais pris cette nuit-là.

— Hé, lui dis-je en le prenant par la taille pour le serrer contre moi. À ce moment-là, je me forçais à me souvenir de tous les films d'évasion que j'avais pu voir : Steve McQueen sautant la clôture au guidon de sa moto, les prisonniers crapahutant sur des fils barbelés. Ils étaient tous morts de peur, mais étaient portés par l'adrénaline. Le succès ne s'encombre pas de demi-mesures.

— Voilà des paroles dignes de mon tigre.

CE FUT enlacés que nous regagnâmes longtemps après la maison.

37 NdT : Arbuste à feuillage persistant originaire d'Australie et appartenant à la famille des Protéacées. Une des espèces produit des fleurs en forme de brosse à dent.

XXXIII : SECTION 1.32
TROUBLE IN SHANGRI-LA

SURPRISE, SURPRISE. Gabriel avait finalement maîtrisé l'art délicat de réaliser une omelette.

— Hum, c'est bon, le complimentai-je la bouche pleine. Mais pourquoi ne portes-tu pas le tablier ?

Il me jeta une framboise.

— Ça suffit les enfants ! nous ordonna Don.

Le ton sévère de sa voix pouvait laisser croire qu'il était agacé, mais je notai que le sourire qui plissait le coin de ses yeux. Il avait l'air plutôt content de lui ce matin. Enfin, je supposais qu'il avait de bonnes raisons de l'être. Il était après tout le seigneur des lieux et il disposait de deux personnes prêtes à se mettre en quatre pour satisfaire ses moindres désirs.

Après le petit-déjeuner, il me fit faire le tour de la maison afin que je puisse me rendre compte des améliorations qui avaient été apportées. Non seulement sa chambre et son bureau arboraient désormais des murs fraîchement repeints, mais il avait aussi remeublé les autres chambres.

— C'est vraiment super, le félicitai-je.

Il n'avait pas dépensé une fortune dans ces rénovations, mais la combinaison des tons chauds du bois bruni et des meubles en cuir noir avaient réussi à transformer cette maison délabrée dont des hippies avaient fait leur repaire en une retraite digne d'un gentleman. La retraite d'un gentleman un tantinet pervers, cela allait de soi.

— Où as-tu déniché les têtes de lit ? demandai-je, persuadé qu'elles ne pouvaient venir d'un minable dépôt-vente.

Don m'adressa un sourire torve que n'aurait pas renié le Chat du Cheshire [38].

---

38 NdT : Personnage du roman Les Aventures d'Alice au pays des merveilles.

— Quand j'étais aux États Unis, un de mes clients a voulu se débarrasser de vieux portails et de vieilles palissades, et j'ai découvert que le fer forgé était idéal pour le bondage. Sydney possède une grande variété de boutiques qui se spécialisent dans la rénovation. Tout ce dont tu as besoin après est d'un soudeur, et il se trouve que l'un des amis de Fred est…

— Un soudeur.

Je n'étais pas le seul à retomber toujours sur ses pattes comme un chat.

Nat et Danny arrivèrent en début d'après-midi avec toutes mes affaires et furent extrêmement impressionnés par tout ce qu'ils découvrirent. Je les suivis comme leur ombre pendant que Don leur faisait faire le tour du propriétaire et leur détaillait ses projets pour les extérieurs. Il précisa qu'il n'avait pas l'intention de profiter de tous ces aménagements pour valoriser la maison en vue de la vendre, mais qu'il souhaitait la rendre attractive pour des personnes désireuses de s'adonner en plein air à leurs exercices physiques un peu particuliers. Pour commencer, il envisageait de créer des zones protégées que les pilotes de deltaplane ne seraient pas en mesure de voir. Quand nous arrivâmes à la barrière de bambous, je pensai qu'il aimerait faire mention de la chambre de méditation, mais alors que je m'apprêtais à en parler, Don posa un doigt en travers de ses lèvres pour m'intimer le silence.

APRÈS LE déjeuner, Nat et Danny transportèrent tout leur matériel dans le donjon afin de commencer le tournage, et ils y furent rejoints par Don et Gabriel. Je me rendis quant à moi au garage pour débarrasser ma moto de tous les insectes et de toute la poussière que j'avais ramassés pendant mon périple.

La porte du donjon et celle du mur du fond étaient fermées et je travaillai donc dans un silence absolu. Au bout d'un moment, un bourdonnement insistant vint briser ma concentration. Je crus un instant que cela venait du donjon, mais je finis par comprendre que le bruit provenait en fait de l'étage. J'y montai afin d'en découvrir l'origine et compris qu'il s'agissait du téléphone de Gabriel en voyant que l'appareil vibrait tellement qu'il était sur le point de tomber de la table sur laquelle il était posé. Un SMS s'afficha sur l'écran : 'S'il te plaît, rappelle-moi dès que possible. C'est très urgent. Maman'.

En temps normal, je n'aurais pas pris le risque de les déranger, mais cela faisait de toute évidence un moment qu'elle cherchait à joindre son fils.

J'ouvris la porte du donjon avec d'infinies précautions. Gabriel était saucissonné comme un cochon préparé pour un barbecue. Je détournai les yeux et m'adressai à Don tout en brandissant le téléphone :

— La mère de Gabriel cherche à le contacter. Elle dit que c'est très urgent. Dois-je lui répondre qu'il est ligoté pour l'instant et prendre un message ?

Une expression exaspérée passa sur le visage de Don, mais il se contenta de défaire très rapidement les nœuds qui retenaient le jeune homme.

Dès qu'il fut libre, Gabriel s'empara du téléphone et sortit pour obtenir un meilleur signal.

Pendant son absence, nous nous dévisageâmes les uns les autres sans savoir quoi faire. Don ne paraissait pas disposé à croiser mon regard. Le plus étonnant était que le spectacle de Gabriel en pleine séance de bondage ne m'avait pas fait flipper, sans doute parce que je n'étais pas l'un des acteurs de cette session. De toute façon, nous étions en plein jour et je n'étais pas seul. Or, ma peur prenait racine dans l'obscurité et l'isolement.

— Tu veux voir ce que nous avons déjà filmé ?

Nat Taylor fit un signe à Don pour l'inviter à regarder l'écran. J'en profitai pour m'approcher de Danny.

— Comment ça se passe ? lui demandai-je.

— Pas mal. La lumière du plafond est un peu trop crue et diffuse trop d'ombres, mais on est en train d'arranger ça.

Il jeta un regard vers Don et Nat qui fixaient la caméra et ajouta d'une voix basse :

— Mais la lumière n'est pas notre principal souci. Le plus gênant est que je pense que Don a du mal à se détendre suffisamment pour ne pas donner l'impression de jouer un rôle.

JE NE pus lui demander de s'expliquer, car Gabriel fit soudain irruption dans la pièce, le visage baigné de larmes.

— Qu'est-ce qui ne va pas ? lui demanda Don.

Je savais que nous nous posions tous cette question.

— Mon père a fait une crise cardiaque. Il est en soins intensifs à l'Hôpital Saint-Vincent.

Don conduisit Gabriel à une chaise et le força à s'y asseoir.

— Du calme. Respire à fond. Faire une crise de panique ne fera pas avancer les choses.

Gabriel enfouit son visage dans ses mains et ses épaules se mirent à trembler tellement il sanglotait. Peu importait les paroles rassurantes de Don qui tentait de le convaincre que certaines personnes se remettaient très bien d'attaques cardiaques, les larmes du jeune homme ne tarissaient pas. Je m'attendais à ce que Don se mette en colère, tout comme Julius n'aurait pas manquer de le faire bout de quelques minutes.

Danny s'approcha et commença à parler au jeune homme effondré. Il parlait trop doucement pour être entendu par qui que ce soit d'autre que Gabriel. Quels que fussent ses mots, ils eurent l'effet désiré. Gabriel prit une profonde respiration et se leva tout en se tordant les mains et se mordant les lèvres.

— Je m'excuse. Mais c'est un tel choc. Il n'a que soixante ans et il fait très attention à rester en forme.

— Veux-tu que je te conduise à l'hôpital ? s'enquit Don.

— Non !

Gabriel se rendit compte que sa réponse pouvait paraître abrupte et se mit à rougir.

— Je me sens déjà coupable de ne pas pouvoir rester pour donner un coup de main.

— Ne t'en fait surtout pas pour ça, le rassura Don. Nous continuerons une autre fois. Allez viens, allons récupérer tes affaires.

Il prit gentiment Gabriel par le bras et le mena vers la porte. Avant de la franchir, il s'adressa à moi :

— Steven, occupe-toi de Danny et de Nat pour moi, s'il te plaît.

Nathaniel Taylor jouait avec les cordes de Don, le regard fixé sur son petit ami. Pendant ce temps, Danny me regardait, moi. Qu'allais-je bien pouvoir faire maintenant ? Don m'avait donné tout à la fois un ordre et un avertissement. Il m'avait appelé Steven. Pas Steve ou Stevie. Il m'avait appelé Steven pour m'inciter à me comporter convenablement.

Comme si j'avais envie de faire le malin pendant son absence.

— Est-ce ta première expérience de bondage, Nat ? demandai-je au jeune homme dans un effort méritoire d'être poli.

Il touchait les cordes comme si elles étaient vivantes.

— En fait, non.

Danny se mit à rougir en entendant cette réponse.

Waouh, voilà qui était intéressant.

325

Le grand Australien vint se placer à côté de moi et drapa une des cordes sur mon épaule. J'eus cependant la nette impression que la réaction de son petit ami l'intéressait plus que la mienne.

Danny ne paraissait pour sa part très concerné par l'attitude plutôt intime de Nat à mon égard.

— C'est juste que ce n'est pas mon truc, c'est tout.

Il me donnait surtout l'impression d'être déçu. Je me sentais quant à moi piégé dans une discussion qui ne datait pas d'hier et qui se produisait de façon récurrente entre les deux hommes.

Je tournai la tête pour regarder Dan. Il m'adressa un sourire en coin quand il aperçut que je le fixais.

— Danny et moi avons assisté il n'y a pas longtemps à une performance de Hajime Kinoko dans un vieil entrepôt près de Sydney Uni. C'est un artiste japonais grand spécialiste du bondage, du Shinbari [39] et du Kinbaku [40].

Tout en parlant, Nat avait enroulé les cordes autour de mes poignets avec beaucoup de savoir-faire, puis les avait croisées derrière mon dos. Il fit ensuite passer la corde à plusieurs reprises autour de mon buste. J'étais tellement focalisé sur Danny que je ne me rendis compte de ses actions qu'une fois qu'il fut trop tard.

Je m'attendis à ressentir une brusque bouffée de panique, mais rien ne vint. J'avais l'impression qu'une partie de moi se tenait sur un balcon surplombant la scène et observait de façon détachée ce qui se déroulait en contrebas. Oui, c'est vrai, un homme était en train d'enrouler des cordes autour de moi, mais celles-ci n'étaient reliées à rien. J'avais toujours la possibilité de m'enfuir ou d'appeler à l'aide. Mais aucun de ces besoins ne m'étreignait en ce moment. J'étais trop intéressé par l'interaction entre les deux hommes. De toute évidence, ma thérapeute avait eu raison en affirmant

---

39 NdT : Art ancestral japonais qui consiste à attacher et suspendre des personnes généralement nues à l'aide d'une corde. Cette pratique est souvent considérée comme un fétichisme, particulièrement hors du Japon.

40 NdT : Art japonais qui consiste à attacher une personne avec des cordes. Il en existe plusieurs définitions, dont chacune correspond à la pratique et aux objectifs de chacun, la mise en valeur du corps de l'autre et la mise à nu de ses émotions étant souvent des buts communément acceptés par tous. Le kinbaku peut être associé à la danse, aux arts martiaux, à des techniques de massage, à des sexualités diverses, à des activités tantriques, des moments initiatiques, hypnotiques…

que mes attaques de panique étaient provoquées parce que je craignais ce qui *pourrait* arriver au lieu de me concentrer sur l'instant présent.

Toute l'attention de Danny était focalisée sur son petit ami. Je n'avais jamais vu un Asiatique rougir auparavant, mais il était impossible de se méprendre sur la teinte des joues de cet Asiatique en particulier.

— Ça ne me gêne pas que tu pratiques sur moi, mais je ne veux pas être photographié, d'accord ?

D'après la dextérité avec laquelle Nat maniait et nouait les cordes, j'en arrivai à la conclusion qu'il devait avoir *beaucoup* de pratique à son actif.

— Mais c'est justement tout l'intérêt de la chose, trésor. Tu es tellement beau quand tu es ligoté, et Don nous a proposé d'utiliser cet endroit et son matériel de suspension, déclara-t-il tout en indiquant l'endroit où Gabriel avait été accroché.

Une fois encore, je guettai l'angoisse qui devait me nouer le ventre, mais ma seule préoccupation était de savoir si la poutre était suffisamment solide.

— Tu es sûr qu'il n'y a aucun risque ? demandai-je d'une voix inquiète.

— Don m'a assuré qu'un expert était venu vérifier l'installation la semaine dernière.

J'aurais dû savoir qu'un tel maniaque du contrôle aurait veillé à ce que ces travaux soient validés par un expert.

Nat jeta un coup autour de lui.

— Ça ferait un décor fantastique pour une séance de photos avec Danny, mais malheureusement, je n'arrive pas à le convaincre de tenter l'expérience.

Malgré tous les efforts déployés par Nat pour rester sur le ton de la plaisanterie, je devinai que la timidité de Danny constituait une source de tension entre eux.

— Je suis certain que tu as raison, lui répondis-je tout en fixant Danny avec attention.

Jusqu'à présent, je l'avais considéré comme l'archétype de l'Asiatique : détaché, calme et maître de lui, mais un feu ardent brûlait dans ses yeux tandis que son ami continuait à me ligoter, me faisant tressaillir à chaque nouveau tour de corde. Je baissai les yeux. Mon bleu de travail faisait des plis à des endroits inhabituels.

— Je ne pense pas porter le bon costume, trésor.

Nat éclata de rire, un rire profond qui provenait du plus profond de son ventre.

— Tu as raison. J'aurais dû te faire te déshabiller avant.

Danny resta impassible. Mais peut-être n'était-il pas aussi insensible que je le présumais quant à la façon dont son copain me touchait. Je pouvais pleinement imaginer le jeune homme à ma place : la blancheur de la corde formerait un contraste admirable contre le ton cuivré de sa peau et le noir bleuté de ses cheveux.

— Le bondage sur le cuir est en général rapide et crade, fis-je remarquer d'un ton acide. Le principal objectif est de ligoter son partenaire pour mieux pouvoir le baiser.

Les deux hommes éclatèrent de rire et Nat prit la parole :

— Ce n'est pas faux, mais je préfère plutôt y penser comme un joli paquet cadeau.

Il me fit pivoter pour que je sois face à la porte et se mit à travailler sur les nœuds dans mon dos.

Je découvris Don, immobile sur le pas de la porte, un curieux mélange de colère et d'inquiétude sur le visage.

— Tu vas bien ?

Je lui répondis en hochant la tête.

Les épaules de Don restèrent crispées tandis qu'il m'examinait, sans doute à la recherche d'un signe quelconque de détresse. Je n'en éprouvais cependant pas et je m'émerveillai moi-même du sang froid dont je faisais preuve. J'en arrivai à me demander si, la dernière fois, je n'avais pas été effrayé par la crainte insidieuse de n'avoir qu'une alternative : me soumettre ou partir. La situation actuelle était très différente : j'avais désormais l'assurance d'être le bienvenu, que je participe ou non à la session. Don me désirait et cette constatation changeait considérablement la donne.

— Nat nous faisait une démonstration de macramé pour un nul, ou sur un nul serait plutôt une formulation plus appropriée.

Cette explication provoqua l'hilarité de nos deux invités.

Don s'approcha et effleura mes lèvres d'un baiser.

— Un joli paquet cadeau, murmura-t-il dans le creux de mon oreille. J'aime cette idée.

Le langage corporel de Don avait dû envoyer une sévère mise en garde à l'intrus qui violait si imprudemment son territoire, car Nat avait commencé à me détacher dès que Don était apparu. Quand je fus libéré, celui-ci m'attira à lui.

328

— Je ne peux même pas te laisser seul pendant cinq minutes sans que tu fasses des bêtises. Es-tu sûr que tu vas bien ?

Je frottai mes bras afin de rétablir la circulation sanguine et lui répondis, un peu perplexe :

— Oui, je t'assure. Et c'est très bizarre. En fait, une part de moi s'attendait à ressentir de la panique alors qu'une autre était trop intéressée par les réactions de Danny pour y céder.

Le jeune homme en question parut intrigué par mes propos, mais le lieu et le moment n'étaient pas propices à une discussion plus approfondie.

— Je t'expliquerai plus tard, chuchotai-je à l'oreille de Don de façon à n'être entendu que de lui.

— OK, mais je crois plus prudent de ne pas tenter davantage le diable ce soir.

Un bras passé autour de mes épaules, il se tourna vers ses deux invités :

— Désolé de vous avoir fait perdre votre temps, les garçons. Nous pourrons nous occuper du reste un autre jour.

— Pourquoi ne pas utiliser Steve comme modèle ? demanda Nat. Il est très photogénique.

Son commentaire lui valut un regard noir de Danny.

— Euh, non, répondit Don, pas spécialement emballé par la suggestion. Je ne crois pas que ce soit une bonne idée. Mais tu as bien réussi à prendre quelques photos avant que Gabriel s'en aille, non ?

— Oui, mais seulement des images du bondage. Tu ne voulais pas aussi des clichés avec des fouets et la croix ?

— Non ! rugit presque Don.

— Je suis d'accord.

Nos deux réponses fusèrent au même moment.

Une expression têtue se peignit sur les traits de Don tandis qu'il secouait énergiquement la tête. Je fis le signe universel pour appeler une pause et l'entraînai à l'écart.

— Pourquoi pas ? Pour eux, le temps, c'est de l'argent. Il pourrait se passer des semaines avant qu'ils puissent se libérer à nouveau.

Je l'agrippai par le bras et le secouai doucement. Je le sentis frémir, mais il demeura inébranlable. Ses lèvres étaient réduites à une mince ligne blanche sous l'effet de la contrariété.

— Et que fais-tu de ton serment de ne plus t'impliquer ?

— J'ai uniquement dit que je n'appellerais plus jamais quiconque Maître. Je n'ai pas l'intention de répéter cette expérience, mais tu as besoin de quelqu'un ici et maintenant.

Don n'était toujours pas convaincu. Il avait non seulement accepté ma décision de rester à bonne distance, mais s'était préparé à m'y aider. Le contexte était cependant différent : il avait besoin de quelque chose que je pouvais lui apporter. Je me mordillai la lèvre inférieure, m'interrogeant sur la conduite à tenir. Tous les ans, afin de confirmer ses qualifications en tant que sauveteur, Evan devait prouver qu'il était un nageur expérimenté et qu'il maîtrisait les toutes dernières techniques des premiers secours et de sauvetage. L'analogie entre lui et moi s'avérait de plus en plus appropriée.

— Écoute, essaie de voir les choses de cette façon : il y aura des occasions où tu auras besoin d'un cobaye pour essayer de nouveaux équipements ou juste pour une démonstration pratique. Ne crois-tu pas que ce serait un avantage de pouvoir compter sur une personne expérimentée pour tenir ce rôle pour toi ?

— Je l'admets, répondit-t-il avec réticence. Et ta conclusion est… ?

— Je n'aurais pas besoin de plonger trop profondément dans la session pour jouer mon rôle, juste de mouiller le bout de mes orteils de temps à autre pour me souvenir de la sensation de l'eau.

Don fronça les sourcils quand il comprit enfin que je venais de planter des drapeaux dans le sable pour marquer mes limites. À bout d'arguments, il poussa un soupir.

— Tu sais bien que j'ai toujours voulu te flanquer une fessée lors d'une scène pour te montrer ce qu'est un vrai Maître, qui prend soin de toi autant qu'il exige d'être servi. Mais pas comme ça.

Toutes ses promesses de puissance teintée d'agressivité stimulèrent la partie inférieure de mon anatomie.

— Ne veux-tu pas que ces photos soient faites ?

— Si, marmonna-t-il. Mais nous devrions discuter calmement de tout ça auparavant.

— Pourquoi faire ? Adapte-toi. Je ne suis pas effrayé par ce niveau d'investissement, Beau Sourire. Et toi ?

Il se redressa imperceptiblement en réponse au défi à peine voilé que je venais de lui lancer.

Était-ce cette étincelle qui avait fait défaut lors de la séance de photos avec Gabriel ? Je gardai les yeux rivés dans les siens et je commençai à ôter très lentement mon bleu de travail, sous lequel je ne portais qu'un suspensoir noir qui peinait à contenir mon érection.

Don se mit à grogner et ses narines se dilatèrent.

Le sifflement de Nat ne fit que le pousser à se montrer plus menaçant.

Comme s'il répondait à un signal subliminal, Danny mit la croix de Saint-André en position et je me fis la réflexion qu'il aurait fait un excellent machiniste. Je me dirigeai vers l'instrument et m'adossai à la grande forme en X. Puis, j'empoignai les deux attaches.

— Ça suffit ! s'exclama Don en voyant Nat me tourner autour et me mitrailler sous tous les angles.

— Je fais juste un test de lumière, murmura le photographe.

Je me doutais que le grand journaliste croyait être le destinataire de l'irritation de Don, mais je savais qu'il n'en était rien. C'était moi qui étais la véritable source de sa frustration. Il se sentait manipulé et il n'appréciait pas ça du tout.

Je baissai la voix dans l'espoir qu'il ne voit pas dans mes prochaines paroles un autre challenge :

— C'est tout simple : tu as besoin d'un partenaire pour la séance de flagellation et je te propose mes services.

Son air renfrogné s'adoucit sensiblement, mais il n'était toujours pas prêt à rendre les armes.

— Juste au cas où ça aurait échappé à ton attention, Gabriel était déjà marqué et nous avions seulement l'intention de faire semblant, rétorqua-t-il.

— Pourquoi ne pourrais-tu pas faire semblant avec Steve ? demanda Nat.

Don m'attrapa par la taille et me fit pivoter pour exposer mon dos, puis il fit un pas de côté et fit courir ses mains sur ma peau.

— N'importe quel idiot se rendrait compte que c'est du chiqué tout simplement parce qu'il n'y a aucune trace de coup visible.

Le contact des paumes rugueuses de Don me coupa pratiquement les jambes. Je me cramponnai aux attaches comme si ma vie en dépendait alors que la caresse me fouettait les sangs aussi intensément qu'un coup de martinet.

— On pourrait toujours utiliser du maquillage, concéda Don dans un soupir.

Et je sus à cet instant qu'il n'était pas loin d'accepter ma suggestion. Aussi tournai-je la tête vers lui pour l'avertir :

331

— Même pas en rêve, Beau Sourire. Tu vas devoir le faire toi-même, et applique-toi s'il te plaît.

Don frappa mes fesses nues.

— Sache que je n'ai pas l'intention de t'attacher.

— Tu n'as pas besoin de le faire. Je peux me tenir aux attaches.

Il laissa échapper un long soupir.

— Je suppose que ça pourrait marcher. Une main levée signifie que tu veux parler ; les deux que tu veux qu'on arrête. Ce sera comme ça et pas autrement.

— Ça marche pour moi.

Je m'installai le plus confortablement possible contre cet instrument que je connaissais si bien, même si nos précédentes rencontres me paraissaient être arrivées à une tout autre personne. Je relâchai légèrement ma prise sur les attaches pour décrisper mes mains. Une partie de mon esprit était présent dans cette pièce tandis que l'autre avait déjà commencé à prendre de la hauteur.

— Avant qu'on ne commence, je pourrais peut-être passer quelque chose de plus affriolant ? Comme du cuir ou de la dentelle, par exemple ?

— Non.

Je n'avais pas réalisé que Don était si proche. Il caressa à nouveau mes fesses nues et je me cambrai pour mieux profiter de son contact.

Il parut apprécier et sa caresse se raffermit.

— Je t'aime comme tu es maintenant. Sans artifice. Pur. Parfait.

Il se pencha vers moi et marmonna dans mon oreille :

— Mais putain de merde, tu mérites une bonne fessée pour m'obliger à faire ça, grommela-t-il en m'assénant une bonne tape sur le cul.

D'une façon assez perverse, je me sentais coupable, non pas parce que je l'avais manipulé, mais parce que je crevais d'envie de ce qu'il avait à m'offrir.

— Je suis désolé, lui dis-je en baissant la tête.

— Souviens-toi qu'avoir des désirs particuliers ne constitue pas un péché. Oublie tout ce qu'a pu te raconter ta psy. À moins de pouvoir mettre en avant une expérience personnelle, elle ne sait absolument pas de quoi elle parle. N'aie jamais honte de ce que nous sommes.

Sa main caressa l'endroit où elle s'était connectée à mes fesses, juste un léger effleurement avant de me donner une nouvelle claque, plus ferme, plus appuyée. Je ressentis une vague de chaleur. Il me marquait de sa propre

332

initiative, sans suivre un scénario quelconque, et chacune de ces marques lui permettait de recouvrer un semblant de contrôle sur la situation.

Trois, quatre, cinq… Chaque coup se répercutait sur mon sexe. Mes fesses allaient prendre une jolie teinte rose, mais ce serait malgré tout insuffisant pour les photos.

— Allez, qu'est-ce que tu attends ? Les fessées sont pour les garçons. Je suis un homme.

— Ahhh ! gronda Don avant de disparaître de mon champ de vision.

Je regardai par-dessus mon épaule et le vis se saisir d'un fouet accroché au mur. Ce n'était pas celui qu'il avait utilisé sur Gabriel ; celui-ci était plus fin quoique plus long. Les lanières dansèrent comme si elles étaient animées d'une vie propre. Il avait dû ramener cet instrument des États-Unis. Il testa le fouet avec d'amples gestes du bras et m'étudia pour choisir l'endroit où il comptait frapper en premier.

– Regarde le mur, m'ordonna-t-il.

Le premier coup me cingla plus fort que je ne m'y étais attendu. Manquais-je de pratique ou Don avait-il décidé de tester ma détermination ? Je m'agrippai plus fort et fus complètement abasourdi quand il s'approcha et fit courir sa main sur la marque qui ornait désormais mon dos.

— Pardon, je n'avais pas l'intention de te frapper aussi fort.

Il prit une profonde inspiration et sa moustache me chatouilla le cou quand il mordilla la peau.

— C'est vraiment très difficile. D'un certain côté, j'ai envie de me laisser aller, car je sais que tu es capable de le supporter, alors que je m'efforce d'un autre de me rappeler que cette mise en scène n'est qu'une séance de photos. C'est un numéro. Rien de plus.

— Ne te retiens pas. Tu sais bien que si tu n'agis pas le plus naturellement possible, on verra tout de suite que c'est truqué.

Un autre soupir effleura mon épiderme.

— D'accord. Mais n'oublie pas que c'est toi qui contrôles chaque minute.

Oui, je le savais. Il suffisait juste que je me laisse complètement aller. Je m'accrochai au bois avec plus de force. Si je devais me dégonfler, ce ne serait pas en raison de la douleur, mais à cause de la montée progressive de la tension nerveuse. Je sentais déjà la spirale de l'anticipation me nouer les entrailles. L'excitation et la peur venaient compléter le cocktail de sensations qui m'assaillait. Je ne craignais pas d'être blessé ou confronté à des mauvais souvenirs, je redoutais de ne pas être à la hauteur pour Don.

— Vas-y, lui enjoignis-je.

Un dernier effleurement et Don s'éloigna à nouveau. Le seul signe avant-coureur que je perçus fut un chuintement et, tout de suite après, les coups se mirent à pleuvoir sur mon dos, mais d'une façon plus atténuée que la fois précédente. Ils s'apparentaient davantage à des baisers de papillons, tous donnés avec la même force et à la même cadence, parfaitement contrôlés du début à la fin. Merde, j'aurais aimé que le donjon dispose de miroirs ou que Nat utilise une caméra vidéo afin d'être en mesure de contempler l'expression du visage de Don tandis qu'il faisait ce pour quoi il était indéniablement doué. J'étais prêt à parier ma chemise, que je ne portais plus de toute façon, que ses yeux étincelaient d'une lueur sauvage et jubilatoire.

Les commentaires élogieux de Nat attestaient de sa satisfaction et de son soulagement à obtenir enfin les clichés qu'il attendait. À sa façon de marmonner 'oui' ou 'encore', on aurait pu croire que Don était un de ces mannequins de défilé de mode qui se pavanait sur un podium et non un maître qui offrait une magistrale démonstration de son art.

Mon dos, dont chaque centimètre carré avait été à un moment ou un autre touché par le fouet, me brûlait. Le plus étrange était que si quelqu'un m'avait demandé où j'avais précisément mal, j'aurais été incapable de répondre. Il s'agissait d'une sensation générale de chaleur et de sensibilité extrême. La spirale se déroulait un peu plus dans mon ventre. Jusqu'où pouvait-elle s'étendre ?

— Encore plus, hurlai-je.

Mon cri rebondit sur le plafond et se réverbéra dans toute la pièce.

— Oui.

Ce simple mot de Don fut aussitôt suivi par une accélération du rythme des coups, une réponse parfaite à mes attentes et à mes besoins. Les contours du donjon s'estompèrent. Nous aurions très bien pu être perdus au milieu du désert pour ce que j'en savais. Les lumières du plafond étaient devenus des substituts à l'éclat incendiaire du soleil et tout autour de moi se brouillait, tremblotait comme un mirage surgissant d'une atmosphère surchauffée. Et dans ce temps et cet espace suspendus, Don et moi étions les seuls êtres solides existants.

La croix devint mon ancre et je m'y arrimai de toutes mes forces. Mes muscles se tendirent. Chaque coup portait en lui comme la promesse d'un cadeau imminent, le prélude à un baiser incandescent.

La voix de Don me parvint de très loin et je crus saisir qu'il était extraordinairement fier de son tigre.

S'adressait-il à moi ? Sans doute. Qui d'autre était présent avec nous ?

Une paume rugueuse caressa mon dos, toute à la fois ardente et rafraichissante. Quelle exquise agonie ! Je tremblais du besoin de m'abandonner tant la tendresse de cet attouchement supplantait toute sensation résiduelle de douleur.

Puis, il pressa son corps contre le mien et m'autorisa à sentir son érection. Sa main se tendit et attrapa mon sexe qui n'avait pas cessé de frotter contre le fin tissu de mon suspensoir. Il laissa échapper un grognement en se rendant compte à quel point j'étais excité.

— La toute première fois que je t'ai vu debout dans cette pièce, j'ai su que je serais capable de révéler ta bête intérieure. Jamais de l'enchaîner, mais au contraire de la libérer.

La spirale qui m'envahissait de ses anneaux s'était calmée un moment dans la chaleur de son étreinte, mais voilà qu'elle reprenait des forces et tournoyait, cascadait tel un torrent de lave en fusion, cherchant une issue pour évacuer sa fureur et son feu. Des larmes inondèrent mon visage, trop nombreuses pour je parvienne à les chasser comme d'habitude d'un revers de la main. J'essayai donc de les essuyer en frottant ma joue contre mon épaule. Je renonçai cependant à me cacher derrière une illusoire façade de contrôle. Mes mains étaient comme scotchées au bois, comme si de multiples tours de corde les avaient entourées et restreintes.

Je laissai tomber ma tête sur mon bras et attendis que mes sanglots s'apaisent. Don ne m'avait pas lâché. Le rugissement qui avait élu domicile dans mes oreilles disparut lui aussi, laissant place à un silence qui n'était troublé que par le souffle léger de Don. Il m'enlaçait aussi puissamment que je m'accrochais désespérément aux montants de la croix.

Je poussai une longue exhalaison pleine de satisfaction tandis que je redescendais tout doucement sur terre. Je jetai un coup à la pièce et me rendis compte que Don et moi étions désormais seuls.

— Où sont les autres ? demandai-je sans pouvoir me rappeler leurs noms tant j'étais fatigué.

Don se mit à rigoler et donna un coup de hanche pour presser son bassin contre mes fesses.

— À l'étage en train de baiser, je présume. Ils ont bafouillé une excuse sur le fait qu'il était mieux qu'ils nous laissent et aillent de leur côté mélanger plaisir et travail en prenant des photos des chambres d'hôte.

— Dieu merci. Un mec qui a la goutte au nez n'a vraiment rien de sexy.

Dan se mit à rire à nouveau et mordilla doucement ma nuque.

— Ta résilience ne cesse jamais de m'étonner. Je ne crois pas avoir déjà rencontré quelqu'un capable de rebondir aussi vite que toi.

Les battements de son cœur résonnaient contre mon dos et, alors que mon corps se relaxait progressivement, la tension semblait s'être accumulée dans celui de Don.

— Tu as fini ? m'enquis-je.

— Non.

Je me tendis en entendant sa réponse laconique.

— Je veux entendre mon tigre rugir. Un seul coup avec le fouet à longues mèches. Pas plus. Et pas comme une punition, mais comme une affirmation.

Il fit monter et descendre légèrement sa main sur mon épiderme meurtri, agaçant les terminaisons nerveuses, attisant le feu qui courait sous ma peau. Mais j'avais conscience que ce feu me réchauffait au lieu de me dévorer.

Je posai à nouveau la tête sur mon bras, non pas sous l'effet de la honte, mais parce que j'étais captivé par le son de sa voix.

— Je veux que tu réfléchisses sérieusement avant d'accepter, Steven. Nous savons toi et moi à quel point tu auras mal, tout particulièrement maintenant de ton corps a un peu refroidi. Si tu acceptes, tu le feras uniquement pour toi et non pour moi. Je ne suis pas comme ces bâtards ou ces pseudo-artistes que tu as rencontrés par le passé qui ne t'offraient qu'une alternative qui, au bout du compte, se révélait néfaste pour toi. Moi, je t'offre trois options.

Je hochai la tête pour lui signifier que j'avais compris le sens de ses paroles.

— Vas-y.

— Tu as vu la façon dont j'ai marqué Gabriel. Aucun de nous ne peut prétendre être un ange aux yeux de la société. As-tu honte d'être gay ?

— Non, grommelai-je en secourant la tête.

Dans l'état qui était le mien, prononcer des mots de plus d'une seule syllabe était au-dessus de mes forces.

— Et tu ne devrais pas avoir honte non plus d'avoir des désirs qui sortent de l'ordinaire. Les autres n'ont pas à porter de jugement sur notre nature et nos actions ; ils n'ont pas de raison légitime de se mêler de ce qui se passe entre deux adultes consentants. Maintenant, c'est à toi et à toi seul de choisir l'endroit où le fouet va tomber. Sur le tigre, comme pour nier qui tu es réellement ? Je respecterai ta décision même si je ne la comprends pas. Ou préfères-tu que ce soit sur le dragon, pour souligner ton refus de donner la moindre autorité à qui que ce soit ? Ou alors aucun coup de fouet ? Voici les trois choix que tu as.

Je ricanai. C'était encore pire qu'une élection municipale.

— Pas de trace en haut du dos.

La main de Don s'arrêta.

— Quoi ?

— En travers du dos, là où le dragon et le tigre s'affrontent, parvins-je à dire une fois que j'eus repris suffisamment mes esprits pour parvenir à aligner deux phrases.

Sa brusque inspiration balaya ma nuque.

— Es-tu sûr de toi ?

— Mes mains sont toujours sur la croix, non ?

Ses pas s'éloignèrent et je tournai la tête pour voir sur quel fouet son choix allait se porter. Ah ! Mon préféré !

Don le fit claquer d'avant en arrière à plusieurs reprises, se familiarisant avec son poids et sa flexibilité. Je n'étais pas le seul à être redescendu de son nuage. En temps normal, il aurait eu le temps de s'entraîner un peu pour parvenir à déterminer la bonne amplitude de ses mouvements, mais plus il attendait, plus je me refroidissais et plus la douleur serait intense.

Mes larmes avaient fini par sécher et aucun de mes doigts n'avait lâché son emprise sur la croix.

Un grondement sourd et continu s'éleva derrière moi et je sentis Don qui faisait les cent pas. Il avait beau m'avoir appelé son tigre, en cet instant précis, c'était lui le roi de la jungle. Le grognement s'intensifia, puis cessa.

À partir de cet instant, le seul bruit que j'entendis fut les battements de mon cœur. En tout cas jusqu'à ce que Don se mettre à crier :

— Maintenant, laisse-moi entendre mon tigre rugir.

Le coup arriva tout de suite après. Ce fut comme l'éruption brutale d'un volcan qui aurait attendu des siècles pour libérer toute la puissance de sa lave.

— Ahhhhh !

Mon cri surpassa tous ceux que j'avais pu émettre auparavant. Je ne savais pas si Don avait frappé le point précis, mais je m'en fichais. Je fus envahi par un calme étrange.

Pendant un instant, j'eus l'impression qu'une montre avait été collée à mon oreille, puis je compris qu'il s'agissait de mon cœur qui m'envoyait la confirmation que j'étais toujours de ce monde et que la vie était belle.

Des doigts s'emparèrent d'une de mes mains et une voix me murmura de doux mots d'encouragement :

— C'est fini, Steve. Tu peux lâcher maintenant.

Don me tourna pour que je tombe dans ses bras sans brutaliser mon dos. Il me soutint alors que mes genoux cédaient sous moi.

— Merci, murmurai-je.

— Non, merci à toi pour m'avoir fait confiance. Si tu ressens à nouveau le désir ou le besoin d'une autre session, tu n'auras qu'à demander. Et je n'en ferai pas une condition pour qu'on baise après.

— C'est une promesse ou une menace, Beau Sourire ?

Une larme brilla dans les yeux de Don. Une larme de fierté.

— Mon tigre, dit-il.

Et il m'embrassa.

Epilogue : Section 1.33
Leather and Lace [41]

Un abruti avait marché sur une des bottes de Don et y avait laissé une éraflure. La foule avait été bien plus dense que ce à quoi je m'étais attendu.

— N'en fais pas toute une histoire, me sermonna Don.

— Il faut que tu sois absolument parfait.

Je lui avais acheté une paire de bottes de moto à bouts cloutés et nous ne disposions pas d'assez de temps pour les ôter. Par ailleurs, il m'aurait fallu une chance de cocu pour parvenir à les défaire sans ruiner mes faux ongles. Je me baissai, crachai sur la botte abîmée, donnai quelques coups de langue et, pour finir, la fis briller avec l'extrémité de mon écharpe.

C'était un très grand jour pour Don. Il faisait en quelque sort un nouveau coming out. Son visage était empourpré et, dès que j'eus terminé, il m'attira à lui.

— Maintenant, tu as tout étalé ton rouge à lèvres, me fit-il remarquer en passant son doigt sur les contours de ma bouche pour ôter l'excédent du cosmétique.

Merde. J'avais très envie de le bousiller encore plus en l'embrassant. Je trouvai Don particulièrement craquant quand il se troublait comme ça.

Je le pris par la main et le conduisis à la porte de la chambre d'hôtel, la même que celle que j'avais utilisée comme loge il y avait un an jour pour jour. Néanmoins, si l'intérieur était identique, le reste de l'hôtel avait connu des changements considérables.

Au final, j'avais employé toutes mes économies pour acheter des parts dans l'hôtel et Tante Mildred avait fait de même. Par conséquent, nous avions formé un trio financier, ce qui s'avéra judicieux compte tenu du fait que les rénovations avaient été plus coûteuses que prévu. Mais l'investissement avait été rentable. Le fait de disposer d'une piste de danse sur chacun des deux étages signifiait que le Paradisio pouvait se permettre

---

41 NdT : Cuir et dentelle

deux types de musique différents. Le premier niveau jouait de la house dans un décor rappelant par certains côtés un garage, tandis que l'autre était consacré aux grands tubes du disco des années soixante-dix et quatre-vingt et attirait une clientèle toute différente.

Nous avions découvert très tôt qu'il était préférable de tenir les deux groupes éloignés l'un de l'autre. Nous organisions des soirées spéciales pour chacun d'eux, et tant pis pour ceux qui oubliaient de consulter le programme et s'amenaient à la mauvaise soirée. Les gros balèzes qui portaient du cuir, des bottes, mais pas une goutte d'eau de Cologne étaient plutôt hors de leur élément lors des soirées 'Orteils à l'air' qui étaient quant à elles très appréciées par les filles et les homos. Ces derniers adoraient la musique et même s'ils ne se travestissaient pas, ils considéraient le thème comme un challenge et s'efforçaient de dénicher des chaussures parfois à la limite de la décence. Nous avions même dû instaurer une politique 'pas de chaussettes'.

Quelques filles avaient bien parfois essayé de s'immiscer dans les soirées 'Chaussures fermées', mais nous avions réussi à les persuader qu'elles n'avaient vraiment aucune envie d'y participer. Nous avions également insisté sur le fait que les gars avaient besoin d'une soirée rien qu'à eux, et la plupart d'entre elles avaient accepté cette explication.

Cependant, cette nuit n'était consacrée à aucun thème en particulier et aucune restriction n'y avait été apportée. La seule limite que nous avions imposée était que tous les divertissements ne devaient impliquer aucune douleur et être parfaitement inoffensifs. De toute façon, vu que cette soirée s'annonçait très spéciale, tous les participants s'en fichaient complètement.

Aux étages inférieurs, le bruit était devenu assourdissant. J'avais réussi à convaincre quelques-uns de mes potes drag queens australiens favoris de se produire au Paradisio, et Amelia Airhead et Minnie Cooper occupaient à cet instant précis la scène de l'hôtel. Je trouvais vraiment dommage de ne pouvoir assister à leur prestation, mais Nat et Danny enregistraient tout le spectacle.

Un coup fut frappé à la porte. J'ouvris et découvris un Gabriel au sourire éclatant.

— Quand es-tu revenu? m'exclamai-je.

— Je suis revenu d'Abu Dhabi ce matin.

Le fait d'avoir été le premier esclave que Don aie jamais entraîné conférerait à tout jamais au jeune homme une place particulière et privilégiée dans nos cœurs. Il avait décidé de prendre une année sabbatique et avait passé les six derniers mois à parcourir le monde. Grâce à Skype, nous avions pu rester en contact pendant tout son périple, et un beau jour, il avait annoncé à Don de but en blanc qu'il voulait apprendre comment devenir un Maître à son retour en Australie.

— Tu ne nous as pas dit que tu viendrais ce soir, fit remarquer Don.

Un peu de la tension qui l'habitait transparut dans son ton, mais sa voix conservait toute son autorité.

— Je voulais vous faire la surprise, Monsieur. Je n'aurais raté cette soirée pour rien au monde.

Gabriel tourna la tête vers la porte, prêtant l'oreille à quelqu'un qui parlait.

— Fred veut savoir si vous êtes prêt.

Je jetai un regard à Don. Il s'était légèrement détendu en voyant Gabriel, mais les jointures de ses mains étaient toujours livides quand il attrapa le micro que je lui tendis.

Je levai les yeux au ciel et secouai légèrement la tête tout en prenant grand soin de ne pas déplacer ma perruque.

— Laisse-nous cinq minutes, trésor. S'il y a une pause entre deux numéros, les clients iront plus facilement au bar.

Dès que la porte fut close, je fis face à Don.

— Te sens-tu vraiment capable de faire ça ? Je comprendrais si tu décidais de faire marche arrière. Nous n'aurons qu'à faire semblant pour la caméra.

Don déglutit avec effort et prit une profonde inspiration qui fit frémir sa moustache. Je la caressai du bout de mes doigts gantés. Elle allait me manquer. Au cours de l'année qui venait de s'écouler, j'avais pris l'habitude de la sentir me caresser la nuque, mais après son numéro de ce soir, Don allait la raser, une façon très personnelle de contribuer avec un grand sens de la dérision à la levée des fonds organisée pour la lutte contre le cancer de la prostate. Mais je me consolais en me disant qu'il pourrait toujours s'en faire pousser une autre.

La perspective d'assister à l'improbable avait attiré énormément de monde, tous voulant savoir ce que Don allait faire en réalité. Vingt-cinq mille dollars avaient déjà été récoltés. Un chiffre phénoménal. Mais l'argent s'était mis à couler à flots une fois que la rumeur que Don allait raser sa moustache s'était propagée.

— C'est bizarre : mets-moi sur scène avec un fouet à la main et je me sens à l'aise. Mais ça, fit-il en grimaçant tout en fixant le micro, ça me flanque une trouille d'enfer.

— Je sais, Beau Sourire. Mais c'est une bonne chose de repousser tes limites parfois.

Je battis des paupières et prononçai cette phrase qui m'avait tant épouvanté par le passé :

— Fais-le pour moi, susurrai-je en lui lançant un baiser du bout des lèvres.

Je poussai un cri quand sa main se rapprocha dangereusement de mes fesses.

— N'y pense même pas ! m'exclamai-je. On verra ça plus tard... peut-être.

Tout en riant, je le tirai vers la porte et nous descendîmes l'escalier.

Les lumières diminuèrent et un spot lumineux nous suivit tandis que nous nous dirigions vers la scène. Je portais la plus belle des robes du dressing de Stevie Tricks, une jolie petite chose tout en dentelle achetée spécialement pour l'occasion. Un long châle de couleur jaune or était drapé sur mes épaules et couvrait entièrement mes tatouages. Don était quant à lui tout simplement magnifique tout habillé de cuir.

Le rugissement émis par la foule le prit par surprise. Je savais qu'il sous-estimait la réputation dont il jouissait auprès de ses congénères. Beaucoup de personnes avaient d'ores et déjà bénéficié de ses conseils en matière de BDSM. Lors des rares nuits qu'il passait à l'hôtel, je faisais en sorte qu'il n'ait rien d'autre à faire que rester assis au bar et tenir sa cour pour ses fans empressés.

Nous traversâmes la foule main dans la main. Quand nous parvînmes enfin sur la scène, Don me pressa légèrement les doigts avant de me lâcher. Il était toujours beaucoup trop nerveux pour sourire. Moi, au contraire, je fus capable d'adresser un très grand sourire aux spectateurs. Cette soirée constituait le point d'orgue d'une année de travail et d'efforts, la conclusion éclatante que le cuir et la dentelle pouvaient faire bon ménage.

Pour une fois, la musique sur laquelle nous allions faire notre numéro serait jouée par un groupe en chair et en os. Dieu merci, ma voix rauque n'était pas très éloignée de la voix de l'interprète originale.

Tandis que je chantais mon besoin d'être aimé de lui, ces mots ne m'avaient jamais paru plus véridiques.

Quand la partie de Don arriva, il avait réussi à puiser suffisamment de courage pour chanter avec assurance. Il avait plutôt une jolie voix. Alors que les notes mouraient progressivement, provoquant les applaudissements enthousiastes du public, Don se pencha vers moi et me murmura :

— Je pensais chaque mot que j'ai prononcé. Donne-moi toutes tes dentelles et je t'offrirai tout mon cuir.

Et merde ! Quelle importance que mon rouge à lèvres bave ? Je l'embrassai devant toute la foule rassemblée devant la scène, devant ses amis et sa famille. Tante Mildred avait elle aussi tenu à être présente pour cette soirée extraordinaire.

Et non, je ne l'appelais toujours pas Maître, mais je reconnaissais qu'il était un grand maître du donjon et, alors qu'il ne m'appelait pas son gamin, j'étais sien à plus d'un titre.

Le tigre rugissant et le dragon crachant des flammes.

ROUGE + BLEU

A.B. GAYLE

Contraires qui s'attirent, numéro hors série

Fraîchement débarqué du Minnesota, Ben Dutoit est fou de joie d'avoir décroché un travail au sein de Sydney Family Insurance, l'une des rares compagnies à offrir des contrats d'assurance-vie aux personnes à haut risque. Le fait de travailler à San Francisco, creuset de la culture homosexuelle, constituait juste la cerise sur un gâteau aux couleurs de l'arc-en-ciel. Ben s'est fixé trois buts : affirmer et se montrer suffisamment fier de son homosexualité pour participer à la Gay Pride ; profiter dans les boîtes de nuit de la compagnie de ses semblables et, s'il avait de la chance, tomber amoureux.

Mais les hommes que Ben rencontre sont tout ce qu'il n'est pas : charmants, sûrs d'eux, sophistiqués et sexy. Ils constituent l'élite de l'élite, tiennent une place importante dans la société, sont fortunés et endossent toutes les responsabilités qui vont de pair.

Ben se demande si le Rouge et le Bleu peuvent se mélanger quand il découvre la vraie signification du mot 'risque'. L'économie mondiale vacille. Le travail sur lequel il comptait est remis en cause et tous les rêves qu'il avait faits sont menacés, et plus particulièrement celui concernant l'amour.

www.dreamspinner-fr.com

Contrairement à bien d'autres auteurs, A.B. GAYLE n'a pas passé tout son temps à écrire des romans. Elle a au contraire vécu sa vie.

Ses voyages l'ont conduite des fjords de Norvège au fin fond de la Nouvelle-Zélande. Entre deux périples, elle a travaillé dans tellement de villes qu'elle a fini par en perdre le compte. Elle a nettoyé les enclos des vaches, rassemblé des moutons, s'est montrée aimable avec des clients et échangé des insultes avec des hommes politiques.

Fatiguée des romans traditionnels, elle a découvert la romance M/M, où l'histoire s'intéressait à la vie en général et à toute sa complexité, et pas seulement à la bague, au mariage et aux bébés. Si l'on insiste, elle avouera qu'elle aime lire et écrire à propos des hommes, car ils peuvent faire toutes les choses dont elle rêve et qu'elle ne peut pas faire tout simplement parce qu'elle est une femme. Et si lire sur les hommes est une bonne chose, écrire à leur propos est encore bien meilleur. N'est-ce pas ?

Vivant désormais à Sydney, en Australie, A.B. Gayle dispose du temps nécessaire pour permettre à toutes les expériences qu'elle a vécues de se mêler à son imagination fertile pour créer des histoires qui feront, elle l'espère, la joie de ses lecteurs.

Visitez son site Internet à l'adresse suivante : www.abgayle.com

www.ingramcontent.com/pod-product-compliance
Lightning Source LLC
Chambersburg PA
CBHW030918050726
47498CB00003BA/802